O tamanho do céu

Thrity Umrigar

O tamanho do céu

Tradução: Claudio Carina

GLOBOLIVROS

Copyright © 2017 Editora Globo S. A. para a presente edição
Copyright © 2009 Thrity Umrigar

Publicado em acordo com HarperCollins Publishers.

Todos os direitos reservados. Nenhuma parte desta edição pode ser utilizada ou reproduzida — em qualquer meio ou forma, seja mecânico ou eletrônico, fotocópia, gravação etc. — nem apropriada ou estocada em sistema de banco de dados sem a expressa autorização da editora.

Texto fixado conforme as regras do Acordo Ortográfico da Língua Portuguesa (Decreto Legislativo nº 54, de 1995).

Título original: *The weight of heaven*

Editora responsável: Amanda Orlando
Editora assistente: Elisa Martins
Preparação de texto: Cecília Floresta
Revisão: Jane Pessoa, Laila Guilherme e Raquel Toledo
Diagramação: Gisele Baptista de Oliveira
Capa: Marianne Lépine
Imagem de capa: Rawpixel/Thinkstock

1ª edição, 2017

CIP-BRASIL. CATALOGAÇÃO-NA-FONTE
SINDICATO NACIONAL DOS EDITORES DE LIVROS, RJ

U43t
Umrigar, Thrity
O tamanho do céu / Thrity Umrigar ; tradução Claudio Carina. – 1. ed. – São Paulo : Globo, 2017.

Tradução de: The weight of heaven
ISBN: 978-85-250-6370-0

1. Romance indiano. I. Carina, Claudio. II. Título.

17-41426

CDD: 828.99353
CDU: 821.111(540)-3

Direitos de edição em língua portuguesa para o Brasil adquiridos por Editora Globo S. A.
Av. Nove de Julho, 5229 — 01407-907 — São Paulo — SP
www.globolivros.com.br

Para Anne Reid
e
Cyndi Howard,
paz e amor

Será que nosso sangue fracassará? Ou virá a ser
O sangue do paraíso? E será que a terra
Se parece com todo o paraíso que conheceremos?
SUNDAY MORNING, WALLACE STEVENS

Durma, criança, para o bem de seus pais.
Logo você deve acordar.
"A LULLABY", JAMES AGEE

Prólogo

Alguns dias depois da morte de Benny, Ellie e Frank Benton passaram a viver separados. Apesar de ainda não saberem. Na época, tudo o que podiam fazer era se concentrar em viver um dia desconcertante após o outro, lutando para suprimir as lembranças terríveis que saltavam à superfície como peixes para fora da água. No dia do funeral, Frank se obrigou a ir até Ellie para dizer alguma coisa corajosa e animadora, algo que lhe deixasse claro que ele entendia, que não a culpava pelo que havia acontecido. Mas foi impedido por um pensamento claro e agudo: ele não sabia como. Sem Benny, ele não sabia mais como voltar para casa, como refazer a integridade de seu casamento. Benny estava morto havia menos de uma semana, e seu casamento já parecia um livro que tinha lido no colégio e Ellie era uma personagem de cujo nome se esquecera. Alguma coisa inexplicável aconteceu nos dias que se seguiram à morte de Benny — era como se um lindo vaso azul, não, era como se o próprio mundo tivesse caído e se partido em dois. Por mais que tentasse, Frank não conseguia deixar de sentir por Ellie o que imaginava que Adão sentiu por Eva depois da Queda — hostilidade e compaixão. Tristeza, condenação e ressentimento. Sobretudo, solidão. Sobretudo, uma incapacidade de recuperar aquela coisa perdida e quebrada.

Não que Benny tivesse sempre feito parte do casamento. Frank e Ellie estavam casados havia onze anos, e Ben tinha sete quando morreu. Isso sem contar o ano de namoro, quando eles eram inseparáveis. Havia um bocado de história, como Ellie poderia ter dito a um de seus clientes. Uma porção de bons momentos, mesmo antes de terem concebido a *ideia* de Benny, bem antes de concebê-lo. Mas aconteceu uma coisa estranha quando Benny nasceu. Foi como se eles tivessem deixado de ser pessoas individuais. Três pessoas se fundiram em uma, transformando-se em uma unidade, numa família. A unidade viajava em conjunto ou ficava em casa, respirando o mesmo ar doméstico. Mesmo quando se separava — quando Frank viajava para a Tailândia, digamos, para supervisionar um novo projeto, ou quando Ellie prestava aconselhamento aos seus clientes, ou quando Benny estava na escola, todos continuavam vinculados uns aos outros, com os pensamentos de cada um constantemente voltados para os demais. Espero que Ellie se lembre de mandar por fax a lição de matemática de Benny, pensava Frank enquanto participava de uma reunião em Bangkok. Cacete. Será que lembrei de comprar creme de amendoim ontem?, conjecturava Ellie enquanto ouvia uma cliente falar sobre como a irmã a havia constrangido na frente da família toda no jantar de Ação de Graças. O pequeno Benny memorizava uma piada que alguém contara na escola e a repetia assim que chegava em casa, rindo tanto que quase sempre se confundia com a conclusão.

E agora eles eram apenas dois. Não havia mais Benny. O que restara eram zombarias — lembranças e objetos que zombavam daquela complacente felicidade anterior. Benny havia partido, um avião perdido nas nuvens, porém deixando para atrás uma trilha de fumaça de dois quilômetros de comprimento: a luvinha de beisebol, os livros de Harry Potter, os vídeos de Mr. Bean, a camiseta de Bart Simpson, a vara de pescar, a última fantasia do Dia das Bruxas. Uma pequena caixa de madeira com algumas mechas de cabelo. Uma caneca com as palavras MÃE#1. Uma foto na escola. Fotografias dos três na Disney World. O bangalô estilo *arts and crafts* em Ann Arbor reluzia de zombarias.

Mesmo assim, Frank não se entusiasmou quando seu chefe, Pete Timberlake, perguntou se ele estava interessado em administrar a nova fábrica que a empresa havia adquirido dois anos atrás em Girbaug, na Índia. Quatro meses depois da morte de Benny, ele continuava concentrado na tarefa hercúlea de colocar um pé na frente do outro. De inventar razões para sair da cama pela manhã. Murmurou alguma coisa a Pete sobre o quanto reconhecia aquele voto de confiança, embora não fosse o momento certo da vida para se mudar. Mas Ellie soube da proposta pela esposa de outro executivo. E viu algo que Frank não conseguiu enxergar — uma chance de salvar seu casamento. Começar de novo em um lugar diferente. Guardar a luva de beisebol e os tênis Nike, deixar de ser esbofeteada diariamente por sons de passos que não eram ouvidos, pelo som estridente de uma voz que não reverberava sua exuberância durante o café da manhã. E assim Ellie desobedeceu à regra primordial que sempre prescrevia aos próprios clientes: a de não tomar nenhuma decisão importante até um ano depois de um evento que tivesse mudado suas vidas. Aceite a oferta de Pete, recomendou ao marido. E Frank, também cansado de discutir, de pensar, se deixou convencer pela tênue luz de esperança que viu nos olhos da mulher. Índia, pensou. É claro que Frank sabia sobre a nova Índia de que todos falavam, desregulamentada e globalizada. Sobre a bolsa de valores em alta. Das aquisições bilionárias. Das centrais de atendimento, das sofisticadas universidades de TI. Mas preferia sonhar com a velha Índia, que acreditava ser o verdadeiro país. Índia, pensou. Elefantes. Vacas nas ruas. Encantadores de serpentes.

Acima de tudo, consolava-se com a ideia de estar num país com outra lua, outro litoral, outro céu. De viver numa casa cujas paredes não mostrassem marcas de lápis acompanhando o crescimento de uma criança. Onde os aposentos não ecoassem os sons das risadas de um garoto. Um país onde não havia possibilidade de encontrar por acaso um dos professores do filho. Onde os parques e os rios, os lagos e os estádios, as salas de vídeo e os cinemas não o espicaçassem, não o fizessem olhar para as próprias mãos vazias e alquebradas. Na segunda-feira de manhã, Frank foi ao escritório de Pete Timberlake e aceitou a proposta.

E assim, banidos de sua outrora paradisíaca vida em Ann Arbor, em Michigan, Frank e Ellie Benton viajaram para o Oriente até chegarem ao aeroporto internacional de Shivaji, em Bombaim, numa fria manhã de janeiro do ano de 2006.

LIVRO UM

Primavera de 2007
Girbaug, Índia

Capítulo 1

ELES TINHAM ACABADO DE JANTAR meia hora atrás e agora estavam na varanda esperando a chuva chegar. O ar noturno estava pesado com a umidade, mas mantinha sua carga contida, como uma viúva piscando para conter as lágrimas. Enquanto esperavam, a tempestade os entretinha com seus lampejos e clarões — o ribombar do trovão, os rasgões prateados de relâmpagos na pele negra do céu. A cada eclosão dos relâmpagos, eles viam a paisagem à frente — as sombras altas lançadas pelos coqueiros no gramado, a areia inerte depois do gramado e até mais além, o mar inquieto e furioso arremetendo na praia.

Frank sempre gostara de tempestades, mesmo quando ainda era um garoto em Grand Rapids. Enquanto seu irmão mais velho, Scott, se encolhia assustado e enfiava a cabeça embaixo das cobertas, Frank ficava em frente à janela do quarto que dividiam, sentindo-se forte e corajoso. Conversando com a tempestade. Virava as costas para Scott, constrangido e surpreso ao ver o irmão mais velho, em geral plácido como as águas do lago Michigan no verão, se transformar naquela criatura apavorada e irreconhecível. Se tivessem sorte, a mãe deles vinha até o quarto para embalar e acalmar o irmão mais velho, e aí Frank ficava livre para escapar para a varanda do segundo andar, ao lado do quarto de hóspedes. Ficar naquela varanda era quase como estar ao ar livre. Lá ele se sentia mais perto do tumultuoso céu de Michigan, livre diante do perigo e da violência.

Os trovões o faziam se sentir solitário, mas era uma solidão poderosa, algo que o relacionava à solidão do mundo ao redor. Se ficasse na ponta dos pés e se debruçasse sobre o gradil da varanda, a chuva atingia seu rosto com pontadas doloridas, embora prazerosas. O vento rugia, e Frank respondia com outro rugido; suas mãos comichavam a cada coruscante relâmpago, como se aquilo não fosse nada além da projeção de uma energia elétrica serrilhada que percorria seu corpo magro e claro.

Anos mais tarde, uma das maiores decepções de Frank seria o filho não ter herdado seu amor por tempestades. Quando o pequeno Benny se enfiava na cama com eles, choramingando e tapando os ouvidos com os indicadores, Frank lutava contra sentimentos conflitantes — seu lado paternal e protetor rezava para que a tempestade passasse, queria acolher o corpo trêmulo do filho junto ao seu, mas uma pequena decepção se acumulava como uma bola no fundo da garganta.

Diferente de Michigan, as tempestades no oeste da Índia não passavam logo. Eles já estavam em Girbaug havia dezessete meses e sabiam que chovia dias sem parar durante a estação das monções. Agora, apesar de ser maio, a previsão anunciava chuva naquela noite. Frank sentiu-se grato por estar em casa para observá-la. Estava impaciente, esperando que o céu pesado e cor de chumbo cumprisse sua promessa. O vento soprava ao redor, tão forte que eles nem precisavam impulsionar o balanço em que estavam sentados. Atrás deles, a casa estava escura — Ellie tinha apagado as luzes quando pegaram o café que costumavam tomar após o jantar para levar à varanda. Em intervalos de minutos, um relâmpago iluminava toda a cena panorâmica diante deles como o flash de uma câmera. Frank sabia que a chuva desabaria de forma instantânea e brutal, e seu corpo doía por antecipação. Por ora, era apenas o começo — os sussurros dos coqueiros altos inclinando-se uns para os outros; a doçura enjoativa dos arbustos de jasmim; o doloroso resmungo do trovão. Agora Frank ansiava pelo alívio gratificante que a chuva proporcionaria.

Virou-se para Ellie e esperou que o próximo relâmpago iluminasse seu rosto. Os dois tinham trocado algumas palavras vagas desde que chegaram na varanda, mas ficaram em silêncio durante quase todo o tempo, e Frank sentia-se grato por isso. Era o oposto da maior parte das interações entre eles naqueles dias, sempre imbuídas de amargura e acusações implícitas. Ele sabia que estava perdendo Ellie, que ela escorregava por entre seus dedos como a areia pouco além do jardim da frente, mas Frank parecia incapaz de evitar aquela lenta erosão. Não conseguia conceder o que Ellie esperava dele — perdão. O que ele queria de Ellie — o filho de volta —, ela não era capaz de dar.

O relâmpago coruscou, e ele viu o corpo claro e esbelto de Ellie por um instante, antes que a escuridão a envolvesse novamente. Ela estava ereta e imóvel, as costas apoiadas no encosto de madeira do balanço. Mas o que fez o coração de Frank apertar foi sua expressão. Ellie estava com os olhos fechados, um semblante de beatitude no rosto, contemplando o mundo todo como uma das estátuas de Buda que tinham visto numa viagem recente às cavernas de Ajanta. Não parecia sentir nada da agitação, do empolgante tumulto que percorria seu corpo. Ellie se mostrava distante, tão longe quanto a lua que não conseguiam ver. Escorrendo pelos seus dedos. Totalmente inconsciente das lembranças que colidiam em sua mente — Ellie correndo com ele pelas ruas de Ann Arbor à noite durante uma tempestade, gargalhando e cantando a plenos pulmões, chegando na casa que alugavam, os dois tirando as roupas na porta e caindo nus no sofá que herdaram do estudante que morou lá antes deles; Frank voltando para casa do trabalho uma noite e encontrando Ellie deitada de bruços no chão, tentando puxar o filho de quatro anos de debaixo da cama onde se escondera durante uma tempestade.

Frank foi envolvido por um sentimento cruel. Como era comum naqueles dias, alguma coisa na calma de Ellie o irritava. Intencionalmente, ele disse:

— Lembra quando a gente costumava...

— Sim. Claro que lembro. — Agora ela estava totalmente alerta, tendo ouvido algo em sua voz de que talvez nem ele tivesse tomado consciência. A satisfação que Frank sentiu por ter destruído a tranquilidade de Ellie foi contrabalançada por algo parecido com arrependimento. A serenidade dela, que Frank tanto valorizava, agora se tornara uma crosta que ele precisava revolver.

— Acho que em um ano ele perderia o medo — continuou, incapaz de se conter. — Eu estava pensando em levá-lo em algumas viagens para acampar, sabe? Só nós dois, achando que isso o ajudaria...

O TAMANHO DO CÉU 17

— Ele já estava superando — Ellie o interrompeu, fazendo seu estômago se contrair. Será que estava imaginando o triunfo na voz dela, o reconhecimento de ter desfechado um golpe final, e que agora ele não tinha escolha a não ser morder a isca que ela lançara?

Sentindo-se desprezível, ele perguntou:

— Superando o medo de tempestades? Por que você não me contou?

— Era pra ser uma surpresa. Eu fiz um treinamento com ele. Modificação de comportamento... a mesma coisa que faço com meus clientes.

Frank sentiu uma ardente onda de ciúmes ao pensar em Ellie e Benny sozinhos em casa enquanto ele estava de viagem na Tailândia, outro país onde a HerbalSolutions tinha uma fábrica. De quantas reuniões havia participado, quantos caminhos percorridos por aldeias do interior, quantos quilômetros viajando de avião, as noites passadas em estranhos quartos de hotel, o tempo todo pensando que tudo aquilo era por causa deles? Lembrou-se da aflição que sentia quando o sinal do celular era fraco e ele não conseguia ligar a tempo de desejar uma boa noite a Benny; como tentava enviar um e-mail a Ellie assim que chegava a um quarto de hotel em qualquer cidade onde estivesse. Como lutava para se manter em contato com eles, mesmo quando estava do outro lado do oceano e em diferentes fusos horários. Só para saber que os dois tinham seus segredos, seus rituais particulares dos quais ele era excluído. Tentou lembrar se sempre soube disso e se já se sentira perturbado por essa razão. Mas não foi capaz de recordar. Grandes fragmentos das lembranças de sua vida com Benny ainda vivo tinham se desfeito. Ou melhor, as lembranças continuavam ali, mas o sentimento se desfizera. De forma que sabia que era feliz com Ellie, que os dois tinham um bom casamento, lembrava-se de um milhão de atos de amor e sacrifício da parte dela. Mas como aquilo o fazia se sentir — toda aquela meiguice, delicadeza, complexidade —, ele não conseguia mais recapitular.

— Há quanto tempo ele tinha deixado de sentir medo? E quantos anos mais você ia esperar pra me contar?

Houve uma pequena pausa, mas, quando Ellie falou, sua voz soou normal:

— Tinha acontecido havia pouco tempo, Frank. Houve algumas tempestades enquanto você estava viajando, e da última vez... eu fiquei conversando com ele.

Apesar da escuridão, Frank fechou os olhos. Deveria ter sido eu, pensou. Eu é que deveria ter acalmado os temores do meu filho. Sua boca encheu-se de ressentimento.

— Talvez tenha sido por isso que ele ficou doente — disse, cuspindo as palavras como caroços de uma fruta amarga. — Talvez a tensão de suprimir aquele medo na sua frente tenha sido o que...

— Essa é a coisa mais burra que já ouvi você dizer. Mesmo no seu caso, é um novo patamar. — Ellie afastou-se um pouco, de forma que seus ombros não mais se tocassem. Ouviu-se o rugido estrondoso de um trovão, como se o próprio céu estivesse enfatizando suas palavras enquanto ela esperava o som amainar. — Sabe de uma coisa? Eu só queria passar uma maldita noite em paz. Mas se você não consegue se comportar de forma decente comigo, Frank, eu vou entrar, tudo bem? Porque não vou ficar aqui esperando você desencavar mais uma teoria sobre como eu matei nosso filho. Se você pensa que isso não me machuca...

— Ellie... — Sua mão se estendeu para afagar a dela. — Desculpe. Às vezes, eu... Desculpe. É que é muito difícil ficar olhando essas tempestades, sabe? É como se tudo se compactasse... — Parou de falar, querendo dizer mais, mostrar à esposa a mudança no seu coração, mas sem conseguir.

No escuro, ele mais sentiu do que viu Ellie piscando para conter as lágrimas.

— Tudo bem — ela concordou. — Esqueça. — Mas a voz dela falseou, e a garganta de Frank ficou apertada de remorso. Você é um canalha de merda, repreendeu-se. Acha que Ellie já não sofreu o bastante para fazer isso com ela? Não pela primeira vez, conjecturou se deveria conversar com alguém, talvez com Scott, para confessar como tratava Ellie mal. Não para buscar compreensão ou simpatia — o que desejava era que alguém lhe desse uma bronca, martelasse alguma sensatez em sua cabeça, que lhe perguntasse se queria perder a mulher também, por não conseguir aceitar a perda do filho. Frank sabia que Scott adorava Ellie, que a defenderia contra o próprio irmão. Talvez devesse ligar para o escritório de Scott em Nova York amanhã, talvez ele dissesse alguma coisa profunda, uma única verdade que o ajudasse a voltar para Ellie.

Então colocou o braço ao redor dos ombros da mulher e a puxou para si. Por alguns segundos Ellie continuou tensa, mas, aos poucos, seu corpo relaxou e ela encostou a cabeça no ombro do marido. Os dois ficaram assim por alguns momentos, e logo depois começou a chover.

— Lembra quando a gente saía correndo do campus debaixo de chuva? — perguntou Frank.

— Lembro. — Ellie afastou-se um pouco, Frank sentiu o olhar dela em seu rosto. — Quer sair pra dar uma volta pela praia?

— Você diz agora?

— O presente é sempre o melhor momento.

— Não dá. Vamos ficar ensopados.

— Ora, é por isso que a gente anda debaixo de chuva... pra ficar ensopado.

— Engraçado. Não, quer dizer, normalmente eu faria isso, sabe? Mas Ramesh vai chegar daqui a pouco. Ele tem prova de matemática amanhã, e eu quero rever uns problemas com ele.

Frank sentiu Ellie se agitar um pouco.

— Entendi. Tudo bem.

— O quê?

— Nada.

— Ah, diga logo. É óbvio que você ficou aborrecida com alguma coisa.

Ellie virou-se para ele.

— Você sabe exatamente por quê, Frank. Eu fico aborrecida porque não podemos fazer uma caminhada por causa de um garotinho que está sempre vindo aqui precisando de uma coisa ou outra do meu marido. E eu...

Frank quase se levantou do balanço.

— Santo Deus. Eu não acredito. Você está com ciúme de um garoto de nove anos. Só porque aceito quando você...

— Não tem nada a ver com ciúme, Frank. É por você não saber o que é adequado e o que é...

— Adequado? De que diabos você está falando? Eu vejo um tremendo potencial em Ramesh e por isso o ajudo algumas noites por semana. Você se comporta como um paladino, sempre falando sobre nossa responsabilidade com os menos afortunados, mas quando tento ajudar o filho da nossa empregada, você...

— Esse é o problema, Frank. Quem você está tentando ajudar? Quem é que você está ajudando?

O telefone tocou dentro da casa, mas os dois o ignoraram. Frank sentou sobre a mão direita, de maneira a impedir que involuntariamente fizesse uma curva na direção do longo e gracioso pescoço de Ellie para sufocá-la.

— Afinal, o que você está dizendo?

— Você sabe muito bem o que estou dizendo. Sabe o que está fazendo com Edna e Prakash ao se intrometer na vida do filho deles?

— Edna e Prakash? Eu não acredito. Você acha que os dois fazem ideia do que acontece? Que diabos, se eu conseguisse trabalhar uns dois anos com esse garoto, algum dia ele poderia chegar ao MIT. Por que Prakash não bebe menos se gosta tanto do filho? E por que Edna não fica do lado dele? Eu só estou tentando melhorar a vida do garoto.

— Não é bem isso que você está tentando fazer. — O telefone voltou a tocar, mas dessa vez eles mal o ouviram. Os dois estavam se encarando, a respiração pesada, como pugilistas num ringue.

— O quê...?

— Frank, Ramesh não é Ben...

— Cala a boca — interrompeu Frank. — Não diga isso. Se você sabe o que é melhor pra você, não diga isso.

Ellie ficou olhando para ele por um longo segundo. Depois baixou os ombros, como se tivesse perdido uma batalha.

— Tudo bem. — Seus ombros caíram.

Mas era tarde demais. Ellie já o tinha despido, pensou Frank. Com cinco palavras indiscretas, ela arrancara suas roupas, removendo as resistentes camadas de pele e músculos e atingindo seu coração. Um coração que estava morto até um garoto indiano de cabelos pretos e olhos vivazes restaurar parte de sua pulsação. Um garoto que tinha ficado mais próximo exatamente por ser o oposto de seu filho morto — de pele escura em contraste com a pele clara de Benny, barulhento e pujante enquanto Benny era sereno e pensativo. Ramesh era a luz do sol, em comparação ao brilho lunar de Benny. Benny era bom em arte, história e inglês; Ramesh dizia que história era uma chatice, que quase todos os livros eram longos demais para serem lidos, mas tinha um talento nato para ciência e matemática. Na primeira vez em que ajudara Ramesh com seus deveres de matemática, Frank ficou surpreso com a inteligência do garoto. Meses depois, começou a insistir que o menino deveria ser transferido para a escola missionária, oferecendo-se para pagar a mensalidade. Edna se sentiu grata na ocasião.

— Desculpe, Frank. — A voz de Ellie era meiga, abafada pelo ruído da chuva. — Eu não quero te magoar. Meu Deus, nós precisamos parar de nos magoar desse jeito. Por favor, querido. Eu não sei como fazer isso sozinha.

Frank lutou contra o ímpeto de reagir à súplica da voz dela. Dessa vez Ellie tinha chegado perto demais, fazendo um corte profundo com suas palavras. Houve uma época em que via Ellie como seu segundo eu, alguém que conhecia seus desejos e pensamentos mais profundos. Mas tudo o que Ellie proporcionara — amor, companheirismo, um lar e, acima de tudo, Benny, santo Deus, acima de tudo ela tinha lhe dado Benny —, ela também havia tirado. E fizera isso com sua falta de cuidado, sua negligência. Frank não conseguia se esquecer disso. E agora estava fazendo aquilo de novo, mas com Ramesh. Com a única coisa na sua vida que lhe dava algum consolo, algum sentido de normalidade nesse país caótico que Ellie veio a adorar e que o confundia e rejeitava.

Bem, ele sabia como transformar seu coração numa pedra. Não precisou usar esse truque durante a maior parte dos anos que passara com Ellie. Ela o havia amolecido, convencendo-o de que era certo se apoiar em outra pessoa, confiar, não se sentir sempre num constante estado de guerra e alerta. Nos anos em que foram uma família, todos esses sentimentos antigos e ancestrais — de estar sempre em posição de guarda, ou acreditar que tudo aquilo que valia a pena tinha de ser conquistado, que nada era concedido de graça —, todos esses sentimentos haviam desaparecido. Mas agora ele sabia que continuavam sob a superfície. Que era capaz de acessá-los com a mesma facilidade com que poderia acessar um arquivo num velho computador.

Seu pai abandonara a família quando Frank tinha doze anos. Mas Gerald vivera com eles tempo suficiente para ensinar ao filho mais novo algumas valiosas lições. Sobre como embaçar o olhar para não mostrar nenhum sofrimento. Como mergulhar fundo em si mesmo e apenas subir à superfície quando a tempestade de violência de Gerald tivesse amainado. Como transformar o coração numa pedra para que as palavras cruéis e desagradáveis de Gerald ricocheteassem em sua superfície.

Frank evocava esses sentimentos agora. Ignorava o gesto de boa vontade da esposa, desconsiderando a tristeza nos olhos dela e a comovente curva de sua boca, desprezando seu pedido de reconciliação, de voltarem a ser como eram antes. Levantou-se do balanço num gesto deliberado.

— Vou entrar — disse.

— Você não precisa fazer isso.

— Ramesh vai chegar daqui a pouco. — Recolheu as canecas de café, ciente dos olhos de Ellie, percebendo, mesmo sem olhar, a tristeza, a mágoa e a confusão que expressavam. O sentimento de ser responsável pela luz que abandonava os olhos de sua esposa era dilacerante, mas a dor que sentia era paradoxal — parecia amenizar apenas quando ele a duplicava em Ellie, provocando ainda mais dor. Cada instante que passasse se repreendendo pelo que fazia com Ellie era um momento durante o qual não se lembrava de que tinha de encarar o resto da vida sem Benny.

O telefone voltou a tocar assim que ele entrou na sala, e Frank olhou para o relógio. Oito horas. Poderia ser Nandita, a amiga de Ellie. Ou Scott, por que não? Lembrou-se de sua decisão recente de ligar para o irmão amanhã. Tomara que seja Scott, pensou. Poderia atender a ligação no quarto de hóspedes. Talvez Scott dissesse algo que o levasse a se aproximar de Ellie naquele momento para salvar a noite.

— Alô? — atendeu e, pela textura da conexão, soube de imediato que não era uma ligação internacional.

— Senhor? — disse a voz do outro lado. — Aqui quem fala é Gulab Singh. Desculpe incomodá-lo em casa, senhor, mas estamos com um problema na fábrica.

Os músculos estomacais de Frank se contraíram involuntariamente.

— Que tipo de problema? — Esperava que não fosse tão grave a ponto de fazê-lo sair de casa naquela noite, embora soubesse que Gulab, o chefe de segurança da fábrica, não ligaria para sua casa por uma questão trivial.

Houve uma pausa, tão longa que Frank considerou se a conexão não havia caído. Em seguida, Gulab disse:

— É sobre aquele sujeito do sindicato... Anand. Lembra-se dele? Enfim, senhor. O problema é que... Anand morreu. Infelizmente.

Capítulo 2

Lá vem problema.

Frank já tinha saído havia pelo menos dez minutos, mas Ellie continuava sentada de pernas cruzadas no balanço. Um temor obscuro subia por seus membros, mas ela fazia o possível para não abanar as chamas, esforçando-se para ignorar o que seu corpo tentava lhe dizer. Que havia problemas à vista.

O estrondo particularmente rude de um trovão estremeceu o casulo de alienação que construíra para si mesma, lançando-a de volta ao mundo. A estrada que levava até a fábrica estaria escura e enlameada naquele momento. Mesmo sabendo que Satish era um bom motorista, ela se preocupava. Pensou em ligar para Frank pedindo que avisasse quando chegasse na fábrica, mas a lembrança da discussão desagradável a impediu. Além do mais, algo terrivelmente grave devia ter acontecido para que Frank fosse incomodado em casa àquela hora. Ele não precisava de uma mulher ansiosa para aumentar seus problemas.

Ellie não teve tempo de perguntar por que ele tinha de voltar correndo para o trabalho tão tarde da noite. Quando Frank entrou e atendeu o telefone, ela o ouviu discar outro número — chamando Satish para vir buscá-lo, como deduzia agora —, depois ouviu seus movimentos no quarto antes que mostrasse a cabeça na porta para anunciar que teria de sair por algumas horas. Ellie apenas anuiu sem reagir. Alguns minutos mais tarde ouviu a porta da cozinha se fechando e, em seguida, o som de um automóvel partindo da lateral da casa.

Agora ela inclinava a cabeça para ouvir melhor os amedrontados murmúrios do próprio corpo. Que tipo de problema?, ponderou. E seria aquilo uma premonição ou simplesmente o gosto amargo da discussão que tivera com Frank? Por que ela estava com tanto medo? Medo de que Satish derrapasse numa curva no escuro, perdendo o controle do carro? Medo de que ela e Frank estivessem pisando num campo perigoso, afastando-se um do outro, de maneira que esse grande experimento, essa esperança de que a Índia os curasse, não levasse a nada? Ellie prestou muita atenção no seu corpo, conforme aconselhava seus pacientes a fazer. O corpo é sábio, costumava dizer a eles. Geralmente sabe mais — ou antes — que nosso cérebro. Mas é preciso aprender a ouvi-lo, aprender sua linguagem, da mesma forma que se aprende a entender o tartamudeio de uma criança.

Mas a chuva e os trovões a distraíam, tirando-a de sintonia. O cheiro da terra, o frescor do ar saturado de chuva, os clarões dos relâmpagos eram poderosos demais, puxando-a em muitas direções diferentes, como Benny costumava fazer quando eles iam à feira estadual de Michigan.

Ainda assim, aquelas três palavras continuavam despontando na escuridão. *Lá vem problema.*

Gostaria que Frank já tivesse resolvido essa disputa trabalhista, pensou, retornando assim à fonte de seu temor. Quase de imediato seu corpo relaxou, como se pudesse agora tirar a noite de folga após ter comunicado sua mensagem ao cérebro. Mas que merda tão grande poderia ter dado para que chamassem Frank em casa naquela noite? Percebeu que tinha dito aquelas palavras em voz alta, mas a chuva era tão pesada que dissimulava a diferença entre palavras e pensamentos. Ademais, agora se sentia chateada com a forma abrupta com que Frank havia saído, sem informá-la de nada, deixando-a inquieta no balanço, com sua serenidade agora substituída por medo e agitação.

— Vai se ferrar, Frank — disse em voz alta, garantindo que a chuva não afogasse suas palavras.

O medo a imobilizara; mas agora a imobilidade fora substituída por uma raiva fervente de Frank que a deixava inquieta. Apertou um botão, e o mostrador do relógio masculino Timex barato que tinha comprado num bazar de Agni no mês passado se iluminou de verde. 20h20. Ela pensou rápido. Se houvesse algo errado na fábrica, com certeza Shashi saberia a respeito. Como proprietário de um grande hotel quatro estrelas na cidade próxima de Kanbar, Shashi empregava parentes de muitos trabalhadores da HerbalSolutions. E a mulher dele, Nandita, melhor amiga de Ellie, também se mantinha a par da situação na HerbalSolutions. Shashi costuma dormir cedo, mas sem dúvida Nandita estaria acordada. Pela primeira vez, Ellie se sentiu contente por não ter conseguido bons resultados com todas as técnicas de relaxamento que ensinara a Nandita.

Ellie tinha acabado de calçar os chinelos para ir até o telefone da sala quando ouviu uma batida tímida na porta. Ela parou. Quem será? Mas logo se lembrou. É claro. Era Ramesh, que chegava para fazer sua lição de casa com Frank. Com o alvoroço incomum do telefonema e a saída abrupta de Frank, ela se esquecera totalmente de Ramesh.

Antes de chegar à cozinha, a porta se abriu e Ramesh entrou. Ellie sentiu uma mistura de perplexidade e irritação. Alguns meses atrás, ensinara ao garoto que era falta de educação entrar na casa dos outros sem bater. Então agora ele batia na porta como mera formalidade para entrar logo em seguida. Estava conjecturando se não seria o momento de uma segunda lição, mas Ramesh a avistou na sala e começou a andar na direção dela, largando seus livros sobre a mesa azul da cozinha.

— Oi, Ellie. — Abriu um sorriso. E antes que ela conseguisse responder: — Onde está Frank? Eu tenho *duas* provas amanhã e um monte de lição de casa pra fazer.

Nenhum garoto americano normal pareceria tão animado diante da perspectiva de fazer sua lição de casa, pensou Ellie. Mas ela sabia que o entusiasmo não era tanto pela lição de casa, mas pela alegria de passar mais uma noite com seu adorado Frank. Sorriu com tristeza para si mesma ao perceber aquilo. Ver Frank e Ramesh juntos a fazia se sentir por fora, como uma terceira roda, algo como — qual era mesmo aquela expressão híndi usada por Nandita? — um osso no meio de um kebab. Tão diferente da proximidade e de um circuito interno que sentia ao ver Frank e Benny brincando de cavalinho em casa, ou quando os três caminhavam pela vizinhança, com

Benny tendo olhos apenas para o pai, brincando de seguir o chefe, subindo juntos a Fair Hill ou fazendo aquele jogo bobo de somar os números das placas dos carros que passavam para ver se o resultado dava vinte e um. Os dois tentavam convencer Ellie a brincar também, mas ela se recusava, querendo apenas fazer uma relaxante caminhada noturna. Então pai e filho caçoavam dela por não se envolver numa caminhada competitiva, somando placas e subindo ladeiras. Mas, de alguma forma, até mesmo aquelas provocações e zombarias a incluíam, fazendo-a se sentir valorizada, parte de um triângulo, uma referência séria para aquela palhaçada ambulante.

— Onde está Frank? — voltou a perguntar Ramesh, e Ellie se obrigou a prestar atenção no garoto.

— Ele teve que sair, querido. Acho que só vai voltar tarde da noite.

Ramesh pareceu indignado.

— Pra onde ele foi?

Tão direto, tão brusco. Era uma característica que já tinha notado em muitos indianos com quem tivera contato. Será que não havia educadores indianos, matutou, alguém que pudesse ensinar as virtudes da evasão, da sutileza, de dizer meias verdades? Mas, na maior parte do tempo, Ellie se sentia bem entre pessoas que não jogavam jogos, para quem a própria expressão "jogo" já remetia a uma vigorosa partida de hóquei ou de críquete. Um povo prático, literal. Sabia que Frank se sentia chocado com a forma direta com que os empregados falavam, vendo aquilo como algo rude e crasso. E no começo ela também se irritava com a falta de artifícios, com a ausência do verniz da polidez que revestia todas as interações nos Estados Unidos como uma embalagem de plástico. Com exceção dos balconistas que trabalhavam nas lojas mais sofisticadas de Bombaim, ninguém na Índia dizia coisas inanes como: "Tenha um bom dia". Certa vez, logo após ter se mudado para Girbaug, Ellie deu um bom-dia a Edna, e esta respondeu: "Só se Deus quiser, madame, só se Deus quiser". Então Ellie entendeu o que Edna não havia dito — que ter um bom dia não dependia da vontade de reles mortais, mas da benevolência de um Deus generoso. Nunca mais ela usou aquela expressão. E quando passou a trabalhar como voluntária na NIRAL, a clínica que Nandita fundara para os habitantes locais, aconselhando mulheres a respeito da saúde mental e sobre questões de violência doméstica, Ellie passou a apreciar o jeito direto e sincero com que elas se expressavam. Os maridos eram baratas, ratos e *kuttas*, cães. As mulheres usavam palavras como *satã* e *maligno* casualmente e sem ironia. A facilidade com que falavam sobre o diabo e o mal remetia Ellie aos fundamentalistas americanos, com seu vocabulário tão diferente daquele dos amigos seculares e liberais que conviviam com ela e Frank em Ann Arbor. Quando as mulheres da aldeia descobriam que o marido tinha perdido as economias da família no jogo, elas iam atrás dos homens e os surravam com suas sandálias de borracha. No ano passado, quando um político corrupto que havia descumprido todas as promessas de campanha teve a audácia de visitar a aldeia antes da eleição seguinte, as mulheres fizeram uma grinalda com seus chinelos sujos e enlameados e a puseram em volta do pescoço dele. O homem logo tentou se refugiar em seu automóvel com ar-condicionado, mas a multidão de mulheres o perseguiu, gritando e vaiando, caçoando e assobiando.

— Ellie — ia dizendo Ramesh. — Eu estou perguntando. Onde está Frank?

— Sinto muito, querido. Ele teve que voltar para o trabalho. Acho que não vai chegar a tempo de ajudar você esta noite. — Enquanto dizia aquelas palavras, Ellie ficou surpresa por Frank não ter atravessado o quintal e batido na porta de Edna para dizer ao garoto que não viesse naquela noite. Alguma coisa realmente grave devia ter acontecido.

— Você pode me ajudar? — Interceptando a expressão de recusa no rosto de Ellie, Ramesh acrescentou: — Por favor, Ellie. Eu tenho duas provas difíceis amanhã. E eu sou um pateta em geografia.

Ellie sorriu com a escolha das palavras. O garoto era encantador. Dava para perceber por que conquistara o coração de Frank. Ainda assim, Frank tinha de ser cauteloso — e ela também. Não queria ser vítima dos inegáveis encantos de Ramesh. Por outro lado, não podia se recusar a ajudar o garoto a se sair bem nas provas.

— Bem, sorte sua eu ser boa em geografia. Então vamos fazer uma rápida revisão, certo? Por onde você quer começar?

Ramesh ocupou seu lugar habitual na mesa da cozinha e abriu um livro inacreditavelmente grosso. Começou a folhear suas páginas amareladas de forma rápida e descuidada, enquanto Ellie alertava:

— Cuidado, cuidado. Você precisa tratar os livros com mais respeito. — Mas, enquanto falava, notou o quanto as páginas estavam desgastadas, viu os trechos sublinhados pelos inúmeros estudantes que já tinham usado o mesmo livro antes de Ramesh comprá-lo. Lembrou-se de como eram limpas e novas as páginas dos livros que Benny costumava ler. Desde pequeno, Benny sempre cuidara bem de seus livros, virando as páginas com cuidado e suavidade, como Ellie havia ensinado. Mas, por Deus, como era mais fácil fazer isso quando os livros mereciam tal cuidado.

Ramesh abriu no capítulo que tratava sobre diferentes cadeias de montanhas. Ellie observou a seção, hesitante.

— Então, o que você quer que eu faça?

Ramesh a olhou com impaciência por ela não conhecer a rotina, como se fosse ela a aluna, e aliás bem lesa.

— Vou reler o capítulo rapidamente. Depois você me faz as perguntas do teste.

— Claro. — Então acompanhou a leitura por cima do ombro dele e ficou admirada com a velocidade com que o garoto lia. Frank tinha razão. Ramesh era tão brilhante quanto o sol da Índia. — Já está pronto? — perguntou quando os dois tinham terminado. — Posso começar a metralhar você com perguntas?

— Metralhar? Como se eu fosse um soldado?

— Muito engraçado, Ramesh. Mas chegou a hora de passar às perguntas, certo? — Percebeu o brilho nos olhos dele. — E chega de trocadilhos. Não, eu não vou explicar o que é um trocadilho. Amanhã você tem provas de geografia e matemática, não de jogos de palavras. — Folheou as páginas do capítulo mais uma vez, formulando sua primeira pergunta. — Qual é a cadeia de montanhas mais alta fora da Índia?

— Os Andes — ele respondeu de pronto.

— Certo. E qual é a altura do monte Everest? — perguntou enquanto matutava: Quem liga pra isso? Por que eles fazem estudantes indianos decorar essas coisas?

— Oito mil, oitocentos e cinquenta metros — ele respondeu. — Está correto, Ellie?

— Correto. — Teve de sorrir ante o triunfante entusiasmo que percebeu na voz dele. — Você mentiu pra mim. Não é um pateta em geografia, de jeito nenhum.

Ramesh fez uma careta.

— Sou, sim. Tem um menino na minha classe que está tirando notas mais altas que eu em geografia. Só tira cem, só tira cem.

— Mas isso não faz de você um pateta. Você só precisa...

— Meu pai diz que eu sou um pateta — interrompeu Ramesh. Havia algo na voz dele que Ellie não conseguiu entender bem, como se a estivesse desafiando a contradizer o pai, até mesmo esperando que fizesse isso.

Mas, antes que conseguisse reagir, Ramesh estava falando de novo:

— Ellie, eu tenho um cartão pra você, mas minha mãe disse pra não entregar.

Ellie inclinou a cabeça.

— Que cartão?

De repente, o garoto pareceu tímido. Ellie percebeu que evitava os olhos dela, concentrando-se na mesa azul.

— Um cartão de Dia das Mães. Nós fizemos na escola. Eu fiz um pra você.

Ellie sentiu um arrepio na nuca. O Dia das Mães tinha sido ontem. Ela se obrigara a se esquecer da data. Ficara o dia inteiro lançando olhares para Frank, querendo que o marido também não se lembrasse. Para seu imenso alívio, ele não se lembrou.

— Eu... — Lutou para encontrar o tom certo, não querendo mostrar a Ramesh o quanto se sentia abalada. — Obrigada — disse. — Mas, falando em escola, vamos voltar ao...

— Como é que o seu menino morto? — Demorou um segundo para perceber que Ramesh estava falando de Benny, e Ellie ficou chocada. O garoto nunca tinha feito uma pergunta tão pessoal. Mas, também, ela nunca passara muito tempo sozinha com ele.

— Morreu — ela corrigiu, distraída. — Como é que o seu filho *morreu*?

Tarde demais, ela percebeu que Ramesh esperava uma resposta para sua própria pergunta. Naquele momento, Ellie detestou aquela curiosidade tipicamente indiana. Se um adulto fosse tão explícito, tão brutal numa pergunta direta, ela teria se eriçado e não tentaria disfarçar sua indignação. Mas a expressão ousada e intencional no rosto de Ramesh a deixou desequilibrada.

— Ele ficou doente — respondeu.

O garoto fez uma expressão de compreensão tão adulta que Ellie se sentiu desnudada.

— Tifo — disse Ramesh. Não era uma pergunta.

— Não, não foi tifo. Foi uma... urticária. Você sabe o que é uma urticária?

Ramesh olhou para as próprias mãos, cheias de hematomas e picadas de mosquitos.

— Como essas?

Eram iguais àquelas? Ellie tentou se lembrar. Estava quase adormecida quando viu pela primeira vez o horrível tom roxo que recobriu o rosto de Benny em questão de horas. À meia-noite, quando finalmente pôs seu inquieto e agitado filho na cama, o rosto dele estava adorável e suave como a lua. Às quatro da madrugada, despertada de um sono inexplicavelmente profundo por um único grito, ela correu até o quarto de Benny, acendeu o abajur ao lado da cama e viu um menino irreconhecível dormindo na cama do filho. Ellie ainda se lembrava como seu estômago se revirou, o medo que a assolou, o terror instantâneo e gelado que teve de enfrentar, vencer, para que Benny não visse em sua expressão assustada o que ela queria esconder. Passou os dedos pelo corpo dele, uma das mãos desabotoando o pijama enquanto a outra examinava a pele do peito, do pescoço, dos braços. E onde ela tocava havia bolhas e erupções. "Está tudo bem, querido?", perguntou. "Está doendo?" E Benny tinha respondido que não, mas, com um pânico cada vez maior, ela observou aqueles olhos de pálpebras pesadas, as bochechas quentes e rosadas, o cabelo eriçado na testa suarenta. E quando ele mexeu os lábios para dizer "Minha garganta está esquisita", Ellie percebeu o esforço que ele fazia para falar, ouviu a aspereza de sua voz. Mesmo assim, conseguiu manter o tom firme, como se estivesse andando numa prancha sobre um mar especialmente turbulento. "Eu vou chamar o dr. Roberts de novo, certo, querido?", disse. "Eu volto já."

— Isso é uma urticária? — Ramesh estava mostrando a mão para que ela examinasse.

Ellie olhou em direção à porta, desejando que Frank entrasse e distraísse Ramesh daquelas perguntas.

— Não, não exatamente — respondeu. — *Achcha*, vamos voltar aos livros, está bem?

— *Achcha* — repetiu Ramesh, mas o garoto estava estranho naquela noite, pois, no minuto seguinte, estendeu o braço e encostou o indicador no pulso de Ellie. Apenas isso — um leve toque de um dedo, mas Ellie teve a sensação de que um fósforo aceso encostava em sua pele. Distraidamente, ela notou a meia-lua escura debaixo das unhas de Ramesh. Os dois olharam para o ponto em que o dedo de Ramesh tocava no pulso de Ellie. Em seguida, Ramesh disse: — Eu me sinto muito triste pelo seu filho.

E Ellie lembrou-se do funeral — da elegia irada e comovida do padre O'Donnel, das mulheres vestidas de preto suspirando, da presença sólida e silenciosa dos homens, da firmeza corajosa de sua mãe e de seus lábios trêmulos, do apoio feroz e protetor da irmã, Anne, das expressões de terror das mães dos amigos de Benny, da comoção no rosto dos maridos. Pensou nas semanas e nos meses que se seguiram — nas lasanhas e nos guisados oferecidos pelos vizinhos; nos abraços espontâneos no mercado, de pessoas cujo nome não conseguia se lembrar; nos cartões de pêsames de amigos bem-intencionados, que se sentiam compelidos a incluir fotos de Benny que figuravam em seus próprios álbuns de fotografias; nos olhares cautelosos e hesitantes que recebeu de seus clientes quando afinal voltou ao trabalho, como se quisessem medir a temperatura de sua dor antes de compartilhar as próprias tristezas; no precioso bilhete escrito à mão por Robert, o melhor amigo de Benny, que dizia: "Eu sempre vou gostar dele". Em seguida olhou para o garoto de pele escura e unhas sujas que a tocava com um só dedo e percebeu que nada do que tinha acontecido nas semanas após a morte de Benny — as mensagens ou os cartões, as frases alentadoras e esperançosas, as orações das homilias ou as platitudes — a atingira tão profundamente como as palavras desastradas e de má gramática daquele garoto. Todos os outros disseram que sentiam muito, todos insistiam que fora uma tragédia, uma pena, uma lástima, um absurdo, alguns brandindo os punhos a Deus, outros aconselhando-a que se curvasse à Sua vontade. Mas ninguém dissera que se sentia triste por Ben. Ninguém havia entendido aquele sentimento — que muito de sua raiva, de sua revolta, de sua dor pelo que havia acontecido não era por ela ou por Frank. Claro que a dor deles era monumental, quase inumana em seu tamanho e suas dimensões, tão intensa que a fazia pensar que simples humanos não seriam capazes de entendê-la, que apenas o oceano e as montanhas e o vento conseguiriam. Não, o que ela mais sentiu foi uma raiva gritante por Benny ter sido enganado, sendo conduzido ao destino que havia arrebatado seu corpo pequeno e ainda imaturo. Ela e Frank tinham perdido Benny, mas Ben, Ben não perdera apenas os pais, mas também seus filhos não nascidos; não só seus melhores amigos da escola, mas os futuros amigos da faculdade e as mulheres que teria conhecido e amado, a mulher com quem teria se casado. Às vezes, quando Ellie pensava na enormidade da perda de Benny, sentia-se chocada com sua magnitude — os livros que ele nunca leria, os filmes aos quais jamais assistiria, as sinfonias que nunca ouviria (ou comporia), os teoremas geométricos que jamais resolveria, as sessões noturnas de estudos na faculdade que cabularia, o ano como calouro fora de casa de que jamais desfrutaria, as discussões sobre Nietzsche e Kierkegaard de que jamais participaria, o primeiro beijo que nunca daria, o continente de diferença entre fazer sexo e fazer amor que jamais descobriria, a emocionante sensação de superar os pais que jamais sentiria, o primeiro emprego, a primeira promoção, a primeira viagem ao exterior, a primeira carta de amor, a primeira desilusão amorosa, o primeiro filho — meu Deus, e tantas outras coisas —, a estranheza espinhenta dos quinze anos, a irreverência inquieta dos vinte, a satisfação de ter quarenta, a realização de chegar aos sessenta, a aceitação de ter oitenta — nada daquilo seria o destino de Benny. Ellie entendia agora por que as pessoas lamentavam tanto a morte de crianças. A razão para chorar a morte de uma criança de sete anos (ou oito, ou nove) era simples — aos sete anos (ou oito, ou nove), as crianças são bobinhas, sem forma definida, tão inexperientes que quase poderiam pertencer a outra espécie. A verdadeira razão para chorar a morte de um jovem não seria pelo que ele era, mas pelo que jamais chegaria a ser.

Agora Ramesh estava desenhando pequenos círculos no pulso de Ellie com as unhas, um gesto tímido e hesitante que ela logo reconheceu. Sem pensar a respeito, levou a mão magra do garoto até os lábios e a beijou. Um garoto americano poderia se sentir constrangido com isso. Mas Ramesh abriu um sorriso.

— Eu gosto de você, Ellie — disse, mas com a voz fina e hesitante de timidez, como se estivesse pedindo permissão, como se a afirmação tivesse um ponto de interrogação no final.

— Eu também gosto de você — replicou Ellie. Em seguida, para disfarçar o próprio constrangimento, acrescentou, meio ranzinza: — Mas vamos lá, chega de enrolação. Você quer se sair bem amanhã na prova, não quer?

— Enrolação. — Ramesh deu risada. — Isso é como *khaata-mitha?*

Ellie franziu o cenho.

— *Kaataa-meeta?*

— Quer dizer azedo e doce. Como comer uma manga verde, ainda não madura — Ramesh fez uma careta —, e depois tomar um sorvete.

— Não, enrolação não é nada disso. Significa perder tempo de propósito. Que é o que você está fazendo, meu garoto.

O sorriso de Ramesh era irresistível.

— Me pegou — admitiu. Estendeu as mãos acima da cabeça com um bocejo, e Ellie pôde ver seu estômago achatado debaixo da camisa. — Eu estou sentindo preguiça agora, Ellie.

— Mas dez minutos atrás você estava todo frenético — e percebeu que ele não conhecia aquela palavra —, preocupado com a sua prova. Vamos lá, mais algumas perguntas, e então a gente pode parar.

Lá fora, a melodia da tempestade continuava incessante, e a casa rangia e gemia em uníssono. Quando ficou convencida de que Ramesh sabia as respostas para suas perguntas, Ellie se levantou.

— Eu vou fazer um chá. Enquanto isso, você lê mais um capítulo, certo?

Ramesh concordou, mas, cada vez que Ellie desviava o olhar da chaleira para observá-lo, percebia que Ramesh não tirava os olhos da porta da frente. Ele está esperando Frank, assim como eu, pensou, mas não se sentiu ofendida pelo pensamento. Na verdade, se sentiu comovida, recordando como Benny costumava esperar o pai voltar para casa no fim de cada dia de trabalho. Com exceção das terças-feiras, quando trabalhava até mais tarde, Ellie sempre chegava em casa por volta das três horas e ficava ali sozinha com Benny durante algumas horas ininterruptas. Mas, lá pelas seis horas, o garoto começava a ficar agitado, a voz soava um pouco mais alta, as brincadeiras ficavam mais agressivas, sempre olhando pela janela da sala à espera do pai.

Ellie sentiu um nó na garganta com a lembrança daquelas longas tardes passadas na companhia do filho. Os respingos da luz do sol subindo pela cozinha enquanto ela preparava o jantar. O aparelho de som tocando "Yellow Submarine", a música favorita de Benny. Benny subindo na casa da árvore que Frank havia construído para ele, os cabelos claros parecendo um tecido dourado ao sol. O cheiro de terra quando Ellie escavava o jardim, Benny ao seu lado com sua pá vermelha, tentando ajudar. Os dois deitados numa manta no quintal, a grama verde e cintilante sob a luz do cair da tarde. Ouro puro. A lembrança daqueles anos parecia dourada, envolta por uma luz amarelada. Mesmo sabendo que vivia correndo e apressada, como qualquer mãe que trabalha, agora que retornava ao passado aquele período parecia indolente, estendido, como um rolo de filme que alguém desenrolasse bem devagar. Como ela tinha vivido aqueles anos com alegria e casualidade, pensava Ellie agora. Com a atitude descuidada de uma mulher que esperava que sua boa sorte durasse para sempre, que nunca percebeu que cada Éden contava com sua serpente escondida, que poderia atacar sem aviso e no momento em que menos se espera.

— Frank deve chegar tarde esta noite, Ramesh — disse, sobrepondo o silvo da chaleira. — Eu sou a melhor coisa que você pode ter por enquanto, sinto muito.

O garoto lançou um olhar perspicaz e penetrante para ela.

— Tudo bem — replicou rapidamente. — Eu gosto de estudar com você. Ellie sorriu consigo mesma diante daquela óbvia inverdade.

Os dois estudaram por mais duas horas. Quando afinal Ramesh foi embora, depois das dez e meia, Frank ainda não tinha voltado para casa.

Capítulo 3

Através da cortina de chuva e neblina, as luzes distantes pareciam um enxame de vaga-lumes. Mas, quando o jipe se aproximou da fábrica, Frank viu que a luz vinha de lampiões de querosene, empunhados por mais ou menos uns vinte homens aglomerados ao redor do portão. Alguns se protegiam com guarda-chuvas pretos, mas a maioria estava ensopada, com as longas túnicas brancas coladas ao corpo. Apesar de estar num automóvel seco e aquecido, Frank estremeceu em solidariedade. Ou talvez fosse a feiura captada naquelas expressões quando espiaram dentro do jipe o que provocou tal estremecimento — olhos arregalados, bocas contorcidas de raiva gritando frases cujas palavras mal chegavam até Frank, por causa da chuva e das janelas fechadas. Ou pelo fato de vários deles baterem no carro com os punhos ou as mãos abertas enquanto Satish dirigia devagar entre eles, esperando o porteiro noturno abrir o grande portão de ferro. Sem querer, Frank virou-se no banco para olhar para trás e viu que a multidão tentou passar pelo portão aberto, mas foi contida pelos *chowkidar* armados. Que merda, pensou. Isso não está nada bom.

A primeira vez que viu a fábrica, Frank se sentiu constrangido diante da longa entrada ladeada de árvores, dos gramados verdejantes e bem cuidados, dos arbustos em flor, ante o puro desperdício e a demonstração de riqueza num vilarejo marcado por tanta pobreza. Naquela noite, sentiu-se grato pela distância entre ele e os operários do lado de fora do portão. A estrada fazia uma curva até os fundos da fábrica e um prédio à parte que abrigava os escritórios corporativos da HerbalSolutions, para onde Satish se dirigia no momento. Quando Satish estacionou perto da entrada, o jipe estava quase fora da visão da turba furiosa do lado de fora do portão. No momento em que saltou do veículo sob a proteção do guarda-chuva que o motorista segurava para ele, Frank se sentiu irreal, teve a sensação de estar aprisionado num daqueles filmes baseados num romance de Graham Greene. Precisou dos vinte minutos do trajeto de automóvel para organizar seus pensamentos. Um trabalhador morto. Eles seriam culpados? Seria responsabilidade deles? Sentiu-se totalmente fora de seu ambiente, mais estranho à Índia do que no dia em que havia chegado ao país no ano anterior. Quando foi até o escritório de Pete para aceitar aquele emprego, problemas trabalhistas foram as últimas coisas em que chegara a pensar. Como lidar com as consequências da morte de um operário era algo que não se ensinava na faculdade de administração. Foi acometido por uma sensação de terror, por uma profunda resistência a ter de lidar com aquela situação. Os homens reunidos no portão debaixo daquela tempestade não esqueceriam o camarada tombado tão cedo. Frank sabia disso. Vai ser foda, pensou. Cheguei a este país só para tentar desempenhar meu trabalho e de repente estou lidando com uma turba manifestando graves expressões de ódio.

Quando passou pelo longo corredor que levava ao seu escritório, o medo foi substituído por raiva. Percebeu que todas as luzes no prédio de um só andar estavam acesas, e por alguma razão isso o irritou. Será que essa gente pensa que se trata de um piquenique ou coisa parecida? Quem eles acham que está pagando a conta de eletricidade?

Ficou ainda mais aborrecido ao encontrar Gulab Singh sentado em sua cadeira, usando o seu telefone. Pelo menos o homem teve a decência de se levantar quando Frank entrou na sala.

— *Achcha* — ia dizendo Gulab. — Tudo bem, sem problema. Vou chegar aí amanhã logo cedo. Mas o chefão acabou de chegar, nos falamos de novo amanhã, *achcha*? — E desligou o telefone.

— O que está acontecendo afinal, Gulab? — perguntou Frank antes que o homem o cumprimentasse. — O que aconteceu com Anand?

Gulab tirou um lenço branco do bolso da calça jeans e fez questão de limpar o bocal do aparelho antes de colocar o fone na base. Um costume indiano estúpido, pensou Frank. Ele só está trocando os germes de lugar. Obrigou-se a não pensar no telefone para se concentrar em Gulab.

O chefe de segurança de Frank era um homem forte e grandalhão, com um queixo forte e bem barbeado, nariz de pugilista e mãos grandes e massudas. De longe, era o maior indiano que Frank conhecia. Tudo nele exalava poder e força bruta. Alternava suas roupas entre a tradicional e longa túnica *sikh* e calças, além de aparições ocasionais na fábrica usando camisa e calça jeans. Era como se revezasse seus hábitos de vestuário com frequência para manter algum mistério. Alguma coisa em Gulab sempre deixara Frank apreensivo, mas ele nunca tinha conseguido identificar o que era. Ao contrário dos outros funcionários, Gulab sempre mantinha sua palavra, trabalhava bastante, era confiável e sabia pensar por si mesmo. Tampouco era obsequioso ou subserviente como os outros, características que Frank desprezava. A maioria dos indianos que conhecia ou era direta como um soco na boca ou subserviente demais. Mas suas bajulações só o faziam se sentir indiferente e distante. Quanto mais se mostrava distante, mais aumentava a intensidade das vigorosas aquiescências, de sorrisos e dos *sim, senhor*. No entanto, para ser justo, ele tampouco gostava do contrário, dessa nova atitude austera e grave que os assolava desde o surgimento da situação trabalhista, dois meses atrás. Homens que havia poucos meses lhe pareceram infantis se transformavam agora em tipos maduros e calejados, olhando para Frank como se vissem algo que ele próprio não conseguia ver, como se ele fosse algo mais que o Frank Benton de Ann Arbor, que tinha aceitado um cargo numa terra distante e estava tentando cumprir sua função, um trabalho monótono (em resumo) como qualquer outro.

— Então, o que está acontecendo? — Frank perguntou mais uma vez, assumindo seu lugar atrás da mesa, de forma que Gulab não teve escolha a não ser sentar na cadeira em frente.

Gulab balançou a cabeça.

— A situação não está boa, senhor. Como sabe, Anand foi levado pela polícia dois dias atrás. E...

— Espere aí. Eu sabia disso?

Gulab fez uma expressão de curiosidade.

— Eu mesmo o informei sobre isso, chefe. — Havia algo na voz dele que Frank não conseguia identificar. — Acho que o senhor estava saindo para sua reunião semanal quando contei. E sua resposta foi... o senhor pediu para eu cuidar do caso.

Frank sentiu alguma coisa se formando na boca do estômago.

— E o que você fez, Gulab?

Gulab falou devagar:

— Achei que suas instruções foram claras, senhor. Por isso, pedi ao chefe de polícia que, bem, o senhor sabe, que desse uma dura... que fizesse alguma pressão no rapaz. Anand era o líder, percebe? E pensei que, se pudéssemos conter os ânimos dele, conteríamos o resto do sindicato antes que as coisas saíssem do controle.

— Você pediu que matassem Anand? — A voz de Frank foi um sussurro.

Gulab pareceu chocado e se sentou ainda mais ereto na cadeira.

— Senhor. Claro que não, senhor. A morte foi um terrível acidente. Eles só estavam... dando uma dura... para ele voltar ao juízo normal. Só Deus sabe o que aconteceu de errado. A polícia aqui sabe bater de forma a não deixar marcas, por isso nunca acontece nada de grave. Esse rapaz devia ser muito fraco. — Os olhos de Gulab dardejaram pelo recinto enquanto pensava. — De fato, deve ter sido por causa de alguma condição cardíaca de que sofria. Sim, provavelmente ele tinha o coração fraco.

Frank foi mais uma vez envolvido por uma sensação de irrealidade, de se encontrar em um filme ruim. Estou em um escritório na Índia, no meio da noite, discutindo como encobrir a morte de um jovem, pensou. Mas, apesar do horror, da vergonha e da repulsa que sentia, não tinha como negar — havia também uma espécie de entusiasmo, uma sensação de estar sendo posto à prova, de ser adulto e cosmopolita de uma forma que nunca teria sido se tivesse permanecido em Ann Arbor.

— Então essa é a sua defesa? — Surpreendeu-se ao perguntar. — Que Anand tinha o coração fraco?

— Defesa? — Dessa vez, não havia como não perceber que Gulab estava zombando dele, que ele sabia que Frank estava fora de seu meio, longe de sua alçada, um jovem americano inocente tentando nadar em águas turvas e adultas. Vagamente, Frank lembrou-se de uma conversa anterior com Gulab, quando o homem falou do tempo em que fora soldado do Exército da Índia na Caxemira. — Eu já matei homens com as próprias mãos, senhor — dis-

40 *Thrity Umrigar*

sera Gulab. — Era isso ou ser morto pelos porcos muçulmanos. — Frank se esforçou para se concentrar no que Gulab dizia. — Não há necessidade de uma defesa, senhor. Nossa empresa não é responsável pela morte do homem. Se Anand tinha um problema no coração, deveria ter pensado duas vezes antes de se tornar líder sindical. As condições na prisão foram tais que resultaram na sua morte.

— E você acha que eles vão acreditar nisso? — Logo em seguida, se surpreendeu ao perceber que se tornava cúmplice na morte de um jovem que mal conhecia, um homem que tinha vindo ao seu escritório algumas semanas atrás demandando melhores salários e menos horas de trabalho para os operários. Não havia nada de excepcional em Anand, nenhuma característica que se destacasse na lembrança de Frank, e foi esse aspecto cotidiano, essa normalidade, que provocou em Frank uma profunda tristeza e repulsa pela conversa que estava tendo agora. — Escute aqui — começou a dizer, fingindo uma determinação que não sentia —, deve haver uma maneira melhor de lidar com essa situação. Podemos simplesmente abrir o jogo. Dizer que a polícia torturou Anand e que nós não tivemos nada a ver com isso.

— Frank, *sahib*. Pense um pouco. Se fizermos isso, nosso envolvimento com a polícia virá à tona, não? Por que eles prenderam o homem, senhor? Foi porque nós... porque eu... pedi para eles fazerem isso. Anand não tinha cometido nenhum crime. Mesmo assim, eles foram à casa dele à noite e o levaram para interrogatório. E, depois, se responsabilizarmos a polícia agora, o que acha que vai acontecer da próxima vez que precisarmos da ajuda deles? Já faz alguns anos que os moradores daqui contestam nossos direitos sobre essas árvores, que são o sangue vital da HerbalSolutions. O senhor sabe disso. Quem o senhor acha que nos ajuda a impedir que esses aldeões ignorantes tomem posse das árvores?

Frank estava ciente do crescente descontentamento dos moradores pelo fato de a HerbalSolutions ter assinado um contrato de cinquenta anos com o governo estadual indiano para explorar milhares de acres de terras florestais. Tradicionalmente, os moradores fermentavam, mastigavam e até fumavam as folhas das árvores de *girbal* — as mesmas folhas que a HerbalSolutions agora colhia e processava para usar em sua linha SugarGo como tratamento alternativo para a diabetes. Os aldeões também costumavam cortar o que

O TAMANHO DO CÉU *41*

pensavam ser suas árvores para obter lenha. Depois de assinar o contrato, a HerbalSolutions postou guardas para proteger as árvores de invasores. Mas havia constantes disputas e conflitos entre os guardas contratados e os moradores, os quais acreditavam que, apesar do que dizia o governo, as árvores pertenciam aos seus ancestrais e deveriam ser passadas aos seus filhos. A polícia já tinha sido chamada várias vezes para controlar os conflitos.

— Então o que você propõe que a gente faça? — perguntou Frank, detestando aquela sensação de estar sem saída.

— Deixe as coisas comigo, senhor. Eu vou cuidar de tudo.

— Não, obrigado. Não vou cometer esse erro mais uma vez. Da última vez que pedi que você cuidasse das coisas, acabei com um homem morto nas mãos. — As palavras foram expelidas de Frank, disparadas pela raiva e pelo ressentimento que sentia.

Gulab se enrijeceu de forma imperceptível, seu olhar se tornou opaco e inexpressivo. Deu para Frank perceber que havia tirado sangue. Sentiu certa satisfação, seguida por uma pontada de arrependimento. Gulab não era alguém que ele quisesse ter como inimigo.

— Sinto muito — começou a dizer. — Isso foi...

— Sem ofensa, *sahib*. — O sorriso de Gulab era rígido e perfunctório. — E, senhor, honestamente, eu estava seguindo suas instruções. Quando me disse para cuidar da situação com Anand, eu achei...

Será que o sujeito estava querendo implicá-lo? Tentando dizer que suas mãos também estavam sujas de sangue? E *o que* ele quis dizer quando pediu que Gulab cuidasse da situação? Teria sido apenas uma resposta impensada de um executivo fustigado por problemas? Ou teria havido algo mais sinistro naquela ordem — o desejo de eliminar o problema, de que fosse resolvido seja lá por que meios? Frank mal se lembrava de ter dito aquelas palavras a Gulab. Mas, mesmo que tivesse dito, santo Deus, com certeza ele não estava se referindo a um *assassinato*, nem mesmo a alguma espécie de tortura. Frank se lembrou da primeira vez que tinha lido sobre o escândalo em Abu Ghraib. Quando se sentiu fisicamente enojado. Nós não somos assim. Não é isso que os americanos fazem, considerou. Como era característico, Ellie havia se mostrado mais cínica: "Ora, Frank, o que você acha que acontecia no Vietnã? Que inferno, o que você acha que acontece nas prisões dos Estados Unidos todos os dias?". Mas Frank tinha se sentido genuinamente chocado, enojado com as imagens da televisão. Agora olhava para Gulab e tentava pensar numa forma de explicar tudo isso a ele, mostrar que em seu mundo não havia torturas e espancamentos policiais e mortes na prisão. Por um momento, lembrou-se com saudade da casa em Ann Arbor, das animadas festas com amigos que concordavam com suas visões políticas, das conversas fiadas em que todos prometiam se mudar para o Canadá se Bush fosse eleito para um segundo mandato, o que nunca mais foi mencionado depois que ele efetivamente assumiu. Mas era como ver aquele mundo através de uma grossa placa de gelo, como se sua vida pregressa estivesse encapsulada dentro de um desses globos de neve, frágeis, delicados e adoráveis que segurasse na palma da mão, vendo tudo pelo lado de fora. Depois de viver na Índia por um ano e meio, sentia-se mais próximo dos soldados americanos atolados até as orelhas na merda e na lama no Iraque, achava que conseguia compreender sua inocência perdida, a confusão e a irritação, até o desprezo e o ódio por uma cultura que tinham vindo salvar, mas que os estava destruindo. Todas as suas convicções liberais — de que as pessoas eram iguais no mundo todo, que diferenças culturais podiam ser superadas pela tolerância e pela boa vontade — naquele momento pareciam ingênuas e perigosas. O homem agora sentado à sua frente era tão incompreensível quanto uma montanha, tão impenetrável como uma floresta densa. A distância entre os dois era maior que a distância geográfica entre os países em que haviam nascido.

— Escute, Gulab — disse. — Você sabe muito bem que o que eu disse não implicava nenhuma violência. Não é assim que se fazem negócios. — Voltou a olhar para Gulab e pensou mais uma vez que não queria aquele homem como inimigo. Esforçou-se para baixar o tom antes de falar: — Enfim, é uma situação de merda, mas vamos ter que encarar. Vou apoiá-lo nessa. Mas você vai ficar me devendo, certo?

Gulab pareceu perplexo com aquele americanismo que ele pouco conhecia. Depois aquiesceu.

— Eu fico em débito com o senhor. — Abriu a boca para dizer mais alguma coisa, porém, naquele momento, alguém bateu na porta.

— Pode entrar — disse Frank, e Deepak Mehta, o segundo no comando após Frank, entrou no recinto.

— Oi, Frank — disse, ignorando Gulab. — Que tragédia, hein? Acabei de saber da notícia. As estradas estavam ruins, mas vim assim que pude.

— Você nem precisava ter vindo, Deepak. Eu poderia cuidar desse assunto. — Frank percebeu que nem tinha ligado para Deepak. Você não está pensando com clareza, advertiu-se. Vai ter de fazer melhor do que isso.

— Absurdo. Eu jamais deixaria você cuidar disso sozinho. Você viu a multidão no portão? Tem umas cinquenta pessoas ali. Inclusive a mãe.

— Que mãe?

Deepak piscou.

— Ora, a mãe do homem... quero dizer, a mãe de Anand.

— Ela está aí fora?

— Está. Eu saí para falar com ela. Mas ela não ficou satisfeita. Só quer falar com você.

Frank empalideceu e, pelo leve movimento de cabeça de Gulab, soube que o homem tinha percebido seu medo. Mas Frank estava fora de si. A perspectiva de encontrar a mãe de Anand, de olhá-la nos olhos e responder às suas acusações estava além de sua capacidade física. Ele conhecia os próprios limites. Menos de dois anos atrás havia comparecido ao funeral do próprio filho e evitado contato visual com outra mulher desolada, que, por acaso, era sua esposa. Não poderia fazer isso agora. Não poderia.

— Frank — começou a dizer Deepak. — Provavelmente seria uma grande ajuda se você pudesse sair e falar com a multidão, sabe? Dizer algumas palavras de pesar para a mãe.

— Eu não posso fazer isso. — Instintivamente, Frank virou-se para Gulab em busca de apoio. O homem olhava para Frank como que fascinado, como se estivesse resolvendo um enigma. Lentamente, uma expressão de entendimento espalhou-se pelo seu rosto. Mas Frank estava angustiado demais para registrar boa parte daquilo. Sentia-se como um animal acuado, chegando até a esfregar a mão no pescoço, onde sentia a inequívoca mordida de uma corda sendo apertada.

— Trata-se de um costume aqui. — Deepak parecia ignorar o desconforto de Frank. — Um sinal de respeito. Você precisa prestar condolências para...

— Deepak *babu* — disse Gulab, erguendo o braço direito como que para deter o fluxo de suas palavras. — Não é uma boa ideia Frank *sahib*

44 *Thrity Umrigar*

enfrentar a multidão esta noite. Talvez a gente possa dar algumas centenas de rupias para a mãe e mandar que volte para casa. Mais tarde, vamos ver o que pode ser feito.

Deepak apertou os lábios.

— Um rapaz de vinte e dois anos morreu — disse. — Não acho que algumas centenas de rupias vão apaziguar a mãe dele.

Gulab deu risada. Havia algo de indiferente e assustador naquela risada, que provocou o efeito desejado. O olhar de Deepak transitou de um homem para o outro, hesitante.

— Eu vou lidar como esses *junglee* lá fora, *sahib* — disse Gulab. — Quando perceberem que vocês dois já saíram, eles também vão sair. Vou dar um jeito para que vocês saiam pelos fundos, certo? Não há necessidade de encarar a multidão mais uma vez. — Embora ele estivesse falando com os dois, seus olhos fixavam-se nos de Frank, que sentiu uma mudança sutil e imperceptível acontecer entre ele e Gulab, que Gulab tinha identificado nele alguma fraqueza essencial e o estava protegendo.

— Tudo bem — concordou Frank. Sua boca estava seca, a voz fraquejava.

Gulab olhou para Frank mais uma vez.

— Eu vou buscar o seu motorista — disse, saindo da sala.

— Afinal o que está acontecendo, Frank? — Deepak virou-se para ele assim que Gulab saiu pela porta. — O que vamos fazer?

— Acontece que o rapaz tinha alguma doença no coração. Provavelmente a prisão o deixou muito tenso. É uma grande infelicidade. — Mesmo para Frank, sua voz soou falsa e hesitante. Mas ele já previa que iria dizer aquelas palavras vezes e mais vezes, até que finalmente assentassem, se solidificassem, se tornassem verdadeiras.

Deepak ficou olhando para Frank por um bom tempo, pensativo.

— Entendi. É isso que eles estão dizendo?

O tom de voz de Frank soou duro como uma pedra.

— Essa é a verdade.

— Entendi — repetiu Deepak. Sua voz também soou inexpressiva, com sua exuberância natural transformada numa espécie de farsa. Depois, de repente, uma explosão incontrolada. — Esses canalhas gananciosos. Estava indo tudo bem. Aí eles tinham de começar a querer mais dinheiro, e isso e aquilo.

Frank apreciou o que Deepak estava tentando fazer, tomar coragem, se convencer de que a multidão que esperava que eles saíssem fosse a culpada pela tragédia. Sem saber como, de repente se lembrou de uma entrevista com um jovem soldado no Iraque cujos camaradas tinham sido acusados de trucidar civis inocentes. "Esses filhos da puta de turbante são traiçoeiros, cara", disse ao repórter. "Num instante eles estão sorrindo e fazendo gracinha, no momento seguinte estão apedrejando a gente. Então, são eles que fazem essas merdas acontecerem, cara." Ao assistir à entrevista, Frank se sentiu envergonhado e enojado. Mas agora se sentia grato pelo que Deepak estava fazendo, entendendo que deveria começar a pensar do mesmo jeito.

— Deepak — disse num tom urgente, aproveitando a ausência de Gulab. — Aconteça o que acontecer, eu não quero encarar essa mãe, certo? — Tentou encontrar um tom mais leve. — Isso não faz parte do meu trabalho — acrescentou, mas a voz saiu distorcida, fina e chorosa, não casual e irônica.

— Eu já me encontrei com a mãe — murmurou Deepak, mudando de posição na cadeira, evitando o olhar de Frank. — Também vai haver um funeral. Alguém da fábrica terá de estar presente. — Sua expressão deixava claro que ele não estava se apresentando como voluntário para a missão.

Frank soltou um suspiro.

— Já é tarde. Vamos para casa e nos encontramos de novo amanhã, daqui a algumas horas, certo? — Levantou da cadeira para sinalizar que a reunião estava encerrada e abriu a porta. Os dois saíram juntos e logo encontraram Satish no corredor, que viera encontrá-los.

— Você quer uma carona, Deepak? — perguntou Frank.

— Não, obrigado. Eu vim de carro.

— Tudo bem. Mas dirija com cuidado.

— Vocês também.

No jipe, Frank entrou no banco traseiro, ignorando o olhar incrédulo de Satish. O motorista conduziu o veículo com habilidade pela estrada lateral que passava por trás do escritório, até saírem das instalações da HerbalSolutions e voltarem à estrada principal sem passar pela multidão.

A chuva tinha diminuído e o ar-condicionado estava ligado, mas ainda assim o veículo parecia quente e abafado. Frank bateu no banco do motorista.

— Satish — chamou. — Encoste aqui.

Desceu do jipe antes mesmo que Satish desse a volta para lhe abrir a porta. Correu até o acostamento, debruçou-se e vomitou. Estava muito escuro para ver o conteúdo do jantar daquela noite, mas Frank teve a inevitável sensação de que estava vomitando mais do que comida — que estava expelindo tecido machucado e esmagado, galões de sangue derramado, a angústia insuportável e inexprimível de uma mãe arrasada e a promessa perdida de uma vida que talvez ele tivesse ceifado sem querer com suas palavras descuidadas.

Capítulo 4

Prakash sentia que até mesmo o mar estava se afastando dele. Em todos os anos em que vivera no casebre de um cômodo atrás do casarão onde os americanos moravam agora, ele sempre teve a sensação de que o mar lhe pertencia. Durante os anos de Olaf, Prakash conseguia dar uma escapada até a praia para fumar um *bidi* ou se afastar dos choros de Ramesh sempre que tinha vontade. Olaf, o solteirão alemão que construíra aquela casa, era o empregador perfeito — *bas*, era só servir o café da manhã, o uísque da noite, cozinhar e fazer a limpeza entre uma coisa e outra, que ele o deixava em paz para ir e vir como quisesse. Olaf nunca ficava na varanda ou fazia sinais quando ele passava para descer a escada de pedra até a praia. Como Ellie estava fazendo naquele momento.

— Olá, senhora — murmurou ao passar depressa pelos arbustos em flor, indo na direção da escada de pedra.

Parecia que os americanos passavam o tempo todo na varanda. Sabe Deus por quê. Uma casa grande e perfeita, com ar-condicionado em todos os cômodos, e os dois preferiam cozinhar no sol da tarde. Diferentemente dele, que não tinha escolha a não ser se expor ao sol se quisesse evitar as broncas de Edna. Havia dias em que tinha vontade de incendiar sua casa de um cômodo só para se livrar da estridência da voz da mulher. Sem contar a decepção que parecia morar permanentemente nos olhos dela, como um peixe no aquário.

Acendeu um *bidi* assim que chegou à praia. Ellie o proibia de fumar em sua própria casa, fazendo discursos sobre o quanto a fumaça fazia mal a Ramesh. Tantas vezes ele quis lembrá-los de que Ramesh era sangue do seu sangue, e não do deles. Tantas vezes tivera de virar o rosto para que eles não vissem a raiva que ruminava dentro dele. O que foi mesmo que Rakesh tinha dito no funeral de Anand? Que os *goras* metiam tanto o nariz na vida dos outros que era um milagre que ainda tivessem um nariz na cara. Prakash riu em voz alta ao imaginar Frank sem nariz. Andou depressa ao longo da praia, querendo sair logo do campo de visão de Ellie.

Ellie era simpática. Educada com ele e com Edna. E o melhor de tudo é que nunca confundia Ramesh com seu filho. E ela os *via* quando olhava para eles. Diferentemente de Frank, que olhava para ele e para Edna como se fossem etéreos. Sempre procurando, procurando Ramesh, como se os dois fossem a água que tinha de remexer para chegar ao fundo do copo onde estava Ramesh.

Pelo menos a *tamasha* resultante da morte de Anand mantivera Frank afastado por alguns dias da família de Prakash. Agora ele passava todo o tempo na fábrica. Pelo que Prakash era grato. Já havia alguns dias que não se ouvia o *tump, tump* da bola de basquete no corredor onde o americano não parava de jogar com seu filho, sempre papagaiando em inglês. Os gritinhos de prazer de Ramesh eram como beliscões no corpo de Prakash. E Frank estava chegando em casa tarde demais para ajudar o garoto com as lições da escola. Na noite anterior, Prakash tinha mandado Edna ajudar Ramesh, mas ela acabou desistindo depois de batalhar durante uma hora. Naquele momento ele desviou o olhar para não ver a vergonha e a impotência nos olhos da esposa. O filho já sabia mais sobre o mundo que os pais. Disso, eles se sentiam orgulhosos — e envergonhados.

Edna não queria ir ao funeral com ele. Por lealdade ao casal. Aos americanos.

— O que eles vão achar se nós formos? — ela perguntou. — Que estamos apoiando o sindicato?

— Eu conheço Anand desde o dia em que ele nasceu. A mãe dele é uma boa mulher. — O resto, ele não disse: que Shanti, que era muitos anos mais velha que Prakash, sempre fora boa com ele. Era como Prakash avaliava todos os moradores — os que tinham sido bons para ele e os que caçoaram dele quando era um pequeno órfão, perambulando de casa em casa.

— Então vai você. Eu nem conheço essa gente.

— Você mora em Girbaug por todos esses anos e continua dando ares de Goa. Você precisa ir. Uma mulher tem de seguir o marido. É o que diz a Bíblia.

Edna riu com sarcasmo.

— O que você sabe da Bíblia, seu pagão? Analfabeto como um camundongo, é o que você é.

Prakash ficou indignado.

— Eu sei que a Bíblia diz que o marido tem direito de bater na mulher se ela não obedecer. Você precisa ir.

A verdade é que ele não teria ido ao funeral sem Edna. Prakash já não morava na cidade havia alguns anos, desde que se mudara com Edna para o alojamento de caseiros na casa à beira-mar. Percebendo a dificuldade de alimentar a nova noiva com seu salário de mecânico de automóveis, anos atrás Prakash tinha abordado o alemão de aparência assustadora que veio falar com ele sobre um problema mecânico, a fim de tentar convencê-lo de que ele precisava de alguém para cozinhar e limpar a casa. "Minha mulher é muito boa", disse. "Os pratos de Goa que ela faz." Para sua grande surpresa, Olaf havia concordado — mas com a condição de que os dois se mudassem para a casinha atrás da nova casa. Por acaso, o empregado do alemão na época não era nada confiável — e confiabilidade era a grande virtude que Olaf prezava acima de tudo.

Para Edna e Prakash, foi um arranjo perfeito. Olaf dobrou o salário de Prakash, e eles ainda teriam um lugar para morar de graça. No começo, Prakash fazia a limpeza e Edna cozinhava, mas, com o tempo, Prakash descobriu seus talentos culinários e os dois trocaram de posição. Olaf pareceu nem notar.

Porém, morar longe da aldeia também implicava renunciar à familiaridade fácil que Prakash tinha desenvolvido como jovem órfão, o acesso para entrar na casa das pessoas sem bater. Ele sempre manteve uma posição peculiar na aldeia, como objeto de afeição, mas também de pena. Os moradores o viam mais como um talismã ou mascote do que como um ser humano. Ele próprio nunca se livrou da sensação de ser um eterno excluído. Se tivesse se casado com uma garota local, talvez as coisas tivessem sido diferentes. Mas, nas primeiras férias de sua vida, Prakash viajou para Goa e se apaixonou por Edna. Os dois fugiram para Girbaug duas semanas depois, sabendo que o pai dela, católico, jamais consentiria o casamento com um hindu. Os aldeões ficaram tão chocados com o casamento quanto a família de Edna.

Prakash jogou a guimba do *bidi* no mar e imediatamente acendeu outro. Logo teria que pegar sua bicicleta para buscar Ramesh na escola. Resolveu ficar um pouco mais à beira-mar. Edna estava de mau humor por ter ido ao funeral. Ele mesmo estava despreparado para as emoções daquele episódio. Tentava agora tirar da memória a cena de Shanti batendo no próprio peito e tentando se atirar na pira funerária que devorava o filho. E da soluçante irmã de Anand segurando a mãe. De Mukesh, o melhor amigo de Anand, dizendo com amargura: "Está vendo como Mérica está matando os iraquianos? *Arre, bhai*, eles não vão descansar enquanto não fizerem o mesmo com a gente".

O funeral fez Prakash odiar Frank. Durante o caminho de volta a casa, ele disse a Edna:

— Eu não quero mais que nosso Ramu vá à casa deles para estudar e estudar. Agora você vê como essa gente é.

Mas Edna reagiu como uma serpente.

— Tudo bem, seu ignorante. Então você ensina o garoto. Converse com seu filho no seu inglês errado. E você paga a mensalidade da escola. Compra os sapatos e o uniforme. Tudo com o seu salário... que quem paga é o sr. Frank, aliás.

Prakash olhou para as águas cinzentas do oceano. Naqueles dias, Edna parecia tão distante quanto o lugar onde o céu tocava os lábios do mar. E Ramesh também andava sempre emburrado, como se tivesse adotado o constante criticismo de Edna. Se ao menos ele conseguisse fazer o garoto sorrir da forma que o *gora* era capaz sem se esforçar. Algumas semanas atrás, Frank tinha batido à sua porta tarde da noite para presentear Ramesh com uma bola de basquete novinha. Isso depois de Prakash ter passado uma hora fazendo um remendo de borracha que deixara a bola velha como nova. Exibido. Sempre comprando seu Ramu com presentes.

Prakash sentiu o nariz estremecer ao lutar para conter as lágrimas. Esfregou o nariz com a manga da camisa e olhou para o céu. Daqui a duas horas ele poderia tomar um drinque. Pensou com desejo na garrafa cheia de *daru* que o esperava em casa. Sentiu-se distender e relaxar como se o destilado amarronzado já tivesse penetrado em seu corpo.

Capítulo 5

Ellie não saía de casa havia mais de uma semana e agora andava pela sala de estar, esperando ansiosa a chegada de Nandita. Depois da morte de Anand, Frank implorou para que ela não saísse de casa, disse que era perigoso andar sozinha pelas ruas de Girbaug. Então Ellie engolira sua resistência costumeira e ficara em casa, mesmo se ressentindo pelo pouco que Frank comentava a respeito do que havia acontecido na delegacia de polícia no dia em que o pobre rapaz morrera, ou sobre as consequências de sua morte. Por isso ela tinha que depender de Edna, que, apesar de seu temperamento cauteloso e desconfiado, conseguia transmitir o estado de espírito das ruas à sua patroa. Foi Edna quem falou com ela sobre o boato espalhado pela polícia de que Anand era simpatizante de terroristas, um boato que primeiro causou riso nos homens que o conheciam e depois os deixou furiosos, até que finalmente, após muitas vezes repetido, fez com que todos adotassem uma espécie de silêncio perplexo.

Mas o que mais deixou Ellie nervosa foi a mancha escarlate de suco de bétele na camisa azul de Frank quando ele voltou para casa no dia seguinte ao funeral de Anand. Um dos operários da fábrica, que mascava folhas de bétele, tinha chegado perto de Frank, olhara firme em seus olhos e cuspira nele. Afinal o operário era tio de Anand, e claro que foi imediatamente demitido, mas parte da surpresa e do choque que Frank sentiu naquele momento permaneceu com ele naquela noite, fazendo-o contar logo o que havia acontecido, antes mesmo de Ellie perguntar a respeito.

— Deepak me disse para mandar prender o sujeito — falou. — Eu me recusei. Isso só inflamaria uma situação já volátil, sabe? — Não havia nada da beligerância usual que se imiscuía na voz de Frank quando ele falava sobre a situação na fábrica. Em seu lugar, havia uma espécie de exaustão e perplexidade.

Mas a insegurança de Frank tocou o coração de Ellie, fazendo-a deixar todas as suas dúvidas de lado, como a insistente voz que dizia que o homem tinha morrido por se atrever a pedir um aumento salarial. Frank jamais faria algo para ferir deliberadamente outra pessoa, dizia a si mesma. Nunca seria responsável por qualquer coisa que fizesse uma mãe perder o filho, pois sabia que tipo de tristeza isso causa a alguém. Para desviar seus pensamentos do caminho que estavam tomando, ela se lembrava do jovem divertido por quem tinha se apaixonado na faculdade, recordava-se de ter marchado com ele em Washington para protestar contra a Guerra do Golfo, relembrava a genuína angústia que ele sentira quando a história de Abu Ghraib foi divulgada. Somente alguém inocente poderia ter ficado tão surpreso e chocado, agora ela recordava, lembrando também que sua própria reação fora mais mundana, mais calejada, mais pessimista. Por isso Ellie preferia calar as próprias dúvidas para abraçar o marido à noite, murmurando palavras de consolo. E às vezes Frank reagia agarrando-se a ela de um jeito que a fazia se lembrar de Benny durante uma tempestade. Outras vezes ele a contemplava com um olhar opaco e distante, como o de um homem que tivesse viajado por tanto tempo pelo espaço que se esquecera de como era a Terra.

Era esse olhar que dificultava um apoio mais incondicional, pois lhe trazia a lembrança de como Frank se afastara dela logo depois do enterro de Benny, como havia se tornado um objeto imóvel, que não suportava tocar nem ser tocado. De como ela demorou meses para perceber que o que pensava ser entorpecimento não era exatamente isso; que o vazio de seu olhar era de pura raiva, uma rocha branca de fúria abrasadora. Que enquanto ela blasfemava contra os céus, contra um Deus impiedoso e insensível, Frank estava furioso — com ela. Que ele a culpava pela morte do filho. Não que ele jamais tivesse dito isso em voz alta. Somente uma vez, seis meses depois da morte de Benny, abriu-se uma fissura na frieza mortal que Frank aparentava normalmente, e então sua voz ferveu de raiva quando disse: "Que espécie de mãe adormece quando o filho está doente?".

Como responder a uma pergunta dessas? Por onde começar? Com o fato de que ela já estava acordada havia dezesseis horas quando foi abatida pelo sono? Com a defesa de que o estado de Benny era estável, que ela o tinha examinado segundo as instruções do dr. Roberts antes de resolver dormir por algumas horas? Pedindo para ele entender que ela era mãe, sim, mas também um ser humano sujeito às necessidades normais de sono, fome e fadiga? Com a acusação de que, se ele não estivesse numa viagem de negócios na Tailândia, os dois poderiam ter mantido a vigília ao filho adormecido? Com a simples verdade de que, quando ela se recolheu para o quarto, a aspirina parecia ter funcionado — que a febre de Benny estava sob controle, que não havia sinal algum da urticária que se espalharia como um rendado maligno por seu corpo poucas horas depois?

Não havia resposta para uma pergunta como aquela. E a mortificação que via no rosto de Frank deixava claro que ela não precisava responder; que, mesmo que tentasse, a resposta teria sido encoberta pela retificação chocada do marido: "Desculpe, querida. Não foi o que eu quis dizer. Não sei de onde isso saiu".

Ellie pensou que já tinha enterrado aquela lembrança, mas, quando Frank voltou a mostrar o mesmo olhar ausente, ela achou difícil ter de fazer o papel de esposa amorosa e solidária. A Índia também mudara Frank. Desde que surgiram os problemas trabalhistas, Frank voltava para casa todos os dias esbravejando contra a morosidade dos operários, reclamando da ausência de ética no trabalho e da falta de iniciativa, com a voz entrecortada pelo desprezo. A última gota se deu quando Frank faltou ao trabalho, por conta de uma indisposição estomacal, e soube no dia seguinte que todos haviam tirado a tarde de folga, pois ninguém conseguiu descobrir como consertar uma das máquinas que tinha quebrado, interrompendo a linha de produção.

— Dá pra acreditar numa coisa dessas, Ellie? — bradou Frank. — Até o gerente ficou sem saber o que fazer, como se nunca tivesse ouvido a palavra *conserto* na vida. Essa gente não entende o conceito de prazo final ou de entrega. Meu Deus, que país!

Foi este último comentário, aquela generalização se aplicando a um bilhão de pessoas, que fez as palavras dispararem da boca de Ellie.

— Bem, se vocês pagassem um pouco melhor, talvez eles fossem mais cuidadosos.

Frank virou-se para ela com os olhos arregalados e cheios de mágoa.

— Você não consegue deixar de fazer isso, não é? É um mau hábito, sempre ficando do lado dos outros contra mim?

A lembrança daquela reação fez com que Ellie tomasse cuidado com o que então disse a Frank. Nós estamos sozinhos neste país, dizia a si mesma cem vezes por dia. Ele só tem a mim. Ela teve a sorte de fazer amizade com Nandita, uma amizade que em pouco tempo se tornou tão forte quanto as que tinha em Michigan. Nandita a aconselhou a prestar trabalho voluntário na escola e na clínica de saúde NIRAL, o que ela fazia vários dias por semana. Desde o primeiro momento em que chegaram a Girbaug, Ellie se sentiu em casa, percebeu alguma coisa nas expressões das mulheres locais que lhe pareceu atemporal e universal, viu naqueles semblantes morenos e queimados de sol o rosto de sua irmã, de sua mãe e suas tias, embora soubesse que sua família, de rosto rosado de irlandeses-americanos, ficaria chocada se ela falasse a respeito disso. O fato era que a Índia se assentara em Ellie como um vestido sob medida. Ela sabia que Frank achava aquela vestimenta muito apertada e opressiva, e sentia muito por ele.

No começo, Ellie teve esperança de que Frank fizesse amizade com Shashi, o marido de Nandita, e até que os dois chegaram a passar algum tempo juntos andando de bicicleta e jogando tênis de mesa no bangalô de Shashi. Mas, por alguma razão, a amizade não se firmou. Frank achou Shashi cordato demais, não muito competitivo, e Shashi — bem, era difícil saber o que ele pensava de Frank. Parecia que sempre ficava contente quando o encontrava, mas havia certo ar de superioridade na maneira como Shashi se portava que fazia Frank se queixar. Certa vez, quando os problemas trabalhistas da HerbalSolutions começaram a esquentar, Frank tentou falar com Shashi a respeito.

— Então, como se lida com a situação trabalhista na Índia, Shash? — perguntou. — Você tem alguma dica específica?

Shashi virou-se para Frank, com seu habitual sorriso no rosto.

— O que você quer dizer com dica específica?

— Bom, você sabe. Você tem um hotel de sucesso aqui há muitos anos. Deve ter alguma noção do que se passa na cabeça dos funcionários. O que os motiva, esse tipo de coisa.

— O que os motiva são bons salários e boas condições de trabalho. O mesmo que qualquer trabalhador do mundo inteiro. — Shashi deu risada. Era impossível saber se estava zombando de Frank ou caçoando de toda a classe trabalhadora.

Frank enrijeceu o maxilar.

— Vou pensar a respeito — replicou, pouco antes de as mulheres assumirem, preenchendo o silêncio pesado com sua tagarelice até o clima na mesa ficar mais leve.

A campainha da porta soou, e Ellie saiu pela porta da cozinha.

— Meu Deus, como eu estava com saudade! — bradou quando viu Nandita, abraçando-a em seguida.

— Uau. — Nandita abriu um sorriso ao entrar. — Que bela recepção.

Ellie já tinha posto a chaleira no fogo e serviu duas xícaras de chá enquanto as duas se acomodaram na mesa da cozinha.

— Hum — suspirou Nandita. — Você aprendeu mesmo como fazer um belo *chai*, El.

Ellie fez uma careta.

— Bom, nós chegamos aqui há... quanto...? Dezesseis meses. Pelo menos tenho algo a mostrar.

Nandita inclinou a cabeça.

— Qual é o problema?

— Problema nenhum. — Tomou um gole de chá. — Edna me disse que agora estão falando que Anand era terrorista — desabafou Ellie.

Nandita deu uma risadinha.

— É, esse é o jeito da nova Índia. Qualquer criminoso barato agora é acusado de ser terrorista... mas aquele garoto nem sequer era um criminoso — acrescentou.

— Devo dizer que esta não é a Índia que eu imaginava quando implorei para que Frank aceitasse esse emprego. — Ellie podia ouvir a amargura na própria voz.

Nandita pareceu perplexa.

— O que você imaginou? Vacas nas ruas, gurus e um encantador de serpentes em cada esquina?

— É, acho que sim — disse Ellie. Mas, na verdade, ela não tinha imaginado nada de mais. O que imaginou foi simplesmente um país que poderia ser uma cortina de fundo, um papel de parede para ajudar Frank e ela a interpretar seu drama familiar de estranhamento, se curando e reconciliando. Com certeza não tinha imaginado um país intenso e efervescente que influenciaria no drama doméstico do casal. Agora ela sabia que a Índia não se contentaria em agir como pano de fundo, não era papel de parede de ninguém e insistia em se intrometer na vida de todos, misturando-se, distorcendo e moldando a situação, tornando-a irreconhecível. Descobriu que a Índia era um lugar de intrigas políticas e corrupção econômica, um local habitado por pessoas reais com suas incessantes necessidades humanas, desejos, ambições e aspirações, e não a entidade exótica, espiritual e misteriosa criada pela imaginação do Ocidente.

— Como foi o trabalho na clínica hoje? — perguntou Ellie, mas disse, antes que Nandita respondesse: — Estou tão cansada de ficar dentro de casa. Quero voltar a trabalhar na NIRAL.

—Acho que você deveria — disse Nandita. — Quer dizer, não acho que a situação seja de perigo ou coisa assim. Talvez você tenha de lidar com uns olhares feios, mas só isso. Vou dizer uma coisa, El, isso é o que mais me impressiona nos pobres... é incrível como eles são conformistas. Alguns chamam isso de fatalismo, mas eu já trabalho com eles há anos e vou te dizer: não é nada tão fraco quanto fatalismo. Na verdade é... é uma força. Uma espécie de dignidade. Quanta merda eles aguentam — Nandita fez um sinal com as mãos para abranger o ambiente opulento onde as duas estavam — de gente como nós. E mesmo assim não reagem. — Balançou a cabeça e conseguiu abrir um sorriso abatido. — Tudo bem. Chega de preleções *giri*, como diria Shashi.

Nandita é a única pessoa na minha vida que diz o que eu penso, refletiu Ellie. O antigo Frank, o homem por quem ela se apaixonara, teria entendido e sentido da mesma forma. Mas ela sabia que, se Frank estivesse ali com elas, levantaria as sobrancelhas e perguntaria às duas se não estavam sentimentalizando os pobres, se não era possível que os pobres fossem adaptativos, que tivessem aprendido a arte de sorrir e se curvar mesmo ante os que tramavam assassinar todos como eles? O que aconteceu?, perguntou a si mesma. A Índia deveria nos humanizar. Mas, em vez disso, tornou Frank cínico e amargo.

— Tudo bem — disse Nandita. — Já chega desse papo deprimente. — Levantou e foi até a geladeira. — O que esse Prakash preparou? Estou morrendo de fome.

Ellie se levantou depressa.

— Você não quer um sanduíche de frango? Prakash fez um pouco da maionese dele.

As duas montaram os sanduíches juntas. Nandita pegou um saco de batatas fritas de cima da geladeira. Deu uma grande mordida no sanduíche e falou com a boca cheia:

— Por que essa cara triste, querida? Você está desanimada?

Ellie aquiesceu.

— Acho que estou.

— Bem, atividade é o melhor antídoto para a depressão — observou Nandita. — Você precisa voltar a se envolver com o mundo.

Ellie abriu um sorriso tristonho.

— É exatamente o que eu teria dito a um cliente. — Esticou a cabeça na direção da mulher sentada à sua frente. — Tem certeza de que você não é mesmo uma terapeuta?

— Meu Deus, eu não tenho temperamento pra ficar ouvindo as infelicidades da burguesia. Eu ficaria louca de tédio. — Nandita deu risada. — Não, você sabe o que eu sou... uma jornalista pilantra e fuçadora de sujeira, isso antes de virar uma — Nandita fez uma expressão de tristeza — dona de casa.

Apesar da leveza do tom, Ellie pôde perceber o arrependimento na voz de Nandita. Depois de um mestrado em jornalismo na Universidade Columbia, Nandita tinha retornado a Bombaim e tomado o mundo do jornalismo de assalto, denunciando diversos casos de corrupção política, brutalidade policial e escândalos envolvendo propinas. Apesar do apoio de entidades de direitos humanos e de algumas estrelas de cinema de Bollywood, ela começou a fazer muitos inimigos poderosos. Falsas acusações de seus oponentes resultaram em uma detenção de três meses antes que todas as delações fossem retiradas. Saiu da prisão triunfante, mas o dano já estava feito — meses depois ela sofreu um colapso nervoso. Ela já conhecia Shashi havia muitos anos, filho único de um homem que tinha enriquecido com rolamentos, mas nunca levara a sério suas propostas de casamento. Durante muitos anos ela o espicaçava por ser o Filho do Sr. Rolimã, dando a ele o zombeteiro apelido de Roli. Costumava caçoar dele por ser rico, por ser um homem de negócios, por não ter consciência social. Mas, enquanto se recuperava do colapso nervoso, foi Shashi quem mais a apoiou, mais que quaisquer outros amigos progressistas. Na próxima vez em que ele a pediu em casamento, Nandita aceitou. E sete anos atrás, quando ele e os sócios resolveram construir o Hotel Shalimar, nas praias do mar da Arábia, ela não hesitou ante a proposta de se mudar de Bombaim para a pequena e sonolenta aldeia de Kanbar. Agora dividia seu tempo entre o trabalho na clínica e a escola que tinha construído em Girbaug, além de ajudar o marido a administrar o hotel de quarenta e cinco quartos.

Ellie inclinou-se para a frente.

— Posso fazer uma pergunta, Nan? Você é feliz com Shashi? Ainda está apaixonada por ele?

Nandita estalou a língua, mostrando indiferença.

— Shashi? Quem sabe? Quem se importa com isso? Vocês, americanos, esperam tanto de suas relações românticas, Ellie. Toda essa conversa de almas gêmeas e bobagens do tipo. — Ao perceber a expressão no rosto de Ellie, ela deu risada. — Oh, Deus. Perdoe minha blasfêmia. Você parece totalmente escandalizada. Não, mas falando sério? Eu sou feliz com Shashi. Ele é um homem honrado. Eu o respeito e acho que, do meu jeito, também o amo. Mas se sou doidinha por ele? Não tenho certeza.

— Alguma vez você já esteve loucamente apaixonada por ele? Ou por qualquer outro?

Por um segundo, um brilho perpassou os olhos de Nandita. Logo em seguida ela virou o rosto.

— Não sei bem. Não foi assim que fui criada, com essas noções de contos de fada, de príncipes encantados e cavaleiros de armaduras brilhantes. Acho que a gente se casa por companheirismo e, no caso da maioria das pessoas, para ter filhos, certo? E se alguém resolve não ter filhos, então...

Ellie já tinha notado aquele cacoete verbal, como Nandita mudava para a terceira pessoa sempre que falava alguma coisa pessoal ou emocionalmente difícil. Se Nandita fosse uma de suas clientes, ela teria chamado a atenção para isso. Mas algum instinto recomendava que não forçasse tanto a barra, que Nandita era como uma daquelas *baturas* fritas em muito óleo, que murchavam assim que se furasse a oleosa camada exterior com o polegar.

62 *Thrity Umrigar*

— E você? Continua apaixonada pelo Frank?

— Sim. — Sua resposta foi tão instantânea que ela mesma se surpreendeu. — Quer dizer, nós estamos juntos desde que tínhamos vinte e poucos anos. E nossa relação já aguentou alguns golpes... com certeza. Mas até hoje ele é o único homem que me dá frio na barriga só de entrar na sala.

— Uau — replicou Nandita. Não havia inveja em sua voz, somente interesse. — Talvez tenha a ver com conhecer a outra pessoa quando se é muito jovem. Como o que a gente ouve falar sobre pássaros... as garças, talvez? Elas consideram a primeira pessoa que veem como a mãe. Acho que se chama impregnação.

— Bem, nós dois já estávamos na faculdade. Então não éramos tão novos. — Ellie deu uma risada. — Mas, meu Deus, Nan. Você deveria ter visto a gente na época. Éramos inseparáveis. No nosso primeiro ano de namoro, nevou loucamente no Dia de Ação de Graças. Frank estava visitando uns amigos em Grand Rapids. Eu tinha ficado de preparar o jantar para nós dois, mas, assim que olhei pela janela naquela manhã, soube que ele não conseguiria voltar a Ann Arbor de jeito nenhum. Porém às sete da noite a campainha tocou, e lá estava Frank. Disse que não aguentou a ideia de ficarmos separados no nosso primeiro Dia de Ação de Graças. Levou dez horas pra fazer uma viagem que normalmente duraria menos de três.

— É, há algo de maravilhoso nesses jovens amores — comentou Nandita.

— E tem outra coisa — interrompeu Ellie. — Até hoje eu sei que ele é a única pessoa no mundo que ficaria na frente da minha porta durante uma nevasca. Não é uma coisa forte?

— É.

As duas sorriram timidamente uma para a outra e desviaram o olhar.

— Nan — disse Ellie —, não sei se já te falei isso, mas sou muito grata pela sua amizade. Você é a melhor coisa que me aconteceu desde...

Nandita fez um gesto com a mão para disfarçar seu constrangimento.

— Sei, e você acha que viver sete anos neste lugar desolado sem uma pessoa inteligente para conversar foi divertido pra mim? Shashi sempre diz que eu já teria me divorciado dele se você não tivesse aparecido em cima da hora.

Ellie deu risada.

— Falando no Shashi, como ele está?

— Venha saber pessoalmente — replicou Nandita de imediato. — Por que você e Frank não vêm jantar com a gente hoje à noite? Eu posso preparar alguma coisa.

Ellie considerou.

— Provavelmente Frank vai estar cansado demais pra querer sair de novo quando chegar. Talvez seja melhor marcar outra noite.

Nandita apontou o telefone.

— Por que você não liga pra ele? Assim, se alguém for recusar meu delicado convite, será Frank. E não sua mulher sabichona.

— Você é mandona, sabia? — resmungou Ellie enquanto se levantava. — Meu Deus, você se parece muito com Anne, minha irmã mais velha, vou te dizer. — Discou o número de Frank.

Frank atendeu no terceiro toque. E, para a surpresa de Ellie, concordou de imediato.

— Vai ser bom sair de Girbaug por algumas horas — disse, e Ellie pôde sentir o cansaço em sua voz. Frank está sofrendo mais pressões do que me conta, pensou.

— Aconteceu alguma coisa no trabalho hoje, amor? — perguntou cautelosamente.

— Só mais da mesma merda trabalhista. Não sei como é que alguém consegue fazer negócios neste país. Agora dizem os boatos que eles estão planejando uma operação tartaruga. Eu explico o que é isso quando chegar em casa — acrescentou.

Nandita estava gesticulando, pedindo o telefone. Quando Ellie passou o aparelho, ela falou depressa, sem preâmbulos:

— Frank? Nandita. Eu tenho uma ideia. Que tal eu levar Ellie comigo pra casa? E você pede ao seu motorista que vá direto pra lá depois do trabalho? Então, poderemos jantar assim que você chegar. Imagino que você não anda com tempo de almoçar esses dias. — A voz dela soou nivelada, sem traços de solidariedade ou julgamento.

Os dois falaram por mais alguns minutos, e Nandita desligou o telefone sem devolver o aparelho a Ellie.

— Está combinado — disse. — Você vai comigo pra casa.

— Oi? — disse Ellie. — E eu não sou consultada? Quem está sendo sabichona agora? E se eu tivesse outros planos?

— Você não tem outros planos — disse Nandita sem hesitar. — De qualquer forma, Frank achou uma boa ideia.

—Ah, entendi. Frank achou uma boa ideia. E eu, o que sou? Um pau-mandado?

— Ellie. — Nandita fez uma cara de desgosto. — Devo dizer que essa é uma das expressões mais desagradáveis que vocês usam. E agora, você vai querer se trocar ou já está pronta para ir?

— Eu juro, você é mesmo uma controladora. — Ellie riu. — Menina, se você fosse uma cliente minha, eu...

— Mas eu não sou, e ainda bem — replicou Nandita enquanto pegava Ellie pelo braço. — Esse é outro costume desagradável de vocês... terapia.

Nandita cumpriu a palavra. Foi um jantar simples — lentilha com sementes de mostarda e berinjela cozida em molho de tomate temperado. Iogurte natural e arroz branco completaram a refeição. Frank quis aprender a comer com a mão e Shashi tentou ensiná-lo, mas ele desistiu assim que os outros três pegaram seus garfos.

— É mais difícil que comer de palitinho — declarou.

A conversa sobre Frank naquela tarde tinha amainado a visão azeda que Ellie vinha tendo sobre ele como uma pancada de chuva no fim da tarde lavando a fuligem de uma janela. O coração dela disparou assim que ele passou pela porta, com seu um metro e oitenta, ligeiramente arcado, a camisa branca solta nos lados. Notou que seus cabelos loiros estavam um pouco compridos e fez uma nota mental para cortá-los no próximo fim de semana, e percebeu as rugas de fadiga perto dos olhos cinzentos, a sombra clara ao redor do queixo. Seu coração amoleceu de ternura. Por isso não precisou se esforçar para levantar do confortável sofá para abraçar o marido e beijar seus lábios. Ignorou a expressão de surpresa dele, ignorou a expressão intrigada de Nandita ao erguer as sobrancelhas. De repente se sentiu leve, delirantemente feliz, como se a presença de Frank fosse a maneira perfeita de completar uma tarde agradável. Na casa de Nandita, longe da claustrofobia insular de Girbaug, Ellie se sentiu livre e segura pela primeira vez em uma semana. Remeteu-se ao tempo de faculdade, na casa de alguém, com os Rolling Stones ou o R.E.M. no toca-discos, o cheiro de comida chinesa para viagem e a antecipação atraente de uma noite de bebidas, comidas e conversas.

Beijou Frank mais uma vez e ele correspondeu, profunda e sinceramente. Fazia muito tempo desde a última vez que a beijava assim, que a olhava com olhos tão afetuosos, sem resquícios da expressão resguardada que mantinha habitualmente. Também não foi uma encenação por causa de Nandita, Ellie sabia. Na verdade, Nandita tinha saído da sala depois de murmurar um "Oi, Frank", mas Frank continuou olhando para Ellie intensamente, sorrindo contente, como se a estivesse memorizando, como se tivesse esquecido como se sentia feliz ao olhar para ela.

Os dois ouviram o tilintar de gelo no copo de Shashi antes de ele entrar.

— Olá, Frank — disse Shashi, e, em sua felicidade, Ellie imaginou que Shashi sentiu um prazer genuíno ao ver seu marido. — Seja bem-vindo. O que você vai beber? Eu estou tomando um uísque. E as damas estão tomando gim-tônica, acho.

— Na verdade, acho que uma cerveja seria a melhor coisa. Está muito quente hoje. — Frank manteve o braço ao redor de Ellie.

— Uma Heineken saindo — disse Shashi, e Ellie sorriu consigo mesma. Era um dos motivos de irritação de Nandita, o fato de Shashi se recusar a beber ou servir cerveja indiana em casa.

— O jantar fica pronto em meia hora, tá? — disse Nandita. — Vamos relaxar um pouco. — Virou-se para Frank. — Como tem passado, seu sumido?

Frank suspirou.

— Bem, acho. Você deve ter ouvido falar sobre... a situação. — Fez uma pausa, tomou um grande gole de cerveja. — Está difícil. Todo mundo com os nervos à flor da pele. — Hesitou e observou os anfitriões, como se não tivesse certeza se deveria continuar. — Eu... não sou bom em lidar com situações trabalhistas. Acho que nunca me senti tanto como um desastrado americano mau-caráter como nesses dias. O jeito que vocês... que eles fazem negócios é tão diferente do... — Virou-se para Shashi, fazendo um visível esforço para amenizar o tom. — Então, você pode me dar algum conselho, Shashi?

Ellie sentiu os músculos do estômago se contrair. Por favor, que Shashi não seja impertinente, ou pior, enigmático, desejou. Por favor, que ele não entre em confronto com Frank.

Mas o tom de voz de Shashi foi simpático, sincero.

— É difícil saber como proceder, Frank. É uma situação ruim. Meu melhor conselho seria... fazer um acordo. Dar um pouco do que eles estão pedindo. Fazer com que sintam que ganharam alguma coisa. Algumas rupias aqui e ali não vão fazer muita diferença para sua empresa. Vocês podem recuperar em outro lugar. Mas, pra essa gente, significa um bocado.

Ellie levantara a mesma questão durante o jantar na noite anterior, mas Frank ficou eriçado, disse que ela não entendia a cabeça dos operários indianos. Por isso ficou surpresa ao ouvir o marido dizer:

— Não é tão fácil, Shashi. O que eu mais gostaria de fazer é ceder. Mas há tanta pressão da matriz, você não faz ideia.

— Conversa fiada. — Era Nandita. — Essa gente vive em péssimas condições... Pergunte à sua mulher, ela já viu onde e como eles vivem. Peça para ela contar ao seu patrão em Ann Arbor o que ela vê nas aldeias. Dois almoços em restaurantes mais baratos poderiam pagar o aumento de salário deles. — Shashi tentou contê-la com um toque, mas Nandita empurrou a mão dele e virou-se para Frank de novo. — Escuta. Você é meu amigo. Por isso digo que você deve fazer um acordo. Sou ateia, você sabe disso. Mas numa coisa eu acredito: a gente só deve arrumar brigas com quem pode reagir. E essa gente não pode, Frank. Eles são pobres, famintos, fracos. Será que não têm direito de comer como nós? Ou como qualquer americano? A HerbalSolutions tem muito lucro aqui. Que merda, você poderia dobrar o salário deles e ainda continuar lucrando. Você sabe disso. É uma coisa obscena...

— Nandita! — disse Shashi, e todos notaram a firmeza férrea de sua voz. De repente Nandita se sentiu intimidada.

— Desculpe — falou. — Desculpe, Frank. Desculpe, El. Vocês sabem que às vezes eu me empolgo.

Por um segundo, houve certo constrangimento na sala, com os quatro olhando para o chão, mas depois Frank disse:

— É isso que nós amamos em você, Nan. Você é amiga de verdade.

Soou tanto como o velho Frank, sincero e honesto, que Ellie quase chorou. Apesar dos solavancos e de momentos de constrangimento, havia algo de restaurador naquela noite, pensou.

— Isso me faz lembrar a faculdade — ouviu a si mesma dizer. — Sabem como é, quando a gente ficava discutindo a noite inteira e quase se estapeando por qualquer assunto. Mas éramos tão próximos uns dos outros como agora. — Cruzou os dedos para ilustrar.

Nandita abriu um sorriso furtivo.

— E nós ainda temos um aditivo para completar a fantasia de faculdade — disse. Desapareceu da sala e voltou poucos minutos depois com uma caixa de madeira entalhada e papel para enrolar cigarros. — Eu consegui uma erva muito boa com um dos meus contatos — disse com orgulho. — Achei que... talvez depois do jantar?

Shashi sorriu com certa reserva. Mas Frank e Ellie disseram:

— Vamos nessa.

Já estava escuro quando eles acabaram de jantar.

— É só deixar os pratos na pia — Nandita disse a Ellie, que ajudava a tirar a mesa.

Shashi renovou as bebidas, e eles passaram para a área menor da sala de estar. Diferentemente dos outros cômodos da casa, o local não era mobiliado, tinha apenas tapetes tecidos à mão e grandes almofadas cilíndricas no chão, onde eles podiam se recostar. Era a parte favorita de Ellie na casa. Sentou-se com as pernas entrelaçadas, apoiada numa das almofadas brancas, e puxou Frank para perto. Quando ele sentou, Ellie ouviu o joelho esquerdo dele estalar, como acontecia sempre que fazia algum movimento mais brusco. Ellie ficou observando enquanto Nandita, com grande solenidade, enrolava o baseado; deu uma tragada profunda e o passou para ela.

— Puxa, você estava falando sério. Isso é coisa boa mesmo — comentou Ellie, mas Nandita já tinha saído da sala para ligar seu iPod. Ellie sorriu ao ouvir Simon & Garfunkel cantando "Feelin' Groovy" no aposento ao lado. A música perfeita para aquela noite, pensou, e, pelo jeito que os outros olharam para ela, percebeu que tinha falado em voz alta.

— Já bateu uma brisa nela. — Frank riu. — Dá pra perceber.

— Não bateu, não — replicou Ellie, tentando interceptar o baseado que circulava, com medo de ser excluída.

— Você é peso leve, querida — provocou Frank. — Admita.

— Bem, não fui *eu* quem ficou bêbada na primeira vez em que fomos a uma festa — declarou Ellie com ar de superioridade.

— Ei, não é justo. Deveria haver um estatuto de limitações na drenagem de velhas histórias.

— No amor tudo é justo, querido — observou Nandita. Seus olhos negros brilhavam, cintilavam. — Conte tudo, El.

Ellie abriu a boca para falar, mas de repente sentiu que sua língua parecia um chumaço de algodão. Era preciso muita energia para contar uma história, percebeu.

— Conta você — disse a Frank. — Fale sobre você mesmo. — De repente aquela última frase pareceu hilariante. Começou a dar risadinhas e logo depois ouviu outro alguém dando risada. Virando a cabeça, percebeu que o risinho vinha de Shashi. Aquilo só a fez rir mais ainda.

Frank soltou um gemido.

— Ah, não. Lá vem ela. Quando essas risadas começam...

— Fale sobre você mesmo, Frank.

Frank virou-se para Nandita.

— Não é nada de mais. A primeira festa a que fomos juntos, e ela me fez passar pelo inferno antes de topar sair comigo, devo dizer, foi no apartamento de um ex-namorado dela. Ou ao menos era o que eu pensava na época. Acontece que não era um ex, afinal. Mas eu só fiquei sabendo disso mais tarde. — Balançou a cabeça, olhou para o baseado aceso que Ellie lhe passava e deu uma profunda tragada.

— Frank — disse Nandita. — Do que você está falando?

— Juro que não sei. — Olhou firme para Nandita, como se tentasse resolver um enigma. — É. Ciúme. É disso que estou falando. Enfim. Então, naturalmente, eu fiz o que qualquer macho de sangue quente faria. Bebi até cair. Cada vez que via Ellie falando com o tal panaca, eu tomava outro gole de cerveja. De alguma forma, Ellie conseguiu me levar para o apartamento dela naquela noite. E eu desmaiei no sofá. Imagine. Estava a fim dessa mulher havia semanas e, quando finalmente me encontro no apartamento dela, caio roncando alto no sofá, como um bom coroinha.

— Por isso agora a gente não bebe muito — disse Ellie com alegria. — Agora a gente prefere um baseado. Moral da história.

— Então — retomou Frank. — Como você e Shashi se conheceram?

Shashi respondeu antes de Nandita falar:

— Eu vi uma foto dela no jornal. E me apaixonei. Era uma foto pequena, em preto e branco. — Virou-se para Nandita, que olhava para ele boquiaberta. — Eu nunca te contei isso. Enfim, depois fiz algumas pesquisas. Descobri quem fazia parte do círculo de amigos dela e me infiltrei no grupo.

— E eu achava que era a única repórter investigativa da família — murmurou Nandita.

— Você é esperto, Shashi — disse Ellie. — E romântico. Muito romântico.

— Ela me ignorou durante anos — continuou Shashi, como se falando consigo mesmo. — Quando me notava, era só pra pedir dinheiro para uma ou outra causa. Eu já tinha quase desistido. — De repente ele olhou ao redor. — Mas, daí, um dia ela disse *sim*. — Shashi pareceu deleitado, como se Nandita tivesse dito *sim* ontem.

Ellie teve a estranha sensação de que, enquanto Shashi falava, o espaço físico que os separava desaparecia aos poucos. Sentiu que estava entrando no corpo daquele homem, que sempre lhe pareceu um pouco distante, de forma a conseguir reviver sua ansiedade de conhecer uma mulher por cuja fotografia tinha se apaixonado, sua grande decepção com a rejeição dela, sua paciência tenaz em se manter pairando na periferia da vida dela, sua vitória em afinal ter conseguido ganhá-la. De repente Ellie sabia como era ser Shashi por dentro — sua tristeza em saber que sempre amaria Nandita um pouco mais do que ela o amava, seu deleite em ter uma mulher linda e inteligente como esposa, sua ambivalência, aquela mistura de orgulho e timidez em relação à forma como Nandita conduzia sua vida, constrangendo e fazendo pressão para que os parentes e associados comerciais do marido doassem dinheiro para a causa que estivesse defendendo no momento. Ellie teve um vislumbre do que significava ser um homem casado com uma nuvem — sempre mudando, difícil de moldar, filtrando a luz, porém retendo água.

Alguma coisa estava mudando, a branda felicidade de pouco tempo atrás caminhava para uma doce tristeza. Mas, antes que a melancolia a envolvesse mais ainda, Ellie sentiu o braço de Frank ao seu redor.

— Ei, querida — ele disse em voz baixa. — Tudo bem?

De repente Ellie desejou que alguém inventasse um álbum para colecionar momentos como se colecionam fotografias. Se assim fosse, ela gravaria o toque da mão cálida de Frank em seu braço, o sorriso zombeteiro que brincava nos seus lábios, a comovente expressão de curiosidade e amor que via em seu rosto.

— Mais do que bem — respondeu, aproximando-se mais dele.

Era quase uma da madrugada quando eles se levantaram para sair. Nandita abraçou os dois na porta.

— Você volta a nos visitar logo, certo? — disse a Frank. Depois, com o tom de voz mais baixo: — E você sabe que sempre pode pedir os conselhos de Shashi, sim? Ele sempre vai ajudar no que for possível.

— Obrigado, Nan — respondeu Frank com leveza. Ellie percebeu que nem a referência ao trabalho tirou Frank do estado de espírito brando e lânguido em que se encontrava. Terapia pela erva, disse a si mesma. Vou pedir um pouco para Nandita.

— E você precisa voltar para a clínica — disse Nandita a Ellie, num tom de voz que Frank pudesse ouvir. — Você vai estar em total segurança, garanto. — As duas esperaram a reação de Frank. Ele não disse nada. — Eu pego você amanhã às onze — concluiu Nandita.

Satish tinha trazido o Camry para pegá-los, e os dois se acomodaram no banco traseiro, com Ellie aninhada nos braços de Frank. Ficaram em silêncio enquanto o carro trafegava no escuro, mas pouco depois Ellie ouviu um som. A princípio pensou que Frank estava cantarolando, mas depois percebeu o que era. Frank estava ressonando, ritmadamente, ainda mantendo os braços ao redor dela.

Capítulo 6

Prakash olhou para o grande relógio da cozinha mais uma vez. Eram só dez e meia da manhã, cedo demais para ir até sua casa e tomar um drinque. Edna estava de péssimo humor, o que o deixava nervoso. Podia ver pelo jeito que ela varria o chão ao seu redor, em frente ao fogão. Normalmente, ela esperava respeitosamente que ele baixasse o fogo e se afastasse do fogão antes de varrer. Mas hoje sentou nos calcanhares, cutucou os pés descalços de Prakash com a ponta da *jaaro* e grunhiu um abrupto "Sai". Prakash resistiu à tentação de dar um tapa na cabeça dela, sabendo que Ellie *memsahib* ainda estava na casa, correndo da sala para o quarto enquanto se vestia. Mas Prakash continuou firme, mesmo que suas mãos tremessem um pouco.

— Não vê que estou cozinhando? — murmurou para a mulher. — Você está muito apressada. Atrasada para encontrar o namorado ou algo assim?

A mulher olhou para ele, mal escondendo a expressão de desprezo.

— Depois de você, eu não quero saber mais de homem. Até um rato seria melhor que você.

Como sempre, Prakash desviou o olhar primeiro. Sentia-se magoado quando ela falava assim com ele; lembrava de sua infância, quando costumava vagar de casa em casa, expondo-se aos humores dos moradores da vez. Sem nunca saber se as mulheres o enxotariam como uma praga ou o receberiam com um doce. E a pior parte era que até as crianças reproduziam o humor dos adultos, de forma que um dia o convidavam para brincar de *kabaddi* ou amarelinha e, no dia seguinte, o perseguiam na aldeia gritando impropérios: Garoto Órfão, Cara Comprida, Amaldiçoado.

— Sai, homem — disse Edna. — Será que você é surdo?

— Será que você é surdo? — ele a imitou, mas percebeu a fragilidade de seu contra-ataque e não se sentiu satisfeito. Afastou-se e ficou na soleira da porta.

Houve uma época em que Edna preferiria morrer a ser tão rude com ele. Ela tinha só vinte e três anos quando os dois se conheceram; Prakash era dez anos mais velho. Encantado por um filme de Bollywood rodado em Goa, Prakash pediu duas semanas de folga ao patrão na oficina mecânica, pegou uma motocicleta emprestada de um dos clientes e partiu para Goa.

Conheceu Edna no segundo dia na cidade. Ela trabalhava como camareira no decadente motel de dez quartos onde se hospedou. Ficou imediatamente fascinado, embora naquela época ele falasse mal o inglês e considerasse hilariante o híndi de Goa que ela falava. Edna indicou lugares baratos para comer e quais praias frequentar. No terceiro dia de sua estadia, Edna tirou um dia de folga e teve a ousadia de se oferecer para levá-lo para conhecer a cidade. No quarto dia, Prakash tinha certeza de que ela era a mulher com quem tinha de se casar. Os dois fugiram duas semanas mais tarde, depois de Edna convencê-lo de que seu pai católico jamais daria sua bênção para ela se casar com um hindu. Ela tinha razão — nem o pai nem as irmãs mais velhas voltaram a vê-la.

— Você está querendo me converter? — ela perguntou mais ou menos seis meses depois de casados. — Isso faria você feliz?

— Pra quê? — ele replicou, no inglês entrecortado que começara a aprender logo depois de conhecê-la. — Eu casei com você sabendo que era cristã.

Edna o abraçou.

— Obrigada — sussurrou. — Vocês, hindus, têm tantos deuses que eu ficaria tonta tentando decidir a quem venerar.

Nos primeiros tempos, ele voltava para casa depois da oficina, nadava um pouco no mar e ajudava Edna na refeição da noite. Foi aí que descobriu sua aptidão para cozinhar, e a esposa se deliciava ao ensinar receitas de pratos de Goa e do continente que sua mãe passara a vida preparando para o *babu* britânico que tinha chegado a Goa quarenta anos atrás e nunca mais foi embora.

Às vezes os dois iam a alguma sessão noturna no único cinema da aldeia, voltando para casa na bicicleta de Prakash, ele pedalando em pé e Edna montada no selim. Ignoravam quando ouviam vizinhos estalando a língua ou percebiam alguém que os olhava de soslaio, aceitando o julgamento dos moradores acerca do casamento inter-religioso como o preço da felicidade.

A primeira vez que ele fez *bebinca* para Edna, a panqueca goense feita de leite de coco, ela chorou de gratidão, disse que estavam até mais gostosas que as preparadas por sua mãe. Dois meses atrás, Prakash preparou essa sobremesa para ela. Dessa vez, Edna o repreendeu por querer engordar ainda mais o seu quadril e ignorou quando ele protestou, dizendo que ela estava linda como sempre, o acusou de roubar a receita da família e disse que, mesmo assim, não estava tão boa quanto a que a mãe fazia.

Observando a mulher da soleira da porta, Prakash achou que sabia exatamente quando as coisas tinham começado a azedar entre os dois — depois do nascimento de Ramesh. Edna não tinha falado com os pais sobre sua gravidez, pois preferia surpreendê-los com o nascimento do primeiro neto. Ficou nove meses imaginando a reconciliação — os lacrimosos pais segurando o bebê no colo, recebendo Prakash na família, a mãe cobrindo-a de beijos, dizendo quanto tinha sentido sua falta. Mas o telegrama que enviara anunciando o nascimento de Ramesh foi respondido por outro, que dizia: "Nós não temos nenhum neto. Pare com isso. Porque não temos nenhuma filha".

Naquele dia, Prakash tomou Edna nos braços durante uma hora, com um bebê chorando de um lado e uma esposa soluçando do outro.

— Eles vão mudar, *na*, Edna — dizia. — Nós já temos um milagre, o nosso Ramu. O segundo milagre demora mais tempo.

Edna balançou a cabeça.

— Você não sabe quanto meu *papa* é teimoso. — Pegou o filho no colo para dar de mamar. — Está decidido... meu filho vai pagar pelos meus pecados.

Nesse momento, alguma coisa esfriou dentro dele. Pecados? Edna via o casamento com ele como um pecado? Os antigos apelidos de infância — Amaldiçoado, Azarado — voltaram à sua lembrança. Viu-se cruamente naquele momento — um homem magrelo e desajeitado, que só tinha estudado até a terceira série, com poucas perspectivas e pouco a oferecer ao filho e à jovem esposa.

— Desculpe — disse, levantando-se. — Seu pai tem razão. Você se casou com um problema.

— Prakash — replicou Edna. — Eu não quis dizer nada de mal. — Colocou o bebê de lado e afagou o rosto do marido. — Você... nunca foi meu problema. Você é minha alegria. Você me faz muito feliz.

Prakash sacudiu a cabeça.

— Eu não tenho nada para dar a esse garoto. Nada mais que minhas mãos.

— É o suficiente, Prakash — disse Edna com convicção. — Nós vamos amar o nosso filho em nome de todos.

Mas não foi assim. A grande fonte de tristeza na vida de Edna era ver Ramesh crescendo sem conhecer seus antepassados. Talvez tenha sido essa a razão de ter ficado tão contente quando Frank começou a se interessar por Ramesh. E tampouco se incomodou quando, alguns meses depois de os americanos terem se mudado para o lindo bangalô com paredes de estuque cor-de-rosa e buganvílias nas paredes, Frank se ofereceu para pagar a educação de Ramesh, de maneira que o garoto pudesse frequentar a escola missionária de Kanbar. Mas agora Ramesh passava mais tempo na casa principal do que com os próprios pais. Quando ele mencionou esse fato a Edna no mês anterior, ela ficou contra Prakash.

— Seu idiota imbecil! — ralhou. — Com ciúmes do seu filho. Deveria estar contente por alguém tão poderoso cuidar dele, mas prefere sentir ciúmes.

— Ele devia cuidar da própria vida. Como o filho dele morreu, agora ele está tentando comprar o meu.

— Que homem insensível, insensível — replicou Edna. — O diabo está falando através dos seus lábios.

Em certos dias, Prakash sentia saudades de seu antigo patrão, Olaf. Foi o primeiro homem cor-de-rosa que Prakash viu, e o primeiro com quem conversou. Olaf falava mal o inglês e nada de híndi, e não demonstrou o menor interesse por Ramesh. De vez em quando o alemão ia ao mercado comprar peixe fresco e legumes — uma tarefa que se recusou a passar a Edna quando a contratou —, e aquilo resumia toda a interação que tinha com o povo local. As crianças da aldeia o seguiam de perto, rindo e cutucando umas às outras, enquanto o alemão comprava seus quiabos, berinjelas e arenques. Os vendedores cobravam preços absurdos, que fariam Edna reagir com veemência se o estivesse acompanhando, mas ele parecia nem perceber. Simplesmente voltava para casa, colocava as sacolas no balcão da cozinha sem dizer uma palavra e voltava à sua máquina de escrever para retomar seu *tac-tac-tac*. Com o passar do tempo, Edna entendeu que Olaf escrevia livros, mas era só o que eles sabiam sobre ele. Certa vez Prakash tentou conversar com ele, mas Olaf respondeu de forma tão inarticulada, meio em inglês, meio em alemão, que acabou desistindo. Mesmo assim, Olaf era generoso — sempre deixava para Prakash um fundo da garrafa de scotch que tomava a cada dois ou três dias e dava uma piscadela quando entregava o presente.

Prakash ainda se lembrava do dia em que Olaf entrou na cozinha e anunciou que estava indo embora. Voltando para a Alemanha. Prakash ficou perplexo. Por ser de Goa, Edna não se surpreendeu muito. Era um fato comum — europeus chegarem a Goa para uma visita e se apaixonarem pela beleza do lugar, pela afetividade calorosa do povo, que eles confundiam com inocência infantil. Logo depois estavam comprando uma casa de frente para o mar com seus salários de contadores, enfermeiros e encanadores. Viviam anos em Goa, até um dia sentirem uma súbita vontade de comer peixe com fritas no pub Blackheath, de ver o pôr do sol no Sena ou a catedral de Colônia. Então entravam em contato com um sobrinho ou uma sobrinha que não viam há trinta e cinco anos comunicando que estavam voltando para casa.

— Por que essa cara de morto, homem? — disse Edna na ocasião a Prakash. — O velho precisa voltar pra casa, não?

Prakash balançou a cabeça.

— Eu achava que casa dele aqui.

Edna deu risada.

— Ele mora aqui há vinte e cinco anos e nunca falou nossa língua. E você acha que a casa dele é aqui? Pelo menos Olaf é um homem decente; hoje me disse que vai dar dez mil rupias pra gente. O inglês para quem minha *mama* cozinha há anos, sabe o que ele deu pra ela? Uma foto dele mesmo. Disse que não queria insultar a amizade deles oferecendo dinheiro. Você pode imaginar?

Antes de partir, Olaf também disse em seu inglês entrecortado que tinha vendido a casa a uma empresa chamada HerbalSolutions, e que alguém da firma logo estaria morando lá. Que recomendara muito Prakash e Edna aos novos moradores. Que os dez mil eram para deixar os dois tranquilos na eventualidade de haver algum atraso na chegada dos novos moradores.

Agora, pensando em Olaf enquanto Edna acabava de varrer a cozinha, Prakash começou a dizer:

— Você lembra...

— Você lembra, você lembra? — repetiu Edna, imitando-o. Levantou-se do chão e endireitou o corpo. — Eu só lembro que você chegou em casa ontem às onze da noite, como um rufião ordinário. Mais bêbado que o próprio demônio.

Prakash teve de desviar o olhar da fúria que viu nos olhos da esposa. Como explicar a razão de ter saído de casa para ir ao bar na noite anterior? Ele estava no jardim aparando os arbustos quando Ramesh voltou para casa, depois de muito bater na porta da casa principal.

— *Arre, bewakoof,* eu avisei que eles não estavam em casa — disse ao filho.

A testa de Ramesh estava franzida de preocupação.

— Mas eu estou precisando de ajuda com um problema de matemática — replicou. E em seguida: — Por que você não pode me ajudar?

Prakash sentiu sua vergonha brotar como um ácido estomacal. Incapaz de responder, preferiu dar um coque na cabeça do filho.

— Vá pra casa estudar — disse. Ficou mais alguns minutos no quintal, sabendo que não voltaria para o casebre de um cômodo, que estava envergonhado demais para encarar o filho. Fez um talho brutal no arbusto, deixou a tesoura de lado e foi até a aldeia.

Edna continuava olhando para ele.

— Pelo menos em Goa eles têm reuniões do AA — disse. — Neste lugar esquecido por Deus, nada.

— Goa, Goa — retrucou Prakash, esquecendo-se de manter a voz baixa. — Se sua Goa é tão boa, é só fazer as malas e voltar. Vai ver quem se casaria com uma velha *boodhi* como você.

— E quem foi que fez de mim uma velha *boodhi*, seu patife? Eu era *tão* jovem e bonita quando te conheci... — E lá se foi Edna pelo caminho que percorria ao menos uma vez por semana, um caminho cheio de censuras e acusações, de culpa e nostalgia pela Goa de sua juventude. Em geral, Prakash simplesmente a ignorava, fazia seus pensamentos voarem como uma pipa para outro lugar, mas hoje sentiu pena da mulher, ouviu em seu lamento pela juventude perdida algo que ele próprio sentia. Interrompendo-a no meio de uma sentença, ele a abraçou.

— *Chup, chup*, Edna — disse em voz baixa. — Eu entendo a razão pra toda essa *gussa*. Você sente falta da *mama* e do *papa*.

Os olhos dela se encheram de lágrimas, e Prakash soube que diagnosticara o problema com precisão. Mas ele não sabia como resolver. Não pela primeira vez, amaldiçoou o sogro espírito de porco que nunca conhecera.

Sentindo a esposa relaxar e amolecer, contente por ter conseguido interromper sua ladainha, ele continuou:

— Escuta, minha noiva — falou em híndi. — Não falta nada para o nosso filho, não é? Juntos, dedicamos a ele todo o amor do mundo.

Edna se afastou.

— E o que você sabe de amor de família, seu órfão estúpido?

Prakash se encolheu e se afastou com a mesma expressão de um cachorro de rua que tivesse levado um pontapé na costela de uma criança da aldeia.

— Prakash — Edna começou a dizer, mas ele balançou a cabeça com muita raiva.

— Sai daqui — murmurou. — Saia desta cozinha. Tire essa cara triste da minha frente.

— Eu não quis dizer isso...

— Sai daqui, já disse. Antes que eu levante a mão pra você.

Edna pegou a vassoura e saiu da cozinha. Prakash continuou ali por algum tempo, tentando amenizar a aguilhoada das palavras da mulher. Percebeu que o arroz estava pronto e desligou o fogo. Ouviu Ellie e Edna na sala de estar. Parecia que Ellie estava dando algumas instruções a Edna. Ele olhou para a porta.

Só levaria um minuto para atravessar o quintal e ir até o casebre para tomar um grande gole da garrafa de *daru* escondida na cozinha. Poderia voltar e continuar preparando a comida antes que Edna encerrasse a conversa com a *memsahib*. Esgueirou-se para a saída e fechou a porta bem de mansinho.

CAPÍTULO 7

ELLIE ATRAVESSOU O QUINTAL DO FUNDO DA CASA e abriu o portão de madeira que dava para a entrada onde Nandita a esperava em seu automóvel. Edna seguia atrás dela.

— A que horas a senhora volta, madame? — perguntou.

Ellie sentiu uma pontada de irritação. Detestava a maneira como Edna a seguia o tempo todo.

— Não sei — respondeu.

Nandita se espichou para dar um beijo no rosto de Ellie quando ela entrou no carro.

— Você faz muito bem em não ter uma empregada — resmungou Ellie enquanto Nandita dava marcha à ré.

— Por quê? O que aconteceu?

— Ah, às vezes Edna é tão controladora. E presenciar a hostilidade entre ela e Prakash me dá dor de cabeça. É como... cacete, já é difícil administrar meu casamento sem ter que ver esses dois todos os dias.

— Oh-oh. O que terá acontecido hoje de manhã com minha amiga generosa e espiritual? Como é que ela está falando igual a outros mortais como nós?

— Ah, cala a boca.

— Uau. Você está *mesmo* de mau humor. Mas, falando em casamento, você e Frank pareciam dois pombinhos ontem à noite.

— Foi a maconha.

— Bobagem. Vocês dois estavam trocando olhares desde que ele chegou. — Tirou os olhos da estrada para olhar para Ellie. — E aí, Frank compareceu ontem à noite?

Ellie deu risada.

— Você é muito malvada.

— Evitar uma pergunta não é a mesma coisa que responder.

— E de onde saiu isso? Você andou lendo biscoitos da sorte chineses?

— Isso aí. Confúcio diz: "Evitar uma pergunta não é a mesma coisa que responder".

Ellie deu outra risada.

— Você deve ter sido uma tremenda repórter investigativa.

— Isso eu fui mesmo. Sou ré confessa. — Nandita fez uma pequena pausa. — Falando nisso, hoje recebi uma ligação de um jornalista de Mumbai. Ele trabalha para uma pequena revista política semanal. Sinto dizer isso, El, mas ele me perguntou o que eu sabia sobre a morte de um jovem trabalhador sindicalizado que foi preso pela polícia. E como estava o estado de espírito da cidade e tudo isso.

De repente Ellie sentiu um gosto azedo na boca.

— E o que você disse?

— Fiquei sem saber o que dizer. Por isso, falei que era amiga sua e que seria conflitivo falar sobre a situação. Ele não ficou muito feliz.

Ellie sabia o que devia ter custado a Nandita não ajudar um colega jornalista, ignorando um incidente que normalmente ela teria feito o máximo para divulgar. Sentiu uma bola se formando na garganta e esperou a sensação passar antes de falar.

— Muito obrigada, Nandita — disse. — Deve ter sido muito difícil para você. E sinto muito você ter sido envolvida nessa celeuma.

Nandita deu de ombros.

— Já estive envolvida em situações piores, pode acreditar — replicou com leveza. — De qualquer forma, nunca jurei que ajudaria todos os jornalistas que me procuram. Eles que vão para o inferno. Estou fora dessa. — Deu um tapinha na coxa de Ellie. — Agora anime-se, tá? Se não, vou me arrepender de ter te contado essa história.

— Não se arrependa. Você me conhece. Não me importa o quanto a verdade seja dolorosa... prefiro saber das coisas do que ficar no escuro.

— Eu também sou assim. — Nandita sorriu, desviando de um carro que vinha do outro lado. — Acho que foi por isso que eu quis ser repórter.

Como sempre, uma multidão de crianças se reuniu ao redor do carro quando elas estacionaram na estrada de terra que conduzia à clínica NIRAL.

— Olá, Binu; oi, Raja — disse Ellie ao reconhecer alguns dos que vieram recebê-las. — Como vão vocês?

Em resposta, ouviu um coro de vozes dizer, naquela maneira cantada habitual: "Beeem". O jeito que eles alongaram a palavra fez Ellie rir. Sentia-se feliz em estar ali; notou que estava sentindo falta do lugar e das crianças mais do que tinha percebido.

Várias crianças pegaram-na pelo braço, parecendo uma nuvem marrom ao redor dela enquanto caminhavam até uma das salas de aula do prédio. Ellie olhou para onde estava Nandita com seus jovens acompanhantes.

— Devo ir pra sala com as crianças antes? — perguntou. — E falar com a mulher depois?

— Claro. Eu ainda tenho que cuidar de uma papelada. Pedi algumas vacinas esta semana e quero saber se já chegaram. Vou mandar Rakesh avisar à mulher que você está aqui.

— Não se esqueça de avisar Radha — disse Ellie enquanto abria a porta de madeira azul da pequena sala de aula. — Ela estava passando por dificuldades da última vez que a vi. Quero saber como ela está.

Fazia calor dentro da sala. Ellie abriu a única janela e ligou o ventilador em cima da mesa.

— Vocês não usaram a sala na semana passada? — perguntou e foi respondida em coro:

— Não, senhora.

— Então Asha não veio dar aula? — Asha era uma moradora tímida de dezenove anos que concluíra o curso médio e fora contratada pela NIRAL para ensinar os garotos mais novos.

— Não, senhora.

— Bem, então nós temos muito trabalho a fazer. — Olhou para a classe, que tinha alunos de quatro a doze anos. Separou as crianças de acordo com suas habilidades de leitura e começou com o primeiro grupo. Alguns dos garotos estavam aprendendo o alfabeto; outros já sabiam ler sozinhos; uns poucos mais inteligentes conseguiam entender os livros de ciência e história que Ellie comprara para eles. Anu, uma das garotas mais velhas, levantou a mão e pediu licença para montar um quebra-cabeça enquanto Ellie cuidava das crianças mais novas. Ellie hesitou, não gostando da ideia de abrir mão de um valoroso tempo de leitura, mas a expressão súplice no rosto de Anu fez com que concordasse.

— Dez minutos para o quebra-cabeça — instruiu, ignorando os protestos. — Depois, comecem a ler.

Uma hora e meia depois, Asha entrou na sala e sentou na fileira dos fundos. Era a dica para Ellie terminar a aula.

— Muito bem — disse. — A gente volta a se ver na quarta.

Saiu com Asha da classe lotada para a luz do dia.

— Por que eles não tiveram aula na semana passada? — perguntou Ellie.

Asha olhou para os pés empoeirados.

— Nós estávamos muito ocupados com as aulas de prevenção à aids, senhora — respondeu em voz baixa.

Merda. Ela tinha esquecido. A semana passada fora a semana de prevenção à aids. E Nandita teve o cuidado de não comentar isso com ela.

— Podemos começar nossa turnê, senhora? — perguntou Asha. — Muitas e muitas mulheres para ver a senhora hoje.

— Claro — respondeu Ellie. — Mas, escuta, você viu Radha? Ela estava aqui duas semanas atrás. Eu preciso passar um tempo extra com ela. — Radha tinha chegado à clínica com marcas roxas na pele cor de chocolate, assinaturas de seu marido violento. Aqueles olhos grandes e negros, cintilando com lágrimas não derramadas, vinham assombrando Ellie, fazendo com que tivesse vontade de confrontar o marido, mesmo sabendo que isso só iria piorar a vida da garota.

— Ela está com medo de vir à clínica, senhora. Diz que deveríamos ir à casa dela.

Ellie olhou para o relógio.

— Tudo bem. Mas vamos primeiro atender as mulheres na clínica. Vou reservar um tempo para visitar Radha depois.

Eram quase três e meia quando Ellie concluiu seu trabalho na clínica. Como sempre, saiu do local se sentindo drenada, de uma forma que nunca se sentira depois de passar o dia inteiro em sua clínica em Ann Arbor. Os problemas das mulheres de Girbaug pareciam tão intratáveis — sogras empobrecidas exigindo mais dotes de garotas sem um tostão que entraram para a família; maridos bêbados que batiam cotidianamente nas mulheres e nos filhos para aliviar a própria frustração de serem pressionados por senhorios e agiotas cruéis; mulheres que seguidamente tinham dado à luz três filhas e passaram a ser boicotadas pela comunidade; mulheres de meia-idade que choravam sem razão aparente e se comportavam daquele jeito apático que Ellie identificava como depressão.

Na maior parte do tempo, Ellie não sabia que conselhos dar àquelas mulheres. Todas as coisas que sugeria à sua clientela em Michigan, branca em sua maioria, aqui pareciam risíveis. O que ela poderia sugerir que aquelas mulheres fizessem? Frequentar uma academia para combater a depressão? Tomar Prozac quando mal podiam comprar farinha para o pão? Ir a sessões da Al-Anon para aprender a aceitar coisas e comportamentos que não podiam mudar? Aquelas mulheres eram mestras em aceitação — já se conformavam com secas e enchentes, com doenças, infecções e fome. Quanto a pedir que mudassem o próprio comportamento, no que isso resultaria? Não havia abrigos para mulheres abusadas que pudessem procurar, nem programas de doze passos de que os maridos pudessem participar, nenhuma instituição para apoiar mulheres que fugissem da norma. Por isso, o que Ellie mais fazia era ouvir enquanto falavam da própria desgraça, aquiescendo solidária, às vezes abraçando-as quando choravam e amaldiçoavam seus infortúnios. Dizia a si mesma que o simples ato de proporcionar a essas mulheres, que ninguém considerava mais do que mulheres, irmãs e esposas, uma oportunidade para desabafar já valia alguma coisa. De vez em quando sugeria alguma pequena alteração de comportamento, e quase sempre elas explicavam por que aquilo não funcionaria, mas às vezes uma delas voltava na semana seguinte com uma pequena história de sucesso, agradecendo a sugestão de Ellie. Aquelas pequenas vitórias eram o que Ellie guardava consigo pelo resto da semana.

Agora, ela saía com passos cansados da clínica ao lado de Asha, que lhe servia de tradutora. Apertou os olhos sob o sol e olhou para a estrada seca e poeirenta que se estendia à sua frente. Apesar das chuvas recentes, a terra parecia sedenta e estorricada como sempre.

O TAMANHO DO CÉU 85

— Onde Radha mora? — perguntou.

— Muito perto — respondeu Asha.

Como sempre, Ellie ficou impressionada com a simplicidade e a limpeza das casinhas de barro, muito próximas umas das outras, quando elas entraram na área central da aldeia. Alguns cães deitados à sombra de uma grande árvore perto do aglomerado de casas simplesmente ergueram a cabeça e bocejaram preguiçosamente quando as duas mulheres passaram. Ellie recordou o que Nandita dizia — como a pobreza rural parecia muito mais limpa que a pobreza urbana — e concordou, lembrando-se das favelas que visitara durante suas estadas em Bombaim. A casa de Radha contava com um tradicional teto de sapê, uma das poucas do gênero. A maioria das casas ao redor tinha teto de folhas de zinco, que elevavam muito mais a temperatura interna que o sapê, mais refrescante. Mas Asha explicou a Ellie que o teto de sapê tinha de ser trocado anualmente, e nos últimos anos o capim não andava crescendo de forma tão abundante quanto antes. Algumas galinhas ciscavam próximas aos seus pés quando Asha bateu na porta. Uma voz frágil respondeu em híndi, pedindo que entrassem. Elas abriram a porta de bambu e entraram.

Estava escuro dentro da casa — como muitas outras na aldeia, a de Radha não tinha eletricidade. Um lampião de querosene queimava em frente à garota sentada em seus calcanhares no piso, o qual Ellie sabia ser feito pelos próprios moradores, com uma argamassa de barro e esterco de vaca. Apesar da escuridão do recinto, achou que a garota parecia mais abatida que algumas semanas atrás.

— *Namastê*, Radha — disse Asha. A garota respondeu, levantando-se do chão:

— *Namastê*. — Sua voz era inexpressiva, seus movimentos, lentos.

Ellie pegou a mão da garota e a apertou numa saudação, notando enquanto isso as marcas em seu braço.

— Sentar, por favor — disse Radha, olhando para Asha e Ellie, e as três mulheres sentaram no chão, Radha e Asha sobre os calcanhares e Ellie de pernas entrelaçadas.

— Como vai você, Radha? — perguntou Ellie, e Asha traduziu a pergunta.

Em resposta, Radha baixou o *pallov* do sári e abriu um botão da blusa para que as duas vissem as marcas em seu peito. Ellie conteve a expressão horrorizada que deformou os seus lábios e perguntou:

— Ele sempre bateu em você, Radha? Há quanto tempo vocês estão casados? — Olhou ao redor. — Quem mais mora aqui?

— Nós casamos quando eu tinha dezesseis anos, *didi* — respondeu a garota em híndi. — E nos primeiros anos meu marido foi muito bondoso. Quando meu filho nasceu, nós éramos muito felizes. — A expressão dela desabou. — Mas o que fazer, *didi*? Ele perdeu o emprego seis meses atrás, e agora não temos mais renda. Todo dia ele sai à procura de uma vaga, mas os guardas o enxotam.

— Que guardas? Em que ele trabalha? — perguntou Ellie, espantando-se com a torrente de palavras que se despejou dos lábios de Radha. Ficou olhando com expectativa para Asha, esperando sua tradução da exposição de Radha. Mas Asha pareceu estranhamente constrangida.

— Tudo bobagem o que ela está dizendo, senhora — murmurou.

— Ei — replicou Ellie. — Eu preciso saber o que Radha disse, senão não podemos ajudar, não é?

Radha continuou a falar, enquanto Asha olhava de uma mulher para a outra antes de traduzir.

— Ela diz que o marido cortava folhas de *girbal*, faziam touceiras e vendiam para outros vilarejos próximos — falou. — Os moradores esmagam essas folhas pra fazer remédio. Mas aí a companhia disse que as árvores agora são deles, não dos moradores. Afixaram grandes cartazes dizendo: "Propriedade privada. Proibida a entrada". Então ele tenta roubar algumas folhas quando os guardas não estão olhando, mas eles o veem e dão uma surra nele. Agora ele tem medo de voltar, senhora. Por isso, sem dinheiro na família, mais pessoas estão ficando doentes sem a pasta da folha.

Ellie sentiu o coração disparar.

— Qual é o nome da companhia? — Mas, antes que Asha pudesse responder, completou: — É a HerbalSolutions, não é?

Asha concordou com a cabeça.

— Sim, senhora — respondeu simplesmente.

Apesar disso, ela se ouviu perguntando:

— Ela... sabe que meu marido é... que ele trabalha para a companhia? Asha torcia o *pallov* de seu sári, envergonhada.

— Isso eu não sei, senhora.

Ellie ficou olhando para a chama do lampião de querosene, sabendo que Radha a encarava, esperando que falasse alguma coisa. Sentiu um gosto azedo na boca. Quem você está tentando enganar?, perguntou a si mesma. Fingindo ajudar essa gente quando é a sua presença, talvez sua própria existência, a causadora de toda essa miséria e infelicidade?

A porta se abriu, e entrou um homem alto e magro, com um bigode caído nas pontas. Ellie viu que demorou um segundo para seus olhos se ajustarem ao escuro do recinto, mas quando ele as viu sua expressão desanimada de repente se agitou. Virou-se para Radha e falou num híndi disparado, enquanto olhava nos olhos de Ellie. Radha respondeu num tom de voz inexpressivo e pesado, o tempo todo olhando para o chão. Ellie aproveitou o diálogo para cochichar com Asha.

— Esse é o marido? — Asha concordou com a cabeça.

Mas o homem devia ter ouvido, pois se debruçou sobre ela, a respiração sôfrega e pesada. Apontando com o indicador, ele falou com Asha, um dilúvio de palavras iradas, duras e cortantes, que provocaram um esgar no semblante normalmente calmo de Asha. Ela tentou interrompê-lo diversas vezes, porém ele não permitia, gesticulando muito, e finalmente Asha desistiu e ficou em silêncio. O homem continuou falando, às vezes soltando uma palavra que Ellie entendia. Achou que o ouviu dizer "companhia" e "polícia". Depois do que pareceu um interminável intervalo de tempo, finalmente ele se calou, embora seus olhos continuassem ferozes. Por um segundo, ninguém falou nada, e então ele disse a Asha:

— *Bolo.* — Apontou Ellie com o queixo. Ellie sabia que *bolo* queria dizer "falar", por isso entendeu que ele queria que Asha traduzisse o que dissera.

Mas Ellie não quis dar essa satisfação a ele. Levantou de repente e pegou a mão de Asha.

— Vamos embora, Asha — disse. — Vamos.

— Vai, vai — disse o homem, tendo entendido o que ela dissera em inglês. Em seguida, deliberadamente, olhando-a direto nos olhos: — América, vai pra casa.

Uma pequena multidão tinha se reunido na porta do casebre de Radha, mas ninguém disse uma palavra quando Asha e Ellie saíram. Até as crianças e as galinhas pareciam caladas. As duas se afastaram do aglomerado de casas depressa e em silêncio. Atrás delas, continuaram ouvindo o homem gritando da porta da casa. Ellie sentiu uma pontada de medo por ter deixado Radha sozinha com um marido enfurecido, mas se conformou acreditando que a multidão interviria. De repente, lhe ocorreu que poderia ensinar essa estratégia às muitas vítimas de abuso doméstico da aldeia — prestar ajuda umas às outras. Será que conseguiriam? Será que fariam isso?, conjecturou.

Agora que já estavam a uma distância segura da casa, Ellie se virou para a jovem que andava ao seu lado.

— Asha, eu quero que você me conte tudo o que o marido falou. Por favor, não fique constrangida. Você não vai me magoar, sinceramente.

Asha não pareceu muito convencida.

— Ele é homem louco, senhora. — começou a dizer, mas parou ao ver a expressão no rosto de Ellie. Depois retomou: — Ele diz que a companhia o arruinou duas vezes. Primeiro tirou dele seu negócio com folhas e depois matou seu melhor amigo. Diz que Anand, o rapaz que foi morto pela polícia, era melhor amigo dele desde o dia em que nasceram. Por isso ele odeia a companhia. — Asha parecia chocada e temerosa, como se fosse ela quem estivesse expressando aqueles sentimentos.

— Continue — disse Ellie. — Conte tudo.

— Nada mais a dizer, senhora. Ele diz que não quer mais a gente entrando na casa dele. Diz que os ingleses trazem má sorte onde quer que vão... no Iraque ou em Girbaug.

— Ah, por favor — disse Ellie. — Isso é uma extrapolação exagerada.

Asha não conhecia aquela palavra.

— Como, senhora?

Ellie sacudiu a cabeça.

— Não importa. Diga uma coisa... As outras mulheres da cidade sentem o mesmo a meu respeito? — Ficou surpresa ao ouvir o tremor da própria voz.

— Todas as mulheres gostam da senhora — respondeu Asha sem hesitar. — Elas dizem que a senhora ajuda. Mas, desde que Anand morreu, há muita raiva no ar. Pessoas dizem que nossa vida não tem importância para os grandes *sahibs*. E todos sempre usamos as folhas de *girbal* a vida toda, senhora. Fervemos no nosso chá, fazemos pasta com elas. Algumas pessoas mais velhas mastigam. São as nossas árvores, senhora. Como pode uma companhia chegar e comprar nossas árvores?

Ellie ficou em silêncio, sem saber como responder àquela pergunta, incapaz de dizer a Asha que já perguntara a mesma coisa a Frank.

Asha tocou no ombro de Ellie.

— Aquele homem é um estúpido total — disse. — Você fica com a gente, senhora.

Ellie ouviu na voz da jovem o desejo de apaziguar, sentiu a hospitalidade e a generosidade naturais dos indianos que conhecera. Abriu um sorriso.

— Eu não vou a lugar algum — comentou com leveza. — Não se preocupe.

Nandita veio andando depressa na direção delas quando se aproximaram da clínica.

— O que aconteceu? — perguntou. — Por que você não me disse que ia até a casa de Radha? — Parecia irritada.

— Puxa, as notícias correm depressa nestas partes — respondeu Ellie. Virando-se para Asha, continuou: — Obrigada pela ajuda, querida. Você trabalhou duro. Até quarta?

— Tudo bem, senhora — concordou Asha. — Boa tarde. — A jovem olhou para Nandita e se afastou rapidamente.

— O que aconteceu? — voltou a perguntar Nandita assim que Asha estava fora do alcance de sua voz.

— Vou contar num minuto. Mas será que posso tomar um chá antes?

Nandita devia ter ouvido alguma coisa na voz dela, pois logo ficou muito solícita.

— É claro. Vamos.

No pequeno escritório de Nandita, Ellie assoprou o copo de chá quente que pegara no caminho. Tomou alguns goles, tentando manter suas emoções sob controle antes de falar com Nandita a respeito do encontro com o marido de Radha. Quando concluiu, Nandita olhou para ela por um minuto inteiro antes de soltar um suspiro ruidoso.

— Sinto muito, Ellie. Não sei o que poderíamos ter feito para evitar isso.

— Não seja ridícula — protestou Ellie. — Você não teve nada a ver com isso, Nan. — Fechou os olhos por um segundo, tentando organizar os pensamentos. — Nem sei quem poderia culpar por essa confusão. Eu conheço Pete Timberlake, o sujeito que fundou a HerbalSolutions. Nós nos conhecemos há anos. Ele e Frank estudaram juntos. Pete é um grande sujeito. Ficaria chocado se soubesse quanta aflição provocou na vida de gente como Radha e o marido. Se eu conheço Pete, ele só sabe que comprou um monte de árvores que ninguém queria e que parecem ter propriedades mágicas que ajudam americanos com diabetes. Mesmo assim, depois de conhecer Radha e os outros, fico furiosa com o fato de esse tipo de gente sempre lucrar com a ignorância de alguém.

— Mas isso não é um caso isolado, El — replicou Nandita com delicadeza. Sua voz estava tensa, como se estivesse dividida, tentando não magoar os sentimentos da amiga enquanto falava a verdade. — O Ocidente tem uma história tão terrível de...

— Eu sei. Por Deus, Nandita, você acha que eu não sei disso? Até esse homem pobre e ignorante, o marido dela, fez referências ao nosso envolvimento no Iraque. E eu não tive nada a dizer. A não ser que não me considero uma imperialista suja. E tampouco acho que meu marido seja um deles. E estou tão indignada com o que meu país está fazendo no Iraque quanto, quanto... qualquer um de vocês.

Agora ela estava quase chorando, seu corpo tremendo ao se lembrar do desprezo na expressão do homem quando entrou em casa e a encontrou sentada no chão ao lado da mulher; a raiva manifestada, as palavras acusatórias, a expressão envergonhada e conflituosa de Asha quando Ellie a obrigou a traduzir sentimentos com os quais, agora ocorria a Ellie, Asha provavelmente concordava.

— Ei, ei — disse Nandita, contornando a mesa e se abaixando para abraçar Ellie. — Vamos lá. Você não pode trabalhar na NIRAL se não tiver uma casca mais grossa. Ninguém está culpando você por essa situação, Ellie. Esse... esse negócio é maior do que qualquer indivíduo.

Mas a complicada combinação de culpa e postura defensiva seguiu Ellie até em casa naquela noite. No carro, as duas voltaram totalmente em silêncio, cada uma perdida nos próprios pensamentos. Ellie estava com uma terrível dor de cabeça quando saiu do carro de Nandita e entrou em casa para esperar a volta de Frank.

CAPÍTULO 8

PRECISAMENTE ÀS SEIS HORAS DA MANHÃ SEGUINTE, alguém bateu de leve na porta. Frank levantou-se e abriu antes de Ramesh bater pela segunda vez.

— Shhh — cochichou, levando o indicador aos lábios. — Ellie está dormindo. Temos que fazer silêncio. — Levou o garoto pela sala de estar até a varanda. Era uma manhã agradável, com um sol fraco e uma brisa fresca que soprava do mar. Os altos e imponentes coqueiros farfalhavam com o vento, mas Frank e Ramesh não ouviam. O orvalho na grama salpicou seus tornozelos quando eles passaram depressa pelo jardim da frente e subiram os sete degraus de pedra que levavam à praia. Ramesh se abaixou e pegou uma pedra para atirar em um corvo que bicava alguma coisa dentro de um saco de papel pardo na areia. — Ei — disse Frank, detendo-o com o braço. — Pode largar essa pedra.

— Eu odeio corvos — replicou Ramesh. Essa era uma grande diferença entre Ramesh e Benny: Benny estava sempre tentando abrigar esquilos e passarinhos doentes, querendo levar para casa todos os cachorrinhos ou gatinhos que via. A atitude de Ramesh em relação ao mundo natural era mais... bem, mais utilitária.

— Enfim — continuou Frank. — Você está aqui para treinar e tentar entrar no time de futebol da escola, certo? Ou você prefere ser campeão em matar corvos?

Funcionou. Ramesh largou a pedra. Frank se permitiu um imaginário tapinha nas próprias costas. Agora ele já conhecia muito bem a psicologia desse garoto, sabia quanto Ramesh era vaidoso e competitivo no que dizia respeito a se sair bem nos estudos e no esporte.

— O que nós vamos fazer? — perguntou Ramesh.

— Primeiro você vai fazer algumas flexões — instruiu Frank. — Vamos até aquela parte mais plana da praia... vai ser mais fácil. Tudo bem. Assim.

Ficou observando o leve intumescimento dos tríceps de Ramesh enquanto ele subia e descia com as flexões de braço. Esse garoto é forte, pensou e sentiu uma espécie de orgulho paterno, como se o menino tivesse herdado a estrutura muscular *dele*, os genes *dele*.

— Muito bem — disse. — Então, pronto para uma corrida? Vamos lá.

Frank começara a prestar atenção em Ramesh um ano antes, mais ou menos quatro meses depois de terem chegado a Girbaug. Foi num domingo, e Ellie tinha saído com Nandita. Frank estava no quarto tirando uma soneca à tarde quando foi incomodado pelo baque regular de uma bola na entrada de carros ao lado da janela. De vez em quando uma voz fina gritava: "Ponto!". Frank ficou rolando na cama por alguns minutos, cerrando os dentes de frustração, até finalmente sair de debaixo das cobertas e pular da cama. Passou rapidamente pela sala e pela cozinha, abriu a porta que dava para o quintal que separava a casa principal da casa dos empregados. Então empurrou o pequeno portão de madeira e saiu, descalço e só de calção e com uma camiseta branca. Ramesh estava correndo pela entrada de carros, driblando com uma bola de basquete, às vezes saltando e lançando a bola num cesto imaginário.

— Ei! — gritou Frank. Quando o garoto não o ouviu, repetiu: — Ei, você. — Lembrou-se do nome do garoto. — Ramesh. Pare com isso.

Ao ouvir seu nome, o garoto ficou ali parado, segurando a bola na palma da mão, os olhos temerosos e arregalados. Frank percebeu que o tinha assustado, e essa percepção eliminou sua irritação. Andou até o garoto e falou com a voz mais calma:

— Eu estava tentando dormir. Você me acordou. — Imitou um drible com a bola. O garoto continuou imóvel. — Ah, esqueci — disse meio que para si mesmo. — Você não fala inglês, não é? — As poucas vezes que vira Ramesh ele estava com Prakash, falando em híndi enquanto ajudava o pai pelo terreno.

Estava para se virar e ir embora quando o garoto disse:

— Eu tenho bom inglês, diz professor. Melhor da classe.

Frank sorriu.

— Você fala inglês, hein? Então frequenta a escola?

O garoto pareceu ofendido.

— Sim, é claro.

Alguma coisa na sua expressão afrontosa fez Frank rir. Lembrou-se da expressão que Benny fazia quando ele ou Ellie o provocavam.

— E você é bom aluno? — perguntou.

— O mais melhor da classe.

— É o "melhor da classe". Não "o mais melhor".

O garoto soltou a bola de basquete e flexionou os músculos, parecendo um halterofilista magricelo.

— Mas eu sou melhor que melhor! — gritou. — Mais melhor.

O garoto era uma figura. Frank riu em voz alta.

— Ah, é? Qual é sua matéria favorita?

O garoto não precisou pensar.

— Matemática — declarou.

— Também era minha matéria preferida na escola — disse Frank. — E o que mais? E leitura e escrita?

Ramesh fez uma careta.

— Eu odeio geografia. Ler e escrever são uma chatice. — Sua expressão se animou. — Eu adoro história. E esportes.

— Que esportes? Críquete?

— Críquete, sim. Mas basquete também. Você conhece o Michael Jordan?

— Claro que conheço o Michael Jordan. — Frank se agachou para ficar quase na altura dos olhos do garoto. — Mas posso te contar um segredo? Eu sou melhor que o Michael Jordan.

Ramesh arregalou os olhos.

— Melhor que o Michael Jordan? — repetiu com a voz alterada pela admiração. Olhou para Frank, estudando seu rosto. — Não — disse afinal. — Impossível.

Frank fingiu estar indignado.

— Impossível? — Levantou e endireitou o corpo. — Então você está me provocando, cara.

— Duvido — disse Ramesh.

— Duvida? — Frank andou devagar até a bola, pegou-a depressa e saltou até o aro de um cesto imaginário. — Pronto. Você viu isso? Viu a beleza dessa enterrada? E essa? E essa?

Ramesh dava gritinhos de alegria enquanto tentava tirar a bola das mãos de Frank. Ele fingiu proteger a bola, mas cedeu ao garoto depois de alguns segundos.

— Opa — disse. — Você é muito bom mesmo.

Ramesh fez uma expressão magnânima.

— Melhor de dez, melhor de dez! — bradou. Apontou uma árvore de tamanho médio ao lado do terreno. — Acertar o topo daquela árvore. Primeiro a acertar dez é vencedor.

Então era isso que o garoto estava fazendo enquanto ele tentava tirar um cochilo. Lembrando-se das bem iluminadas quadras de basquete em que jogara quando era ainda um adolescente em Grand Rapids e do cesto que tinha instalado na parede da garagem em Ann Arbor, Frank se sentiu comovido com a ingenuidade afoita de Ramesh. Percebeu que não fazia ideia do quanto ganhavam os pais de Ramesh — eles tinham vindo junto com a casa fornecida pela empresa e eram pagos pela HerbalSolutions. Decidiu suplementar o salário deles com uma gratificação ocasional aqui e ali. E a primeira coisa a fazer amanhã era mandar Satish comprar um cesto de basquete para esse garoto.

Ramesh estava puxando Frank pela camiseta, tentando chamar a atenção.

— Está com medo? — perguntou.

— Com medo? — Frank deu uma gargalhada de falsa indignação, arrancando a bola das mãos de Ramesh. — De jeito nenhum. — Ficou na ponta dos pés e lançou a bola na direção do cume da árvore. Voltou a pegá-la e lançou pela segunda vez. Mas, antes que conseguisse pegá-la de novo, sentiu uma cotovelada aguda no lado do corpo.

— Ai — gemeu. — Ora, seu trapaceiro. — Fingiu cuidar das costelas contundidas enquanto Ramesh ria gostoso e fazia quatro lançamentos consecutivos.

Agora na praia, sabendo quanto Ramesh era competitivo, Frank dizia a si mesmo que, na hora de parar a corrida, ele teria de escolher o momento de desistir. O garoto o acompanhava bem enquanto corriam pela areia, mas sua respiração ficava mais ofegante e suor escorria do seu rosto. E Ramesh estava correndo descalço, tendo deixado as sandálias de plástico na escada de pedra.

— Onde está o tênis que comprei pra você no mês passado? — ofegou Frank.

— *Papa* disse que é bom demais pra usar na praia.

Frank sentiu a mesma pontada de irritação de sempre quando pensava em Prakash. Que conselho mais bobo.

— Eu quero que você use aquele tênis para correr, certo? — disse. — Vai fazer você correr mais depressa.

Ramesh lhe lançou um olhar arrogante.

— Eu já correndo muito depressa — falou.

Frank deu um tapinha na cabeça dele.

— Muito espertinho. — Parou de correr. — Tudo bem. Vamos voltar. Eu preciso trabalhar, e você tem de ir à escola. Não quero que chegue atrasado.

Ramesh deu de ombros.

— Eu posso correr muito mais.

— Sim, eu sei. — Olhou para o sol que começava a esquentar e enxugou o suor da testa. — Mas tenha pena de um velho como eu, tá?

Ramesh assumiu aquela expressão séria e solícita de que Frank veio a gostar muito. Benny também fazia aquela expressão bondosa, absurdamente adulta, quando achava que alguém precisava de seus cuidados ou proteção.

— Tudo bem — disse Ramesh. — Vamos parar. — Pegou na mão de Frank, como que para ajudar um homem mais velho a atravessar a rua.

Os dois estavam longe da casa, por isso Frank não precisava se preocupar com Ellie ou Prakash sentindo ciúmes por estar andando de mãos dadas com Ramesh. O aperto de Ramesh era mais forte, diferente do de Benny, mas o fez sentir falta do filho morto com uma intensidade tão grande que perdeu o fôlego. Mesmo assim, era bom segurar de novo a mão de uma criança. Alguma coisa amoleceu e relaxou dentro de Frank, e ele percebeu quanto andava tenso desde a morte de Anand. Sentiu-se grato por Ramesh ter proposto essa corrida quando os dois se encontraram no quintal na noite anterior.

Enquanto caminhavam de volta para casa, Frank se determinou a voltar à rotina de ajudar Ramesh com suas lições de casa. O menino não deveria sofrer por conta do caos dos adultos ao redor.

***

Poucas horas depois, Frank pegou o telefone do escritório para ligar para Peter Timberlake. Não queria passar outro dia sem obter a permissão de Pete para ceder a algumas das exigências dos trabalhadores. Esperava que ele não resistisse muito, mas de alguma forma não acreditava nisso. Pete já tinha se mostrado perplexo quando Frank ligou para informar a morte de Anand e o furor decorrente.

— Nossa! — ofegou. — Que inferno, como isso foi acontecer?

Estava discando o código telefônico dos Estados Unidos quando de repente percebeu que seus dedos discavam o número de Scott, e não de Pete. Scott era um operador de Wall Street, e Frank confiava mais em seu tino para negócios do que no de Pete. Além do mais, precisava da ajuda do irmão mais velho para ensaiar o que dizer exatamente a Peter quando falasse com ele.

— Alô — atendeu Scott.

— E aí, gambá? — disse Frank.

— Tudo bem, tubarão? Como vai a vida?

Eles se tratavam por aqueles apelidos havia tanto tempo que nenhum dos dois se lembrava mais de quando ou por que tinham inventado aquilo. Frank sentiu os músculos da nuca relaxarem ao ouvir o som grave da voz de barítono do irmão.

— Não posso falar muito — continuou. — Preciso ligar para Peter antes que ele caia na noite. O que anda fazendo? Como está nossa mãe?

— Ela está bem. Disse que tentou te ligar esta semana, mas não teve resposta. Eu fui jantar fora com ela ontem à noite. Ah, e finalmente conheci o misterioso Barney. — Depois de ficar sem ninguém durante todos os anos desde que o pai tinha ido embora, Lauretta agora estava saindo com um homem que morava no mesmo prédio de apartamentos que ela. Nem Scott nem Frank tinham ainda entendido bem aquele evento recente.

— E que tal? Ele trata bem nossa mãe?

— Ele é louco por ela. E ela... parece mais feliz do que jamais pensei que pudesse ser.

Frank deu risada.

— Que coisa. Espera até eu contar pra Ellie.

— Como está El?

— Ela tá bem. Está ótima.

Pausa minúscula.

— Está tudo bem com vocês dois?

— Tudo. Tudo bem. — Frank expirou profundamente. — Só que... as coisas andam difíceis por aqui, Scott. Na verdade, se você tiver um minuto, eu queria falar sobre uns assuntos.

— Vá em frente.

— Bom, nós tivemos uma situação aqui em que um rapaz... ele era meio encrenqueiro, tipo líder sindical. Bom, nós mandamos prender o sujeito, e acho que um dos nossos empregados disse pra polícia intimidar um pouco o cara, sabe? Acontece que eles se entusiasmaram demais ou coisa assim. E o sujeito morreu sob a custódia da polícia e...

— Puta merda.

— É. Exatamente. E nem preciso dizer que os ânimos aqui estão exaltados e, sei lá, a situação está bem explosiva.

— Imagino. — Frank percebeu que Scott estava pensando, podia imaginar os olhos dele fechados e a testa franzida. — Vocês fizeram alguma proposta para a família?

— Fizemos. Mandamos um cheque de dez mil rupias para a mãe dele, mas ela se recusou a aceitar. Disse que era uma ofensa à memória do filho.

— Dez mil... quanto dá isso? Uns duzentos dólares? Bem, não posso culpá-la. Eu também me sentiria ofendido. — Scott pigarreou. — Garoto, o fato é que os lucros da sua empresa estão lá no alto. Eu acompanho as ações diariamente. Acho que vocês podem ser mais generosos, não? E quais são exatamente as exigências dos operários?

— As de sempre... aumento de salário, mais intervalos durante o dia. Esse tipo de coisa.

— Não vejo qual é o problema. Aceite algumas das exigências, gambá. Do jeito que está, a situação me parece insustentável.

Frank se surpreendeu ao perceber que estava com lágrimas nos olhos. Apertou o fone, sem ousar responder. Scott parecia muito calmo e razoável, como sempre. Frank se lembrou do dia seguinte ao enterro de Benny, quando Scott o convidou para sair para almoçar. Mas, em vez de ir a um restaurante, Scott o levou de carro até um parque estadual, e os dois ficaram andando por duas horas num silêncio quase total. No caminho de volta, no automóvel, Scott virou-se para Frank, o olhar firme no rosto do irmão mais novo: "Você vai sobreviver", disse. "Sei que acha que não vai, mas vai."

— Você ainda está aí? — perguntou Scott.

— Estou — sussurrou, sem ousar dizer mais nada.

— Escuta. Ligue para Peter e diga que... não pergunte, diga que vai conceder parte do que eles querem. Você está no comando aí, é o seu que está na reta, não o do Peter. Por isso tome a decisão, certo?

— Eu sinto falta de casa — desabafou Frank. — Tenho saudade... da vida nos Estados Unidos, sabe?

— Então volte. Quanto tempo mais vocês vão ficar por aí, aliás?

— Não sei. Até as coisas se estabilizarem, suponho. E Ellie gosta muito daqui. Já tem uma vida aqui, Scotty. Enquanto eu... — sentiu as lágrimas de novo — não sei se vou voltar a me sentir em casa em algum lugar, Scott. — Agora estava soluçando, em silêncio, porém intensamente. — Meu Deus, Scott. Não sei o que está acontecendo comigo. Eu realmente achava que mudar para um lugar diferente poderia me ajudar a sarar. Mas quando acho que estou melhorando, superando, eu... eu sinto falta dele, Scott. Sinto como se tivesse sido enterrado com ele. Eu estou tentando, mas acho que não está ficando mais fácil.

— Frankie — disse Scott com a voz um tanto embargada. — Sem essa, Frankie.

— Eu continuo me *lembrando* de coisas. Como eram os pelos que eu acariciava no braço dele. Ou aquele calombo do lado da cabeça, lembra? Que ele tinha de nascença. E aquela risadinha aguda? Lembra quando você fazia aquele jogo bobinho quando ele era pequeno, Scotty?

— Para com isso. Não faça isso com você mesmo, garoto.

Mas Frank não conseguia parar. Falava tão raramente sobre Benny... E Scott era uma das poucas pessoas com quem confidenciava as lembranças dele, um dos poucos que sabiam quanto aquelas memórias eram sagradas e como um comentário equivocado poderia macular tudo.

— Não posso falar sobre isso com Ellie — continuou. — Não sei por quê... Deus sabe que eu tentei. Mas não consigo, Scott. Acho que ainda a culpo pela negligência. Se ao menos ela...

— Frankie, isso é bobagem. Ellie não fez nada de errado. O médico disse que não tinha como ela saber. Eu mesmo ouvi. De qualquer forma, como culpar Ellie poderia ajudar o seu casamento, cara?

— Bom, ela também me culpa. Saco, outro dia ela me acusou de usar Ramesh, o empregadinho que vive com a gente, Scott... para superar a falta de Benny. — Sentiu sua indignação renovada ao se lembrar das palavras de Ellie.

— Frank, Ellie é a sua mulher. Ela te adora. É tudo o que você tem. E vice-versa.

Alguém bateu na porta, e, antes que pudesse responder, Rekha, sua secretária, entrou.

— Agora não! — bufou Frank, envergonhado de ser surpreendido em tal estado lamentável. — Quantas vezes preciso dizer pra vocês? Ninguém entra no meu escritório sem que eu mande.

Ouviu o sobressalto de Scott do outro lado da linha, ao mesmo tempo que registrava a expressão de surpresa e medo no rosto de Rekha antes de sair da sala.

— Calma, calma — disse Scott em voz baixa.

Frank lutou para controlar suas emoções.

— Desculpe — disse afinal. — Eu me descontrolei por um segundo.

— Escuta uma coisa, Frank. Você tem que fazer o seguinte. Primeiro, elimine esse problema trabalhista pela raiz. Conserte essa situação... e depressa. Isso é fundamental para os negócios. Segundo, saia da cidade por uns dias. Viaje com Ellie para algum lugar. Você vai ter um colapso nervoso se continuar desse jeito, garoto.

Frank se sentiu mais lúcido e resoluto quando desligou o telefone. Discou imediatamente o número de Pete, receoso de que sua decisão se dissipasse se esperasse muito tempo. Para seu alívio, Pete se mostrou receptivo a um acordo; a notícia da morte de Anand o havia abalado mais do que Frank imaginava.

Levantou da cadeira depois de desligar o telefone e abriu a porta do escritório. Rekha estava em sua mesa.

— Desculpe por ter gritado com você — disse. — Eu... estava numa ligação importante, entende? Mas não devia ter gritado com você.

Rekha pareceu tão aliviada e ansiosa para agradar que aquilo o fez ter vontade de chorar. Você é um babaca, disse a si mesmo. Ela ficou realmente assustada.

— Desculpe — repetiu antes de sair do prédio.

Os operários estavam no intervalo de meia hora para o almoço quando ele chegou à fábrica. Sentiu o cheiro forte e pungente de folhas de *girbal* prensadas ao entrar. Respirou fundo e andou até onde estava Deshpande, o gerente, sentado ao lado de uma máquina. O homem, que estava almoçando um simples sanduíche de pão indiano com *daal*, levantou depressa ao ver Frank se aproximando.

— Boa tarde, *sahib* — disse num inglês com forte sotaque.

— Boa tarde — respondeu Frank. Pelo canto dos olhos, pôde ver que os outros operários olhavam para ele. — Olha, Desh, eu tenho boas notícias. Resolvi aumentar o salário de todos em duas rupias por dia, a partir da semana que vem. E vamos acrescentar um intervalo extra de quinze minutos diariamente. Certo? — Esperou ver uma expressão de felicidade no rosto do homem, mas Desh não revelou nada. O sacana tem cara de jogador de pôquer, pensou.

Finalmente Desh falou, abaixando a voz:

— Nós também deveríamos oferecer uma boa quantia para a mãe de Anand, *sahib*. Ajudaria muito a diminuir a tensão.

Para sua surpresa, Frank percebeu que o gerente falava com ele de igual para igual, como se fossem sócios bolando uma estratégia de negócios. O sujeito realmente se preocupa com este lugar, pensou, e se sentiu confortado e estranhamente emocionado com isso. De repente se sentiu animado.

— Vou dizer uma coisa — falou. — Você vai recomendar o que considera ser uma quantia justa. Vou deixar isso com você. — Foi recompensado com um sorriso tímido.

Desh esperou Frank sair da fábrica para dar a notícia aos outros. Quando já estava saindo, Frank ouviu os homens irromper em vivas e assobios. Sorriu consigo mesmo. Enquanto voltava para o escritório, não pôde deixar de pensar que talvez tivesse subido um patamar.

* * *

Naquela noite, a torta de frango estava deliciosa.

— Como ele faz isso? — matutou Frank. — Quero dizer, o cara parece um boneco de ventríloquo, mas cozinha como um grande chef.

Ellie deu uma risadinha.

— Ele é mesmo meio parecido com um boneco de ventríloquo, né?

— É. Ele devia ensinar Ramesh a cozinhar. É uma boa aptidão, se o garoto for estudar nos Estados Unidos algum dia.

— Você acha mesmo que Ramesh é tão bom assim? — perguntou Ellie.

— Que poderia se virar sozinho nos Estados Unidos?

Esperou para ver se detectava qualquer hostilidade ou sarcasmo em sua voz e concluiu que não havia nenhum.

— Eu acho esse garoto brilhante, Ellie — disse Frank. Sua voz soou sincera, bem colocada. — Com os pais certos, o céu seria o limite...

— Mas o negócio é esse, querido — replicou Ellie. — Os pais dele são uma mãe inteligente, embora passiva, e um pai que parece mais interessado em beber do que em qualquer outra coisa. É com essas cartas que ele tem de jogar.

Não se eu tiver um papel mais influente na vida dele, Frank pensou em dizer. E eu poderia fazer isso, se não tivesse de espiar por cima do ombro para medir sua reação o tempo todo. Mas preferiu engolir as palavras no momento em que elas se formaram em seus lábios. Quando fez isso, seguiu-se o pensamento: Como Ellie pode ser tão liberal a respeito de questões globais — direitos das mulheres, a obrigação dos países ricos de ajudar países mais pobres, até quanto ao que deve ser feito na HerbalSolutions — e tão tacanha e bitolada quando eles podiam realmente resolver um problema, ajudando um garoto pobre a desenvolver todo o seu potencial?

Frank sentiu um toquinho no ombro.

— Ei, você — disse Ellie. — Eu continuo aqui. Aonde você foi?

Frank se sentiu imediatamente culpado por seus pensamentos nada generosos. Desde aquela adorável noite na casa de Nandita as coisas andavam bem entre ele e Ellie, e Frank não queria perturbar o andar da carruagem. Na noite anterior os dois fizeram amor pela primeira vez em semanas, não o amor ressabiado que vinham praticando desde a morte de Benny. Frank adormeceu contente por eles não terem perdido aquela ligação elétrica, pelos dois ainda conseguirem trepar como quando tinham vinte e cinco anos.

— Estou aqui, querida — disse sorrindo. — Eu estava pensando... Que tal se fôssemos passar o domingo em algum lugar? Pode ser bom ficar longe por algumas horas.

— Acho uma ótima ideia. Eu quase não te vi nesta semana. E você tem trabalhado tanto que fico até preocupada. — Apertou a mão dele. — É o seguinte. Que tal a gente preparar uma cesta de piquenique e ir até uma praia agradável no litoral? O que você acha?

Frank começou a sorrir em aprovação, mas logo parou, interrompido por um pensamento.

— O que foi? — perguntou Ellie.

— Nada. Só que eu prometi passar um dia na praia com Ramesh. Por isso, se formos, não podemos dizer o que vamos fazer, certo?

O rosto de Ellie mudou de expressão.

— Entendi — disse, e mais uma vez aquele silêncio constrangedor e irritante aflorou entre os dois.

— Tudo bem — atalhou Frank. — Mesmo. Eu não deveria ter mencionado isso. É que... esse garoto é tão sensível. Não gostaria de magoar os sentimentos dele. Mas desde que ele não saiba...

— Bem, ele poderia ir com a gente — propôs Ellie. — Isso resolveria a questão, não? Você prefere assim?

Prefere assim? Apesar de todo o esforço para não demonstrar o que sentia, Frank se rejubilou de alegria. Pela expressão de Ellie, percebeu que ela havia notado e se sentiu envergonhado. Mas o fato era inescapável. A ideia de ter Ramesh junto com eles tornou imediatamente o proposto piquenique mais agradável. Seria muito gostoso estar sozinho com Ellie numa praia, mas haveria sempre a possibilidade de constrangimentos e até hostilidade. Mas Ramesh tornaria as coisas mais animadas. Não haveria espaço para silêncios, para conversas tensas, para mudanças de assunto que evitassem lembranças tristes.

Ellie estava observando o próprio prato, pegando o último pedaço de torta de frango. Frank sentiu que ela estava desviando o olhar por delicadeza, com vergonha por ele e por sua necessidade implícita daquele garoto. Também sabia que a pergunta dela tinha sido uma espécie de teste.

Salvar o casamento era mais importante que uma promessa vaga a Ramesh, decidiu. Lembrou-se de Scott dizendo que Ellie era a coisa mais importante de sua vida.

— Escuta — falou. — Vamos esquecer o que eu disse sobre Ramesh. Vamos só nós dois, e nos divertiremos muito, certo?

Por um segundo, Ellie pareceu tentada. Em seguida, ao se levantar para recolher os pratos vazios da mesa, disse:

— Não tem problema, querido. Pode convidar Ramesh. Sei que você vai se sentir melhor se ele estiver junto... e assim vai poder cumprir a sua promessa — acrescentou depressa. Beijou o cocuruto do marido antes de levar os pratos para a pia.

Frank ficou sozinho na mesa, sentindo que não tinha passado no teste de Ellie, apesar de ter dado a resposta correta. Mas, mesmo enquanto ainda se punia, foi acometido por uma sensação aguda e intensa. Reconheceu que era agradável a expectativa de passar um dia inteiro na praia com Ramesh.

Capítulo 9

Edna ficou entusiasmada com a possibilidade de seu filho sair com Ellie e Frank, mas com Prakash a história foi diferente. O homem chegou às nove horas para organizar a cesta de piquenique, e pouco depois Ramesh entrou na cozinha.

— *Papa* — disse o garoto —, a mamãe quer saber se...

— *Chup re* — ciciou Prakash, dando um tapa na cabeça de Ramesh.

— Garoto bobão. Você faz o meu cérebro virar iogurte com esse seu *papa* isso, *papa* aquilo.

Eles viram a atitude de Prakash da sala de estar. Ellie sentiu a tensão de Frank.

— Se ele tocar nesse garoto mais uma vez, juro que vou nocautear esse cara — disse Frank.

— Deixa pra lá, Frank — cochichou Ellie. — Ele só está... Quem sabe qual é o problema dele? Só está fazendo isso por nossa causa. De qualquer forma, nós já estamos saindo. — Mas Ellie sabia exatamente qual era o problema de Prakash; o homem estava com ciúme. Com ciúme e envergonhado porque, com o salário que recebia, não poderia jamais convidar o filho para um belo piquenique, nunca poderia levá-lo a uma praia como eles fariam. Mais uma vez se surpreendeu com quanto seu perspicaz marido podia se mostrar tão obtuso em questões que envolviam Ramesh. O garoto realmente era seu ponto cego.

Os dois ouviram Prakash levantar a voz de novo.

— Você volta pra casa, *jaldi-jaldi*, entendeu? Muita lição de casa pra fazer. Nada de perder o dia todo na praia como um *mawali*.

— Mas, *papa*... — A voz de Ramesh soou angustiada.

Antes que Ellie pudesse impedir, Frank foi até a cozinha. Ela o seguiu, parando na porta entre a sala e a cozinha.

— Você sabia que ficaríamos fora o dia todo — ia dizendo Frank. — Por que todo esse espalhafato? O garoto está em dia com as lições de casa. Então qual é o problema?

Prakash manteve a cabeça baixa, concentrado nos sanduíches que preparava. Passou-se um longo momento.

— Prakash — insistiu Frank, enquanto Ramesh olhava de um para o outro com ar de choro. — Há algum problema?

O cozinheiro afinal levantou a cabeça. Os olhos brilhavam de... raiva? Malícia?

— Nenhum problema, senhor — respondeu. Logo depois abriu um sorriso que não tinha nada de alegria. — Tenham um bom dia.

Frank continuou olhando para Prakash — por tempo demais, pensou Ellie. Não há necessidade de humilhar o homem na frente do filho, disse a si mesma, desejando que o marido se afastasse, pronta para intervir se ele não fizesse isso. Quando estava prestes a intervir, Frank soltou um leve suspiro e saiu de lá. Por isso não viu — mas Ellie, sim — o olhar rápido e furtivo que Prakash lançou para ele. Dessa vez ela não teve problemas em interpretar a expressão no rosto do homem. Era de puro ódio. Sentiu o estômago revirar.

Como se soubesse que havia sido flagrado, Prakash espertamente mudou a expressão, assumindo a máscara de polidez indiferente que costumava usar com o casal.

— Vai querer picles nos sanduíches, madame? — perguntou. — Devo pôr picles na cesta?

— Não, obrigada — respondeu Ellie. Não conseguia se imaginar comendo o forte e temperado picles de limão com as outras comidas que estavam levando.

— Põe um pouco pra mim, *papa* — pediu Ramesh enquanto Ellie se dirigia ao quarto para pegar o filtro solar.

— Cala essa boca — ouviu Prakash cochichar. — Garoto safado. Criando problema para o pai com os *feringas*.

Feringas. Estrangeiros. Então é isso que eles pensam de nós. Mesmo sabendo que estava sendo ridícula, Ellie não conseguiu deixar de se sentir decepcionada.

A interação com Prakash foi um desalento, mas isso só durou até eles entrarem no carro.

— Bom dia, Satish — disse Ellie ao motorista, sentindo-se gratificada ao ser recebida com um sorriso caloroso e genuíno.

— Tudo bem com a senhora, madame? — perguntou Satish. Seus olhos pousaram em Ramesh. — Ele também vai?

— Vou — respondeu Ramesh, virando-se para Frank. — Eu quero ir atrás, entre você e Ellie.

— Puxa, que bom que estamos indo com o Camry — observou Frank, sorrindo. — Olhou para Ellie por cima de Ramesh. — Tudo bem pra você? — perguntou apenas mexendo os lábios, e ela concordou com a cabeça.

Ramesh entrou correndo no banco traseiro.

— Tchau, *mama*; tchau, *papa*! — gritou para os pais, que estavam na porta de entrada.

— Santo Deus — disse Frank em voz baixa para Ellie, que entrava pela outra porta. — Parece que a gente vai ficar uma semana fora, não só um dia.

Enquanto dava marcha à ré, Satish entrou no espírito da coisa.

— Você vai sentar aí atrás — disse de um jeito tristonho a Ramesh —, e eu vou sozinho na frente. Sem companhia, *yaar*.

— Você quer que eu vá na frente? — perguntou logo o garoto. — Eu posso pular o banco.

Satish olhou para Frank e Ellie pelo retrovisor e deu risada.

— Não, *ustad*, tudo bem. Eu só estou tirando um *firki* com você.

— O que isso quer dizer? Essa palavra que você disse? — perguntou Ellie.

— Tirar um *firki* de alguém? É como caçoar, sabe? — Satish abriu um sorriso.

— *Arre*, eu vou tirar um *firki* de você em dobro — falou Ramesh. O sotaque dele era mais pesado, e seus modos ficaram menos tímidos na presença de Satish. Ellie ponderou se Frank também tinha notado. — Eu e os meus três melhores amigos passamos o tempo todo caçoando um do outro na escola — declarou.

— Você tem três melhores amigos? — perguntou Ellie. — Como é possível?

Ramesh pareceu confuso.

— Por que não é possível, Ellie?

— Bem, você pode ter muitos *bons* amigos. Mas só pode ter um melhor amigo, certo?

O garoto pensou um momento. Depois soltou:

— Mas se eu só tenho um melhor amigo, o que acontece com meus outros melhores amigos? — Pareceu tão contente consigo mesmo que todos deram risada.

— *Wah, wah, ustad*. Você é um campeão de argumentos.

— Também sou campeão de matemática. E de basquete. E de história. — Virou-se para Frank. — Conta pra ele.

— Ele tem razão — disse Frank. — Ramesh é campeão em comilança. E campeão de contar histórias. E campeão em cutucar o nariz.

— Ei! — gritou Ramesh, batendo com o punho no braço de Frank.

— Quantos talentos, Ramu — disse Satish. — Estou impressionado.

Ellie percebeu que, àquela altura, o garoto estava oscilando entre o riso e a manha. Sabia que, se não interviesse, os dois homens continuariam provocando até que o menino tivesse um ataque na frente de todos.

— Então, a que praia nós vamos, Satish? — Ela tentou mudar de assunto. — Para onde devemos ir, Satish?

— A senhora querendo ir à Praia dos Estrangeiros, madame? — ele perguntou. Praia dos Estrangeiros era o nome local dado à praia na frente do Hotel Shalimar e de outros resorts mais novos. Ellie pensou a respeito. Se houvesse outro casal de americanos na praia, era bem possível que viessem conversar com os Benton. Frank detestaria desviar a atenção de Ramesh por causa de alguém. Ademais, ela esperava que, se Ramesh dormisse à tarde, ela e Frank poderiam sair para dar uma caminhada.

— Praia dos Estrangeiros, não — respondeu. — Alguma coisa mais... tranquila, talvez? Só com gente local?

— Nenhuma gente local vai à praia durante o dia, madame — explicou logo Satish. — Eles só vão ao pôr do sol.

Ellie se lembrou. Os indianos detestavam banho de sol e costumavam ir à praia com roupas normais, embora já tivesse visto turistas indianos afluentes, que se hospedavam nos resorts, de calção e camiseta na praia. Mesmo assim, segundo informara Nandita, era uma tendência relativamente recente.

Satish os levou até uma praia bonita e isolada, com coqueiros e grandes rochedos onde a água encontrava a areia.

— Que lugar lindo! — Ellie suspirou.

— Obrigado, madame — replicou Satish. O jovem os ajudou a levar até a praia algumas cadeiras e um grande guarda-sol colorido, que os protegeria do sol inclemente. Ele e Frank enterraram o cabo de metal do guarda-sol na areia. Em seguida, Satish perguntou a Frank: — A que horas devo vir buscá-los?

Para Ellie, esta era sempre a parte mais embaraçosa, quando Satish os deixava em algum lugar e desaparecia até ser chamado de novo. Por um momento pensou em convidar aquele jovem simpático para passar o dia com eles, mas sabia que Frank não a perdoaria se convidasse Satish para se intrometer no dia deles. Não, era melhor enfrentar esse constrangimento momentâneo, que, até onde sabia, só ela sentia. O mais provável era que Satish se sentisse contente em se livrar deles e passar o dia sozinho. Embora não fizesse ideia de para onde pudesse ir. Sem pensar, ela acabou perguntando:

— Você tem algum lugar para ir?

— Não tem problema, madame. Tem uma cidadezinha aqui perto. Vou encontrar alguns amigos lá. — Era a resposta de praxe de Satish. Parecia que tinha amigos em qualquer lugar para onde fossem, inclusive em Bombaim. Ellie desconfiou que ele poderia estar sendo apenas educado, evitando que se sentissem desconfortáveis por sua causa, da maneira como os destituídos pareciam sempre resguardar a sensibilidade dos abastados.

— Eu estou com fome — anunciou Ramesh assim que Satish partiu.

— Sua mãe me disse que você tomou café da manhã, garoto — comentou Frank. — Você deve ter lombrigas no estômago.

— Eu tenho uma árvore na barriga — disse o garoto com uma expressão séria.

— Uma árvore na barriga? — repetiram Frank e Ellie ao mesmo tempo.

O tamanho do céu *111*

— Será que nós vamos ter que cortar essa árvore? — brincou Frank.

— Não, não. — Ramesh mostrou as unhas roídas para eles verem. — É que eu tenho mania de roer as unhas, e mamãe diz que isso faz crescer uma árvore no estômago. Acho que é por isso que eu como o tempo todo.

— Isso é só uma maneira de dizer — começou Ellie, mas depois pensou melhor a respeito. Até onde sabia, talvez Edna achasse mesmo que o filho tinha uma árvore na barriga. Este era um país onde os limites entre metáforas e realidade, entre fato e ficção, eram virtualmente inexistentes, pois coisas estranhas e improváveis aconteciam o tempo todo. Lembrou-se da primeira vez que esteve em Bombaim, quando viu uma vaca, um elefante, uma cobra e um macaco na rua no primeiro dia. E todos aqueles animais coexistiam pacificamente com os animais mecânicos estacionados no meio-fio — os Jaguar, os Dodge Ram e os Ford Mustang. Edna estava sempre contando histórias estranhas — de quando a tia uma vez tinha visto um crocodilo e uma vaca caindo do céu durante uma chuva; de como, ainda menina, tinha visto uma serpente no meio da estrada quando viajava com o pai num carro de boi à noite. Quando os dois pararam, a serpente se transformou numa linda mulher diante dos olhos deles e desapareceu num bosque próximo. Se um de seus pacientes americanos tivesse contado essa história, Ellie teria feito testes em busca de diversas doenças mentais. Mas, aqui na Índia, ela estava aprendendo a ver essas coisas com naturalidade, começando a perceber que a realidade era mais multidimensional do que imaginava em Cleveland ou Michigan.

Ellie pegou um sanduíche e entregou a Ramesh.

— Será que isso segura a maré até o almoço?

O garoto inclinou a cabeça.

— Segura a maré?

— É uma expressão — repetiu Ellie. — Só quer dizer que...

— O tempo e a maré não esperam por ninguém — recitou Ramesh devagar. Ellie achou Ramesh muito parecido com uma coruja sábia naquele momento. O garoto virou-se para Frank. — Você já ouviu esse ditado?

Frank fez cara de blefe.

— Acho que sim — respondeu. — Algumas vezes. — Poucos minutos depois, levantou e tirou a camiseta, tapando o sol por um momento.

— Falando em maré, que tal uma nadada rápida? — Deu um toque em Ramesh. — O último a chegar é cocô de elefante.

Ramesh jogou o resto do sanduíche na boca e se levantou, dando gritinhos e jogando areia nas esteiras.

— *Ae*, você tá roubando! — gritou para Frank, que já corria em direção ao mar. Desabotoou a camisa de algodão azul e começou a seguir Frank, olhando para Ellie. — Ele roubando, Ellie. — Chegou à água alguns segundos depois de Frank.

Ellie tirou a areia da esteira e sentou com as mãos apoiadas nos joelhos, observando os dois farreando, espirrando água e afundando um ao outro. Mesmo a essa distância, conseguia ouvir os gritinhos de felicidade de Ramesh e as risadas de Frank. Ele está feliz, pensou com espanto, e percebeu que tinha lágrimas nos olhos. Fazia tanto tempo que não via Frank assim, jovial, despreocupado e genuinamente alegre. O revestimento taciturno e cauteloso do homem em que havia se transformado na noite da morte de Benny parecia ter sido rompido, como se as águas do mar da Arábia o estivessem batizando numa nova fé. Não importava que sua fé fosse rochosa, erigida sobre uma fundação tão instável quanto a areia que se movia sob seus pés. Não importava que essa nova religião fosse liderada por um garoto de nove anos que era filho de duas pessoas que o amavam muito, apesar de seus modos diretos e abruptos. Que o garoto de nove anos fosse filho de um pai que já se mostrava inquieto com o que via como uma usurpação de seus poderes e sua autoridade, vendo em Frank um desafio ao amor incondicional que esperava do filho.

E de repente Ellie percebeu algo escurecendo o sol, como se uma sombra tivesse se interposto, e sentiu uma forte presença de Benny. Seu estômago se sobressaltou, e, incapaz de se conter, olhou para a direita, sabendo que Benny estava sentado bem ali. Mas, quando se virou, não havia ninguém na esteira verde e vermelha, apenas as sandálias que Ramesh deixara antes de ir para o mar. Mesmo assim, não conseguiu se livrar da sensação de que Benny estava bem ao seu lado.

— Ben? — sussurrou, agora olhando direto para a frente, sem saber se Frank poderia ver seus lábios se movendo a distância, mas sem querer correr o risco. — Você está aí, Benny?

O tamanho do céu *113*

Não houve resposta, apenas o zumbido baixo do universo, que sempre parecia mais audível em dias claros e sem nuvens na praia. O ar da tarde tremulava como vidro quebrado. Mas, embora se sentisse tola, Ellie não conseguia se livrar da sensação de que, como ela, Benny estava observando as palhaçadas do garoto e do homem na água. Será que ele achava que o pai o estava substituindo por outro menino? Será que se sentia esquecido, ignorado, negligenciado? Será que se sentia... *morto*? Ou estaria ciente de quanto estava vívido e presente em suas vidas e seus pensamentos? Será que sabia que os pais pensavam nele centenas de vezes por dia, que tinham uma foto dele ao lado da cama, que a beijavam assim que acordavam? Que havia pratos que até hoje não conseguiam comer por serem os favoritos do filho, que nenhum dos dois comera uma melancia ou arroz frito chinês desde sua morte, que mudavam a estação de rádio quando tocava "Yellow Submarine" ou "Octopus Garden", que nunca entravam numa loja da Nike por ser sua marca de tênis predileta?

Ellie sentiu um aperto na garganta ao ser assolada por outro pensamento: Será que Benny, meu Deus, será que Benny a responsabilizava pela sua morte? Será que ele achava — como Frank ocasionalmente a levava a acreditar — que sua mãe fora negligente? Que ainda estaria vivo se ela o tivesse levado ao pronto-socorro no primeiro sinal de febre? Será que culpava Frank por estar na Tailândia, convencido de que seu pai pragmático e com olhos de lince teria identificado os sinais de perigo antes da mãe, mais tranquila e relaxada? Ah, mas e quanto às inúmeras vezes nas quais havia cuidado do filho em estados febris e com dores de garganta enquanto Frank estava viajando? Como ela poderia saber que daquela vez seria diferente? Ela seguira as instruções do médico — aplicara panos úmidos na cabeça do filho, lhe dera Tylenol, comprara um picolé para a dor de garganta, verificara sua temperatura a cada duas horas. E mais: colocara uma música tranquilizante no rádio portátil do quarto, abrira as janelas para entrar ar fresco, segurara a mão dele dizendo quanto o amava. Será que ele se lembrava de tudo isso? Que só saiu de perto do filho quando a febre baixou para a temperatura normal e ele estava dormindo, com o peito subindo e descendo suavemente quando respirava? Que a pele dele estava lisa e macia, sem quaisquer marcas roxas que brotariam poucas horas depois? Que seus olhos estavam fechados e ele estava sorrindo durante o sono, como costumava fazer quando tinha um sonho engraçado? Que estava com os dedos cruzados no peito enquanto dormia e ela notou suas unhas perfeitas e, como sempre, seu coração se encheu de amor diante da visão daquelas mãozinhas delicadas, amorenadas como uma pequena bisnaga de pão?

Ela se lembrava. Recordava-se de tudo. Do grito isolado e estrangulado de Benny que a despertara de um sono profundo, que a fizera correr para o quarto dele sem mesmo se dar conta de ter acordado. De acender a luz do abajur e descobrir a horrenda urticária. Da expressão no rosto suado e desorientado de Benny. Do desesperado telefonema ao dr. Roberts. Dos cinco minutos mais longos do mundo à espera de que ele retornasse a ligação. De ter usado aqueles cinco minutos para se despir do traje de dormir e vestir roupas normais, sabendo que o dr. Roberts lhe pediria para levar Benny ao pronto-socorro. Do tremor de suas mãos ao discar o telefone de emergência. Da eficiência calma e distante dos paramédicos. De ter se acomodado no banco da frente da ambulância — pois, apesar de suas súplicas, eles não deixaram que ela viajasse na traseira, onde já tinham começado a aplicar soro em Benny — e de ver o prédio do Hospital Infantil Mott pairando como uma nave espacial na noite enquanto se aproximavam. O médico residente falando com ela, fazendo perguntas, bradando ordens para uma enfermeira, pedindo para entrar em contato com o dr. Masood, o especialista em doenças infecciosas. O dr. Masood chegou pouco depois. Quando Ellie respondeu a todas as perguntas, ele a tocou de leve no ombro e falou: "Nós vamos fazer o melhor possível pelo seu filho, sra. Benton. Estamos realizando alguns testes neste momento. Mas tenho quase cem por cento de certeza de que se trata de meningococo. Você não poderia ter feito nada a respeito. Por isso, procure se convencer de que não fez nada de errado".

Ellie desejou que o médico pudesse dizer aquelas palavras para Benny agora, defendê-la naquela praia numa tarde ensolarada e ofuscante. Mas era estranho que ela só conseguisse sentir a presença de Ben quando olhava diretamente para a água. Se olhasse na direção em que sabia que ele estava, Ellie não sentia nada, via apenas a esteira e o sol cintilando nos grãos de areia que Ramesh tinha espalhado ao tirar as sandálias. Além do mais, não havia mais tempo para explicar qualquer coisa, pois Frank e Ramesh estavam saindo do mar e vinham em sua direção, sacudindo a cabeça para enxugar os cabelos, parecendo dois cachorros felizes. A cada passo que davam, diminuía a sensação de Benny ao seu lado. Agora os dois estavam quase chegando, e, mesmo com os cabelos loiros de Frank escurecidos pela umidade, ela notou como brilhavam ao sol. Ficou observando seu rosto fino e anguloso, o sorriso grande e largo, que era também o sorriso do filho dela. O sorriso deixou-a sem fôlego, pois viu pela primeira vez o que outras pessoas sempre haviam comentado — a forte semelhança de Benny com o pai.

Mas não havia mais tempo para ponderar sobre isso, pois o corpo molhado e escuro de Ramesh tremia incontrolavelmente, apesar do sol. Jogou uma toalha para ele, mas Frank pegou-a primeiro e enxugou o corpo magro do garoto antes de se enrolar nela. Quando os dois se sentaram, Frank manteve o braço ao redor do menino ainda trêmulo, às vezes esfregando suas costas para aquecê-lo um pouco mais. Aquele gesto fez Ellie lembrar de Frank dando banho em Benny quando ele ainda engatinhava. Ben detestava tomar banho, costumava gritar desesperadamente cada vez que Frank o levava até a banheira. Mas se acalmava assim que entrava na banheira, dando risada enquanto espalhava água ao redor. Inevitavelmente, parecia que pai e filho tinham tomado banho juntos, pois era um Frank tão molhado, pingando, quem enxugava o filho e o levava envolto na toalha até o quarto para vestir o pijama.

Ellie ficou espantada com a facilidade com que Frank realizava a mesma tarefa com Ramesh. Durante os últimos dois anos, ela acreditava que era Frank quem estava preso na fossa barrenta da tristeza, que ela encarava melhor a morte do filho. Agora não sabia mais ao certo. Enquanto ela falava com o filho morto na praia, Frank tinha encontrado um novo filho para amar.

Parte de seu choque por aquela última conclusão devia ter se revelado em seu rosto, pois viu Frank se enrijecer ao dizer:

— Ele está com frio. — Ouviu a atitude defensiva na voz dele, como se o marido estivesse refutando uma acusação não expressada.

— Eu sei — concordou em voz baixa. Sorrindo para Ramesh, que parecia radiante e alheio à súbita tensão, Ellie acrescentou: — E dizem que a melhor coisa pra comer depois de um banho de mar é... batata frita.

— Siiiiiim! — exclamou o garoto, e todos deram risada. Frank tinha o hábito de esmurrar o ar e expressar uma exclamação sempre que fazia um ponto no basquete, e Ramesh tinha pegado esse gesto dele.

— Ei, eu também estou com fome. Posso comer alguma coisa? — perguntou Frank.

Ellie sorriu.

— O que nos impede de fazer isso? A gente pode começar a comer agora mesmo. — Remexeu no cesto de piquenique, retirando os pratos que Prakash tinha preparado para eles. — Puxa. Prakash deve ter pensado que iríamos trazer metade de Girbaug no nosso piquenique.

De repente, Ramesh deu um tapa no próprio joelho e soltou uma risada estridente.

— Metade de Girbaug — repetiu. — Você é engraçada, Ellie.

Frank e Ellie se olharam com ironia.

— Não é *tão* engraçado, Ramesh — disse, afinal, Frank. — Agora pare de rir para não engasgar com o sanduíche.

Aquilo só fez Ramesh rir mais ainda.

— Ignore — murmurou Ellie a Frank. — É a melhor coisa a fazer quando eles ficam assim.

A mão de Ellie tocou em algo mole no fundo da cesta. Retirou o pacotinho de papel-alumínio e o desembrulhou. Era o picles de limão que Ramesh tinha pedido ao pai.

— Meu *papa* não esqueceu! — vibrou Ramesh, deliciado. O garoto abriu seu sanduíche e espalhou o molho pela salada de frango antes de dar uma grande mordida.

— Argh — gemeram Frank e Ellie ao mesmo tempo.

— Hã? — quis saber Ramesh.

— Que falta de gosto, Ramesh. Como você consegue arruinar o sabor do frango com isso?

Ramesh estalou os lábios.

— O picles faz o sanduíche ser bom. Sem isso, é uma chatice.

— Acho que não é diferente da mostarda no cachorro-quente — comentou Frank com Ellie.

— Vocês comem cachorro? — Ramesh pareceu tão indignado que Ellie caiu na risada.

— Não é cachorro. É só o nome que a gente dá. Na verdade, é... — De repente deu um branco. O que era exatamente um cachorro-quente? Carne de vaca ou de porco? — É só carne — acrescentou, hesitante.

— Ei, garoto, eu vou dizer uma coisa. Num dia de verão como este, não há nada melhor. — Frank continuava sendo nostálgico.

Ramesh mastigava com a boca aberta.

— Vamos fazer isso no Natal deste ano — falou. — Vou pedir pro meu *papa* fazer.

— Não, não, não. A gente não come cachorro-quente no Natal. É comida de verão. — Frank fechou os olhos. — É o que a gente come no Quatro de Julho. Uma bela cerveja gelada, um hambúrguer gorduroso e suculento e um cachorro-quente.

— Para com isso. — Ellie sorriu. — Você tá me deixando com saudade de casa.

— O Quatro de Julho é o Dia da Independência dos Estados Unidos — declarou Ramesh. — Eu aprendi na escola.

— Isso mesmo — disse Frank.

— Qual é o Dia da Independência da Índia? — perguntou Ramesh. — Vocês sabem?

Ellie e Frank se entreolharam, surpresos. Eles sabiam? Lembravam que estavam em Bombaim no ano anterior, porque era feriado bancário e a fábrica estava fechada.

— Eu sei que é em agosto — gaguejou Ellie, um pouco envergonhada. — É dia 17 de agosto?

— Quinze de agosto! — gritou Ramesh, olhando para os dois. — Eu sei o Dia da Independência dos Estados Unidos, mas vocês não sabem o da Índia — disparou.

— Tudo bem, seu cururu. Já marcou o seu ponto — disse Frank. — Agora vamos logo.

Ramesh se empertigou.

— Cururu? Como canguru? — Dobrou os punhos e levou as mãos ao peito. — Quer que eu saia pulando, pulando, pulando? — Antes que eles respondessem, Ramesh teve outro pensamento. — *Ae.* Vamos fazer cachorro-quente no dia da sua independência. Tenho certeza de que *papa* sabe como preparar.

Frank estremeceu visivelmente, e Ellie sabia que a ideia de Prakash fazendo cachorro-quente parecia um sacrilégio para ele. Mas, para Ramesh, ele simplesmente disse:

— Acho que não, parceiro. Nós vamos estar em Bombaim no Quatro de Julho.

Ellie olhou para Frank com uma expressão interrogativa, mas depois se lembrou. O consulado dos Estados Unidos iria organizar uma festa para expatriados americanos em Bombaim e imediações. Sabendo da relutância da mulher em comparecer a essas reuniões, Frank a havia subornado com uma viagem de barco para ver as Grutas de Elefanta se ela fosse com ele. Ellie concordou, principalmente por saber que Frank desejava que ela fosse.

— Bombaim? — gritou Ramesh. — Vocês vão pra Bombaim? Posso ir junto?

Ellie ficou observando a expressão no rosto de Frank passar por diversas contorções com aquelas últimas palavras. Primeiro ele pareceu assustado, como se o pensamento não lhe houvesse ocorrido. Depois, a perspectiva de estar na companhia de Ramesh iluminou o seu rosto. Logo depois, porém, a luz esvaneceu, atenuada pela lembrança de que Ellie poderia não receber muito bem aquela intromissão. Essa percepção foi seguida por um ressentimento agudo e intenso de ter que sacrificar seu prazer por um sentido de dever para com a esposa. Finalmente, encobriu tudo com um ar inexpressivo e virou-se para Ramesh.

— Gostaria que você pudesse ir, companheiro — disse. — Mas dessa vez não vai dar.

Porém Ellie percebera o anseio no rosto de Frank. E, sob a recusa apressada do pedido de Ramesh, ela ouviu não só o angustiado remorso por negar o pedido do garoto como também o desejo sincero de seu coração. Ellie não pôde aceitar ser a razão daquela recusa. Pelo tamanho do amor que sentia por Frank — e pelo direito a uma felicidade ocasional que somente um garoto indiano inteligente, que pertencia a outros pais, parecia evocar nele. Sentiu também uma imensa tristeza ao notar o súbito abatimento de Ramesh, vendo sua cabeça baixa com a decepção. Lembrou-se de todos os lugares que Benny havia conhecido aos sete anos — Disneylândia, Nova York, Florença, Captiva Island, Boulder, Cape Cod — e comparou ao fato de Ramesh não ter jamais saído de sua cidade natal, de não conhecer a gigantesca metrópole a poucas horas de distância. E quem sabe o que uma visita a Bombaim poderia fazer com o menino, que sonhos ocultos poderia despertar, que horizontes poderia expandir? Lembrou-se de como fora afetada ao conhecer Barcelona aos onze anos. "Você todos podem ir para casa", dissera aos pais na hora de ir embora. "Eu vou ficar aqui mesmo." Eles deram risada, e claro que ela voltou para Shaker Heights, mas uma parte dela — seu lado ambicioso, cosmopolita e mundano — foi moldada para sempre naquela viagem. E Ellie era filha de um professor de história, criada numa casa cheia de mapas, atlas e livros, familiarizada com as glórias e o esplendor do mundo mais amplo. Como poderia agora privar Ramesh dessa única chance de sair dos confins de sua vida? O que ela e Frank eram capazes de prover a Ramesh sem o menor sacrifício, com um mero gesto, representaria para Prakash e Edna uma vida inteira de trabalho, economia e sacrifícios. Uma viagem a Bombaim era o mínimo que eles podiam fazer.

— Por que ele não pode ir conosco? — perguntou.

Frank levantou a cabeça, e seus olhos brilharam com uma luz que Ellie não via há dois anos.

— Eu... eu só pensei que... acho... que não há razão para ele não ir...

— Quero dizer, você acha que o pessoal da embaixada pode se opor? — continuou, desfrutando de seu poder de fazer Frank feliz, prolongando a sensação.

— Que diabo, não. Quer dizer, o convite dizia que os filhos seriam bem-vindos. E afinal é só um piquenique, uma coisa casual.

O olho esquerdo de Frank estremeceu, e Ellie ficou observando, fascinada. Em geral o olho dele só estremecia em situações de estresse. Como ele deseja isso!, pensou com espanto. E quanto tenta esconder seu desejo de mim! Pela primeira vez, Ellie se sentiu grata pela presença de Ramesh na vida deles. Talvez esse garoto fosse a corda que poderia evitar que seu marido se afogasse em sua dor. Talvez ele pudesse ser o fio de seda que a reconduzisse a Frank.

Seus pensamentos foram interrompidos pelos urras de alegria do garoto sentado ao lado dela.

— Graaaaaande Ellie! — bradou Ramesh. — Eu sempre quis conhecer Mumbai. Sempre quis conhecer Shahrukh Khan.

— Quem é Shahrukh Khan? — perguntou Ellie, e ouviu um suspiro incrédulo de Ramesh.

— Vocês não sabem quem é Shahrukh Khan? Ele é o ator mais melhor. Meu único favorito. — Ramesh pulou da esteira, fez sua melhor pose de macho e começou a recitar um diálogo do último filme de Khan. Os dois ficaram ouvindo o garoto por alguns minutos, até Frank se virar para Ellie. — Obrigado — disse simplesmente.

Ellie apertou a mão dele.

— Não tem nada de mais. Além de tudo, vai ser divertido estar com ele por perto.

— Imagino se ele vai gostar da cidade. Ou vai ficar com medo? — Frank sorriu. — Lembra quando levamos Ben a Nova York? Ele querendo ir a espetáculos pornô por achar que haveria galinhas ali?

Ellie também sorriu.

— Claro. Lembra-se da visita à catedral de Saint Patrick?

Eles tinham entrado na magnífica catedral de Saint Patrick num sábado à tarde. Apesar da formação católica dos dois, Frank e Ellie não eram especialmente devotos e, enquanto andavam pelo corredor observando os vitrais das janelas, os tetos altos e o altar ornamentado, mal notaram os pequenos agrupamentos de pessoas sentadas nos bancos, de cabeça baixa e olhos fechados. Ellie acendeu uma vela para a mãe, e depois eles perguntaram ao filho de cinco anos se estava pronto para ir embora. "Mas nós ainda não rezamos", respondeu Benny. E, antes que pudessem reagir, ele saiu correndo e sentou num banco perto de um homem desgrenhado, que usava um casaco puído e olhava para o espaço. Com os olhos bem fechados, Benny ficou quase dez minutos sentado ao lado do homem, que cheirava a álcool e urina. Às vezes seus lábios se mexiam. Afinal, o garoto abriu os olhos e disse "Tchau" em voz alta para seu vizinho andrajoso, correndo em seguida para o lado dos pais. "Tudo bem. Já chega desse negócio de falar com Deus."

Durante o resto daquele dia, Ellie olhou o filho com uma sensação que se aproximava da reverência, percebendo que aquele garoto resmungão, que só comia arroz frito no jantar e queria que o pai o levasse no colo de volta ao hotel, era também um ser misterioso e espiritual cuja individualidade já começava a se afirmar.

Ellie pensou muitas vezes naquele incidente, principalmente depois da morte de Benny.

— Você lembra? — perguntou agora a Frank.

Frank aquiesceu.

— Claro que lembro. — Fez uma pausa e ficou olhando o mar que se esparramava à frente como uma grande mesa de banquete. — Nosso Benny era um homenzinho e tanto.

Os dois ficaram se olhando, os olhos ardendo de lágrimas, com medo de falar, até o momento passar e eles voltarem a controlar a voz. Ellie cobriu a mão de Frank com a sua.

— Aposto com você que Ramesh vai adorar Bombaim — ela disse afinal. — Como pode não adorar? É uma cidade ágil, movimentada, divertida... como ele.

Frank suspirou.

— Ainda falta quase um mês. Gostaria que fosse antes. Eu realmente estou precisando de um longo fim de semana de folga.

Capítulo 10

Ellie rangeu os dentes e praguejou consigo mesma. Edna estava choramingando na frente dela, estapeando a própria cabeça e lamentando a má sorte de ter se casado com um marido que era um traste imbecil. Embora a angústia da mulher parecesse genuína, Ellie não conseguia descartar a sensação de que parte daquele grande drama era para impressioná-la, que Edna estava tentando disfarçar a própria vergonha pela obstinação do marido com resmungos e choramingos.

Prakash estava sendo um babaca, sem dúvida. Faltavam três dias para eles viajarem a Bombaim, e o homem de repente tinha mudado de ideia a respeito de deixar Ramesh ir com eles. Edna tinha vindo até ela meia hora atrás com a notícia.

— O que fazer, madame? O idiota está ficando mais e mais teimoso na velhice. Só Deus sabe o que passou pela cabeça dele ontem à noite, mas ele dizendo que não vai deixar Ramesh ir.

— Você já contou a Ramesh?

Edna choramingou mais ainda.

— Não, madame. Se aquela mula quer partir o coração do filho, que seja ele mesmo a contar. O garoto está animado como um rojão por causa disso há semanas.

— Entendi. — Ellie não sabia o que seria mais difícil: o desalento ou a raiva de Frank quando ficasse sabendo. De repente se sentiu cansada de toda aquela situação, daquela estranha dança em que se encontrava, dividida entre os egos e as inseguranças de dois homens em guerra. E Edna estava dando nos nervos. Tanto drama, logo de manhã cedo. Agora Edna evocava a memória da mãe, arrependida por não ter ouvido suas advertências sobre se casar com um não cristão.

— São esses hindus, madame. — Soluçou. — Eles não são iguais a nós. Mais cedo ou mais tarde eles mostram sua verdadeira natureza. Minha mamã estava certa. Esse homem é uma perdição total.

Ellie deu risada, mesmo sem querer.

— Edna, por favor — disse. — Isso é um simples caso de um pai não querer que o filho vá com a gente porque... bom, sabe-se lá por quê. Não vamos transformar isso numa guerra religiosa.

Edna pareceu magoada e continuou a resmungar baixinho sobre o comportamento de Prakash. Mas ao menos parou de choramingar. Naquele silêncio, Ellie resolveu agir.

— Prakash está em casa? — perguntou.

— É claro, madame.

— Eu quero falar com ele. Podemos ir até a sua casa?

Percebeu a expressão de surpresa de Edna. Ellie nunca tinha entrado na casa dela. De repente percebeu que não fazia ideia de como era a casa de sua empregada, apesar de morarem no mesmo endereço, e isso fez Ellie corar.

— Vamos até lá — concordou Edna, renitente.

A casinha de um cômodo tinha duas camas de cada lado. No chão havia um terceiro colchão, ao lado de uma das camas. Uma divisória parcial separava uma pequena cozinha, e Ellie imaginou que o banheiro estaria atrás de uma porta amarela na extremidade do quarto. Duas cadeiras decrépitas se apoiavam numa parede, com um pequeno aparelho de televisão sobre uma delas. Mesmo sabendo que a moradia de Edna era melhor do que a de muitos dos aldeões, Ellie ficou chocada com a vida espartana de sua empregada. Não admira que o pobre Ramesh estivesse sempre procurando uma chance de passar um tempo na casa deles. Ficou imaginando o que o garoto achava da casa. Sentiu também uma pontada de apreensão em levar Ramesh para se hospedar no Taj, onde ficariam na estadia em Bombaim. O hotel cinco estrelas estaria além do que a imaginação do garoto poderia conceber. Chegou

124 *Thrity Umrigar*

a ponderar se não era um equívoco insistir que o garoto fosse com eles, mas depois viu Prakash sentado sobre os calcanhares na cozinha e se reanimou.

Prakash continuou sentado, mas Ellie percebeu o olhar furioso que lançou à esposa por causa daquela intrusão. Sabia que Edna iria pagar por essa invasão, mas no momento não conseguia pensar nisso. Só queria resolver a questão antes de Frank ficar sabendo a respeito.

— Prakash — disse energicamente. — Edna me falou que você não quer que Ramesh vá conosco. Fiquei tão chocada que imaginei que fosse um engano. Por isso, quis ouvir da sua própria boca.

Prakash olhou para o chão.

— Não é engano — murmurou. Em seguida, olhando para Ellie, falou mais alto: — Não é engano.

Ellie ouviu a contestação na voz dele.

— Entendi — disse, tentando ganhar tempo. — Posso perguntar por quê?

Agora Prakash parecia abertamente agressivo.

— No que o mundo se transformou? — perguntou para ninguém em particular. — Agora um pai precisa dar razões para algo que diz respeito ao próprio filho. — Ellie ouviu Edna prender a respiração atrás dela.

— Prakash — continuou Ellie. — Faz semanas que você sabe disso. Nós já fizemos todos os preparativos, reservamos quartos no hotel. — Fez um rápido cálculo e resolveu testar o blefe dele. — Quem vai pagar agora pelo quarto do hotel? — perguntou com falsa indignação. — Isso vai nos custar centenas de rupias.

Mesmo assim, o homem não cedeu.

— Isso não é *mamala* meu — resmungou.

A insolência de Prakash estava dando nos nervos de Ellie.

— Todas as vezes que levamos Ramesh a algum lugar, você cria caso. Você quer que a gente lave as mãos a respeito dele? Podemos fazer isso com prazer. — Pela expressão de Prakash, pôde ver que ele não tinha entendido o que dissera. Mas Edna entendeu e emitiu algo que parecia um grunhido.

— Olha só este homem com cara de esterco — disse Edna. — Não liga para o futuro do próprio filho. — Cutucou o marido com o pé descalço. — Eu vou embora! — gritou. — E levo Ramesh, no meio da noite, vamos fugir de casa.

Prakash abriu um sorriso malicioso.

— E pra onde você vai? — perguntou em híndi.

Edna explodiu.

— Para qualquer lugar. Para Goa. Imploro para minha mãe aceitar a gente de volta. Ou me afogo junto com Ramesh num poço. Mas longe de você.

Prakash ergueu a mão e fez menção de se levantar. Ao ver essa cena, a frustração de Ellie se transformou em raiva.

— Se perdermos o dinheiro do hotel, eu vou descontar de você! — gritou. — Vou descontar do seu salário até ter pagado toda a quantia, entendeu? É isso que você quer?

O cozinheiro voltou a sentar com um baque pesado, como se tivesse sido empurrado para o chão por uma lufada de vento vinda das duas mulheres.

— Você não pode tirar salário — murmurou. — Esse nosso dinheiro.

Ellie percebeu que o homem tinha perdido a energia e teve uma pequena sensação de vitória.

— Mas eu vou fazer isso, Prakash — disse. — Se você nos obrigar.

Edna ficou entre Ellie e Prakash.

— *Chalo*, não tome mais o tempo da madame — repreendeu. — Qual é a sua decisão?

Prakash olhou para a parede.

— O que você quiser — disse afinal.

Mas Ellie ainda não estava satisfeita.

— Isso não é um jogo, Prakash. Agora chega desse absurdo, *achcha*? Entendeu?

— Entendi.

— Certo. — Ellie saiu da casa, com Edna andando a um passo atrás. As duas atravessaram o quintal e entraram na cozinha da casa.

— Madame — disse Edna, animada. — A senhora colocou meu marido no devido lugar. O que disse sobre cortar pagamento foi muito inteligente. — Apesar da exuberância de Edna, Ellie pensou ter detectado alguma coisa, uma pontinha de ansiedade, como se a mulher quisesse saber se Ellie tinha feito somente uma ameaça vazia.

— Eu só estava fingindo — disse. — Sabe como é, testando o blefe dele.

Edna aquiesceu vigorosamente.

— Eu sei, eu sei. Que bom que fez isso, madame. Aquele monte de esterco ficou com medo de não ter dinheiro pra comprar bebida. Ele se preocupa mais com a bebida do que em comprar comida pra família.

Edna continuou falando, mostrando o prazer que sentiu com a maneira como Ellie acabara com Prakash, esvaziando o marido como um pneu velho, mas Ellie não compartilhava nada da alegria que Edna parecia experimentar. Sentia-se enojada ao rever seu desempenho, os modos imperiais com que havia falado com o cozinheiro, a maneira como tinha usado o chicote da riqueza e do poder para submeter Prakash. Com que facilidade tinha assumido o papel de patroa, da *memsahib* branca. Lembrou-se de todas as vezes que repreendeu Frank por fazer a mesma coisa com seus subordinados, do próprio constrangimento quando ele exercia seu poder sobre os trabalhadores. E lá estava ela fazendo exatamente a mesma coisa. Tentou imaginar uma situação em que alguém — um vizinho de Ann Arbor, um professor ou um parente — pudesse ter forçado Frank ou ela a reverter uma decisão que tivessem tomado a respeito de Benny. Não conseguiu imaginar um cenário plausível. Será que Prakash não tinha os mesmos direitos de decidir o que era melhor para sua família, a paternidade não lhe concedia ao menos essa autoridade, decidir se o filho deveria fazer uma viagem para fora da cidade com pessoas que ele mal conhecia e de quem não gostava? Por que havia desrespeitado esse direito com tanta facilidade? O que tornara isso tão fácil? Mas, mesmo ao fazer esta última pergunta, ela já sabia a resposta: era por causa de sua riqueza e seus privilégios.

Mas não havia também a questão de estar agindo corretamente? Não estaria certo esperar que Prakash cumprisse sua palavra, mostrar ao homem que ele não podia explorar o que sentiam por seu filho, que não se deixariam ser manipulados pelos seus caprichos? Não seria isso que eles diriam a qualquer pessoa — a um vizinho em Ann Arbor, digamos — que os ameaçasse com tal desconsideração? Ellie tentou mergulhar no consolo dessa linha de pensamento. Mas continuou abalada pela lembrança do tom da própria voz, da rigidez de seus modos, de suas palavras ameaçadoras. Percebeu que tinha falado mais como Frank do que como ela própria.

Frank. Afinal, Frank era a razão por trás de todo aquele confronto com Prakash. Foi sua preocupação pela aflição de Frank quando ficou sabendo que Ramesh não viajaria mais com eles no feriado que a levou a falar com Prakash. Por um segundo ficou ressentida com o marido, por transformá-la numa pessoa que não desejava ser. Mas logo seu senso de justiça corrigiu aquele impulso. Frank não tinha convidado Ramesh para ir com eles a Bombaim, na verdade havia tentado esconder seu desejo dela. E também não pediu para ela invadir a casa de Prakash e ter um pequeno acesso de raiva. Não, Frank teria lidado com Prakash de uma forma mais limpa, menos fraudulenta psicologicamente — teria esganado o sujeito pelo colarinho. Ellie sorriu e então, percebendo a expressão de curiosidade de Edna, se deteve.

Balançou a cabeça.

— Eu estou cansada, Edna — disse. — Você pode voltar para terminar a limpeza daqui a uma hora? Quero descansar um pouco.

Edna foi prontamente solícita.

— É claro, madame, é claro. Me desculpe. — Correu até a porta e parou. — Madame, por favor, perdoe o meu marido. — Abriu um leve sorriso. — Ele não é um vilão, madame. É que... ele ama o filho e está com medo.

Medo do quê?, quase perguntou Ellie, mas não disse nada. Ela já sabia. Tinha entendido o que Edna fora educada demais para dizer: meu marido está com medo de que seu marido faça com nosso filho o que não tem o direito de fazer. Está com medo de que seu filho único seja, aos poucos, seduzido pelo seu mundo de riquezas e privilégios, contra o qual não há defesa. Está com medo de que vocês estejam introduzindo nosso filho numa vida de luxo e refinamentos que vai fazer com que ele nunca mais se sinta em casa no nosso mundo. E o que vai acontecer com Ramesh depois? Vai se tornar um fantasma, um exilado, sem pertencer a lugar nenhum. E esse é um assunto que meu marido órfão e analfabeto conhece bastante. Ele prefere morrer a submeter o filho a tal destino.

As duas mulheres ficaram se olhando. Ellie foi a primeira a desviar o olhar. Sentiu que, com um toque gentil, Edna a havia repreendido, acusando-a de roubar alguma coisa. Sentiu-se confusa. Meia hora atrás, Edna estava choramingando na cozinha, xingando Prakash e sua falta de visão. Depois ajudou Ellie com a torrente de palavras que dirigira a Prakash por sua inflexibilidade e sua retidão. E agora, sem dizer uma palavra, fazia Ellie compreender o coração atormentado de Prakash. Mas de repente Ellie entendeu. Edna era igual a ela, uma mulher em conflito — apanhada entre os desejos do próprio coração e a necessidade avassaladora, quase maternal, de amparar e proteger o marido de seus próprios demônios. Observou aquela mulher preocupada, de rosto encovado, com rugas na testa, os cabelos acinzentando prematuramente. Tentou imaginar como Edna teria sido quando estava noiva e viu uma jovem teimosa, generosa, cálida e jovial que acreditava no poder redentor do amor. Seguiu Edna ao longo dos anos, a esperança de uma reconciliação familiar depois do nascimento do filho e o definhamento dessa esperança quando foi se tornando claro que Goa seria para sempre um paraíso perdido. E também entendeu Prakash, sendo rejeitado do seio da comunidade que o havia criado quando o garoto órfão voltou para casa com uma noiva goense. Ellie sentiu sua solidão, seu isolamento, as forças que fizeram os dois buscar todo o apoio e sustentação um no outro, e a inevitável decadência de um casamento sob o peso de tal isolamento. E Ramesh se tornando o recipiente em que os dois despejavam seus sonhos desfeitos, a única razão que dava sentido àquela união. Ellie imaginou o orgulho e as esperanças quando ela e Frank se mostraram interessados por aquele garoto brilhante. E imaginou aquele orgulho se transformando em preocupação, depois em ressentimento e a seguir em hostilidade, quando Frank começou a ultrapassar os limites, monitorando as lições de casa de Ramesh, jogando basquete com ele, levando o garoto ao restaurante do Shalimar, onde uma refeição custava mais do que o casal ganhava em um mês. E, agora, o insulto final — levar o filho de nove anos a uma cidade que, para eles, era um sonho, um lugar mítico, tão remoto e impossível quanto Paris ou a Inglaterra, uma cidade onde eles imaginavam que estrelas de cinema andavam nas ruas e começavam a cantar sempre que batia uma inspiração.

— Edna — disse com delicadeza. — Eu sei que Prakash ama muito o filho. Claro que eu... nós sabemos disso. E você precisa saber uma coisa. Nós nunca faremos nada para magoar o seu filho. Sabemos o que ele significa para vocês.

Edna soltou um pequeno gemido e atravessou a cozinha. Pegou a mão de Ellie e levou-a até os olhos molhados antes de beijá-la.

— Deus a abençoe, madame — choramingou. — Que Deus seja muito generoso com a senhora.

Ellie ficou um pouco chocada com aquela quebra de etiqueta. Em todos aqueles meses, Edna sempre teve o cuidado de manter a distância que todas as empregadas indianas guardavam de suas patroas. Também ficou comovida com a sinceridade da atitude de Edna. Hesitante, tocou o ombro de Edna e acariciou seu braço.

— Tudo bem — murmurou. — Não fique tão preocupada. Vai dar tudo certo.

Mas aquilo foi um equívoco. Edna começou a soluçar quase incontrolavelmente. Tanta tristeza partiu o coração de Ellie.

— Tão sozinha... — ia dizendo Edna. — Ninguém para conversar. Sinto falta da minha família. Sua generosidade. Tão feliz de estar aqui, madame. Única pessoa para conversar. Meu marido... tem suas preocupações. No mercado, todo mundo diz quanto a senhora é boa. Deus a recompensará.

Ellie suspirou. Havia tanta coisa a fazer. Dar conselhos a Edna não estava na sua agenda do dia. Nem o confronto e a humilhação do pobre Prakash. Olhou para a mulher chorosa à sua frente.

— Edna — disse num tom firme. — Escute aqui. Vá até a sala de estar. Vou fazer um chá para nós.

Edna parou no meio do choro, chocada com aquela reversão antinatural de papéis. Enxugou os olhos com as costas da mão e falou:

— Não, madame. Sente-se a senhora. Eu faço o chá.

— Tudo bem — concordou Ellie. Foi até a sala e sentou no sofá, segurando a cabeça entre as mãos. Ficou naquela posição até ouvir o tilintar da bandeja, que anunciou a entrada de Edna na sala.

Capítulo 11

Bombaim.

Que palavra enganosa, tão suave aos ouvidos, saborosa como um bolo esponjoso na boca. Até o novo nome da cidade, Mumbai, transmitia essa suavidade sem arestas, apenas para deixar qualquer visitante despreparado para a realidade daquela cidade enorme e desconcertante, que se revelava como uma agressão, um murro na cara. Tudo na cidade é uma agressão, uma vez que se deixa a tranquilidade verdejante das montanhas ao redor para entrar na cidade — a sequência de favelas que pareciam mais construídas por gigantescos pássaros errantes que por mãos humanas; os edifícios velhos e decadentes que há décadas não viam uma camada de tinta, muitos dos quais estavam apoiados em andaimes; os prédios novos e altos que se erguiam de ruas arruinadas, apontando como dedos esqueléticos em direção ao céu sujo e poluído; o tango insano dos automóveis, riquixás, motos e bicicletas competindo por cada centímetro de espaço, criando um rumor turbulento de buzinas estridentes, gritos e invectivas; os mendigos — sem braços, sem pernas, sem dedos, sem olhos; e os leprosos, santo Deus, até sem nariz — circulando entre os veículos; os pernetas se locomovendo em carrinhos feitos em casa, quase invisíveis para os motoristas; e, acima de tudo, as multidões, a constante e sempre presente massa de gente, milhares em todas as ruas, despejando-se de cortiços alinhados nas calçadas para as vias, ziguezagueando pelo tráfego, desviando do capô de automóveis para não serem atropeladas e sempre em movimento, sempre em movimento, uma procissão de humanidade em movimento. Você entra na cidade pelos bairros periféricos, que não têm nada da tranquilidade verdejante dos subúrbios americanos, e trafega por ruas e mais ruas de pequenos restaurantes e lojas que vendem de tudo, de jeans a joias de ouro, e a onipresente poção de folhas de bétele conhecida como *paan*, que todos os homens indianos de certa formação parecem mastigar. Ocasionalmente, há uma loja com um nome que você reconhece — Sony, Wrangler, Nokia —, e é impossível não notar os cartazes anunciando Coca ou Pepsi, parte da Guerra das Colas que é travada por todo o país. Mas quase nada se registra, pois sua atenção é distribuída em múltiplas direções — aqui um táxi se aproximando pela direita, prestes a trombar com seu Camry enquanto você tenta controlar suas reações, morde a língua, mas no último minuto grita para Satish prestar atenção, logo sentindo a leve opressão do constrangimento quando o táxi passa a centímetros do automóvel — como sempre parecem fazer —, e Satish abre um sorriso refletido pelo retrovisor. E lá está você parado num sinal de trânsito e seu carro é cercado por hordas de mulheres jovens, com expressões cansadas e crianças apoiadas no quadril, batendo nas janelas com a palma das mãos pedindo dinheiro, e você se sente afogueado de calor e não sabe para onde olhar, sabe que é perigoso qualquer contato visual direto, mas ficar olhando só para a frente também parece um tanto insustentável, e ao mesmo tempo Satish está advertindo para não ceder, para não distribuir algumas moedas, pois há sempre mais mendigos que moedas. Então você continua no ar-condicionado do seu automóvel, ignorando o som das mãos batendo nos vidros, sentindo-se como um chimpanzé num zoológico, lembrando-se de outra vez, alguns meses atrás, quando outras mãos bateram no seu carro, mais zangadas, constatando a combinação letal de dó e irritação que a Índia sempre parece provocar. Pouco depois, no último minuto, você percebe que sua mulher não aguenta mais e abre a bolsa para pegar algumas moedas de uma rupia e, ao ver isso, a multidão em volta do automóvel fica frenética, você sente o frenesi mesmo estando em segurança dentro do carro, e de repente elas parecem dobrar em número, de um minuto para o outro, como formigas num piquenique. E Ellie abaixa o vidro no momento em que Satish começa a arrancar, e agora as mãos estendidas estão dentro do carro, agarrando o dinheiro que Ellie está oferecendo, e alguns correm atrás do veículo em movimento em meio ao trânsito pesado, concentrados numa só moeda, sem pensar no risco de morte ou de perder um braço ou uma perna.

— Feche a janela, madame — gritou Satish, acionando, ao mesmo tempo, o controle automático das janelas. E no momento certo, pois o vidro aberto deixou entrar mais do que rostos sombrios e desesperados de mulheres e crianças, admitindo o fedor da cidade, uma peculiar combinação de urina e fumaça de escapamentos que arde nos olhos, entope o nariz e sufoca a garganta. Esse cheiro abrasador e espesso paira em toda parte, embora se dissipe um pouco quando você começa a sair dos círculos interiores do inferno — Parel, Lalbaug, Bhendi Bazaar — em direção aos círculos exteriores — Crawford Market, Flora Fountain, Colaba.

Foi quando o carro parou em outro sinal em Parel que Ramesh caiu em lágrimas.

— Eu quero ir pra casa — soluçou. — Eu odeio Bombaim. Muita gente pobre.

Ellie abraçou o garoto.

— Eu sei, querido — disse. — Mas vai melhorar. Logo a gente vai chegar ao hotel. Tem uma piscina lá. A gente vai se divertir, tá?

Ramesh lançou um olhar choroso, como se não conseguisse imaginar maneiras de se divertir nesta cidade.

— Mas, Ellie, aquele menino não tem mãos — disse, como se isso explicasse tudo. O clamor dos mendigos ao redor aumentava quando eles viam o cenário dentro do carro. Mesmo com as janelas fechadas, Frank podia sentir a agitação do lado de fora. Todos buscavam alguma vantagem, procurando uma brecha para obter umas poucas moedas e seguindo em seu encalço. Sentiu uma admiração renitente. O espírito empreendedor funcionando, pensou.

Mas, na verdade, estava feliz ao ver sua mulher abraçada a Ramesh. Até onde sabia, aquela era a primeira vez que Ellie fazia isso. De repente estava abrindo a carteira e tirando uma nota de dez rupias.

— Vou dizer uma coisa — falou para Ramesh. — Você pode dar essa nota para a mãe daquele garoto. Que tal?

Quando os mendigos viram o homem branco pegar a carteira, os tapas nas janelas do carro se tornaram mais frenéticos. Satish levantou a voz.

— Não abra a janela, senhor! Por favor, espere até o carro estar em movimento. Aí o senhor pode jogar o dinheiro. Se não, não haverá paz enquanto estivermos parados neste sinal. — Abaixou um pouquinho o seu vidro. — *Chalo. Jao!* — gritou de forma ameaçadora à multidão, e os que estavam mais próximos se afastaram alguns centímetros, parecendo que sua voz criava uma ondulação entre eles. Mas logo depois, no segundo seguinte, a maré arrefeceu e todos voltaram a se aproximar.

Ramesh permaneceu com a nota apertada na mão.

— Como vou fazer para que só ele fique com o dinheiro? — perguntou. — E se alguém mais pegar?

— Quer que eu faça isso? — perguntou Frank, desejando que o maldito sinal abrisse logo, mas Ramesh negou vigorosamente com um meneio de cabeça.

— *Não, eu quero dar o dinheiro.*

Quando afinal voltaram a se locomover, abaixaram um pouco o vidro e Frank pôs o garoto no colo para que pudesse entregar o dinheiro à mulher de olhos tristes. Inúmeras mãos tentaram entrar pela abertura, mas, apesar de assustado, Ramesh segurou firme a nota até colocá-la na mão da mãe. Então eles partiram, deixando para trás um enxame de mendigos se acotovelando e se empurrando na disputa pelo automóvel seguinte.

Dentro do carro, ainda com Ramesh no colo, Frank pôs a mão direita na testa suada do garoto e depois no seu coração. Como imaginara, o coração de Ramesh estava batendo forte, disparado. Frank manteve a mão até sentir que o batimento frenético do coração do menino diminuía. Era um truque que havia aprendido com Benny, como simplesmente manter a mão no pequeno peito do filho o fizesse se acalmar. Pelo canto dos olhos, viu que Ellie o observava e percebeu que ela também se lembrava das vezes que tentou isso com Benny, suspeitando que ela pudesse se ressentir por essa substituição fácil (na cabeça dela) de um garoto por outro. Mas, naquele momento, ele não se incomodou. Eles ainda nem tinham chegado ao hotel, e Frank já desfrutava de uma sensação de liberdade por estar em Bombaim com Ramesh e Ellie. Tinha esperança de que Ramesh também percebesse isso — que, apesar de a cidade parecer uma armadilha para seus cidadãos emaranhados num visgo mortal, todo o seu tamanho e a indiferença de seu momentum propiciavam uma sensação de anonimato e libertação. Percebeu que desejava que Ramesh voltasse a Girbaug como um garoto citadino, ciente das limitações de sua cidade natal, incomodado por sua pequenez, sentindo seu aperto, como um par de sapatos que já não servem mais. Algum dia o garoto conheceria Nova York, Londres, perdendo-se na paradoxal liberdade que as grandes cidades conferiam aos seus moradores.

Mas ele estava se deixando empolgar. A primeira tarefa era consolar Ramesh, prepará-lo para as maravilhas das antigas construções coloniais do sul de Bombaim, prepará-lo para a opulência do quarto do hotel onde se hospedariam em menos de uma hora. E também trazer Ellie a bordo de novo, torná-la parte dessa aventura, de forma que, por alguns preciosos dias, eles se portassem como uma família. Deu um leve empurrão em Ramesh.

— Você está começando a pesar. — Gemeu. — *Só* músculos.

Como havia previsto, o garoto sorriu.

— É — concordou. — É por isso que eu ganho de você no basquete. — Saiu do colo de Frank e voltou ao banco. — Eu ganho dele seis jogos em seguida, Ellie — acrescentou.

Ellie sorriu.

— Que bom — disse, mas sua voz soou distante, distraída.

— No que você está pensando, querida? — perguntou Frank.

— Nada de mais. Apenas sobre tudo isso. — Fez um gesto com as mãos para indicar a humanidade esparramada ao redor e debruçou-se à frente. — Você tem família em Bombaim, não é, Satish?

— Correto, madame. A família da minha irmã mora em Mumbai. Aliás, perto de onde estamos agora. — Baixou o tom de voz. — Ela se casou com um muçulmano, madame.

— Muçulmanos comem vacas — declarou Ramesh.

Eles o ignoraram.

— Seus pais aceitaram bem isso? — perguntou Frank. E estendeu o braço para puxar Ellie e Ramesh para perto. Ela encostou a cabeça no braço do marido e sorriu com a familiaridade do gesto. Lembrou-se de uma noite de inverno em Shaker Heights, quando saíram junto com a irmã dela, Anne, e seu marido, Bob. Tinham ido a Nighttown para ouvir jazz e, no caminho de volta para casa, Frank e Ellie sentaram no banco traseiro, com Ellie recostando a cabeça no braço dele.

Satish virou-se para dar uma olhada em Frank.

— Melhor agora, senhor. No começo, muita disputa e confusão. Minha mãe diz que nunca mais vai ver Usha. Mas, depois que nasceu o primeiro filho, minha mãe me pede para trazê-la a Mumbai para conhecer bebê.

Frank soltou um suspiro. Quando estavam na faculdade, ele e Pete tinham uma vez alugado um filme produzido por Bollywood, curiosos para saber por que tanto alvoroço a respeito. Morreram de rir com os diálogos bobos, os gestos exagerados, a caricatura do vilão, a reconciliação melodramática entre mãe e filho e, é claro, os intermináveis números musicais. Mas, depois de morar na Índia, nada daquilo parecia exagerado ou irreal como antes. Cada família, cada casa na Índia, parecia ter sua própria carga de melodrama e sofrimento. Abriu a carteira pela segunda vez. Agora pegou duas notas de cem rupias.

— Compre alguns chocolates para os filhos da sua irmã em nosso nome — disse, debruçando-se para entregar o dinheiro a Satish.

— *Não há necessidade disso, senhor!* — protestou Satish, mas Frank notou que o motorista sorria quando olhou para ele pelo retrovisor.

— Eu também quero chocolate — disse Ramesh, e Frank deu um tapinha na mão dele.

— Como você vai ser um jogador de basquete de nível internacional se ficar gordo?

— Eu não sou gordo — respondeu o garoto, indignado, e todos deram risada.

— Não, você é *doobla-sukla, yaar* — comentou Satish.

— O que isso quer dizer? — perguntou Ellie.

— Como isso, como isso — explicou Ramesh, estendendo os dedinhos. — Magro-magro.

— Entendi. — Frank sorriu. — Mago-mago. — Sempre caçoando de Ramesh por sua incapacidade de pronunciar o *r*.

— Não, mago, não: *magro.* — Ramesh captou o sorriso irônico de Frank e deu um soco em seu ombro. — Para de fazer gozação comigo. — Virou-se para Ellie. — Fala pra ele parar.

— Pare — disse Ellie sem emoção, enquanto sorria para Frank por cima da cabeça de Ramesh.

O carro estacionou na entrada coberta do Taj Hotel. Quando saiu do automóvel, Ramesh esticou o pescoço para ver a torre alta do Intercontinental, aninhada ao lado do edifício original em forma de domo.

— Frank — espantou-se o garoto. — Nós estamos morando num palácio? Frank deu risada.

— Sim, acho que estamos, garoto. — Tentou pegar uma mala do porta--malas aberto, mas Satish veio correndo, parecendo ofendido.

— Pode deixar, senhor — disse, indicando com a cabeça um carregador magricela que usava um pesado uniforme vermelho. — Ele leva. — O motorista continuou por ali até ter certeza de que o carregador estava com todos os pertences e para combinar os arranjos finais com Frank sobre onde e quando os pegaria para o piquenique do dia seguinte. Entregando as chaves do Camry ao valete, Satish andou depressa para pegar o ônibus que o levaria à casa da irmã.

Ao entrar no opulento saguão do Taj, Frank manteve uma mão protetora sobre o ombro de Ramesh. O garoto estava calado, embora os olhos estivessem arregalados de espanto enquanto observava os enormes lustres, as aglomerações de homens de negócios e turistas brancos, as lindas e deslumbrantes recepcionistas de fala macia, sentindo o inconfundível aroma de luxo e opulência exalado pelo local. Ficou esperando com Ellie em um dos sofás enquanto Frank fazia o check in. Continuou em silêncio enquanto subiam pelo elevador dourado que levava ao quarto. No momento em que entraram no grande apartamento, Ramesh inspecionou calado o quarto acarpetado, com uma cama grande e confortável, o divã de mogno vermelho e dourado perto da grande janela com vista para o mar da Arábia, o banheiro de azulejos de mármore com uma banheira e um armarinho no canto. Depois o garoto se jogou em uma das cadeiras antigas e, pela segunda vez naquele dia, rompeu em lágrimas.

— Qual é o problema? — perguntou Frank. — Ramesh, você está se sentindo mal?

O menino balançou a cabeça, soluçando.

— Não doente. — Tentou dizer mais, porém não conseguiu. Frank começou a andar na direção dele, mas Ellie o deteve.

— Deixa ele chorar — cochichou. — É a emoção do momento. Ele precisa pôr isso pra fora.

Enquanto Frank lançava um olhar de dúvida a Ellie, Ramesh revirava os bolsos da calça, até encontrar uma cédula suja, que entregou a Frank. Os dois notaram que o garoto mantinha os olhos fixos no chão.

— Pra que isso, Ramesh? — perguntou Frank, alisando a amassada nota de vinte rupias.

O garoto continuou olhando para o chão.

— *Mama* me deu — respondeu. — Para minhas despesas. — Depois voltou a olhar ao redor e foi acometido por uma nova crise de choro. — Mas este quarto deve custar tanto, tanto dinheiro, Frank. Fica com ela.

Ellie chegou até ele primeiro.

— Ah, querido — disse. — Está tudo bem. Nós podemos pagar. — Beijou o cocuruto de Ramesh. — É muito generoso da sua parte. Mas pode ficar com o seu dinheiro, certo?

O menino sacudiu a cabeça vigorosamente.

— Não, eu quero dar. Vocês pegam.

— Vamos combinar uma coisa, garoto — disse Frank. — Que tal guardar essa nota para nós? E talvez comprar um sorvete pra gente mais tarde?

Ramesh pensou por um instante.

— Tudo bem.

Os três se sentaram na cama em silêncio por um momento. Frankie lançou um olhar para Ellie. "Está vendo essa figurinha?", o olhar queria dizer. "Vê como Ramesh é sensível?". Mas ela respondeu àquele olhar com uma expressão vazia, e Frankie ficou perturbado com o fato de não fazer a menor ideia do que se passava pela cabeça da esposa.

— Onde eu vou dormir? — perguntou Ramesh. — No chão?

— Não, companheiro. — Frank riu. — Nós trouxemos uma caminha pra você. Tudo bem?

— Tudo bem.

Frank levantou da cama e se espreguiçou.

— E então? O que vocês querem fazer pelo resto da tarde? — Ele sabia qual era o plano para o fim de semana: ir ao piquenique organizado pelo consulado-geral na próxima tarde e visitar as Grutas de Elefanta no domingo, que Ellie tanto queria conhecer. Mas isso ainda deixava o que restava daquela tarde em aberto.

— Eu vou tirar uma soneca — disse Ellie prontamente. — Estou cansada.

Frank estava prestes a protestar, mas depois pensou melhor a respeito. Seria agradável passar algum tempo só com o garoto.

— Que tal se eu levar Ramesh para passear por algumas horas? — perguntou. — Mostrar a Porta da Índia pra ele, talvez nadar um pouco na piscina? Seria um tempo suficiente pra você ficar sozinha?

Alguma coisa escureceu a expressão de Ellie, mas quando falou sua voz soou descomprometida.

— Não é que eu queira ficar sozinha, querido. Apenas preciso tirar uma sonequinha, só isso.

— Eu entendo — respondeu Frank em seguida, com medo de que isso a fizesse mudar de ideia e resolvesse acompanhá-los. Examinou a expressão de Ellie, especulando se ela havia captado a ansiedade em sua voz, em dúvida se o clima entre os dois tinha de repente ficado tenso e carregado ou era apenas imaginação. Houve uma época em que a expressão de Ellie parecia uma tela de cinema para ele, quando conseguia interpretar todos os pensamentos e as emoções que sentia. Em que momento ela aprendeu a trancar sua expressão como uma porta? Ou será que ele simplesmente tinha perdido a capacidade de interpretá-la? Relembrou o que cochichara com ela no dia do casamento: "Você faz parte de mim; você vive na minha pele". Desde então, Frank havia repetido aquelas palavras milhões de vezes. Mas hoje estava tentando se livrar dela, querendo roubar algumas horas de divertimento sem culpa com Ramesh.

Virou a cabeça para o outro lado, com medo de estar demonstrando aquilo em sua expressão.

— A gente se vê mais tarde — disse, e então soltou por cima do ombro: — Vamos, Ramesh. Ponha a sunga que Ellie comprou por baixo do calção.

Como foi bom ver o lindo arco de pedra da Porta da Índia e contar sua história a Ramesh, foi um prazer falar sobre a semelhança com o Arco do Triunfo de Paris, descrever os bistrôs e as padarias parisienses. Que maravilha caminhar pela calçada à beira-mar, desviando-se dos mendigos e vendedores de amendoim e de balões que os seguiam. Frank olhou com afeição para a cabeça do garoto inteligente que andava ao seu lado.

— Tudo bem, parceiro? — perguntou. — Você não está com medo, está?

Ramesh balançou a cabeça.

— Não — respondeu. — Eu gosto dessa Bombaim. Até os mendigos aqui são simpáticos. Menos doentes.

Frank achou graça na perspicácia de Ramesh.

— Tem razão, querido. Esta é uma região mais saudável. Por isso, acho que até os mendigos são mais ricos.

Ramesh deu uma risadinha.

— Você me chamou de *querido*.

— E daí?

— Daí... — O garoto baixou o tom de voz para se resguardar dos moleques de rua mais insistentes que ainda os seguiam. — Só namorados e namoradas podem se chamar de queridos. — Lançou um olhar para Frank que era uma mistura de bravata com timidez.

Frank fingiu estar indignado.

— Ramesh. Seu moleque safado. Quem te ensinou sobre namoradas e namorados?

— Uma garota da escola — explicou Ramesh. — Ela diz que vai se casar comigo.

— E você gosta dela?

Ramesh deu de ombros.

— Ela é legal.

Frank sorriu.

— Ela é legal? Legal? Isso não é suficiente pra se casar com alguém. — De repente ficou mais sério. — Além do mais, meu garoto, você precisa se concentrar nos estudos, certo? Não há tempo para namoradas, entendeu?

Ramesh aquiesceu vigorosamente.

— Eu sei, eu sei. — Olhou mais uma vez para Frank, como se tentasse captar alguma coisa. Em seguida: — Ela me beija uma vez. No nariz.

— Ela beijou o seu *nariz*?

— Não é pra rir. — Ramesh pareceu ofendido. Parou de andar, pôs uma das mãos no quadril e olhou para Frank com certa exasperação. — É isso que fazem mamãe-papai — explicou. — Antes de nascer um bebê.

Frank percebeu uma frustração e algo a mais — incerteza — na voz de Ramesh. Também parou de andar.

— Vem cá — disse, puxando o garoto até uma murada de cimento. — Vamos sentar um pouco. — Manteve o braço sobre o ombro dele enquanto considerava suas escolhas. Seria o momento certo para ensinar a esse menino sobre abelhas e passarinhos? Será que era o lugar certo? Será que os pais indianos tinham essas conversas com os filhos? Prakash e Edna obviamente não, e aquele pensamento o aborrecia. Com certeza o garoto já tinha idade para saber a respeito do funcionamento do próprio corpo. Ramesh sempre lhe pareceu menos maduro que seus semelhantes americanos, mas, ainda assim, era ridículo achar que uma mulher poderia ficar grávida com um beijo no nariz. De repente desejou que Ellie estivesse ali. Ela saberia como lidar com isso.

— Quem te disse que uma mulher pode ficar grávida com um beijo? — perguntou com cuidado.

— Parvati — respondeu Ramesh. — Minha amiga da escola.

Frank achou uma abertura.

— E agora Parvati vai ter um bebê? Por ter beijado você?

Ramesh olhou para Frank como se ele fosse um imbecil.

— Não, Frank — respondeu com paciência. — Foi *ela* que *me* beijou. Para ter um bebê, o namorado tem que beijar a namorada.

Frank engoliu em seco e olhou para o mar.

— Entendi — disse. Percebeu que jamais tivera uma conversa tão difícil com Benny. Ele e Ellie sempre foram francos com o filho, e Ellie havia explicado a Ben em diversas ocasiões, de uma maneira corriqueira, que um papai tinha que enfiar o pênis na mamãe para nascer um bebê. Ellie sempre fora enfática quanto a poupar o filho de quaisquer confusões ou embaraços relacionados ao sexo. Até alguns amigos se mostraram um pouco chocados com sua abordagem pragmática. Frank se lembrou de uma vez que a mãe de Ellie, Delores, estava de visita em Ann Arbor e insistiu em dar um banho no neto de três anos. Ele e Ellie ouviram o filho declarar: "Vovó, esse não *é* meu pipi. É o meu pênis". Os dois concordaram que a expressão no rosto de Delores foi, como dizia o comercial, impagável.

Ainda assim, ele hesitava com Ramesh. Como isso seria muito mais fácil se Ramesh fosse seu filho. Se soubesse que o garoto cresceria no ambiente progressista e intelectual de Ann Arbor. Mas o fato era que Ramesh era filho de outros pais. Pertencia a um pai que parecia contente em deixar o garoto crescer sozinho. Além do mais, Frank sabia quanto os indianos eram esquisitos em relação ao sexo, conhecia a estranha combinação de poder feminino e agressividade masculina que era a marca registrada dos filmes de Bollywood e, até onde sabia, da própria cultura. Não era seu papel educar Ramesh sobre sexo, e seu coração se entristeceu com essa percepção.

Ramesh estava inquieto ao seu lado, ansioso para retomar a caminhada, e Frank entendeu a insinuação.

— Escuta — disse enquanto andavam. — Não se distraia muito com garotas, tá? Você tem que se concentrar em seus estudos, lembra?

— Lembro — concordou Ramesh.

Frank hesitou por um segundo antes de liberar as palavras que se formaram em seus lábios.

— Além disso, vai precisar de boas notas se for estudar nos Estados Unidos.

— Eu já sou o primeiro da classe, Frank. — O tom de voz de Ramesh era de queixa.

— Eu sei, garoto. Mas é muito, muito difícil entrar em boas escolas. — Apontou para um grupo de estudantes universitários, ocidentalizados e obviamente afluentes, encostado em um Honda. — Está vendo aquele grupo ali? É com eles que você vai ter de concorrer, mesmo se fizer faculdade em Bombaim.

Ramesh olhou para o grupo de rapazes, com seus jeans e suas finas camisas de algodão. Seus olhos se arregalaram, e o queixo tremeu. Ao ver isso, Frank se amaldiçoou por sua estupidez.

— Por sorte — continuou animado —, você não precisa se preocupar com isso agora. — Parou e inclinou a cabeça para olhar o garoto. — Quer andar mais? Ou vamos dar uma nadada na piscina?

Ramesh desviou os olhos do grupo de rapazes sorridentes.

— Vamos nadar na piscina — respondeu, e Frank lembrou o que o garoto dissera a caminho de Bombaim: que nunca tinha nadado numa piscina.

— Tudo bem — concluiu. — E depois vamos acordar Ellie e sair para algum lugar. Precisamos comemorar sua primeira viagem a Bombaim.

Ramesh segurou na mão de Frank enquanto eles atravessavam a rua.

Capítulo 12

O piquenique do Quatro de Julho foi realizado nas dependências de uma grande casa de pedra em Malabar Hill. Frank e Ellie trocaram olhares quando Satish abriu os portões de ferro batido. Frank soltou um assobio.

— Cara. Eu poderia me acostumar a viver por aqui. — Virou-se para Ramesh. — O governador tem uma casa neste bairro. Dá pra imaginar como deve ser a casa *dele*?

Ramesh parecia encolhido e assustado no carro. Arrumou o colarinho da camisa verde que Ellie tinha comprado para a ocasião. Assim como Frank, estava vestindo roupas em tons cáqui.

Satish parou e abriu a janela quando um jovem americano correu até eles com uma prancheta. Vinha acompanhado por um homem de aparência intimidadora, de terno e óculos escuros. O jovem abaixou-se perto da janela.

— Olá — disse. — Sejam bem-vindos. Os seus nomes?

Frank abaixou o vidro de sua janela e apresentou o convite. O jovem procurou os nomes em sua lista.

— Sejam bem-vindos, sr. e sra. Benton — disse com um sorriso luminoso. Mas o sorriso desapareceu de seu rosto ao ver Ramesh no carro. — E quem é esse?

— Ele está conosco — respondeu Frank. — Espero que não seja um problema.

O jovem franziu a testa.

— Não estou entendendo — disse, verificando sua lista. — Ele não está aqui. E seu RSVP menciona apenas duas pessoas.

Frank sentiu um calor subindo pelo rosto.

— Ele é meu filho — disse. — Ele... nós só resolvemos trazê-lo no último minuto. E o convite dizia que crianças eram permitidas. — Sentiu Ellie pousando a mão quente em sua coxa. — Você gostaria que eu levasse esse assunto a Tom Andrews? — Tom era o cônsul-geral dos Estados Unidos em Bombaim e anfitrião da festa.

— Isso não será necessário, senhor — disse o jovem com a voz mansa. — É um prazer receber o seu... filho. Tenham um ótimo dia.

Frank percebeu que estava com os dentes cerrados quando Satish entrou com o Camry pela passagem longa e curva. Ao seu lado, ouviu Ellie resmungando:

— Malditos burocratas. Exatamente o tipo de gente que passamos a vida evitando. E agora temos de passar o dia inteiro com eles.

As palavras de Ellie aliviaram a tensão, e Frank riu alto. Também se sentiu grato por ela dirigir sua raiva ao homem com a prancheta, e não a ele, bem como por não ter se magoado por ter se referido a Ramesh como filho deles.

— É melhor você se comportar, querido. — Frank abriu um sorriso.

— *Arre baap* — disse Ramesh quando estacionaram perto da casa e ele percebeu toda aquela opulência. Olhou para os dois. — Quem mora aqui? O marajá de Mumbai?

Mas não houve tempo para responder, pois alguém estava acenando para o carro. Satish entregou as chaves do veículo, e eles ficaram com o automóvel.

— Pego vocês mais tarde, senhor — disse o motorista. — Divirtam-se.

Eles ficaram parados na entrada, querendo se juntar à multidão já aglomerada no gramado, mas sabiam que o protocolo demandava que primeiro localizassem Tom para cumprimentá-lo. Subiram os cinco degraus de mármore que levavam a um enorme salão com piso de mosaicos e teto alto. Tom Andrews estava ali em pé, rodeado por um bando de convidados. Frank apertou a mão de muitos outros homens de negócios americanos enquanto os três se aproximavam lentamente do cônsul-geral. Não esperava que Tom lembrasse o seu nome, mas surpreendeu-se ao ouvi-lo dizer:

— Ei, Frank. Que prazer em revê-lo. Como tem passado? E esta deve ser sua adorável esposa. Ellie, não é?

Uma manobra política, o costume de memorizar nomes, mas Frank não se deixou impressionar.

— Ellie, este é Thomas Andrews — disse.

O cônsul-geral abriu um sorriso.

— Pode me chamar de Tom. E feliz Quatro de Julho. — Beijou de leve o rosto de Ellie e olhou ao redor. — Minha mulher está por aí. Vocês vão gostar dela.

Alguém mais chamou sua atenção, e Tom começou a apertar mais uma série de mãos. Mas virou-se mais uma vez e disse por cima do ombro:

— Vão lá para fora. É onde está a verdadeira festa. — Deu uma piscadela. — Hambúrgueres e cachorros-quentes de verdade. Trazidos especialmente de casa.

Frank gostaria de ter uma oportunidade de apresentar Ramesh a Tom, sabendo que poderia precisar da ajuda dele se Ramesh chegasse a ir aos Estados Unidos com ele. Mas não era o momento certo. Pegou Ramesh pela mão e disse:

— Vamos lá para fora. Está com fome?

Ramesh balançou a cabeça. Frank se abaixou.

— Está assustado?

Ramesh aquiesceu.

— Um pouco. Não estou conhecendo ninguém aqui.

— Você conhece a gente. — Frank e Ellie responderam juntos. Ellie pegou Ramesh pela outra mão.

— Vamos, querido — disse. — Não há razão para ter medo.

Pararam na escada de mármore, observando a cena no gramado do jardim. À direita, mais adiante, havia cinco grelhas de churrasco onde os cozinheiros preparavam uma série de carnes, o rosto oculto atrás das nuvens de fumaça que subiam. Ao lado ficava o bar, e mesmo a distância eles podiam ver o sol refletindo nas garrafas enfileiradas de destilados. Bem à frente deles havia duas tendas montadas para acomodar os convidados, e mais à esquerda era o espaço das crianças, com um antiquado quiosque de limonada e uma tenda menor com mesas enfileiradas e uma mulher que parecia estar

O TAMANHO DO CÉU 145

fazendo pinturas faciais. Frank notou que várias crianças andavam por ali com o rosto pintado de vermelho, branco e azul. Também notou uns poucos convidados indianos, vestidos muito mais formalmente que os americanos, com as mulheres em seus sáris parecendo aristocratas andando no meio de camponeses. Abaixo da colina onde ficava a casa, via-se a esplendorosa vista do mar da Arábia contornando as praias arenosas entre Chowpatty e o alto edifício de Nariman Point.

— Quer brincar com as outras crianças? — Frank perguntou a Ramesh.

Ramesh apertou mais a mão dele.

— Não.

— E se eu fosse com você?

O aperto de mão relaxou.

— Tudo bem.

Os três se encaminharam para a tenda das crianças, onde uma dúzia de cabeças loiras curvava-se sobre livros de colorir. Fora da tenda, um grupo de garotos travava uma vigorosa batalha de balões de água, golpeando-se com força e rindo a cada balão que explodia. Ramesh pareceu atraído pelo jogo, mas Frank puxou-o para a fila onde as crianças esperavam para ter o rosto pintado. Enquanto aguardavam, um garçom se aproximou com uma bandeja, então Frank e Ellie pegaram uma taça de vinho. Ellie pediu uma Coca para Ramesh, que o garoto tomou depressa assim que chegou.

Finalmente chegou a vez de Ramesh. A mulher de cabelos cinzentos sorriu para ele.

— Bem, olá, querido — disse com um forte sotaque britânico. — O que você gostaria que eu pintasse? Posso desenhar a bandeira dos Estados Unidos ou a águia americana.

Ramesh olhou para Frank e abriu um sorriso tímido. Frank interpretou sua expressão — o garoto não tinha entendido uma palavra do que a mulher disse.

— Acho que ele prefere a bandeira — respondeu.

Ramesh ficou parado enquanto a mulher misturou sua paleta com habilidade e começou a aplicar uma tinta azul. Mas, quando o pincel encostou em seu rosto, Ramesh deu um gritinho.

— *Ae*, por que você tá me pintando de azul? A bandeira é verde, *na*? Açafrão, branca e verde.

Houve um curto silêncio, seguido por um gargalhada à direita. Era Tom Andrews abraçado com a esposa, Elisa, uma mulher bonita e esbelta muito mais nova que ele.

— Aí está um rapaz espirituoso — disse sorrindo. — Então você quer as cores da bandeira da Índia, hein? Bem, Mabel, podemos atender ao pedido dele? Não? — Fez uma expressão pesarosa. — Sinto muito, meu garoto. Será que consegue aguentar o vermelho, branco e azul? Afinal, é o Quatro de Julho.

Frank pôs a mão no ombro de Ramesh.

— Está ótimo — disse. — Pode fazer como os outros. Ele vai gostar.

— Mas, Frank... — começou Ramesh, porém foi silenciado pelo olhar de Frank. — Tudo bem — resmungou.

Enquanto Ramesh ganhava sua pintura facial, Frank se virou para Tom.

— Eu precisava pedir sua opinião sobre uma coisa, Tom — falou em voz baixa. — Se puder me avisar quando tiver um tempinho, eu agradeço.

— Não há momento melhor que o presente — respondeu Tom delicadamente. — Com licença, senhoras. — Colocou seu braço ao redor dos ombros de Frank e o levou para longe da fila. Alguma coisa em sua linguagem corporal, a maneira como se inclinava para ouvir o que Frank dizia, comunicou aos outros convidados que os dois não deveriam ser interrompidos, pelo que Frank se sentiu grato.

— É sobre o incidente envolvendo o líder sindical, não é? — começou Tom, e Frank levou um segundo para perceber que ele havia interpretado mal a situação.

— Não, na verdade, não. Quer dizer, a situação parece já ter se acalmado, graças aos deuses. Não, é uma questão mais pessoal. — Fez uma pausa e recomeçou: — A questão envolve Ramesh, o garoto que você acabou de conhecer. Ele... nós o conhecemos em Girbaug. Garoto muito inteligente. Os pais são muito pobres. Mas o menino é incrível, Tom. Um gênio em matemática. Creio que, com a educação apropriada, o céu seria o limite pra ele. — Percebeu que Tom o olhava de forma estranha, fixando nele seus olhos de um azul profundo. Devagar, disse para si mesmo: Não vá estragar tudo. E, pelo amor de Deus, não seja sentimental. — Enfim — continuou, tentando soar apenas ligeiramente bem-intencionado. — Eu gostaria de levar o garoto conosco da próxima vez que for aos Estados Unidos. Só para ele conhecer, ver como se encaixa, esse tipo de coisa. E espero não ter problemas para conseguir um visto pra ele.

— Foi por isso que você trouxe o garoto? — perguntou Tom. — Para ver como ele se encaixa? — Havia algo na voz dele, um tremor que Frank não conseguiu entender. Seria irritação?

— Não — respondeu hesitante. — Quer dizer, nós vínhamos com ele a Bombaim de qualquer jeito, e...

— Os pais sabem que você está querendo levar o filho deles para os Estados Unidos? — Agora não havia dúvida de que a voz de Tom estava crispada.

Frank deixou transparecer sua expressão ofendida.

— Sim, claro, Tom. Eu não estaria conversando sobre isso com você se não...

Tom ergueu a mão num sinal de trégua.

— Tudo bem. Tudo bem. Desculpe. Só estou querendo saber. Você não imagina as situações constrangedoras que aparecem por aqui. — Abaixou o tom de voz. — Dois anos atrás, houve um casal. Os dois vieram à Índia para visitar um guru em um *ashram* por umas duas semanas. Um desses gurus do tipo que a América parece inventar regularmente. — Revirou os olhos. — Aí os dois se apaixonam por um garoto mendigo que vivia na rua do *ashram*. Então eles simplesmente pegam a criança e chegam aqui pedindo um visto. Dá pra imaginar a merda que deu? O garoto tem pais e irmãos, mas eles se sentiram no direito de ficar com ele. — Passou as mãos sobre os olhos. — Fazer aquele garoto voltar pra casa virou um puta pesadelo.

— Bem. Posso garantir que Ellie e eu não vamos sequestrar Ramesh — disse Frank secamente.

Tom deu um tapinha nas costas dele.

— Tudo bem. Vamos fazer o possível para ajudar. Só me faça um favor. Se estiver pensando em ir por volta do Natal, me avise com antecedência. Nessa época, isso aqui vira um zoológico.

Frank queria voltar para Ellie e Ramesh, mas pareceu que Tom ainda não tinha terminado.

— Escuta, eu preciso te dizer uma coisa. O que aconteceu com aquele líder sindical não foi bom. Essa maldita guerra no Iraque está acabando com a gente no mundo todo. Eu estou nesse ofício há vinte e quatro anos e nunca vi uma situação tão grave em termos de imagem. Temos de pisar bem de leve por onde passamos. Por isso, sejam quais forem as concessões que precisar fazer...

— Nós já fizemos isso, Tom. Atendemos às exigências deles. Agora está tudo normal.

Mas Tom continuou falando. Frank notou com surpresa que seus olhos azuis estavam avermelhados nas bordas. Imaginou se Tom estava bebendo desde o começo da tarde.

— Eu fui indicado pelos republicanos — disse. — Ele é meu presidente. Mas não há dúvida de que... essa situação no Iraque é uma confusão. Um desastre total em termos de relações públicas.

— Bem, acho que é mais que um desastre de RP. É também um desastre moral. — Era Ellie, acompanhada pela esposa de Tom. As duas tinham chegado por trás, penetrando o círculo invisível traçado por Tom.

Frank sentiu os músculos do estômago se contraindo. Será que Ellie nunca sabia quando devia manter a matraca fechada? Tentou pensar em algo que amenizasse o clima, aliviando a rispidez das palavras de sua mulher, mas, antes que pudesse encontrar uma saída, Tom fez uma mesura.

— *Touché* — disse.

Mas Ellie ainda não tinha acabado.

— Pessoas como você chegam a falar com o presidente? Dizem a ele como veem o mundo real?

Tom sorriu, mas não respondeu à pergunta. O velho mestre diplomata, pensou Frank.

— Onde está Ramesh? — Frank perguntou a Ellie, tentando mudar de assunto. Ela apontou com a cabeça para um bando de garotos na guerra de balões de água. — Vamos até ele — disse Frank, pegando a esposa pela mão. Sorriu para Tom e Elisa. — Obrigado pela atenção, Tom.

— É para isso que estamos aqui — disse Tom. — Venha nos visitar da próxima vez que estiver em Mumbai.

Os dois se afastaram, com Frank ainda segurando a mão de Ellie.

— Pode largar minha mão — ela disse secamente. — Não vou mais fazer preleções ao pobre Tom.

O TAMANHO DO CÉU *149*

— Realmente espero que não. Colocando-o na berlinda desse jeito. Às vezes tenho dúvidas sobre o seu discernimento, El.

Ellie soltou a mão dele.

— Talvez você devesse se preocupar menos com o meu discernimento e mais com o do seu presidente. Ou com o seu discernimento, aliás, em querer ter relações amigáveis com esses panacas. E por me colocar em situações em que não posso expressar minhas ideias.

Frank tomou cuidado para não levantar a voz.

— Você está sendo ridícula. Tom foi muito útil para a HerbalSolutions nas negociações com o governo indiano e em um milhão de outras coisas. E ele não tem nada a ver com o Iraque. — Sentiu sua irritação aumentar. — Você realmente precisa parar de dar lições de moral às pessoas, Ellie. Isso está se tornando um hábito irritante.

Por um instante Ellie pareceu magoada, mas depois fez uma careta.

— Tudo bem. Desculpe. Eu vou me comportar. — Mas Frank não estava satisfeito. — Ei, não vamos brigar — prosseguiu. É que eu me sinto desconfortável no meio de tanta gente branca, saudável e carnuda.

— Lá vai você outra vez — começou a dizer Frank, mas percebeu que ela estava rindo e, contra a vontade, também começou a rir. — Que droga, Ellie — disse, mas pegou a mão dela de novo, e dessa vez seu toque foi leve e amigável. — Juro que você vai ter que passar por uma descompressão quando voltarmos para os Estados Unidos.

Ellie virou-se e olhou diretamente para ele.

— Neste momento, nem consigo pensar em voltar pra casa. Sinto como se aqui fosse o nosso lugar, aqui na Índia. Você não sente o mesmo?

Será? Na verdade Frank não se sentia fazendo parte de lugar nenhum. Se fazia parte de alguma coisa, era de pessoas, e não de países. Sentia os laços de família e da própria história quando ligava para a mãe uma vez por semana. Na noite seguinte ao jantar na casa de Nandita, Frank sentiu aquela velha ligação com Ellie, teve a absoluta convicção de que seu lugar era nos braços dela, que poderia se estabelecer naqueles olhos escuros e profundos. E na semana anterior, na praia com Ramesh, os dois brincando na água, sentiu que seu lugar era embaixo daquele céu aberto e amplo, naquelas águas cálidas do mar da Arábia, desde que estivesse com aquele garoto ao seu lado.

Abaixou-se e beijou o rosto de Ellie.

— Neste exato momento eu quero fazer parte de uma barraquinha de hambúrgueres — disse. — Vamos pegar Ramesh e comer.

Os dois encontraram Ramesh engajado numa agressiva luta de balões de água. Suas roupas estavam encharcadas, o cabelo grudado na testa, e tinta lhe escorria pelo rosto. Já tinha tirado os sapatos e estava correndo descalço, gritando como um maníaco, dançando como um demônio, desviando-se dos balões e devolvendo-os com vontade. Algumas famílias de americanos observavam com estupefação o garoto moreno e magrelo rodopiando.

— Ei — chamou Frank. — Ramesh. Pare um minuto.

Ramesh atirou o balão que segurava num garoto alto de cabelos castanhos.

— Ai! — gritou o garoto quando o balão estourou, enquanto Ramesh apontava e ria às gargalhadas. Mas parou no meio da gargalhada quando uma garotinha correu até ele e atirou um balão à queima-roupa.

— Para de acertar no meu irmão! — gritou ela com o rosto afogueado. Mal lançado, o balão bateu no peito de Ramesh sem estourar, mas Ramesh ficou imóvel, surpreso com a expressão feroz da garota. Aproveitando o momento, Frank se interpôs, retirando Ramesh do círculo de crianças que gritavam e riam.

— Olha só você — repreendeu, brincando. — Está ensopado.

Ramesh continuava olhando para a menina, que já tinha voltado a brincar.

— Ela ficou brava comigo — falou.

— Deixa pra lá — disse Frank. — É apenas uma pirralha mimada. — Percebeu que Ellie lhe lançava um olhar de advertência e acatou sua mensagem silenciosa para não agravar ainda mais a situação. — Enfim. Você está com fome, sua poça d'água falante e ambulante? Como a gente vai conseguir te enxugar?

— A gente pode botar Ramesh no secador — provocou Ellie. — Ele vai secar num segundo.

— Nãããããão! — gritou Ramesh. — Se me puserem no secador, eu vou ficar que nem as roupas, assim. — E fez alguns saltos mortais no gramado sacudindo a mão de Frank. Gotas de água se espalharam pela grama.

Frank virou-se para Ellie.

— Foi você que começou — disse enquanto ela pegava Ramesh pela mão. — Agora chega — falou. — Comporte-se. — Virou-se na direção da área de alimentação. — Vamos comer, *achcha*? Eu estou morrendo de fome.

— Eu quero frango *tandoori* — disse Ramesh. Ele tinha comido esse frango grelhado com Frank e Ellie no restaurante do Shalimar, e agora era seu prato predileto.

— Você comeu isso no Khyber ontem à noite — brincou Frank. — Em todo caso, isto é um piquenique americano. Você vai experimentar uma comida americana. — Parou de falar ao lembrar que Ramesh era hindu e não comia carne de vaca. O que ele poderia comer aqui? Mas, enquanto se dirigiam para as churrasqueiras, percebeu que um dos cozinheiros estava grelhando frango.

Encontravam-se no meio da refeição — frango, hambúrgueres, cachorros-quentes, salada de batata, feijão e espigas de milho — quando perceberam um furor e viram que o embaixador dos Estados Unidos na Índia tinha chegado. Frank deu um gemido.

— Acho que é melhor entrar na fila para dizer um alô.

— Termine de comer primeiro — disse Ellie. — O que você tem a ver com um embaixador imbecil?

— É bom para os negócios, Ellie. Mostrar um pouco a cara.

Ela revirou os olhos.

— Que seja. Mas vai ser uma longa fila, por isso pode continuar comendo.

Frank olhou para a multidão ao redor do homem alto de cabelos prateados e decidiu que Ellie tinha razão. Deu uma grande mordida no cachorro-quente e fechou os olhos de prazer.

— No que você está pensando? — Mesmo com os olhos fechados, Frank pôde ouvir o sorriso na voz dela.

— No Detroit Tigers — ele respondeu na hora. — No melhor lugar do estádio, atrás da linha do gol. Scott me comprando um daqueles enormes cachorros-quentes do estádio, com mostarda, ketchup, com tudo. O Tigers ganhando de lavada do Yankees naquele dia. — Soltou um suspiro. — Eu tinha quinze anos na época.

— Frank, meu querido — comentou Ellie. — Parece que você está nostálgico.

E de repente ele voltou a ter quinze anos. Queria sentir a brisa fresca do verão no lago Michigan, queria conversar com Ellie sobre a rua em que moravam em Ann Arbor, quando assumia as cores loucas e turbulentas de outubro, queria passar, como sempre, o Natal em Nova York com Scott e a mãe, e o Ano-Novo com a família de Ellie em Cleveland. De repente sentiu falta de jogos de beisebol, cinemas multiplex e shopping centers imaculados. Queria assistir a filmes em cinemas de arte, ouvir leituras de poesias na Universidade de Michigan. Percebeu vagamente que sentia nostalgia por uma vida que havia muito não vivia. Mas não fazia diferença. Estava feliz sentindo saudade da Michigan de sua juventude, dos tempos da faculdade, do início de sua vida com Ellie, quando ele se formou com um MBA e foi trabalhar numa pequena empresa enquanto ela fazia seu doutorado. O plano era esperar até o encerramento do curso para ela engravidar, mas a vida tinha outros planos para eles, e Benny nasceu duas semanas depois da conclusão do doutorado de Ellie.

— Lembra do Alex? — perguntou Frank, e Ellie soltou uma gargalhada.

— Ah, cara, como me lembro! — respondeu.

— O quê, o quê? — perguntou Ramesh, olhando de um para o outro. — O que é alex?

— Alex é o nome de uma pessoa. Era um babá... cuidava do nosso filho enquanto estávamos no trabalho. Era um músico meio bobalhão... que fazia um monte de truques. Fazia música com a vassoura e o espanador.

Ramesh ficou entusiasmado.

— Como ele faz isso, Frank?

— Sei lá. É difícil explicar. Também produzia uns sons que pareciam uma banda inteira tocando.

Ellie sorriu ao se lembrar daquilo.

— Lembra a cara da minha mãe quando ela conheceu Alex? Do jeito que ele se vestia, com aquelas calças jeans roxas e cor-de-rosa? E aquele cabelo. Santo Deus, aquele cabelo. Acho que ela quase o denunciou ao Serviço de Apoio à Criança.

— É, eu sempre achei que Delores teve algo a ver com a decisão de Alex de se aventurar para fazer fortuna no Alasca.

Ramesh puxou Frank pelo braço.

— Para de falar de coisas antigas — pediu. — Eu me sinto sozinho. — Seu tom era ranheta, mas deixou Frank comovido.

— Desculpe, parceiro — disse. — Estamos perdendo as boas maneiras de cortesia.

— Meu *papa* e minha *mama* também fazem isso — disse Ramesh. — Ficam falando de coisas de antes de eu nascer. É uma chatice.

Por um instante Frank imaginou Edna e Prakash falando sobre a juventude, dos primeiros tempos do romance, antes que a vida endurecesse o amor entre os dois. Lembrou-se de Ellie contando que Edna fugira de casa com Prakash, que a família a tinha renegado por isso. Sentiu uma súbita onda de empatia pelo casal, mas lutou contra a tentação de amainar sua hostilidade em relação a Prakash.

— Tudo bem. Então, do que você quer falar?

O garoto não precisou pensar muito.

— De mim — respondeu.

Ellie caiu na risada.

— Posso diagnosticar um florescente narcisista em formação — comentou. E antes que Ramesh pudesse reagir: — Calma, Ramesh. Lembre-se de que estamos numa festa.

O garoto estava prestes a responder quando um jovem entrou na tenda com uma expressão apreensiva.

— Com licença — disse. Quando ninguém prestou atenção, ele ergueu mais a voz. — Com licença — repetiu. — O honorável Bill Richards chegou. Ele gostaria de dizer algumas palavras, começando em dois minutos. Será que podem fazer a gentileza de me acompanhar até a casa?

Frank contemplou a comida no prato com uma expressão triste.

— Que péssima hora — cochichou com Ellie, mas já se levantando, implorando com o olhar para que ela também levantasse.

Ellie passou os olhos pelos pratos abandonados por todos que se levantaram ao redor para seguir o jovem ajudante.

— É o nosso dinheiro de imposto funcionando — murmurou, mas acompanhou Frank e Ramesh pelo gramado para subir mais uma vez a escada de mármore.

O embaixador já tinha começado a falar quando eles entraram no salão e pararam perto da porta. Uma leve brisa soprava pelas portas abertas da frente e brincava com a barra da blusa de algodão de Ellie. Pensando no hambúrguer esfriando no prato, Frank rezou para que o discurso fosse curto. A julgar pelas risadas da multidão ao redor do embaixador, a fala estava engraçada. Houve um momento de incerteza quando Richards parou de falar, um rumor surdo da plateia quando as pessoas retomavam a conversação e se agitavam um pouco, sem conhecer direito o protocolo. Frank estava prestes a se virar para Ellie e perguntar se já podiam voltar à tenda quando ouviram uma voz cristalina cantando palavras tão familiares quanto o nome de um parente amado: *"Oh, say can you see?"*. Todos viraram a cabeça para ver um jovem esbelto, de não mais que dezoito anos, vestido formalmente, com uma camisa de linho branco e calça mais escura, andando na direção do embaixador, abrindo a multidão com a clareza de sua voz e a sinceridade de sua expressão. Logo a multidão se juntou a ele, cantando a letra em tom mais baixo, tomando cuidado para não apagar a chama meiga daquela voz singular. Frank ficou mais ereto, sentiu os pelos dos braços se arrepiando. Automaticamente, levou a mão direita ao coração. Sentiu que Ramesh o puxava, mas ignorou o garoto, embevecido pela delicadeza daquele momento. No seu trecho favorito — na parte em que o hino assumia a deliciosa nuance em que se transformava em poema e prece, naquele momento melancólico e saudoso em que formulava a pergunta de toda uma era, *"Oh, say does that star-spangled banner yet wave?"*, Frank virou-se para Ellie, esposa e compatriota, com o coração comovido de amor pelo seu país, por todas as pessoas reunidas ali. E ficou chocado com a postura dela. Percebeu imediatamente que Ellie estava ao seu lado com os braços estendidos ao lado do corpo. E que havia um olhar curioso e acadêmico em sua expressão, como se ela estivesse estudando um fenômeno natural. Maldição, pensou Frank. Ela parece uma maldita antropóloga ou coisa parecida. Algo pior do que ela já havia dito naquele dia, aquela passividade, aquela ironia silenciosa, o ofendeu. Sabia que Ellie achava as manifestações patrióticas simples e triviais, quase farsescas. Mas não havia nada de ordinário ou banal nas fortes emoções que o assolaram ao ouvir os primeiros versos do hino nacional de seu país. Sentiu-se na defensiva e a odiou por obrigá-lo a defender o orgulho que sentia por seu país.

— Você não poderia ao menos fingir? — perguntou com os dentes travados.

— Fingir o quê? Que não estamos cometendo terrorismo no mundo? Que somos realmente a terra da liberdade? Você não lê os jornais?

Ela havia conseguido. Dera um jeito de chocá-lo, rejeitando-o de uma forma que nunca fora capaz, nem quando se envolvia nas acaloradas discussões com seu irmão, quando criticava a própria noção de administração de empresas em jantares com o reitor da escola de administração da Universidade de Michigan ou quando o repreendia pelo que a HerbalSolutions estava fazendo com a economia de Girbaug. O casamento dos dois sempre fora uma longa conversação intelectual — no decorrer dos anos, Frank tinha discutido muito com Ellie, sentindo-se escandalizado, às vezes se divertindo, chamando-a de comunista suja quando ela ia longe demais. Mas, na maior parte das vezes, concordava com ela e, mesmo quando não concordava, sentia orgulho da esposa rebelde e independente. Porém nunca sentira o tipo de raiva fervorosa que sentia agora. Durante todos esses anos, as críticas e os criticismos de Ellie aos Estados Unidos pareciam toleráveis, pois Frank os via como o lamento irascível de uma mulher cujo filho não correspondia às suas expectativas. Mas isso era diferente, parecia algo novo. Frank não reconhecia aquela Ellie fria e irônica. E sabia que era sua localização, o solo onde pisavam que fazia toda a diferença. A Índia tinha radicalizado ainda mais sua mulher, tornando-a mais amarga, levando-a a assumir posições diferentes. Agora ela via a América com a mesma visão do resto do mundo. Não era mais uma visão crítica, mais ainda maternal, de uma criança desraigada. Agora era o olhar inflexível e acusador de um estrangeiro.

— E aí? — ela perguntou. — Você não tem nada a dizer?

Frank desviou o olhar, preocupado com o ressentimento que sentia por Ellie. Só a havia odiado daquela maneira em outra ocasião — no dia em que Benny morreu. Agora todos os sentimentos daquele dia retornavam.

— Vamos mudar de assunto — disse bruscamente. — Não dá para falar com você quando está desse jeito.

Eles voltaram à área do piquenique. Frank preparou um novo prato, mas o milho tinha um gosto insípido, a carne estava queimada e borrachuda. De repente tomou consciência de todo o consumismo exagerado ao redor — as montanhas de carne grelhada, o fluxo constante de álcool, as pilhas de copos e pratos descartados — e detestou Ellie por impor a consciência dela em sua vida. Fingiu escutar a tagarelice nervosa de Ramesh, trocou palavras com Bob, o homem de negócios de rosto rosado sentado ao seu lado, mas seu coração não estava ali. Em um momento vulnerável, seus olhos passaram por Georgie, a loira oxigenada e magrela que era mulher de Bob, com o tipo de silhueta e cabelo que cobiçava quando tinha quinze anos. Quando se tornou um jovem sério, desiludiu-se com mulheres como Georgie, sentindo uma solidão desesperada quando se envolvia em suas conversas vazias e sem sentido. Mas, naquele momento, ele pensou: Santo Deus, pelo menos Bob nunca teve de se preocupar com a esposa insultando o cônsul-geral. Ellie o satisfazia de todas as formas — sexual, intelectual e emocionalmente —, mas, por um instante, ele ponderou como seria ser casado com Georgie, como seria um casamento em que poderia virar para o outro lado depois de uma boa trepada e adormecer, em vez de viver com uma mulher que falava sobre genocídios e terrorismo no meio de um piquenique do Quatro de Julho. Frank corou, sabendo que Ellie tinha lido seus pensamentos. Sentiu-se confuso e exposto. Queria arrancar aquele sorriso do rosto dela — arrancá-lo com as costas da mão.

Frank levantou de repente, interrompendo Bob no meio de uma frase.

— Sinto muito, mas precisamos ir embora — disse.

Bob olhou para ele.

— Você tá brincando. Cara, a festa só está começando.

— Eu sei. — Puxou Ramesh para perto. — Mas nós temos outro compromisso. — Olhou para Ellie, suplicando que fizesse o seu jogo. Ela se levantou devagar, mirando os olhos de Frank.

— Foi um prazer conversar com vocês todos — disse. — Feliz Quatro de Julho.

— Espero que no ano que vem estejamos todos comemorando nos Estados Unidos — disse Georgie. — Mal consigo ver a hora de ir embora deste país... — mas percebeu a presença de Ramesh e se corrigiu — ... adorável.

Vinte minutos depois, eles já tinham se despedido de todos, trocando apertos de mão com Tom, com Elisa e o embaixador, e já estavam no Camry com Satish ao volante.

— Você comeu alguma coisa, Satish? — perguntou Ellie assim que passaram pelos portões.

Satish fez uma expressão tímida.

— Sim, madame. Todos os motoristas ficaram no estacionamento, mas alguém veio nos trazer um monte de comida. O frango estava o máximo.

— Fico muito contente por alguém ter pensado em servir o jantar para vocês — replicou Ellie. Frank notou que ela não dissera uma palavra desde que tinham se despedido de Bob e Georgie.

— Os americanos são bons nisso, madame. — Satish parecia inusitadamente falador, e Frank considerou se o jantar viera acompanhado por uma taça de vinho. — Sempre pensam em nós. Se a festa fosse no consulado da Índia, só haveria comida para os convidados.

Frank abriu um sorriso amargo. Finalmente alguém que apreciava os americanos. Prometeu a si mesmo dar uma nota de cem rupias a Satish pela inesperada ajuda na sua silenciosa discussão com a mulher.

CAPÍTULO 13

ELLIE RECOSTOU A CABEÇA NA PORTA DO CARRO e ficou olhando a chuva lá fora. Através do vidro salpicado de chuva, as árvores eram um borrão verde. Já tinha recomendado algumas vezes que Satish reduzisse a velocidade, advertindo-o por dirigir tão depressa naquelas condições climáticas, mas sem resultado. Por isso tinha desistido, assim como desistira de conversar sobre amenidades com Frank. De qualquer forma, Frank e Ramesh dormiam profundamente; Frank de boca aberta, Ramesh ressonando baixinho, um filete de baba escorrendo pelo queixo.

A desilusão tinha um gosto que ela nunca havia provado. Gosto de cinzas, um sabor seco e plumoso. Havia partido esperançosa de Girbaug para Bombaim três dias atrás e agora retornava desgostosa, como se um buquê de flores viçosas tivesse definhado em suas mãos. Um gesto simples, um olhar que ela nem sequer tinha notado no piquenique, seguido de um comentário intemperado, acabou provocando a fúria de Frank, ainda que ele lutasse para não deixar que o sentimento transparecesse. E Ellie não conseguia deixar de pensar que era apenas o eco de um ressentimento mais antigo, mais represado. O tempo também não ajudou. O passeio que ela tanto queria fazer, a visita às Grutas de Elefanta, perto de Bombaim, fora cancelado ontem por causa da chuva. Nenhum barqueiro fora intrépido o bastante para conduzir um barco cheio de turistas da Porta da Índia até a ilha próxima que abrigava as grutas cheias de esculturas antigas. Por isso, eles passaram quase o dia todo no Taj, Ellie lendo um livro no quarto, enquanto Frank e Ramesh visitavam as muitas butiques e lojas do hotel antes de almoçarem no Golden Dragon. Apesar da insatisfação que Frank sentira em relação a ela no piquenique de sábado, Ellie ficou surpresa ao perceber que seu ressentimento se estendera até o dia seguinte. Tentou se concentrar no romance que estava lendo, mas seu coração saltava cada vez que ouvia um som no corredor, na esperança de que fosse Frank vindo falar com ela, imaginando que entraria no quarto a qualquer momento para dizer quanto sentia falta de sua companhia, pedindo para fechar o livro e se juntar a ele e a Ramesh no que estivessem fazendo. À uma hora da tarde, se sentiu tentada a tomar outro banho, mas ficou por ali mesmo, com medo de que ele aparecesse no quarto. Finalmente, às cinco horas, ela ligou para o celular dele.

— Ei, sou eu. O que vocês estão fazendo?

— Nada de mais — respondeu Frank. — Estamos aqui no saguão, conversando com uma hóspede.

— Ela é bonita? — perguntou, brincando, mas o longo e doloroso silêncio revelou que suas palavras tinham acertado o alvo. Respirou fundo; a dor de estar inesperadamente certa era mais forte do que poderia imaginar. Ouviu Frank dizer "Com licença" e imaginou que ele estivesse se afastando da mulher, e então:

— O que você quer, El?

— Nada. Só queria saber o que vocês estavam fazendo. E se tinham algum plano para o jantar. A não ser que... você tenha outros planos — gaguejou, sentindo-se de repente insegura.

Ouviu a exasperação na voz de Frank.

— Eu estou de folga com minha mulher e um garoto de nove anos. Que outros planos poderia ter?

Apesar do sarcasmo, apesar da frieza das palavras, Ellie sentiu certa alegria. Obviamente, Frank não estava tão bravo com ela a ponto de se manter afastado pelo resto da noite. Percebeu que era isso que a estava apavorando o dia todo.

— Que bom — disse. — Bem, fico contente em ir aonde vocês quiserem.

Frank devia ter ouvido a submissão em sua voz, pois foi mais delicado quando voltou a falar:

— Não. Hoje era para ser o seu dia, até essa maldita chuva arruinar tudo. Você decide onde quer jantar.

— Pra mim não faz diferença. — Ellie sentiu os olhos marejando de lágrimas, desejando acabar com aquela horrível frieza entre os dois. — Só quero ficar com vocês.

— Eu vou localizar Ramesh — disse Frank prontamente. — Em cinco minutos estamos aí.

Ellie desligou, aliviada por ainda restar um pouco da velha chama entre eles — ou ao menos um pouco de boa vontade — que o fez detectar e responder às suas necessidades. Então, alguns minutos depois, a porta realmente se abriu e Ramesh entrou saltitante, seguido por Frank. O garoto trazia três camisas novas para si mesmo e uma echarpe de seda para a mãe, que Frank fingiu ter comprado com sua nota de vinte rupias. O estômago de Ellie se contraiu ao imaginar a reação de Prakash àqueles extravagantes presentes. Duvidava que o cozinheiro fosse capaz de comprar três camisas para o filho de uma só vez. E, já que compraram um presente para Edna, por que não uma pequena lembrança para Prakash? Considerou se Frank chegou a perceber o deslize. Com certeza Prakash perceberia, faria todos os tipos de interpretação a respeito. Em qualquer outra ocasião, ela teria mostrado isso ao marido, com o tom de voz levemente repreensivo. Mas não hoje. Preferia botar algum dinheiro nas mãos de Prakash, alegando que não souberam o que comprar para ele. O dinheiro evaporaria como os vapores do álcool que ele com certeza iria comprar, mas isso não podia ser impedido.

Frank foi delicado e atencioso com ela durante o jantar, porém Ellie se sentiu infeliz. Sua delicadeza magoava mais que seu ressentimento anterior — ele a tratava como uma estranha com quem estivesse obrigado a ser educado. Sentiu-se grata pela presença vívida e pela incessante parolagem de Ramesh durante o jantar. Às vezes tinha vontade de chamar sua atenção por falar com a boca cheia, mas não o fez, sentindo-se subitamente nervosa, insegura acerca de seu papel naquela relação. Observando a interação de Frank com o garoto durante o jantar, Ellie sentiu uma mudança, percebeu que algo tinha acontecido diante dos seus olhos. Se fosse outra mulher pleiteando o afeto de Frank, ela saberia o que fazer, como competir. Mas o coração de seu marido fora conquistado por um irresistível garoto de nove anos. E tudo acontecera sob suas vistas, estava acontecendo naquele momento, e ela não tinha como evitar a lenta erosão de seu papel naquela estranha nova dinâmica que surgia entre os três. Com Benny, o efeito fora contrário — o filho complementava o casal, os aproximava, os amalgamava. Depois, percebeu algo importante e vital, que era seu corpo de mãe e mulher que ligava o marido ao seu filho. Mas, durante o jantar, Ellie se entristeceu com quanto seu corpo parecia pesado e *inútil*, como não conseguia usá-lo para forjar uma ligação com Ramesh, por não ser sua mãe. Na verdade, ela não era mãe de ninguém, e o mais provável era que nunca mais fosse. Sua única gravidez depois da morte de Benny resultara num aborto, e, embora o médico não houvesse descartado a possibilidade, ela nunca mais engravidou.

Depois da morte de Benny, Frank insistiu para que ela voltasse a tomar pílulas anticoncepcionais. Ela não se opôs, pois de fato se sentia assustada. E cansada. O processo de assumir um bebê chorão com cara de ameixa e criá-lo até se tornar um garoto de sete anos vivaz e inteligente fora prazeroso, mas também difícil. Tudo naqueles sete anos tinha girado em torno de Benny — amamentação, problemas de dentição, ensinar a usar o penico, sarampo, festas de aniversário, noites insones, deveres de casa, acampamentos. Assistir *Shrek 2* em vez de *Antes do pôr do sol*, vídeos dos Três Patetas em vez de filmes de arte no Festival de Cinema de Ann Arbor. Sete anos durante os quais não fazia planos nem tomava decisões sem colocar as necessidades de Benny em primeiro lugar, e sempre parecendo que nada daquilo bastava. Portar-se como uma mãe boa e diligente não chegava a ser um talismã contra a crueldade de um universo voraz. Bastara Ellie olhar para o lado por uma fração de segundo, e naquele piscar de tempo Benny tinha morrido. A terra o engolira, transformando-o em pó, deixando Ellie de noite na cama, lutando contra pensamentos de vermes devorando o lindo e precioso corpo de Benny, até sentir as larvas dentro do próprio cérebro, alimentando-se dela. Meses depois de terem enterrado o filho, ela ainda lutava contra essa imagem dos vermes, acordando no meio da noite com a cabeça coçando, apavorada com a perspectiva de voltar a adormecer. Todos os dias acordava com círculos escuros embaixo dos olhos e se arrastava por mais um dia ouvindo as histórias tristes de seus clientes. Certa vez, só uma vez, ela desabafou com uma cliente, uma professora aposentada que perdera um filho vinte cinco anos antes, e a mulher garantiu que não se incomodava em falar sobre o assunto, mas Ellie ficou chocada. Insistiu em não cobrar a consulta, e, quando Lois Shaffer, a psicóloga dona da clínica onde Ellie trabalhava, perguntou por que eles não tinham cobrado, Ellie disse a verdade. Lois olhou para ela por um longo tempo antes de dizer em voz baixa: "Eu achei que você tinha voltado ao trabalho cedo demais, minha querida. Mas, mesmo agora, tudo bem se quiser tirar uma licença. Nós damos um jeito de cobrir sua ausência".

Ellie se agitou na cadeira ao se lembrar das palavras de Lois. Ela não aceitou a oferta, mas algumas semanas depois, quando ficou sabendo da proposta que Pete Timberlake fizera a Frank, Ellie insistiu para que Frank não a descartasse sem pensar a respeito. E, quanto mais falava com Frank sobre o assunto, mais convencida ficava de que era a coisa certa a fazer, que começar de novo na Índia, um país onde não conheciam ninguém e onde ninguém os conhecia como pai e mãe de Benny, era do que eles precisavam. E, para sua grande surpresa, todo mundo, nos dois lados da família — com exceção de sua mãe —, concordava com ela. A resistência que esperava do pai e da mãe de Frank não chegou a acontecer. Talvez os círculos escuros debaixo dos olhos e suas batalhas contra imagens do crânio do filho à noite fossem mais óbvios do que imaginava. Apenas Delores mostrara resistência. Em uma de suas conversas telefônicas, tarde da noite, ela disse a Ellie:

— Mudar-se para a Índia não vai alterar o que aconteceu, querida. É como diz aquele ditado: você tem que voltar para casa com quem a levou ao baile.

— Não sei o que você está querendo dizer, mãe — replicou Ellie friamente. Sua decisão estava tomada; era tarde. Ellie preferia não lidar com as enigmáticas afirmações da mãe naquela noite.

— Querida, só estou dizendo que, seja o que for que você e Frank tenham de superar, vocês deviam fazer isso aqui mesmo. Onde a família e os amigos estão para ampará-los. Quem vai cuidar de você na Índia, minha querida?

Agora Ellie mordia os lábios ao se lembrar de sua resposta evasiva à mãe.

— Eu não preciso que ninguém cuide de mim, mãe. — Fora uma resposta automática, uma regressão aos seus anos de pensadora independente, de adolescente rebelde lutando contra o olhar vigilante de uma mãe superprotetora. Mas agora, viajando num carro veloz pelo interior da Índia, ela se arrependia de suas arrogantes palavras. Hoje, sentia-se muito distante daquela mulher traumatizada, porém esperançosa, que acreditava que a Índia — a Índia, terra da ioga e de iogues, do Ganges e da cidade sagrada de Benares — seria a resposta para a crise espiritual e emocional que a morte de Benny infligira a ela e a Frank. Agora se sentia meramente uma mulher carente de consolo — e não podia apelar ao marido, que, no momento, dormia no banco traseiro de boca aberta, o ombro apoiando a cabeça de um garoto a quem havia se referido recentemente como filho. Parecia a Ellie que todo mundo tinha alguém para chamar de seu — alguém que tivesse amado, casado ou adotado, dado à luz ou simplesmente tomado emprestado. Todo mundo, menos ela. De repente teve vontade de ouvir a voz da mãe, sentindo-se faminta pelas pepitas de sabedoria duramente conseguidas que Delores distribuía aparentemente sem querer. Ela mesma podia não ser mais mãe, mas sempre seria filha de alguém, e nesse momento Ellie se sentia muito grata por isso. Poderia ligar para a mãe quando chegasse em casa.

Satish fez uma curva, e por um segundo o sol espiou por trás de nuvens pesadas, banhando a paisagem com uma luz branca que parecia artificial. Ellie mal notou. Ficou observando as árvores estremecendo, as folhas agitadas pela violência da chuva e uma ou outra vaca ocasional, molhada e macilenta, em busca de abrigo embaixo de uma daquelas árvores. Embora estivesse seca e em segurança dentro do carro, Ellie se identificou com aquelas coisas vivas lá fora, açoitadas pela chuva, desprotegidas e em perigo em um mundo ameaçador.

Com o coração cheio de apreensões, contemplou a estrada que se estendia à frente. Imaginou que se assemelhava ao seu futuro — escura e interminável, encoberta por nuvens de chuva agourentas e ameaçadoras.

Livro dois

Verão e outono de 1993
Ann Arbor, Michigan

CAPÍTULO 14

ELE QUIS COMPRÁ-LA.

Depois, envergonhado de sua reação inicial, tentou se lembrar da verdade de outra forma, dizendo a si mesmo que sua primeira reação ao ver Ellie não tinha sido grosseira ou politicamente incorreta. Mais tarde, ele corrigiria isso acreditando que da primeira vez que viu Ellie sentiu um forte desejo de possuí-la, ou até mesmo que soubesse no primeiro instante que desejava se casar com ela. Mas o fato era que, antes de conseguir censurar seus pensamentos, ele quis comprar aquela linda mulher de camiseta preta sem mangas e calça baggy debruçada sobre o violoncelo, o cabelo liso e escuro caído sobre o que considerou o rosto mais lindamente esculpido que já havia visto. Quis comprá-la, do jeito que alguém compraria um delicado vaso de osso chinês numa loja de antiguidades ou um quadro pelo qual se apaixonasse numa galeria de arte.

Desviou os olhos, envergonhado dos próprios pensamentos, mas voltou a olhar no instante seguinte, dessa vez hipnotizado pelo relógio masculino que ela usava, pelas improváveis veias azuladas que percorriam seus pulsos finos e morenos, encantado com a maneira como ela embalava o desajeitado e volumoso violoncelo, com aqueles dedos finos fazendo com que o instrumento se curvasse à sua vontade. Teve um súbito lampejo de como aquela mulher seria na cama, como abraçaria seu amante, com firmeza mas suavemente, como aqueles dedos extrairiam dele um tipo de melodia diferente. Imaginou-se beijando os pulsos dela, beijando a faixa estreita onde o relógio deixava uma listra branca na pele morena. Imaginou o corpo dela como um violoncelo, um instrumento rico e dourado, o pescoço longo e delicado, o torso suave e envernizado, imaginou-se tocando aqueles seios firmes com os lábios, segurando o quadril estreito aconchegado ao dele. Disse a si mesmo para memorizar o rosto e o corpo daquela mulher, para o caso de nunca mais vê-la, para que da próxima vez que se sentisse tentado a dormir com as garotas bonitinhas e inconsequentes, que pareciam estar em toda parte na Universidade de Michigan, ele pudesse lembrar de como era sua mulher ideal.

Tomando consciência de que a estava encarando, Frank se obrigou a desviar o olhar para as cercanias. Era uma linda tarde de junho. Ellie tocava com um quarteto de cordas contratado por Wilfred Turner, cujos pais tinham organizado uma tardia festa de formatura no casarão da família. Wilfred estava um ano à frente de Frank no programa de MBA na Universidade de Michigan.

O quarteto estava executando o *Concerto de Brandemburgo* nº 2, mas Frank mal conseguia ouvir a música enquanto, procurando por Wilfred, abria caminho pelos convidados amontoados no enorme quintal.

— Grande festa, garotão — disse. — Como vão as coisas?

Wilfred fez uma careta.

— Vou estar melhor quando toda essa gente tiver ido embora e eu puder tomar umas cervejas no McLarry's. Quase todos são amigos da minha mãe.

Frank concordou, distraído. Fingiu olhar ao redor.

— Bela música — elogiou, mantendo a voz calma. — Onde você arranjou o conjunto?

Wilfred deu risada.

— Esqueça, garoto — disse. — Você é o sexto carinha a vir me perguntar. Pelo que ouvi dizer, ela já tem namorado.

— De quem você está falando?

— Ah, sem essa, Frank. Você não me engana. Ou você se interessou de repente por música clássica ou desenvolveu um gosto repentino por homens de meia-idade — disse Wilfred, apontando com o queixo na direção dos três outros músicos.

— Vai se foder, Wilfred — disse Frank, afastando-se.

Ouviu Wilfred rindo atrás dele.

— Se servir de alguma coisa, o grupo se chama Moonbeams.

Frank passou a hora seguinte perambulando pelo gramado, conversando sobre trivialidades com outros estudantes, evitando Wilfred e a mãe, aceitando um canapé ocasional de um garçom que passava com a bandeja e bebericando vinho branco. Finalmente os músicos fizeram uma pausa, e Frank traçou um percurso direto até o local onde estava a violoncelista, parando apenas para pegar outra taça de vinho.

— Oi — disse. — Meu nome é Frank. E você deve estar exausta. Quer uma bebida?

Ela aceitou a taça quase sem olhar para ele.

— Obrigada — disse e começou a se afastar.

— Espera — disse Frank. Quando ela parou e lhe dirigiu um olhar zombeteiro, ele se viu dizendo: — Um amigo meu está procurando um músico para... uma festa de aniversário que está organizando. Você tem um cartão ou coisa parecida?

Ela fez um gesto com a mão.

— Você devia falar com Ted. É ele quem faz todos os agendamentos.

Pelo canto do olho, Frank pôde ver outros rapazes nas imediações, esperando uma oportunidade para falar com a garota.

— Bem, o negócio é que a casa do meu amigo é pequena. Ele só quer contratar um músico. — Mesmo aos seus próprios ouvidos aquilo soou pouco convincente. — Por acaso você conhece alguém que se apresente sozinho? Quem sabe com um violão clássico ou coisa assim?

— Bom, eu toco cravo.

— Cravo? Puxa, isso seria perfeito. Ele... o meu amigo... mora numa casa pequena. Então eu ligo pra você. Você tem um cartão?

Ela parecia estar se divertindo.

— Sinto muito, mas não tenho cartão. Isso é uma atividade à parte, para ganhar um dinheiro extra. Não é barato fazer faculdade, sabe?

Os olhos de Frank brilharam.

— Você estuda na UM? Escola de música?

— Não. Vou começar meu doutorado em psicologia no outono.

— Ah, uau. Que legal. — Frank viu Wilfred acenando para ela enquanto se aproximava. — Então deixa eu anotar o seu telefone — disse, pegando uma caneta do bolso. Wilfred estava quase chegando. Frank anotou o número na palma da mão.

Wilfred chegou e beijou a garota nas duas bochechas, do jeito europeu. Frank sentiu um acesso de ciúme. Maldito panaca pretensioso, pensou.

— Tudo bem, querida? — perguntou Wilfred. — Meu amigo aqui está te incomodando?

Frank falou antes que ela respondesse:

— Vou deixar vocês dois conversarem — disse. Sorriu para ela. — Foi um prazer te conhecer.

Fez um sinal de cabeça para Wilfred e ergueu a mão para coçar a orelha, para que ele visse o número do telefone dela escrito.

— Boa festa, Wilfred — disse. — Acho que vou conversar com a sua... mãe.

Teve de controlar os próprios passos enquanto andava até o bar. Só quando chegou e pegou outra bebida percebeu que não sabia o nome da mulher para quem tinha perdido o coração.

O que tornou a coisa esquisita quando Frank ligou para ela no dia seguinte. Não podia ter perguntado o nome dela a Wilfred, claro, pois não queria dar o prazer de depender dele, de ser motivo de gozação ou, pior, de ouvir uma preleção. Aliás, ele não queria falar com ninguém a não ser com aquela garota, a garota, a garota que se imiscuíra nos seus sonhos na noite anterior, responsável pelo batimento mais forte de seu coração e pela umidade do pijama quando acordou. A garota que o reduzira a um imaturo adolescente que não tem controle sobre o próprio corpo. Como um adolescente apaixonado, ele tinha anotado o número dela num pedaço de papel quando chegou em casa depois da festa, reescrevendo-o em seguida na palma da mão, sem querer que desaparecesse.

Saiu da cama às nove horas na manhã seguinte, escovou os dentes para se livrar da rouquidão matinal e discou o número. Ela atendeu no quarto toque.

— Alô? — disse, e só aquela palavra já fez o corpo de Frank doer de ansiedade.

— Oi — disse Frank. — Aqui é o Frank. Nós nos conhecemos na casa do Wilfred ontem à noite. Falei com você sobre tocar na festa do meu amigo.

Houve uma pequena pausa antes de ela dizer:

— Sei, eu me lembro.

Será que ela não poderia soar mais *contente* ou coisa assim?, pensou Frank. Mas, ei, pelo menos ela se lembra.

— Ótimo — ele continuou. — Bem, eu estou ligando pra falar a respeito. Ele quer mesmo te contratar.

— Que dia vai ser a apresentação?

Que dia? Cacete.

— Ele ainda não sabe. Quer dizer, vai ser em julho, mas ele ainda não sabe o dia.

— Olha, você vai ter que me informar assim que souber. Julho é um mês movimentado. Todo mundo quer se casar nessa época.

Será que ele detectou alguma coisa na voz dela? Alguma aspereza, algum sarcasmo? Será que ela era contra o casamento? Contra amor, romance, contra homens em geral?

— Alô — disse a voz do outro lado. — Você ainda está aí?

— Estou aqui — respondeu Frank. E pensou depressa. — Olha, antes de eu te apresentar ao meu amigo, a gente devia verificar a relação de datas em que você vai estar disponível e repassar a seleção musical. Você está livre pra tomar um café ou algo assim esta semana?

— Você quer saber que músicas eu vou tocar? — Dessa vez havia um inconfundível descontentamento na voz dela. Mas, antes que Frank pudesse responder, ela continuou: — Tudo bem. Eu vou levar minha agenda, e podemos reservar algumas datas. Também posso mostrar uma lista das músicas. Mas não seria melhor o seu amigo se encontrar com a gente?

Droga. Esse negócio de mentir era traiçoeiro. Frank já começava a se sentir como um velho sacana.

— Não se preocupe com isso. Eu... nós estamos organizando essa festa juntos.

— Mas eu achei que... — ela começou antes de mudar de ideia. — Que seja.

— Escuta — disse Frank. — Eu tenho uma ideia. Eu ia almoçar rapidinho no Ali Baba hoje por volta da uma hora. Sabe onde fica, na State Street? Você não quer discutir isso durante o almoço?

O tamanho do céu *171*

Houve uma leve hesitação, e depois:

— Pode ser.

Pode ser? Foi tão fácil assim? Frank exalou e percebeu que estivera prendendo a respiração durante todo o tempo em que estivera ao telefone.

— Ótimo — disse, esperando que ela não percebesse o leve tremor em sua voz. — A gente se vê nesse horário.

No instante em que desligou, percebeu que não tinha perguntado o nome dela.

Ao meio-dia, Frank se deu conta de que estava trocando a camisa pela segunda vez e parou. Chega de se enfeitar, disse para seu reflexo no espelho. Ou ela gosta de você ou não gosta. Você não vai fazer um teste para um papel. A maneira como se comportava evocou lembranças de quando ficava na varanda da casa em Grand Rapids, com o terno que usava na igreja aos domingos, esperando o pai voltar. Cinco meses depois de o pai ter saído de casa, continuava mantendo sua vigília todos os domingos depois da missa, querendo estar com seu melhor traje quando o pai retornasse. Aí, um dia ele *se viu* como um garoto de doze anos usando um terno herdado do irmão, sentado no grande balanço branco, o coração acelerando cada vez que um automóvel descia a rua tranquila. Percebeu a futilidade da esperança que ainda queimava em seu peito de menino. Entrou depressa e tirou aquele terno o mais rápido que pôde.

Frank ocupou uma mesa do lado de fora do Ali Baba e estava folheando um livro da biblioteca quando ergueu os olhos e a viu em pé diante da mesa. Logo percebeu que ela notara o olhar de prazer perplexo que passou por seu rosto ao avistá-la. Usava um vestido simples de golas largas e grandes botões pretos na frente, e seus óculos escuros descansavam na testa. Rodeada por homens e mulheres de bermuda e camiseta, ela parecia uma flor no deserto. A boca de Frank secou quando se levantou para cumprimentá-la.

— Oi — disse ela.

— Oi. — Frank sorriu, sabendo que seu sorriso era entusiasmado demais para a ocasião, mas sem se incomodar muito com o fato. Sentia-se feliz em estar diante daquela adorável mulher e não ligava para quem soubesse disso. — Preferi uma mesa aqui fora. Espero que não se importe.

— Está perfeito. — Ela olhou ao redor e fez um gesto com o braço. — Está um lindo dia.

— É mesmo — concordou Frank. — Um dia perfeito. — E ela deve ter ouvido alguma coisa em sua voz, pois olhou para ele antes de baixar os olhos.

Ela pediu chá gelado e um sanduíche de *falafel*. Frank pediu frango com pão árabe e homus para os dois dividirem.

— Olha, eu tenho uma confissão a fazer — disse Frank quando o garçom se afastou. — Eu ainda não sei o seu nome.

—Ah, desculpe. É Ellie.

Ellie. Pensou naquele nome e decidiu que lhe lembrava a sensação de saborear um vinho tinto encorpado.

— Muito prazer, Ellie — disse.

— Igualmente. Então, vamos consultar as nossas agendas?

Ele partiu um pedaço de pão e o molhou no pires de homus.

—Vamos deixar pra depois do almoço — sugeriu. — A mesa é pequena.

— Desculpe. Você tem razão.

— Mas se você estiver com pressa...

— Não, tudo bem. Não tenho nada marcado pra hoje, graças a Deus.

— Então, por que psicologia? — perguntou Frank, enquanto pensava: Se você não dormir comigo, vou entrar em combustão espontânea.

— É o que eu sempre quis fazer. Ajudar a arrumar a vida das pessoas. Acho que é um dos motivos por sempre ter gostado de música também.

— Sei. Quando ouvi você tocar ontem, fiquei surpreso de não ser estudante de música. Você é ótima.

— Obrigada. Quando era mais jovem, eu pensava em ser musicista profissional. Eu estudei música no ensino médio.

— Onde você estudou?

— Em Oberlin.

— Foi lá que você nasceu?

— Não, eu fui criada em Shaker Heights, perto de Cleveland. Mas meu pai era professor em Oberlin, então...

— Já ouvi falar de Shaker Heights. Os seus pais ainda moram lá? — Frank sabia que estava sendo indelicado ao fazer tantas perguntas, mas não conseguia parar. Ficou encantado com a naturalidade de Ellie. Não tinha nada da postura resguardada que em geral afligia as mulheres bonitas. — Parece que você teve uma infância feliz — disse e detestou os vestígios de surpresa e inveja que ouviu na própria voz.

Ellie pareceu constrangida.

— É tão óbvio assim? Acho que vou ter que guardar melhor esse segredo dos meus clientes. Mas é verdade... eu tive uma infância feliz. Vá entender.

Ela sorriu, e Frank sentiu que corava. Tudo naquela mulher o tirava do eixo. Não sabia em que se concentrar — na pele linda e morena, no rosto radiante, na maneira casual como afastava o cabelo brilhante dos olhos, no jeito como gesticulava enquanto falava, nas palavras lindas e prateadas que fluíam dela como uma cascata. Frank sabia que tinha boa aparência. Quando era pequeno, desconhecidos comentavam com sua mãe no shopping center como o filho dela era bonito; ganhara seu primeiro beijo de Jenny Waight, sua vizinha, quando ele tinha doze anos; seu companheiro de quarto confessou que o amava quando estava na faculdade. Mas de repente se sentia tão nervoso e inseguro quanto na noite em que foi beijado por Jenny Waight atrás da garagem.

— Você ouviu alguma coisa que eu disse? — Ellie estava perguntando.

— Opa. Desculpe. Acho que me distraí por um minuto.

Ela fez uma careta.

— Será que a companhia é tão chata assim?

Frank percebeu que ela estava flertando, e aquilo o fez dar risada.

— De jeito nenhum.

— Eu estava perguntando de onde você é.

— Grand Rapids. A pouco mais de cento e sessenta quilômetros daqui. Isso e mais um universo de distância.

— Como assim?

Frank olhou para ela sem saber como explicar.

— Eu nasci em Grand Rapids — começou. — Mas nunca senti que era de lá. Era... Havia algo frustrante naquele lugar. Mas, no dia em que cheguei a Ann Arbor, me senti em casa.

Ellie aquiesceu.

— E seus pais?

— Minha mãe também não era apaixonada pela cidade. Mas continua morando lá. Meu pai... — Parou por um segundo, querendo que sua voz soasse calma e casual quando falasse. — Meu pai... foi embora de casa quando eu tinha doze anos. Por isso não faço ideia do que ele pensava.

Os olhos negros por fim expressavam alguma coisa, uma inteligência afiada que o sondava.

— Sinto muito — ela disse simplesmente.

Desviou o olhar, com medo de ver alguma mostra de piedade nos olhos dela. Recordou-se do dia em que voltou da escola e encontrou a mãe chorando no quarto. Sentiu-se imediatamente culpado, lembrando a maneira confrontadora com que tinha falado com o pai quando recebeu ordens de limpar a mesa na semana anterior, convencido de que, sem querer, provocara nele o crescente desprezo e animosidade que começava a sentir. Durante semanas, ficou sentado na varanda negociando com Deus. Na escola, tirou sangue do nariz de Tommy Hefner por ter perguntado se ele estava bem depois que o pai fora embora.

— Isso aconteceu muito tempo atrás — continuou. Seu tom de voz foi equilibrado, agradável, como se estivesse falando sobre um piquenique recente.

— Entendi — disse Ellie. Abriu a boca para dizer mais alguma coisa, e ele se agitou de forma imperceptível. — Então? — continuou Ellie. — Vamos discutir o assunto em questão?

Frank olhou para ela com ar de interrogação.

— O quê? — perguntou.

Ellie deu risada.

— A festa? Na casa do seu amigo? Achei que falaríamos sobre a festa. Você não quer verificar umas datas e dar uma olhada na seleção de músicas?

Será que Ellie sabia que ele inventara aquilo? Não era capaz de dizer. Nesse momento, detestou-se por ter inventado aquela história maluca. Talvez tivesse sido melhor dizer a verdade — que *morreria* se Ellie não dormisse com ele. Mas, quando estava tentando decidir se era o momento de recostar na cadeira e dizer que tinha uma confissão a fazer, Ellie pegou sua agenda, e alguma coisa naquele gesto deixou claro que ela não fazia ideia de que não havia nenhum amigo ou festa de aniversário.

Alguma coisa se agitou dentro dele, uma profunda ternura por aquela garota ingênua e confiante debruçada sobre sua grande agenda. Ellie abriu a bolsa e tirou um bloco de notas, e Frank percebeu que ela tinha anotado possíveis seleções musicais. Empurrou a cadeira para mais perto, dizendo:

— Vamos dar uma olhada. — E sua voz saiu tão rouca de desejo sexual que ficou surpreso que ela não tivesse notado. Sentiu-se um tarado, tirando suas casquinhas ao se aproximar apenas alguns centímetros de uma garota bonita.

Ellie falou um pouco sobre cada uma das peças musicais enquanto ele ouvia num estado de quase delírio, feliz em sentir o aroma do xampu que ela usava, inalando a doçura sutil de seu perfume, olhando para seu rosto sempre que tinha chance.

— Sabe de uma coisa? — disse afinal, sabendo que ela queria uma resposta para suas muitas sugestões. — Você decide as músicas. Eu tenho uma fé implícita no seu... bom gosto. — E então sustentou o olhar por mais tempo em seu rosto, no pescoço, no ponto delicado em que o branco do vestido encontrava os seios. Ellie corou e olhou para o lado, mas, quando falou, sua voz era leve e animada.

— Sem problema. Então vamos combinar uma data.

— Vamos fazer o seguinte: você me dá três datas, e eu... falo com meu amigo a respeito.

— Ótimo.

De repente Frank entrou em pânico ao pensar que teria de se despedir, já que o almoço tinha acabado. Sair de perto de Ellie era como cortar um barato induzido por alguma droga.

— Ei — disse sem pensar. — Eu estava pensando em ir até o museu de arte. Sabe essa nova exposição do Chagall? Você estaria interessada em me acompanhar?

— Eu já vi essa exposição — respondeu Ellie, e o sol desapareceu como se alguém o tivesse arrancado do céu. — Mas eu adoro Chagall. Já que você vai, eu posso até ver de novo. — E o sol voltou a assumir seu lugar de direito no firmamento.

— Legal. Então vamos — disse Frank, botando uma nota de vinte dólares na mesa. Quando ela fez menção de pegar a bolsa, ele tocou na mão dela de leve e disse: — De jeito nenhum. Eu convidei. Dessa vez é comigo. — E o tempo todo dizia para si mesmo: Lembre-se deste momento. É a primeira vez que você toca nela.

Os dois passaram três horas agradáveis no museu. Quando saíram, Ellie quis uma Coca, por isso foram a uma cafeteria ali perto, e logo Frank estava falando sobre um maravilhoso restaurante chinês recentemente inaugurado na Main. Ellie disse que adorava comida chinesa, e ele a convidou para jantar. Eram nove horas quando os dois se despediram, depois de Ellie ter recusado as repetidas ofertas de Frank, que se dispunha a acompanhá-la até sua casa. Frank foi andando até seu apartamento, assobiando baixinho pela rua. O primeiro encontro tinha durado oito horas, o mesmo que uma jornada de trabalho. Enquanto outros bocós na cidade estavam batendo ponto, agradando os chefes e trabalhando o dia inteiro, ele acabara de passar oito horas na companhia de uma mulher que parecia mais adorável a cada momento. Oito horas. Nada mau para um primeiro encontro, Frankie, meu garoto, nada mau mesmo.

Ligou para ela no dia seguinte, porém Ellie estava de saída e não pôde falar. Mas retornou a ligação à noite, e eles conversaram durante três horas. Pouco antes de desligar, Frank perguntou casualmente se ela estava livre para almoçar no sábado. Ela não estava, tinha de tocar num casamento, mas precisava ir até Borders no domingo para pegar um livro que havia encomendado, será que ele gostaria de ir junto? Gostaria muito, mas que tal marcar um almoço rápido antes? Talvez no Ali Baba de novo, se não fosse muito cedo.

Frank chegou ao restaurante decidido a confessar sua mentira. Tinha ensaiado como manter o tom de voz leve, fazendo uma expressão arrependida, admitindo ter ficado um pouco fascinado. Ellie já estava no restaurante quando ele chegou.

— Oi — disse Frank com alegria. Ela se virou na sua direção, mas seu olhar estava frio. Frank sentou do outro lado, de repente sentindo muito medo.

— O que aconteceu? — perguntou com insegurança, mas ela o interrompeu:

— Eu quero perguntar uma coisa. E quero que diga a verdade. Não existe amigo nenhum, não é? E nenhuma festa de aniversário para tocar?

Frank balançou a cabeça, tentando encontrar aquela expressão de cachorrinho arrependido que tinha ensaiado. Mas de repente percebeu como ela via a situação — não como um ardil brincalhão de um homem apaixonado, mas como um engodo de um homem suficientemente implacável para mentir e conseguir o que queria.

— Desculpe — falou. — Eu ia contar isso hoje.

Ellie sacudiu a cabeça furiosamente, e Frank percebeu que o que vira antes como frieza era, na verdade, raiva.

— Uma coisa a meu respeito, Frank. Eu detesto que mintam pra mim. Mesmo as chamadas mentiras brancas. — Balançou novamente a cabeça. — Meu Deus. Eu me sinto tão enganada. Não acredito que caí numa jogada tão óbvia. Só percebi hoje de manhã. Enfim. Acho que a culpa foi minha. — Empurrou a cadeira para trás e se levantou.

— Aonde... para onde você vai?

A voz dela saiu em tom baixo, porém deliberado.

— Para bem longe de você. — Começou a se afastar, mas depois olhou para trás. — E, por favor, não me ligue nunca mais.

Frank continuou sentado, paralisado, observando Ellie se afastar até não conseguir mais vê-la. Não sentiu tristeza. Sentiu raiva. Raiva de si mesmo por ter estragado tudo, por ter mentido para conseguir algo que achava não ter nenhuma chance real de obter de outra maneira. Apenas para perder a garota. E sentia raiva dela por não ter compreendido, por tratá-lo como se ele fosse um malandro qualquer ou coisa parecida, e não um sujeito de vinte e três anos caidinho por uma mulher. Que se dane, disse a si mesmo. Ela não vale a pena. Provavelmente ronca quando dorme. Endureceu o coração, voltando a ser o garoto de doze anos que, quando parou de esperar o pai na varanda, deixou de se permitir sentir falta dele. Aquela raiva o protegia, permitindo que saísse do restaurante sem se dissolver em lágrimas.

As lágrimas verteram assim que ele virou a chave e entrou no apartamento, que de repente pareceu vazio e desolado como um túmulo. Desabou no sofá, os pensamentos percorrendo as diversas fotos que havia clicado nos últimos dias — Ellie debruçada sobre o bloco de notas, Ellie debruçada sobre o violoncelo como uma amante, Ellie escrutinando o rosto dele com olhos que viam tudo —, e então voltou a ser um menino de novo, chorando por suas perdas, com sua dor pela ausência do pai o envolvendo de forma maligna, como um maluco com uma faca, e misturando-se à dor da perda mais recente. Seu lado racional dizia que aquilo era um comportamento insano, que ele mal conhecia aquela mulher, que estava chorando por um fantasma, mas não se sentiu nada aliviado. Ligou o aparelho de som para que os vizinhos não o ouvissem e começou a soluçar, levemente ciente de que os sons que produzia não eram de um homem adulto, mas de alguém muito mais novo. Pensou em ligar para Scott, mas para isso seriam necessárias palavras, e ele estava sem palavras naquele momento.

Ficou sem comer um dia inteiro depois da conversa com Ellie. Quatro dias sem fazer a barba. Mal saiu do apartamento. Ignorou as duas mensagens deixadas pela mãe na secretária eletrônica. Ouvia Jim Morrison todas as noites e tomava duas cervejas antes de desmaiar na cama.

No quinto dia ele acordou cedo, fez a barba e se vestiu. Resolveu parar de agir como um imbecil. Decidiu dar uma volta de bicicleta perto do rio. Encontrou alguns amigos e ficou com eles. Estava contente consigo mesmo quando afinal voltou para casa às quatro da manhã, orgulhoso por ter passado um dia sem lamentar a perda de Ellie. Tomou um banho e quando saiu para a sala percebeu a luz piscando na secretária eletrônica.

— Escuta uma coisa — disse a voz de Ellie. — O fato de eu ter dito pra você nunca mais me ligar não quer dizer que você não deve... *nunca* mais me ligar, sabe?

Começou a discar o número dela antes mesmo de ouvir a mensagem inteira.

Capítulo 15

Todo aquele outono exalou um aroma de melancia. E lenha queimando. O ar era vítreo e transparente. Ellie e Frank andaram como sonâmbulos naquele outono, sob um céu que flutuava como um rio azul e veloz acima deles. Em alguns dias parecia que estavam nos limites da terra, mal conseguindo manter o equilíbrio, quase caindo. Atulhadas de folhas secas e mortas, as ruas faziam aumentar a sensação de obliquidade. As árvores promíscuas sangravam amarelo, vermelho e dourado com tal luxúria obscena que os faziam corar. Michigan nunca pareceu tão lindo ou tão solitário. Os dois passaram horas naquele outono caminhando pelas ruas forradas de folhas de Ann Arbor, passeando pelas margens do rio Huron, seguindo as trilhas do Arboretum. Nos fins de semana evitavam os amigos e dirigiam o Ford amarelo de Ellie até campings próximos para dormir sob as estrelas, olhando para luas que iam de gorduchas e arredondadas a um rabisco prateado no céu. E inevitavelmente faziam amor, faziam amor com tanta ferocidade e paixão que pareciam envolvidos em uma discussão silente e interminável. Fazer amor os deixava exaustos, de olhos fundos, esgotados. Tentaram se afastar e perceberam que não conseguiam. Perceberam que não podiam manter os olhos, a boca e as mãos longe do corpo um do outro, e se surpreenderam ao praticar atos que os chocavam e constrangiam.

Ellie punha a culpa no clima. Esperava que o tempo virasse, para que o frescor do ar se solidificasse em gelo e os libertasse daquele *tableau* de paixão ridícula em que estavam presos. O outono não era uma estação razoável — fazia todo mundo agir de forma um pouco inebriada e desvairada. Ignorava o fato de que seu desvario tinha começado em junho, no segundo encontro com Frank no Ali Baba, quando disse que não queria mais vê-lo. Naquela tarde, afastou-se indignada e tomada pela ira dos justos, mas à noite sentiu uma dor tão aguda no corpo que pensou estar gripada. Quatro meses depois, aquela dor ainda não tinha se dissipado. Não importava quantas horas passasse com Frank, não importava quantas noites ficavam acordados conversando, não importava quantas vezes faziam amor, violenta ou delicadamente, sôfrega ou languidamente, nunca parecia ser suficiente. Ela continuava sedenta por aquele homem, ansiando pela presença dele em sua vida.

Ellie já tinha se apaixonado antes, e era por esse motivo que se sentia tão despreparada para isso. Culpava o clima. Esperava o feitiço se desfazer, como um sonhador despertando de um sonho. Achava que era apenas uma questão de tempo para se cansar daquele homem, esperava a manhã em que Frank saísse da cama e ela não levantasse a cabeça do travesseiro para beber de sua beleza. Rezava pelo dia em que seu lindo corpo escultural lhe causaria indiferença — as pernas longas e musculosas, a pequena cicatriz no joelho esquerdo, as coxas, a covinha nas nádegas, a comovente curvatura da base da coluna, as escápulas que flanavam como as asas de um anjo, a força contida e animal de seu longo pescoço, o rosto que só era resgatado de uma delicadeza quase feminina pela graça de um nariz quebrado. Mas esse dia ainda não tinha chegado. Às vezes, quando via o corpo dele nu, sentia uma espécie uma excitação brusca e violenta, algo que sempre imaginou ser uma coisa masculina. Sentia-se aterrorizada por esse grau de carnalidade, essa nudez de sentimentos, essa lascívia que contradizia toda noção que sempre tivera de feminilidade.

Estar ao lado de Frank a fazia se sentir poderosa, aumentava todos os seus apetites. Jogava palavras cruzadas com um instinto assassino, ria e falava mais alto, até comia mais na presença dele. Ficava sentada na sala com as pernas descruzadas, deixando a própria lascívia se registrar em seus olhos até ver seu reflexo nos dele. Mas não havia nenhum recato, nada de *femme fatale* no comportamento dela. Ao contrário, havia algo de igualitário e transparente nas intimidades sexuais entre os dois. Costumava sair do apartamento dele de manhã vestindo uma de suas camisas, sentindo o cheiro dele no corpo enquanto dirigia para casa, saboreando as dores nos seios e na vagina, deleitando-se com cada marca ou arranhão deixado por ele em seu corpo. De vez em quando se sentia envergonhada de seus pensamentos e atitudes. Mas isso quase nunca acontecia, pois nada que fazia com Frank ameaçava seu autorrespeito. Se ele sugerisse que se vestisse de certa forma, ou se tentasse realizar alguma fantasia juvenil tola, Ellie teria perdido o interesse. Contudo ele nunca fizera isso. Estava simplesmente ali, pronto para encontrá-la no mesmo nível, e a pura intensidade do olhar dele era o único aditivo sexual de que ela precisava.

Apesar de nunca ter estado tão desvairadamente apaixonada por alguém, Ellie tentava se convencer de que já estivera, viajava ao passado e voltava com nomes de garotos de quem mal se lembrava, atribuindo-lhes uma intensidade de sentimentos que nunca tivera enquanto saía com eles. David. Sean. Richard. Jose. Dizia a si mesma que fora louca por todos eles e se lembrava de como tinha se desapaixonado: David, por ter dito que não via necessidade alguma na emenda a respeito dos direitos iguais. Sean, porque havia peidado durante a cena mais importante enquanto assistiam a um vídeo de *Quando duas mulheres pecam*, de Bergman. Jose, por ter confessado ter assistido *Love Story* doze vezes e que até chegara a decorar o filme. Richard, porque o sexo se tornou previsível, tedioso. Esperava que algo assim acontecesse com Frank, contava os dias até o outono se transformar em inverno para que aquele delírio terminasse, para que a febre baixasse.

Em vez disso, no início de novembro ele a convidou para ir a Nova York conhecer seu irmão, Scott. A mãe ainda morava em Grand Rapids na época, mas ele não parecia ansioso para que ela a conhecesse. Ellie sentiu que conhecer Scott era importante para Frank, e por isso quase se recusou. Mas o que saiu de sua boca afinal foi uma proposta — que, se concordasse em ir de carro até Nova York para conhecer seu irmão, eles deveriam parar na volta para conhecer a família dela em Shaker Heights. Assim eu não vou me sentir muito culpada por não passar o Dia de Ação de Graças com a família, disse a Frank, quando na verdade queria apresentar aquele homem cativante à irmã mais velha, Anne, sabendo que ela ajudaria a arrancar o véu de seus olhos com alguns poucos e bem escolhidos dizeres sarcásticos.

O tamanho do céu *183*

O que ela não contou foi com o adorável Scott. Nada do que sabia sobre ele — republicano e admirador de Reagan, conservador e contra o aborto, operador de Wall Street — poderia tê-la preparado para aquilo. Também não estava preparada para sua semelhança física com Frank — apesar de Scott ser alguns anos mais velho, um pouco mais pesado, com cabelos mais escuros e um comportamento mais apático quando comparado à sensualidade felina de Frank, era impossível duvidar que os dois fossem irmãos. Mas o que mais a impressionou foi a maneira protetora, quase paternal, como Scott tratava Frank. Até ver quão protetor Scott se mostrava com Frank, Ellie não fazia ideia de que ele precisasse de proteção. Isso fez Ellie perceber que a maneira crua e casual com que Frank falara sobre sua vida familiar — meu pai foi embora quando eu tinha doze anos, minha mãe criou meu irmão e a mim administrando uma loja de antiguidades em Grand Rapids — tinha sido uma deflexão, uma forma de suavizar a dor e a vulnerabilidade que ainda sentia. Pela primeira vez, Ellie fez uma arriscada pergunta a si mesma: será que o furor sexual que sentia por esse homem seria um dia domado até se transformar em algo estável e consistente como o amor?

As árvores do Central Park estavam desnudas na época, e Ellie sentiu que a trajetória delas refletia o caminho de sua relação com aquele homem enigmático. Os dois tinham se conhecido em plena luxúria do alto verão, quando o ar era quente e rico, continuando o apaixonado romance pela loucura inebriada do outono, quando as próprias árvores eram uma distração. Mas agora o inverno vinha chegando, os ossos nus do universo já estavam expostos. Era o momento de continuar ou parar. Ela decidiu parar.

— Por que minha comunista favorita está tão calada hoje? — provocou Scott quando os três caminhavam ao redor de uma lagoa. — Será que perdeu as citações do Livro Vermelho do camarada Mao? Por que o súbito silêncio?

Ellie deu um murro no ombro de Scott. Com força. Três dias com Scott, e ela já se sentia em família.

— Quem consegue discordar quando os irmãos Benton estão juntos? — perguntou. — E quando faz tanto frio que dá pra ver as palavras congelando quando saem da boca?

Então aconteceu. Assim que Ellie admitiu estar com frio, os dois, um de cada lado, se aproximaram instintivamente, apoiando o braço em seus ombros. Todos deram risada, Frank e Scott constrangidos, Ellie deliciada. De repente ela voltou a se sentir uma menininha, rastejando na cama para se aconchegar em Anne nas noites frias de Cleveland. Para que nenhum dos dois se afastasse, ela abraçou a ambos pela cintura, mantendo-os ao seu lado. Frank deu um beijo no topo de sua cabeça.

— Obrigada — disse sorrindo, então Frank retribuiu o sorriso e a cena congelou, tornando-se um daqueles momentos perfeitos e queridos cuja imagem o cérebro registra e arquiva para uso futuro.

Era um sentimento novo, de ternura. Sentiu-se assustada, duplamente contente por estar indo a Cleveland, onde a irmã mais velha lançaria o típico olhar cético em seu mais recente namorado, trazendo-a de volta ao juízo. A relação com Frank já tinha durado demais, decidiu. Ela acabara de começar seu doutorado, que demandaria toda a sua atenção. Nunca é aconselhável começar um relacionamento novo durante um doutorado, todo mundo sabia disso. O futuro que ela vislumbrava não tinha lugar para um homem cuja verdadeira feição, a profundidade de sua mágoa de infância, estava apenas começando a emergir. No dia seguinte à caminhada no Central Park, ela acordou cedo e resolveu preparar uma tigela de cereais. Mas Scott já estava na cozinha, preparando rabanadas para todos, e não havia nada a fazer a não ser puxar um banquinho e se oferecer para bater os ovos para ele. E, antes que ela percebesse, Scott estava falando com aquela voz mansa e grave, agradecendo por fazer o irmão tão feliz, discorrendo a respeito de Tina, a última namorada de Frank, e como tinha considerado que ela não combinava com o irmão caçula. Tina Tisnada, como ele a chamava. Depois a olhou com aqueles olhos azuis e disse:

— Mas você é de verdade, Ellie. É a primeira namorada de Frank que acho que o merece. — Ellie tentou caçoar, ironizar o amor intenso que ele sentia pelo irmão, mas Scott não quis saber. Continuou sério. — Eu não estou brincando — disse. — Eu sei que esse garoto pode parecer muito leve e brincalhão, mas não é assim. — Depois contou sobre os meses que se seguiram à partida do pai, as vigílias na varanda mantidas pelo irmão, as promessas e barganhas com Deus que ele entreouvia quando passava pela porta do quarto de Frank. Ellie balançava a cabeça, querendo e não querendo saber. Mas as palavras de Scott surtiram efeito. A imagem do garoto de doze anos na varanda da casa, dia após dia, ficou na sua cabeça.

Talvez tenha sido por isso que, assim que os dois saíram da cidade, Ellie arrumou uma briga com Frank. De início ele pareceu perplexo, tentou perguntar o que tanto a aborrecia, mas ela não queria — não podia — dizer. Logo os ânimos de Frank se exaltaram com os dela, e eles passaram todo o trajeto até a Pensilvânia num silêncio quase total. Em determinado momento, ele ligou o rádio e batalhou para sintonizar uma estação com boa recepção. Assim que encontrou, Ellie estendeu o braço e desligou o rádio. Frank ficou exasperado, mas não disse uma palavra.

Depois do almoço, eles estavam mais ou menos reconciliados — Frank chegou a fazer uma tentativa hesitante de enfiar a mão embaixo da saia dela —, mas o dano já estava feito. Quando pararam em Cleveland, às cinco da tarde, os dois não viam a hora de se afastar um do outro. Ellie decidiu que não precisava mais da ajuda de Anne para romper com Frank. Saiu correndo do carro em direção à casa de tijolos vermelhos assim que estacionaram na entrada da casa de Anne.

— Ele é lindo — cochichou Anne quando a irmã foi até a cozinha para preparar um gim-tônica para Frank.

— É, e também é vaidoso e cheio de si.

— É mesmo? — A expressão de Anne era de curiosidade. — Eu o achei muito simpático.

Ellie fez uma careta.

— É mesmo. A maior parte do tempo. É que tivemos uma discussão a caminho daqui.

Anne pegou uma garrafa de gim e serviu doses generosas em todos os copos.

— Sobre o que vocês estavam discutindo?

— Honestamente, eu nem sei bem. Por uma bobagem qualquer... — De repente sua expressão se contorceu. — Acho que estou tentando não me apaixonar por ele, Anne. Não tenho condições de me envolver com alguém neste momento. Estou com tantas coisas pra fazer.

Anne acrescentou gelo aos copos.

— Boa sorte na tentativa de resistir — disse com ironia.

Quando voltaram à sala de estar, Frank estava na janela.

— Parece uma rua bem agradável — comentou educadamente. — Estou vendo que tem muitas crianças.

— É uma rua boa para a criançada — concordou Anne, passando um copo para ele. — Você gosta de crianças, Frank?

Ellie teve um sobressalto, chocada com a obviedade da irmã. Mas Frank não pareceu particularmente ofendido.

— Adoro — respondeu. Voltou a olhar pela janela. — Sua rua me lembra o bairro onde eu cresci. A gente brincava na rua, dia e noite. — Virou-se para Anne. — Você e seu marido pretendem ter filhos?

O que eles estão fazendo? Competindo para ver quem pode fazer a pergunta mais pessoal?, conjecturou Ellie. Olhou de um para o outro e percebeu que ambos estavam sorrindo, ignorando sua presença. Ellie nem tentou esconder o sarcasmo na voz:

— Falando do seu *marido*, a que horas ele chega? — perguntou. — E a que horas mamãe e papai vão chegar?

Anne olhou para ela como se Ellie fosse uma mosca especialmente irritante perturbando um belo piquenique.

— O quê? — perguntou vagamente. — Ah, eu não te contei? Bob está viajando. Uma viagem de negócios de última hora. — Ellie se irritou ao notar que a irmã não parecia muito incomodada. — E os velhos vão chegar lá pelas sete. — Virou-se para Frank. — O que nos deixa tempo de sobra para mais um drinque.

— Claro. — Frank sorriu para Anne. Ellie achou que ele estava tremendamente atraente, mais lindo que nunca. Frank estendeu o braço e tocou de leve na mão de Anne. — Mas deixa eu te ajudar na próxima rodada. — Com isso, a irmã e o namorado saíram da sala em direção à cozinha. Ellie não deixou de notar que nenhum dos dois havia oferecido outro drinque para ela.

A noite foi ficando cada vez pior. Quando os pais dela chegaram, Anne estava dizendo:

— Puxa, Frank, você está quase me convencendo sobre as virtudes de um diploma de administração de empresas. — Ellie balançou a cabeça, estupefata. Anne era praticamente marxista, pelo amor de Deus.

A mãe dela foi seduzida de imediato pelo charme de Frank. E até Ellie teve de admitir que ele se comportava impecavelmente. Insistiu em ajudar Anne na cozinha. Demonstrou conhecimento ao conversar com o pai sobre a última campanha presidencial. E, apesar de ter flertado desavergonhadamente com Anne, fez isso de uma forma não explícita a não ser para ela. A conversa durante o jantar fluiu com uma facilidade surpreendente, ao contrário de alguns jantares empolados para os quais convidara os namorados anteriores. No meio da refeição, Ellie de repente entendeu. Ele está jogando com a gente, pensou espantada. É como se estivesse conduzindo uma orquestra — um sinal de atenção aqui, um sorriso ali, de repente uma piada. Não admira que tenha passado o verão e o outono enlouquecida por esse homem. Mas aquilo era ridículo — Frank mostrava uma promiscuidade total na forma como flertava com todo o seu clã.

Seus pais, que sempre dormiam às dez da noite, só foram embora às onze. E Ellie notou quanto o pai foi vigoroso no aperto de mão que ele e Frank trocaram na saída.

Anne preparou um grande desjejum na manhã seguinte, depois embrulhou sanduíches para o almoço dos dois. Quando estavam na rua, Anne beijou o rosto de Frank.

— Você vai voltar a visitar a gente, ouviu? — disse. Frank abriu um sorriso.

Os dois tiveram conversas erráticas durante o resto do trajeto. Quando chegaram à rua de Ellie, ela emitiu alguns longos bocejos.

— Bom, foi divertido — mentiu. — Mas, cara, eu estou cansada.

— Você não quer que eu entre? — perguntou Frank imediatamente.

Ellie ficou observando enquanto ele estacionava o carro numa vaga apertada.

— Se não se importa, querido, eu tenho tanto trabalho a fazer. A gente se vê por aí?

— A gente se vê por aí? — Frank a imitou. Mas não discutiu a decisão dela.

Ellie se sentiu desolada assim que entrou no apartamento e fechou a porta. Além disso, agora sem Frank ao seu lado, ela não conseguia entender o que ele tinha feito para justificar sua frieza. Ficou andando pelo apartamento, perplexa com o próprio comportamento, sem saber ao certo o que havia acontecido para azedar seu estado de espírito quando eles saíram de Nova York a caminho de Ohio. Ligou a televisão, mas a desligou depois de alguns minutos. Tomou um copo de iogurte. Tirou as roupas e vestiu um moletom. Disse a si mesma que o mínimo que poderia fazer era cumprir a palavra e concluir algum trabalho do curso.

Às sete da noite ligou para o Amazing Wok e pediu comida chinesa. Meia hora depois, a campainha da porta tocou e ela foi atender, o cartão de crédito na mão. Mas no lugar de Lee, o garoto de entrega de dezessete anos, era Frank. Seu coração disparou ao vê-lo, e foi tudo o que conseguiu fazer para não se jogar em seus braços. Mas sua expressão severa a deteve. O coração disparou mais uma vez, agora por causa do medo.

— Qual é o problema? — perguntou, imaginando se ele teria vindo para romper o namoro.

— Nenhum — ele respondeu, entrando na sala sem pedir permissão. — Virou-se para ela. — Todos.

— O que você está dizendo?

— Estou dizendo que, desde que nos conhecemos, você vem procurando uma razão para me deixar. Achei que conhecer meu irmão a convenceria de que eu não sou... sei lá, um lobisomem ou coisa assim. Mas aconteceu o contrário. Não sei o que Scott andou falando, mas você ficou muito assustada. E o mínimo que pode fazer é me contar exatamente por que está me dando o fora.

Ellie ficou olhando para ele sem conseguir dizer nada. Fizera aquela mesma pergunta a si mesma poucas horas atrás.

— Eu estou com medo — disse sem perceber. Depois, para disfarçar: — E você paquerou desavergonhadamente a minha irmã. Minha irmã casada.

— Não seja ridícula. Você sabe que não consigo nem olhar pra outra mulher no momento. Eu só estava sendo legal com sua irmã pra te impressionar.

Agora os dois estavam em território seguro.

— Tudo isso é bobagem — disse Ellie. — Você estava sendo um panaca, e além do mais...

— Ellie — interrompeu Frank, dando um passo na sua direção e pegando-a pelos ombros. — Chega. Para com isso. Você está mudando de assunto e sabe disso. Diga a verdade... O que eu fiz para merecer essa atitude?

— Eu não sei! — ela respondeu, gritando. Tentou se livrar das mãos dele, mas Frank manteve a pressão. — Eu não sei — repetiu.

— Escuta — começou Frank, sacudindo-a de leve. — Eu também não estava procurando por isso, sabe? Não tinha planos de me apaixonar. Mas me apaixonei. Ellie, só consigo pensar que não quero passar um dia sem você.

O tamanho do céu *189*

— O que você está dizendo?

— Que eu quero me casar com você. Que quero passar o resto da minha vida ao seu lado.

— Como você pode ter certeza? Quer dizer, você é tão novo, Frank. E se... se nós conhecermos alguém daqui a seis meses?

Frank a olhou com tristeza.

— Se você precisa fazer essa pergunta, acho que isso me diz alguma coisa.

Ellie desviou o olhar da tristeza que viu em seu rosto. Eu nunca quis causar nem um dia de tristeza a esse homem, pensou. Inclinou-se e recostou o rosto no peito dele.

— Desculpe — disse. — Eu nem sei mais o que estou dizendo. Não sei por que estou com tanto medo. Eu nunca me senti tão próxima de alguém antes, e isso me apavora. Acho que tenho medo de confiar nisso por sentir que pode acabar. Entende o que estou dizendo?

Frank passou a mão no cabelo dela.

— El, escuta uma coisa. Eu sei que não sou um grande partido. Saco, nem sei quanto tempo vou demorar até encontrar um emprego depois de me formar. Mas posso prometer uma coisa... Eu sempre vou tentar fazer você feliz. E você sempre vai poder confiar em mim. Eu nunca vou te abandonar.

E Frank cumpriu a palavra. Um ano depois eles estavam casados, e Ellie sempre pôde confiar nele. Sempre, até a fatídica noite da morte de Benny, quando ela precisou de Frank mais do que nunca, e ele a abandonou para cuidar do próprio coração arruinado.

Livro três

Verão de 2005
Ann Arbor, Michigan

Capítulo 16

Nunca o mundo pareceu tão cruel em sua abrangência e indiferença como no dia em que Frank se agitava no assento daquele avião. Vamos, vamos, pensou, suas mãos agarravam o encosto e ele se debruçava para a frente, como se o simples momentum de sua impaciência fosse capaz de tornar o jato mais veloz. Lembrou-se de quando Benny era pequeno e viajava no banco traseiro do carro, como ele costumava empurrar o assento do passageiro com os pés, achando que aquilo faria o veículo andar mais depressa. Benny. O som do nome do filho nos lábios já fazia o coração de Frank estremecer de amor e medo. Nada poderia dar errado com Benny. Nada. Ele nunca sobreviveria a algo assim. Diabos, ele quase tinha desmaiado quando Benny quebrara o pulso no parquinho alguns anos atrás. A simples ideia de seu amado garoto estar sentindo alguma dor provocava algo em Frank que ele não sabia como definir. E também um sentimento que reconhecia — uma sensação de fracasso. Afinal de contas, era seu dever defender e proteger o garoto. Sua missão, sua responsabilidade, sua carga preciosa. Ele era mais do que um pai — qualquer bundão poderia ser pai, será que ele não sabia disso? Ele era um bom pai. Era o que queria ser. A qualquer preço, pagando com a própria vida se necessário. Mas, por favor, santo Deus, Benny tinha de estar bem. Tinha de estar sentado na cama, dando risada enquanto tomava um sorvete, na hora em que Frank chegasse em casa.

Não em casa, corrigiu-se. No hospital. Era onde Benny estava. Estão falando em transferi-lo para a UTI assim que estiver estável, Ellie sussurrara na primeira ligação do pronto-socorro. E, Frank, ele está entubado. Frank a odiou naquele momento por ter dito aquelas palavras. Sentiu uma raiva que era nova e antiga. Nova porque nunca tinha sentido raiva de Ellie antes. Antiga porque foi o que sentiu pela mãe nos meses seguintes à partida do pai. Se você o amasse mais, ele não teria ido embora, disparou certa vez, sentindo-se mortificado e contente ao ver o rosto da mãe empalidecer. Agora sentia o mesmo tipo de ressentimento em relação a Ellie. Por ter dado aquela notícia pelo telefone, às seis da tarde, numa noite tranquila de Bangkok. Frank estava no bar do hotel tomando um drinque com o sr. Shipla, o homem da HerbalSolutions na Tailândia.

— Oi, querida — atendeu Frank, animado com a agradável surpresa de Ellie estar ligando àquela hora da noite, esquecendo por um segundo que ainda nem havia amanhecido em Michigan. Em seguida, ao ouvir a preocupação velada da voz dela, o gim que bebericava queimou no estômago. E ele sentiu aquela raiva aguda e inevitável de Ellie, como se quisesse empurrar com a mão as palavras de volta para sua boca.

— Os médicos dizem que ele está muito doente, Frank. É melhor você voltar para casa.

Shipla foi maravilhoso. Disparou telefonemas como um fanático para embarcá-lo num voo naquela mesma noite. Eu preciso ir logo, dizia enquanto andava frenético pelo quarto do hotel, jogando as roupas que encontrava na grande sacola de viagem. Finalmente o colocaram num voo para Paris, e Shipla prometeu uma conexão até Detroit antes mesmo de Frank aterrissar no aeroporto Charles de Gaulle.

— Ligue para Pete — disse Frank ao seu colega tailandês quando saiu do carro no aeroporto internacional de Don Muang. — Ele vai saber o que fazer.

Teve de esperar sete horas no De Gaulle, e Frank nunca detestou tanto um aeroporto como naquele dia. Sentiu-se ofendido pelos bares servindo martínis, pelas luminosas e resplandecentes lojas do free shop vendendo perfumes e chocolates, toda aquela gente alegre, contente e ativa andando de um lado para o outro enquanto seu filho se encontrava num leito de hospital, emaranhado em tubos plásticos. Olhava para o relógio digital na parede a cada minuto, praguejando em voz alta sem querer. Controle-se, Frank, advertiu-se, mas não havia como se controlar. Seu âmago parecia ter entrado

194 Thrity Umrigar

em colapso, substituído por um temor vaporoso, um gás preenchendo as cavidades de seu corpo. Tinha a impressão de que sua ligação com o mundo havia se rompido. Não conseguia acreditar. Enquanto esperava no aeroporto de Paris, rodeado por toda aquela riqueza e coisas materiais que o mundo tinha a oferecer, seu filho estava numa batalha existencial contra... — Frank balançou a cabeça. Não deixaria seu cérebro conjurar aquela temível palavra.

Tirou o celular do bolso e ligou mais uma vez para Ellie. Já tentara ligar seis vezes depois que chegou em Paris, mas ela não estava atendendo. Após deixar um recado irritado da primeira vez, lembrou que provavelmente ela não podia usar o telefone no hospital. Deixou uma segunda mensagem, agora mais delicada, repetindo as informações sobre sua chegada, dizendo-lhe que ficasse esperando lá mesmo, que chegaria em casa logo e todos estariam juntos novamente. Então digitou o número sem esperança de que ela pudesse atender e sentiu uma pontada no estômago quando ela respondeu:

— Alô?

— Querida? Sou eu. Como você está? Como ele está?

— Acabei de dar uma saída pra retornar sua ligação — disse Ellie, e mesmo àquela distância ele percebeu quanto a voz dela estava rouca e cansada.

— Então... como ele está?

— Não está bem. — Frank ouviu um soluço na voz dela. — Nada bem. Eu estou com medo, Frank. Acho que ele não... Talvez ele não resista.

Frank travou o maxilar, mas sua voz soou delicada quando falou.

— Calma, querida — tranquilizou. — Não diga isso. Não é o momento para desistir. Nós é que temos de salvar Benny. Esses médicos não sabem de tudo.

— Ele perguntou por você pouco antes de ser transferido para a UTI — disse Ellie, e Frank sentiu o mundo desabar ao seu redor. Olhou em volta com os olhos injetados de sangue, e tudo pareceu transformado; as lojas imaculadas e resplandecentes derreteram em regatos de ouro e vidro líquidos; as pessoas que passavam, coradas e atarefadas, parecendo tolas e absurdas. O filho perguntara por ele, mas ele não estava lá. Seu filho se encontrava doente, morrendo, e ele não estava ao seu lado, segurando sua mão, falando com ele, puxando-o de volta para a terra dos vivos.

— Frank? — disse Ellie. — Você está aí?

Frank piscou algumas vezes antes de voltar a falar.

— Diz pra ele que estou chegando — murmurou. — Diga para... esperar até eu chegar.

Ouviu um ruído de fundo no outro lado da linha antes que Ellie dissesse:

— Estou recendo uma mensagem no pager. Preciso desligar.

— Me liga — bradou Frank. — Se alguma coisa acontecer... deixe uma mensagem no meu celular.

Quando Frank finalmente decolou, Paris parecia esverdeada e tranquila da janela do avião. Mas Frank não acreditou. De repente o mundo parecia sinistro, maligno, um lugar onde um garotinho com o sorriso mais meigo do mundo poderia estar lutando pela vida. Sentiu-se como se estivesse contemplando os ossos calcinados do universo, no poço medonho do centro de toda a existência. Um poço que em geral era recoberto de grama e árvores, de borboletas e girassóis. Sentiu-se ingênuo por ter acreditado que o mundo era um lugar benigno, regido por um Deus generoso e benevolente. Agora enxergava claramente — a beleza do mundo era uma distração, um truque cujo objetivo era tornar suportável a inevitabilidade da morte.

Preciso de uma bebida, pensou. Até agora ele tinha recusado o álcool grátis que a sorridente comissária de bordo vinha oferecendo. Mas então apertou o botão e pediu um *bloody mary* para apaziguar os tremores que insistiam em atacar seu corpo em ondas, desgastando as arestas de seus pensamentos.

Depois do segundo drinque, alguma coisa se soltou nele. Pegou o telefone no encosto do assento à sua frente e digitou o número do celular de Scott.

— Scotty? — disse assim que ouviu a voz do irmão. — Sou eu.

— Ei. — Scott parecia sem fôlego, como se tivesse acabado de correr uma milha. — Estamos entrando no hospital neste minuto.

— Você está em Ann Arbor?

— Estou. Acabei de chegar. Ellie não te contou?

— Não. Eu quase não consigo falar com ela. Estamos sempre nos desencontrando. Como você... Mamãe está com você?

— Sim, claro. Quer dar um alô pra ela? — Antes de poder responder, Frank ouviu a voz da mãe dizer:

— Querido? Como você está?

Frank tentou falar mais baixo, incomodado com o fato de um italiano do outro lado do corredor estar ouvindo tudo o que dizia.

— Tudo bem, mãe — respondeu. — Fazendo o possível pra chegar logo em casa. — Engoliu em seco. — Dá um beijo nele por mim, tá, mãe?

O tom de voz de sua mãe era calmo.

— Claro que sim, querido. E pare de se preocupar. Agora que a avó dele chegou, Benny vai ficar bem. Você vai ver.

O coração de Frank afundou quando percebeu que não acreditava nas palavras da mãe. Mesmo assim, abriu um sorriso amarelo ao telefone.

— Obrigado, mãe. Posso... posso falar com Scott um segundo?

Ouviu um farfalhar e, em seguida, o tom grave de Scott novamente.

— Ellie tem o horário do seu voo, Frank?

— Acredito que sim. Eu deixei no celular dela. — Frank hesitou. — Scotty, preciso que você me faça um favor. Converse com Benny, diga que o papai está a caminho e que ele precisa... aguentar firme.

Frank ouviu o falseio na voz de Scott.

— Você só precisa chegar aqui, garoto — resmungou Scott.

— Estou tentando. Se achasse que chegaria mais depressa sequestrando um avião, eu já teria feito isso. — Tarde demais, percebeu que tinha escolhido um local inoportuno para proferir aquelas palavras incendiárias. Mas, quando olhou para a mulher ao lado, notou os fones de ouvido espetados em suas orelhas. Ela não tinha escutado. Tampouco as demais pessoas, graças a Deus.

— Fique bem, Frankie — disse Scott. — Ele está nas mãos de Deus, Frank. Reze.

E Frank rezou. Rezou a Deus, brigou com Deus, argumentou com Deus durante todo o longo voo de Paris a Detroit. Reclinou o assento com os olhos bem abertos, fitando a cabine escura. Escuta, disse, faz muito tempo que não te peço nada. Desde que meu pai foi embora, para ser exato. Então acho que tenho uns vales a receber, não? Embora, pra ser franco, você não tenha me dado muitas razões para pedir alguma coisa ao longo dos anos. Considerando tudo, até que você foi generoso. Na verdade, tenho tudo o que desejo — uma grande mulher, um bom emprego, um lindo filho. E é só isso que estou pedindo, para conservar o que já tenho. Não quero nada mais. Porque se você retirar o que nos deu, bom, isso vai ser um truque sujo e barato, não acha? Você é melhor do que isso, certo, Deus?

Percebeu a raiva, a contestação em sua voz e se conteve. Scott lhe disse para rezar, implorar, e o que ele estava fazendo era rosnar para Deus.

E assim ele tentou. Jesus querido, começou novamente. Não tire meu filho de mim. Eu não vou conseguir sobreviver a uma coisa dessas, por favor, Deus. Pode me castigar do jeito que quiser, Deus querido, eu vou aceitar. Mas não isso. Não Benny. Fez mais algumas tentativas de continuar nesse tom, prometendo coisas a Deus, barganhando, mas logo desistiu. Porque aquilo lembrava demais aqueles terríveis meses depois que o pai tinha ido embora. Pensou naquele garotinho andando pela varanda ou deitado na cama à noite, ouvindo o barulho de portas de carro batendo, e seu estômago revirou diante da indiferença de um Deus que assistira a tudo aquilo em silêncio. Que espécie de pai trata os filhos de maneira tão vil? Como alguém todo-poderoso, alguém com a capacidade de operar maravilhas com um gesto faz tão poucos milagres? Como um ser onipresente pode não saber das chorosas fragilidades do coração humano e, se souber, como pode não se comover pela piedade? Como consegue testemunhar todo esse sofrimento tendo o poder de acabar com ele? Em um ser humano essas características seriam desprezíveis, vistas como o epítome do mal, coisa de tiranos, criminosos de guerra e psicopatas.

Bem, se não conseguia pedir ou barganhar com Deus pelo filho, ele lutaria pela vida de Benny, engalfinhando-se pelo direito de manter o que era dele. Pois Benny pertencia a este mundo, à terra dos mortais, ao lado de Ellie e dele. Entraria naquele hospital em algumas horas e manteria vigília sobre o filho, não sairia de perto de seu leito pelo tempo que fosse necessário. E Benny deixaria o hospital o seu lado.

Voltou a ligar para Scott assim que o avião aterrissou em Detroit, desejando que o irmão atendesse o telefone.

— Como ele está? — perguntou assim que ouviu a voz de Scott.

— Está vivo — respondeu Scott, e o corpo de Frank estremeceu de alívio. Benny estava vivo. E agora ele se encontrava na mesma cidade que o filho, e não pairando no céu, fazendo companhia a uma deidade da qual não gostava muito no momento. — Onde você está? — perguntou.

— No aeroporto, perto da recepção de bagagens. A gente se vê daqui a alguns minutos.

Pete Timberlake acompanhara Scott até o aeroporto. Frank percebeu que os dois se mostraram surpresos com a sua aparência — as roupas amarrotadas, a barba por fazer, os olhos vermelhos —, o que provocou um constrangimento momentâneo.

— Ei — disse ao irmão, que tirou a sacola de sua mão e a jogou no porta-malas aberto. — Obrigado por ter vindo, Pete — acrescentou.

Pete lhe deu um abraço de urso.

— Você está brincando? — disse, antes de dar um passo para trás. — Você está firme, parceiro?

Frank deu de ombros e entrou no automóvel assim que Scott deu a volta e acomodou o corpanzil no lugar do motorista. Arrancou com o carro antes de Frank sequer afivelar o cinto de segurança. Frank virou-se para o irmão mais velho.

— Como está Ellie? — perguntou em voz baixa.

Scott lhe lançou uma olhada rápida.

— Está aguentando — respondeu. — Ansiosa pra você chegar logo.

Frank assentiu.

— Você... deu meu recado ao Benny?

— Dei. — Scott mordeu o lábio inferior. — Mas, Frankie, eu vou dizer uma coisa. Ele está fora do ar. Os médicos dizem que não está em coma, tecnicamente. Mas não sei dizer se ele consegue ouvir o que estamos dizendo. E eu preciso preparar você para isso... ele... foi colocado num respirador.

Frank olhou pela janela, com medo de perder o controle do próprio corpo. Tentou obrigar o cérebro a ignorar o que o irmão tinha acabado de dizer, limpar a mente para se livrar da imagem horrível que começava a se formar. Sentiu a mão de Scott em sua coxa, mas ignorou. Sua tarefa era limpar da mente o entulho das palavras de Scott. Estava tão envolvido nessa tarefa benigna que ouviu os sons medonhos que saíram de sua boca ao mesmo tempo que os outros, e se assustou da mesma forma. Era o som de um animal com uma bala na pata, que era como se sentia, ferido, aleijado, indefeso.

O carro deu uma guinada. Scott estava virado no assento, uma das mãos no volante, a outra no irmão.

— Frankie — disse. — Está tudo bem, garoto. Está tudo bem. Ele vai ficar bom. Tem um monte de gente rezando por ele.

Mas os grunhidos animalescos não pararam. Frank dobrou o corpo na altura da cintura e inclinou-se para a frente, as mãos apertando o estômago.

Os sons que saíam dele eram tão antigos como o próprio mundo. Ele nunca soubera que a voz humana era capaz de tal variação. Sabia que estava deixando Scott preocupado, sentiu que deveria tranquilizá-lo, mas a fala humana parecia além de sua capacidade no momento. Foi tomado por um medo tão grande que se sentiu engolido vivo. Parecia quase pré-histórico, existencial. Nem parecia mais que Benny havia vivido com ele por apenas sete anos. Tinha a impressão de que Benny vivera com ele para sempre, sendo parte de sua carne, com suas iniciais cravadas em cada célula de seu corpo para toda a eternidade. Era como se Benny tivesse começado a existir desde o nascimento de Frank, como se tivessem crescido juntos, irredutíveis, e a perspectiva de perder o filho era como perder a própria pele. Não existia uma linguagem humana abrangente o bastante para expressar tal perda. Havia apenas sons. Como o uivo de um cachorro demente, o relincho de um cavalo com a pata quebrada, o guincho de um porco com a garganta cortada. Só que mais antigo, até menos específico que isso. Era o som de um universo órfão. Um vagido, um uivo, um gemido, um lamento que parecia sair das entranhas da terra.

— Frank — disse Scott afinal. — Quer que eu pare o carro?

— Não — ele conseguiu resfolegar. — Continue o mais rápido possível. Eu quero ficar com meu filho.

Scott passou por três sinais vermelhos consecutivos enquanto se aproximava do hospital. Estacionou na porta da frente, e Pete saiu do carro com Frank.

— Por aqui — disse Pete, e os dois entraram no longo corredor que levava à UTI infantil.

A sala de espera da UTI estava lotada. A mãe dele estava lá, claro, Bob e Anne e os pais de Ellie. Metade dos amigos e vizinhos também estava lá, e Frank teve a impressão de que nenhum deles se atrevia a olhá-lo nos olhos quando entrou e deu um rápido abraço na mãe. Percebeu a garganta apertando com um ressentimento que não deveria sentir. Por que todos estavam ali? Ele só queria ver toda aquela gente reunida para comemorar ocasiões felizes — aniversários de Benny, a formatura do ensino médio, a formatura na faculdade, o dia de seu casamento. Ele não tinha convidado ninguém para esse evento.

— Onde está Ellie? — perguntou à mãe, mas Pete já o puxava para fora da sala, na direção de imensas portas de metal. Assim que entraram,

Frank notou o quanto as luzes eram mortiças ali e como a unidade era silenciosa. Um medo gelado o assolou quando percorreram a curta distância até o quarto de Benny.

Frank quase gritou quando viu Ellie conversando com uma enfermeira no corredor. Ele tinha viajado para a Tailândia apenas cinco dias atrás e retornava para encontrar outra mulher. Ellie encolhera. Envelhecera. Havia rugas no seu rosto que antes não estavam lá. Os ombros estavam arqueados em uma postura de derrota. Os lábios se curvavam para baixo. Mas o que o matou foram os olhos dela. Olhos de gralha, como ele sempre os chamou, cheios de malícia e alegria. Os olhos que o fitavam agora eram amigáveis, porém mortos. Ellie o olhava demonstrando reconhecimento, gratidão, até mesmo amor, mas havia outro olhar por trás daqueles olhos. E foi esse outro olhar que o assustou. Que disse quanto seu filho estava desesperadamente doente.

Frank foi até ela e a beijou no rosto.

— Estou aqui — falou. Queria dizer mais alguma coisa, mas sua voz falseou. — Estou aqui, querida — disse afinal. — Nós vamos sair dessa.

Ellie descansou o rosto no ombro de Frank por um breve segundo. Depois olhou para ele, estudando seu rosto.

— Não quero que você entre em pânico quando vir Benny, tá? Promete?

— Prometo — respondeu Frank, e foi bom ter feito isso, pois precisou de todo o autocontrole para não gritar quando viu Benny no leito do hospital, quando viu o corpo miúdo do filho sob o emaranhado de tubos e drenos que passavam por cima dele. Ouviu o bafejar regular do respirador e pensou se algum dia tinha ouvido um som tão escabroso. Mas o que realmente o desmoronou foi a urticária que lhe cobria as mãos, o pescoço e o rosto. Quando Ellie falou sobre a urticária pelo telefone, Frank imaginou algo mais sutil e delicado, como um lenço arroxeado recobrindo seu rosto. Nada o havia preparado para a brutalidade do que via. Aquela urticária, aquelas bolhas roxas, pareciam um ataque, uma invasão de um exército genocida. Mordeu o lábio inferior, olhou para as mãos de Benny e viu seus dedos enegrecidos. Como ele amava aquelas mãos. Fora a primeira parte do corpo do filho que ele havia beijado, minutos depois de o bebê ter sido posto em seus braços pela primeira vez. Adorava a fofura gorducha daquelas mãos quando o garoto começou a andar, a suavidade de sua pele. Tinha beijado aqueles dedos um por um e os segurado entre os lábios. E, antes de completar o seu gesto, sabia que era uma das últimas vezes que tocaria o corpo ainda vivo e respirando do filho.

Ellie emitiu um som ao seu lado, como o guincho de um pequeno animal. Frank direcionou o olhar aflito para ela, incapaz de impedir que seu último e traiçoeiro pensamento se revelasse em seu rosto. Todas aquelas resoluções anteriores de entrar no hospital e consolar Ellie, de se inclinar até o ouvido de Benny e sussurrar, pedindo para ele lutar, *lutar*, o abandonaram ao contemplar a terrível face da realidade. Frank se sentiu paralisado, agradecido por suas pernas ainda serem capazes de sustentá-lo. Olhou para a esposa, que claramente precisava dele, com algo que se aproximava de ressentimento. Sentia-se esgotado, oco, em choque. A carga das expectativas de Ellie pesava sobre ele, bem como a percepção difusa de não estar à altura do desafio de consolá-la, de que fracassaria nesse sentido. Ficou em silêncio ao lado do leito do filho, os olhos dardejando entre o monitor e o rosto marcado de Benny.

— Ben — murmurou. — Benny. Eu estou aqui. Estou em casa, Ben. E não vou sair de perto de você, nem por um minuto. — Tomando cuidado para não puxar um dos tubos, Frank acariciou os cabelos do filho.

— Até algumas horas atrás, eu nem podia tocar nele — disse Ellie em tom monocórdio. — Disseram que ele ainda estava contagioso, por isso tínhamos que usar máscara. E também tivemos que tomar antibióticos. Como se eu ligasse. Como se eu quisesse continuar a viver se algo acontecer ao Ben.

— Não diga isso — ciciou Frank, furioso. — Não vai acontecer nada com ele. — Pelo canto dos olhos, Frank viu que Scott tinha entrado no quarto. Observou o irmão colocando o braço ao redor dos ombros de Ellie. A simplicidade do gesto encheu Frank de vergonha e amor. Ellie estava acordada fazia quase trinta e seis horas, lembrou a si mesmo. Vendo o sofá no outro lado do quarto, Frank disse: — Ellie. Por que não tira uma soneca por alguns minutos? Eu posso assumir agora.

Ellie o ignorou.

— Eu não sabia quanto te contar por telefone — explicou. — Não queria deixar você assustado. De qualquer forma, a urticária não estava tão feia quando eu o trouxe ao hospital. Desde então ela se alastrou bem mais...

Frank sabia o que tinha de fazer.

— Quando o médico veio pela última vez? Eu quero falar com ele. Talvez para transferir Benny para um hospital maior. É ridículo que eles não consigam dominar nem a febre.

Scott virou-se para Frank.

— Nós já pensamos em tudo isso, Frank — disse em voz baixa. — Na verdade, Ben está tendo o melhor tratamento aqui. Além disso, acho que não é uma boa ideia fazer uma transferência com ele nesse estado. Este hospital é bem grande. Você sabe disso.

Frank abriu a boca para protestar, mas Scott manteve seu olhar, e foi Frank quem desviou os olhos.

— Então o que fazemos agora? — murmurou, incapaz de olhar para Ellie.

— Esperamos — respondeu Scott. Seus olhos brilhavam no momento em que olhou para Frank, e, quando voltou a falar, sua voz era calma, porém firme. — E vamos fazer o que for melhor para Benny.

Às cinco da tarde, Ellie adormeceu no meio de uma frase.

— Ela está exausta — disse Scott para o irmão, apenas mexendo os lábios. — Vamos deixar que durma por algumas horas. Nós podemos esperar lá fora.

Frank se levantou hesitante, sabendo que Ellie precisava dormir, mas relutando em deixar seu posto no quarto de Benny, mesmo que por alguns minutos. Quando chegaram à porta, virou-se para Scott e cochichou:

— Aguarde na sala de espera. Eu vou ficar quietinho ao lado do leito de Ben. Não vou acordar Ellie, prometo.

Puxou um banco sem fazer barulho e sentou, pousando a mão sobre o pulso do filho. Olhou para o rosto espectral de Ben em busca de algum sinal, de um pequeno gesto, do menor movimento que lhe desse uma razão para continuar tendo esperança. Mas os olhos de Benny continuaram fechados, a boca aberta à força pelo tubo de plástico transparente do respirador que o mantinha vivo. Continuou olhando para aquele rosto amado por trás da máscara arroxeada que o recobria. Com exceção do gorgolejar do respirador, o quarto estava em silêncio. Frank já estava sem dormir havia trinta horas e começava a ser solapado pelo sono. Lutou para ficar acordado, obrigando os olhos a continuarem abertos, revirando-os de um lado para o outro. Sentiu que estava sendo vencido e, pela primeira vez desde que havia recebido a terrível notícia, sentiu uma estranha paz. Ele estava em casa. Na penumbra de um quarto silencioso, com a mulher e o filho. E Benny estava vivo. Estavam juntos em uma bolha, à deriva numa ilha sombria e estranha, rodeados por estranhos monstros de plástico. Mas estavam juntos. E Benny estava vivo. Isso era primordial. Estavam todos vivos, ainda que a respiração de seu filho dependesse de um ser frio e mecânico. Eu poderia me acostumar com isso, pensou, a passar meus dias nessa vigília ao lado do leito. Santo Deus, mesmo isso, dias e dias falando e tocando num filho que não correspondesse à fala e ao toque, seria melhor que não ter Benny no mundo. Eu me conformaria com isso se fosse o melhor que você pudesse oferecer.

Seu canalha egoísta, repreendeu a si mesmo. Essa é a vida que você deseja para o seu filho, essa infelicidade de estar acorrentado a uma máquina? Lembrou-se do que Scott dissera — que teriam de fazer o que fosse melhor para Benny. Por favor, Deus, orou. Não me coloque nessa posição. Não deixe esse momento chegar, nunca. Não me peça o que não deveria ser pedido a nenhum homem. Deixe que eu saia deste hospital com meu garoto, e nunca mais pedirei nada.

Benny morreu pouco depois das seis da manhã do dia seguinte. Todos estavam reunidos em volta do leito. Ellie e Frank em cada um dos lados da cama, segurando as duas mãos dele. Com uma voz trêmula e baixa, Ellie cantou "Kisses Sweeter than Wine", uma das canções favoritas de Benny. Depois beijou sua testa úmida e febril, dizendo:

— Tudo bem, querido. Você foi realmente um garoto corajoso, mas não precisa lutar mais, tá? Pode relaxar.

Frank queria que ela parasse, pois, mesmo depois que o médico da noite comunicou, às duas da madrugada, que era o momento de reunir a família para fazer as despedidas, mesmo depois que o dr. Brentwood informou que o último exame de laboratório tinha mostrado uma sépsis avassaladora, mesmo depois de ele, Frank, ter saído do quarto para chamar Scott de volta ao hospital, ele ainda se agarrava a um fio de esperança maluca, ainda esperava um milagre. Queria dizer a Benny exatamente o contrário do que Ellie estava dizendo: em vez de pedir para se soltar, queria exigir que o filho lutasse, se engalfinhasse com aquele demônio sombrio, que se levantasse do leito de morte e assumisse seu lugar de direito. Você não tem nada a ver com este quarto de hospital fedorento, Ben, ele queria dizer. Você tem de estar no campo de beisebol com seu time, nadando no lago Seaflower e indo às aulas da London Elementary. Você tem de estar na cama entre mim e sua mãe nas manhãs de domingo, ao meu lado no carro nas tardes de sábado, quando eu o levo para jogar beisebol. Você tem de estar na praia do Hilton Head durante o verão, no seu pequeno trenó na colina atrás da nossa casa no inverno.

Frank fechou os olhos, quase sorrindo consigo mesmo ao pensar num exuberante Benny descendo a encosta no seu trenó azul no inverno anterior, o cabelo loiro cintilando como um chá ralo à luz do sol invernal. Com os olhos ainda fechados, ouviu Ellie gritar:

— Ó Deus, Ben, não! — Quando abriu os olhos, seu filho estava morto.

O quarto oscilou, endireitou, voltou a oscilar. Nessa oscilação, viu Ellie se atirando sobre o corpo de Benny. Cuidado, quis dizer, mas uma teia de aranha tapava sua boca e ele não conseguiu falar. E agora a teia se espalhava pelos olhos, pois estes tinham se transformado em fendas que só podiam ver metade do mundo. Scott estava dizendo alguma coisa, mas Frank só conseguia ouvir umas poucas palavras, como numa ligação ruim de celular. Piscou, tentou se concentrar no que Ellie estava dizendo, tentou ver o rosto dela por inteiro, mas parecia uma pintura cubista — podia ver sua boca aberta, sofrida, entendeu o terror de seus olhos, seguiu o trajeto de uma única lágrima. Mas não conseguia organizar tudo aquilo.

O que finalmente quebrou o feitiço foi a mão de Ellie. Ela passou o braço por cima do corpo de Benny e pegou na mão dele.

— Frank — gemeu. — Frank, fale comigo.

Frank viu uma nuvem afunilada de palavras saindo da própria boca. Viu a reação no rosto expressivo de Ellie e soube que estava dizendo todas as coisas certas. E ficou contente. Orgulhoso de si mesmo e da animadora nuvem em forma de funil que produzia. Mas por dentro, por *dentro*, ele não estava mais lá. Estava vagando pelos dilacerantes dilemas de seu coração árido e ressecado.

Capítulo 17

A DECEPÇÃO ERA UM SENTIMENTO NOVO. Desde o dia em que conhecera Ellie, Frank sempre se sentiu orgulhoso dela. Ellie era daquelas pessoas que se distinguem em tudo o que fazem — era uma talentosa violoncelista, concluíra o programa de doutorado com louvor, era uma respeitada terapeuta. Sem mencionar a maravilhosa amante e parceira, além de mãe dedicada. Motivos pelos quais ele não conseguiu entender o que a fizera cochilar sabendo que Benny estava com febre. Acreditava quando ela dizia que a febre tinha baixado no momento em que adormeceu, mas será que ela não poderia ter dormido no quarto de Benny naquela maldita noite? A pior parte era a de não poder falar sobre esse ressentimento com ninguém. Tentou expressar seus pensamentos a Scott um dia antes do funeral, mas o irmão mais velho olhou para ele antes de dizer: "Não foi culpa da Ellie, Frankie. Não foi culpa de ninguém. Você ouviu o que o médico disse. Algumas horas não teriam feito diferença nenhuma". Mas Frank não conseguia aceitar. Algumas horas poderiam ter feito toda a diferença do mundo. Mais algumas horas de antibióticos, soro, medicamentos para a pressão sanguínea — quem sabe quanto teriam ajudado? Pelo menos ele teria recebido o telefonema de Ellie com maior antecedência, e talvez isso resultasse num voo que o levasse mais cedo de volta para casa, e teria um precioso tempo a mais ao lado do leito do filho.

Virou-se na cama, sabendo que deveria descer para ficar com Ellie, que já tinha acordado horas atrás. Mas não se levantou, retido na cama por outra lembrança, uma lembrança que já varrera para um canto mal iluminado da própria mente. Mas que agora alimentava seu ebuliente ressentimento em relação a Ellie. Frank se lembrava de que, na noite anterior ao seu aborto espontâneo, Ellie saíra com uns amigos da faculdade. Foram a um clube de dança onde tocava uma banda de salsa. Ellie chegou em casa às duas da madrugada, feliz e cansada, gabando-se de ter dançado por três horas seguidas. Seis horas mais tarde, começaram as pontadas. Ela abortou poucos dias depois, e, embora nenhum médico tivesse estabelecido uma relação, Frank meio que conjecturava se a dança não havia contribuído para o aborto. Agora sentia uma nova onda de raiva com aquela lembrança. Descuidada, ela é tão descuidada, murmurava para si mesmo, embora a parcela racional de seu cérebro dissesse que estava sendo injusto. Mas aquilo o fazia sentir novamente a perda do bebê. À época, os dois ficaram arrasados, mas não inconsoláveis — Benny era a estrela mais brilhante da vida deles. Os dois se prometeram tentar de novo, mas, mesmo que não acontecesse, eles já eram abençoados por um lindo garoto. Porém, agora Frank sentia a ausência do bebê. Quão mais suportável seria aquele domingo se houvesse uma razão para sair da cama — uma garotinha loira, talvez, que viria dar um beijo no papai e dizer que ele não deveria dormir até tão tarde.

Frank abriu os olhos e olhou para o relógio. Onze horas. Deu um gemido e voltou a fechar os olhos. Não conseguia se lembrar do último dia em que dormira até tão tarde — o fato de que os pais ficassem preguiçando na cama até as onze horas teria violado todas as doutrinas da igreja de Benny. Mas esse era o primeiro domingo em sete anos que ele estava em casa sem Benny — sem Ben pulando na cama dos pais até eles perceberem que pedir para que ficasse quieto era o mesmo que solicitar a um hidrante esguichando que sugasse a água de volta, e só restava atender relutantemente suas exigências; Benny infernizando Ellie para fazer panquecas no café da manhã até ela ceder; Benny elaborando uma lista de coisas que desejava fazer naquele dia antes de sequer terem a chance de dizer bom-dia um para o outro. E, o melhor de tudo, Benny subindo na cama deles às seis da manhã nas manhãs de domingo para se aninhar entre os dois. Se fosse inverno, ele enlaçaria o corpinho no de Frank, como um gatinho procurando calor numa cozinha aquecida. Depois Frank sentiria algo fluido e macio no peito, uma coisa quase feminina, que ele imaginava ser o que uma mulher sentia quando estava amamentando. Aconchegar-se com Benny o fazia reavaliar tudo, reformular o corpo dele, percebendo que tudo o que pensava lhe pertencer — seus músculos, o coração, as mãos fortes, o peito largo — na verdade pertenciam ao filho. Aquilo conferia ao seu corpo um propósito diferente, como se suas mãos fossem projetadas com o único propósito de aconchegar Benny; seu estômago como um côncavo onde Ben podia se inserir em busca de calor; seu peito como um travesseiro para a meiga cabeça de Ben. Frank se mantinha acordado, afagando o cabelo do filho, sorrindo para Ellie do outro lado da cama, sabendo que ela sentia aquelas emoções com a mesma intensidade. Tal conhecimento o aproximava mais dela, sentindo-se ligado a outro ser humano de uma forma como nunca acontecera antes. Quando eles faziam amor, o momento era dotado de uma linguagem expressiva, repleto de palavras, pausas e retomadas de uma conversa corrente. Mas mesmo essa comunhão empalidecia diante do que sentia em relação a Ellie quando dividiam a cama com o filho. Benny complementava a conversa que Frank iniciara com Ellie anos atrás.

Frank ouviu um estrondo no andar de baixo e levantou da cama antes mesmo de abrir os olhos. Droga, pensou enquanto descia a escada correndo. Ellie se machucou. Os músculos de seu estômago se contraíram ao pensar que poderia encontrar Ellie ferida ou com dores.

— El? — chamou. — Onde você está?

Não houve resposta. Mas Frank ouviu outro barulho e correu para a cozinha. Parou na porta, imobilizado. Ellie estava em pé na frente da pia, cercada por cacos de vidro. A cada intervalo de poucos segundos, ela sistematicamente pegava um prato ou um copo e os atirava na pia de aço inoxidável, mal se retraindo quando o objeto estilhaçava e o vidro voava em direção ao seu rosto. Pelo cenário, já tinha destruído um considerável número de pratos. O rosto dela estava vermelho e marcado pelas lágrimas, o cabelo desgrenhado. Frank deu um passo em sua direção e parou como se a esposa houvesse quebrado outro prato na pia.

— El! — ele gritou e aumentou ainda mais o tom de voz ao perceber que ela não o ouvira. — Ellie. Pare. Pare!

Frankie foi até ela e a pegou pelo pulso, fazendo-a largar uma taça de vinho.

— Querida. Chega. O que você está fazendo? — Puxou-a pelo pulso em sua direção, afastando-a da pia.

O som de vidro quebrando foi substituído pelos soluços angustiantes e entrecortados de Ellie.

— Eu sinto falta dele — disse. — Não consigo aguentar o silêncio desta casa.

Frank puxou-a para mais perto, ela enterrou o rosto em seu peito, chorando sonoramente. Frank hesitou, cada soluço o atingia como um golpe, lembrando-o de sua impotência e sua fraqueza. Sua vida era uma angústia, e ele não tinha como ajudar Ellie. Ele, que com seu magro estipêndio de estudante tinha comprado um novo automóvel para Ellie quando o Ford amarelo finalmente comeu pó. Ele, que havia comprado para Ellie aquele lindo bangalô estilo *arts and crafts* simplesmente porque ela se apaixonara quando passaram na frente dele numa noite. Frank abordara os proprietários no dia seguinte, e por sorte era um casal de idade que estava pensando em se mudar para uma casa de repouso. Àquela altura ele já conhecia bem o gosto de Ellie para saber que ela adoraria o assoalho de madeira escura, as sancas, os armários de cerejeira. E assim, mesmo sabendo que o orçamento ficaria apertado, foi em frente e comprou o bangalô. Fez uma surpresa com a escritura da casa no dia do primeiro aniversário de casamento. Logo no começo do enlace Frank fizera uma promessa a si mesmo — que faria tudo o que pudesse para que Ellie jamais se arrependesse da decisão de se casar com ele.

Mas agora Ellie pedia para ele ressuscitar o filho morto, e Frank tinha de fitar aqueles olhos escuros, uns olhos que pareciam enlouquecidos de dor e angústia, e admitir seu fracasso. Sua própria dor e sensação de perda já eram insuportáveis. Sentiu seu corpo esmorecer sob aquele peso, e agora não fazia ideia de como se manter sob a carga do tormento de Ellie. Olhou para o outro lado. Sentiu-se sobrecarregado pelo desespero que via nos olhos de sua mulher. Dessa vez não dá, queria dizer. Esteve ao lado de Ellie quando Anne estava com medo de ter um câncer no seio. Quando o pai precisou de uma ponte de safena. Quando uma de suas pacientes tentou suicídio. Em todas aquelas ocasiões Frank fora capaz de apoiá-la, de crescer com a situação, fazer as perguntas certas aos médicos ou dizer as palavras certas à esposa. Mas agora ela estava pedindo para preencher o silêncio de uma longa tarde de domingo que se apresentava diante deles como um rolo de arame farpado, e ele não tinha ideia de como fazer isso. Agora ela pedia que ele compensasse a ausência de Benny, mas sua caixa de ferramentas estava vazia, e suas mãos, quebradas.

— Querida — gemeu Frank. —Ó meu Deus, Ellie.

Ficaram no meio da cozinha, abraçados. A luz do sol se infiltrava, dançando pelos cacos de vidro, zombando da infelicidade dos dois. Momentos se passaram. Frank sentiu um estremecimento que começou na base da coluna e percorreu seu corpo. Manteve-se rígido, mas era tarde demais. Seu corpo teve um espasmo, e ele começou a soluçar alto, bolhas abertas de dor. Tremia nos braços de Ellie, braços que pareciam um bote feito de gravetos, incapaz de suportar o poder oceânico de sua tristeza.

— Sinto muito, El — debulhou. — Não sei o que fazer ou dizer para ajudar. Eu mal estou conseguindo...

Ellie cobriu o rosto dele de beijos.

— Eu sei — disse. — Tudo bem. Você não precisa ser forte por mim.

Mas ele precisava. E não conseguir ser forte o fazia se sentir ineficaz, menos másculo. Passou a mão aberta pelo rosto dela, enxugando suas lágrimas, e no mesmo instante percebeu a futilidade de seu gesto. Sempre haveria mais lágrimas, pensou. Este é apenas o primeiro de toda uma vida de domingos que virão — dias em aberto, com planos sem propósito, forma ou significado. Dias que se estenderiam como um banquete pelo qual não sentiam apetite.

— Eu vou ligar para Jerry e Susan — murmurou Frank. — Talvez a gente possa ficar com eles por algumas horas.

Ellie olhou para ele com uma expressão de cachorrinha perdida e ferida.

— Bertie está em casa — comentou simplesmente, e Frank soube de imediato o que ela queria dizer. Bertie tinha doze anos, e sua presença estridente e barulhenta inevitavelmente remeteria a Benny. Frank voltou a pensar em alguma saída, procurando uma inofensiva atividade para a tarde daquele domingo que pudesse distrair a atenção deles, que por dez minutos os fizesse esquecer o que havia acontecido. Não conseguiu pensar em absolutamente nada. Sentiu-se ressentido por ter de ser ele a pensar em algum plano.

— Frank — disse Ellie subitamente, com uma expressão que ele nunca tinha visto em seu rosto. — Eu tive um sonho estranho noite passada.

O TAMANHO DO CÉU *211*

Sonhei que... vai parecer esquisito, eu sei, mas sonhei que nós dois tomávamos um líquido cor-de-rosa... Parecia Pepto-Bismol ou coisa parecida... e que conseguíamos ver Benny de novo.

Frank percebeu imediatamente o que ela estava dizendo, o que estava pedindo, o que estava propondo, e seu coração disparou. Ellie era orgulhosa demais para dizer a palavra *suicídio*, mas ele a conhecia o bastante para saber que estava sondando as águas, tateando, medindo a profundidade do desespero dele. Sabia o que custava a Ellie partilhar aquilo com ele, viu na expressão dissimulada e enlouquecida no rosto dela quanto não estava no controle das próprias emoções, quanto esperava que ele concordasse, ainda que rezando para que não fizesse isso. Ellie era uma terapeuta — por profissão e personalidade, acreditava nas generosas e intermináveis possibilidades da vida, em redenção, em afirmação, em esperança e obrigações morais. O fato de estar pensando em suicídio, e ainda por cima falando em voz alta, significava que contemplara o coração do universo, vendo apenas o negrume. Que, como ele, Ellie só conseguia imaginar o assombroso negrume de uma interminável sequência de domingos sem sentido. Seguidos de mais seis dias por semana. Que, como ele, acordar sem Benny era como acordar sabendo que o sol não estaria no céu naquela manhã. Não fazia sentido.

Frank levantou o rosto dela pelo queixo e a fez olhar diretamente em seus olhos.

— Sem essa de Pepso-Bismal para nós — disse. — Nós não somos esse tipo de gente. — Alguma coisa brilhou nos olhos dela, mas Frank não conseguiu interpretar. — Somos? — ele acrescentou e, quando ela não respondeu: — Somos, El?

— Não, acho que não.

Frank ficou olhando para ela por algum tempo.

— Você é tudo o que eu tenho neste vasto mundo — disse em voz baixa. — Se você sente alguma coisa por mim, vai ter que me fazer uma promessa agora mesmo.

Ela não disse nada.

— Ellie.

Ela balançou a cabeça.

— Esqueça o que eu disse. Como eu falei, foi um sonho esquisito. — Depois acrescentou: — Prometo.

Frank percebeu que estava prendendo a respiração.

— Tudo bem.

— Posso fazer um pedido?

— Claro.

— Vamos dar um longo passeio de carro para algum lugar?

Frank soltou um suspiro de alívio, feliz por poder atender àquele pedido.

— Claro, querida. O que você quiser. Vamos fazer uma coisa. Você vai tomar um banho, certo? Enquanto isso... eu vou arrumar essa bagunça na pia.

Ellie fez uma expressão de arrependimento.

— Mil desculpas.

— Esqueça.

Os dois saíram de casa uma hora depois. Aquilo se tornou o novo ritual de fim de semana do casal — percorrer longas distâncias de carro, indo a lugares onde ninguém sabia seus nomes, onde não eram saudados com expressões de pena ou solidariedade nas ruas e lojas.

Dessa forma, eles superaram os primeiros quatro meses daquela nova vida.

Capítulo 18

Ela queria que ele desse risada. Mas isso parecia impossível. Então quis que ele chorasse. Chorar seria saudável, pensou. Chorar seria um prelúdio para falar, o primeiro passo para ter Frank de volta.

Benny morrera havia quatro meses. E Frank se afastara dela tão silenciosamente quanto uma nuvem no céu. Ellie sentia de forma aguda a perda dos dois homens de sua vida. A última vez que Frank havia desabado na presença dela, mostrando-lhe as profundezas de sua angústia, fora no dia em que ela tinha quebrado os pratos. Desde então ele construíra uma concha ao redor do corpo, uma casca tão dura e quebradiça que se transformaria em pó se ela chegasse a lhe encostar os dedos. Aquilo a fazia se sentir sozinha, mais só do que se sentira naquela manhã no hospital, antes que os familiares chegassem, mais só do que se sentira no funeral, onde ouvia as palavras das pessoas presentes como se estivessem do outro lado de uma porta de vidro. E, como sabia alguma coisa sobre a morte do espírito, sobre aquele entorpecimento que poderia se disseminar como uma gota de iodo na língua, Ellie se preocupava com o marido. O novo Frank, como ela começava a chamá-lo. O novo Frank era resguardado, sigiloso, quase tímido perto dela. Queria ter um parceiro, um companheiro de viagem que a ajudasse a navegar por esse novo continente de pesar. Mas estava lidando com um estranho, ou pior, com um adversário, que plantava sua safra de dor em sua própria porção de terra e parecia ressentido quando os limites da tristeza dela esbarravam nos seus. Por causa disso, Ellie sentiu que a permissão de chorar e desabar na presença dele também havia sido cancelada.

Na noite anterior eles tinham feito amor, depois de quatro meses. E foi terrível. Houve algum embaraço e uma formalidade no ato que eram novos e estranhos. Tentou dizer a si mesma que Frank estava sendo carinhoso, solícito, mas sabia o que era na verdade — um estado de alerta.

Ela tinha começado. Virando-se para Frank e se aconchegando ao seu corpo. Pegando a mão dele e a levando aos seus seios, depois entre as pernas. Beijou seus lábios com um desespero crescente que fingiu ser lascívia. E Frank tinha correspondido, beijando-a com paixão. Os corpos se encontraram sem esforço, como sempre acontecia. Mas Ellie sentiu algumas reservas por parte de Frank, uma hesitação, uma falta de ritmo. Desejava que aquele ato fosse uma purificação, um gesto de abandono. Quis chorar, desabar, agarrar-se nas malhas de um universo indiferente. Dissolver-se numa mescla de suor e lágrimas. Queria buscar e conceder perdão, substituir esse silêncio frio entre eles por algo vivo e afirmativo. Queria que o atrito da pele aquecesse seu sangue congelado. Mas Frank virou para o outro lado depois do clímax, voltando para o seu lado da cama. E Ellie ficou ali por mais tempo, sentindo-se mais sozinha do que jamais se sentira. Ficou olhando para a escuridão, vendo-se mais distante do marido do que nos últimos quatro meses.

Acordou na manhã seguinte com uma nova resolução. Em vez de se preocupar com Frank, agora se preocuparia consigo mesma. Reconheceu quanto tinha caminhado perto do abismo nos últimos quatro meses e se conhecia o suficiente para saber que não poderia aguentar aquele grau de infelicidade. Que desejava voltar a participar do mundo, desejando ser maior que sua dor, e não ser tolhida por ela. Que não queria usar a tragédia que se abatera sobre ela como uma muleta, ou pior, como um bastão para bater nos outros. Preferia amolecer com o sofrimento, se tornar mais humana. Mesmo que significasse se abrir para novos ferimentos, novas vulnerabilidades. Agora se imaginava capaz disso, sentia uma nova força de vontade tomando o lugar da fina neblina de entorpecimento através da qual vinha vendo o mundo durante os últimos meses. Não murcharia, não se tornaria um caracol vivendo na própria concha, como Frank. E, o mais importante, não se permitiria acreditar que a tristeza deveria ser um tributo ao filho morto, que estava honrando sua memória deixando de viver uma vida plena. Quantas vezes tinha visto suas clientes caindo na sedução desse novo e doce mito — mulheres que não saíam com outros homens décadas depois do divórcio, crianças adultas que nunca mais tomaram sorvete porque suas mães idosas suplicaram pela sobremesa em seu leito de morte, mulheres abandonadas pelo marido que transformaram seu celibato numa virtude. Como se a infelicidade sempre fosse o antídoto para a infelicidade. Não, a melhor maneira de honrar os mortos era vivendo. Eles tinham desapontado Benny nesses últimos meses. Se realmente os estivesse observando do céu, seu alegre e ensolarado filho não reconheceria as pessoas nas quais se tornaram.

Ellie estava determinada a mudar isso. Seu próximo cliente chegaria apenas à uma da tarde, por isso havia tempo para ir até a floricultura e voltar para casa armada com um grande buquê de flores. Fez um arranjo num grande vaso e o colocou na mesa da cozinha.

No caminho para o consultório, permitiu-se abrir as janelas do carro e deixar a beleza do mundo entrar. Pela primeira vez em meses, notou quanto era delicioso sentir o sol na pele do braço, como a brisa da tarde era delicada ao penetrar no automóvel, observou a adorável agitação das pequenas flores azuis e amarelas ao lado da estrada. Quando chegou ao consultório, seu rosto estava afogueado de vida e calor.

O acaso determinou que sua primeira cliente fosse Amy Florentine. Amy era professora aposentada, uma mulher alta e resmungona com quase setenta anos. Ela e o marido, casados há muito tempo, haviam consultado Ellie quatro anos antes para lidar com alguns problemas conjugais. Já bem depois de interromperem o aconselhamento matrimonial, Amy voltava três ou quatro vezes por ano para o que chamava de sessões de manutenção.

Mas aquela era a primeira sessão com Amy desde a morte de Benny, e Ellie considerou se ela saberia a respeito. Não teve que pensar por muito tempo, pois, assim que entrou no consultório, Amy estendeu a mão e disse quanto sentia muito.

— Obrigada — disse Ellie. Ficaram de frente uma para a outra, e Ellie teve de lutar contra sua vontade de fechar a persiana para que Amy não visse o desfile de emoções que passavam em seu rosto à mera menção do filho.

— Bem, e como você tem passado? — começou, mas Amy a interrompeu:

— Lembra que eu perdi meu filho Jim quase vinte e cinco anos atrás? — perguntou. — E eu disse a você, querida, que há dias em que ainda fica muito difícil. Por isso, seja boa consigo mesma.

Ellie se lembrava. Um acidente no qual Jim pulou numa lagoa e bateu a cabeça numa pedra. Fred e Amy mencionaram o fato na primeira visita, e Fred ficou segurando a mão da mulher enquanto os dois falavam a respeito. Ellie gostou deles de imediato, mas ficou surpresa que um casal que tivesse passado por tanta coisa junto ainda tivesse problemas maritais com quase setenta anos. Agora ela compreendia melhor.

Ellie também sabia como não depositar a própria carga emocional aos pés de uma cliente. Mas a expressão de Amy luzia de solidariedade e compreensão, tão diferente da expressão daqueles cuja vida não fora tocada por uma tragédia, que conseguiam emitir todos os sons certos e murmurar suas condolências, mas depois voltavam correndo para as luzes brilhantes de sua boa sorte. De repente Ellie perguntou, quase sem querer:

— Em algum momento fica mais fácil?

Amy Florentine a fitou por um longo tempo. Depois balançou a cabeça.

— Você está fazendo a pergunta errada. O que você está tentando fazer, Ellie... o que todos fazemos... é tentar salvar alguma coisa da sua vida passada. Mas não é assim que funciona. O que a morte de um filho faz é limpar tudo. Limpar o convés. A simples verdade, querida, é que o que você tinha não existe mais. O que você precisa fazer é construir uma vida nova. Desde o começo. E o pior é que a gente não fica com muita coisa. Então é preciso recolher todos os pequenos gravetos e folhinhas que encontramos para construir algo daí.

— Eu continuo sendo enganada o tempo todo — disse Ellie. — Toda manhã eu acordo, e meu primeiro pensamento é: Benny vai chegar atrasado na escola, ou: Droga, esqueci de preparar o lanche de Benny. E depois, quando me lembro, é como morrer um pouquinho outra vez.

— Essa parte vai passar — disse Amy. — Mas agora direi uma coisa que ninguém mais vai dizer, Ellie: essa dor nunca vai passar. Estará sempre presente, anos e anos mais tarde. E existe muita pressão para enterrar essa sensação. É como funciona a nossa cultura... até a dor já vem com prazo de validade, sabe? A gente precisa aquiescer e sorrir, porque emoções explícitas deixam as pessoas constrangidas.

— Eu já estou sentindo isso — suspirou Ellie. — Numa noite dessas encontrei uma professora de Benny no mercado e, quando ela perguntou como eu estava, eu disse a verdade: Não muito bem. Ela mudou de assunto imediatamente.

— Eu sei. Meu Jim tinha vinte anos quando morreu. Todos os amigos que estavam com ele naquela noite na lagoa, garotos que praticamente cresceram na minha casa... nada. Todos viravam a cabeça para o outro lado quando eu me aproximava. — Olhou bem para Ellie. — Estou dizendo tudo isso pra você não achar que é algo pessoal quando acontecer com você. É apenas a natureza humana, querida. Eles não têm má intenção.

Ellie sorriu.

— Eu sinto como se devesse pagar por esta sessão.

— Absurdo! — Amy replicou imediatamente. — Fred e eu procuramos você porque ouvimos falar que era uma pessoa verdadeira. Não um desses robôs sabichões cheios de teorias que se chamam de terapeutas. — Revirou os olhos. — Ah, querida, não me faça dar nomes.

— Eu entendo o que está dizendo — concordou Ellie. — Eu fiz faculdade com alguns deles.

Ellie só encerrou o expediente às seis da tarde, mas voltou para casa com uma nova sensação desde sua resolução. Frank já havia chegado; estava no sofá, tomando uma taça de vinho. Ellie sentou-se ao lado dele.

— Parece uma boa ideia — suspirou, olhando para a taça. O velho Frank teria imediatamente oferecido um gole da própria taça. O novo Frank pulou do sofá e serviu outra taça para ela. Ellie preferiu não notar a diferença. — Obrigada, querido. — Abriu um sorriso. — Como foi o seu dia?

Frank deu de ombros.

— Nada de especial. O mesmo de sempre. — Não perguntou como tinha sido o dia dela. Ellie fingiu não notar.

Ellie acabou de tomar o vinho e levantou do sofá.

— Cyndi Sheehan vai dar uma palestra na faculdade hoje à noite. Estava pensando em ir depois do jantar. Imagino que você não queira ir, certo?

Frank olhou para ela.

— Do que você está falando?

— Você sabe quem ela é, não? A ativista pela paz que perdeu o filho no Iraque?

— Eu sei quem ela é, Ellie. É claro. O que não entendo é por que você quer se expor a outras histórias tristes quando nós mal... — Ele interrompeu a sentença. — Esquece.

— Não, termine o que ia dizer.

Frank virou-se para ela, os olhos cintilando de raiva.

— Já terminei.

— Por que você está tão furioso? Por que está me tratando assim?

— Não comece, Ellie. Você anda querendo uma briga desde que entrou em casa. Até antes disso, aliás.

Ellie começou a sentir uma dor de cabeça.

— Do que você está falando, Frank? Na verdade, eu estava de bom humor quando cheguei.

— Estou vendo! — gritou Frank. — Eu percebi. Como se fosse possível não notar o vaso vermelho na cozinha. E as malditas flores.

Ellie olhou para Frank, temendo pela sanidade dele.

— Foi isso que aborreceu você? O fato de eu ter comprado flores? Eu só estava tentando me animar.

— Se animar fazendo a casa parecer uma maldita funerária? Faz quatro meses que enterramos nosso garoto, e eu ainda o vejo toda noite no caixão. E você, você...

Ellie se jogou no sofá e abraçou Frank.

— Ah, querido. Isso nem passou pela minha cabeça. Ah, Deus, Frank. Eu não posso viver desse jeito. Não posso morar numa casa onde flores nos lembram da morte em vez da vida. Por favor, querido.

Frank se recostou nela por um momento, depois enrijeceu.

— Me deixe em paz — resmungou. — Eu... preciso lidar com isso do meu jeito. — Pegou a taça de vinho, usando o movimento para sair dos braços dela.

— Será que não podemos conversar? — ela tentou, mas a expressão desinteressada de Frank quando voltou a olhar para ela foi a resposta de que precisava.

220 *Thrity Umrigar*

Os dois ficaram sentados no sofá por um minuto, antes de Ellie se levantar.

— Escuta — disse. — Eu não estou com vontade de cozinhar hoje. Que tal se a gente se arranjar por conta própria? Tem algumas sobras na geladeira.

— Então você vai a essa manifestação pela paz agora à noite? — ele perguntou.

Ellie hesitou por um momento, matutando se aquilo seria uma maneira que ele encontrou de se aproximar dela, pedindo que passassem a noite juntos. Mas depois se recordou das conversas que teve consigo mesma mais cedo naquele dia, sobre desejar crescer com a tragédia, e não encolher, sobre usar sua perda para se relacionar com a vida dos outros. Além do mais, se Frank precisava que ela ficasse, teria de aprender a pedir.

— Sim — ela respondeu e foi a primeira a se virar para o outro lado.

LIVRO QUATRO

Outono e inverno de 2007
Girbaug, Índia

Capítulo 19

Os tambores eram emocionantes — livres e selvagens, mas totalmente controlados. Provocavam algo que Ellie não sentia havia muito tempo — uma excitação nervosa e uma profunda felicidade, do tipo que normalmente só sentia quando estava diante da vastidão do oceano ou sob o grande céu de um campo aberto. Isto é a Índia, insistia em dizer a si mesma. Eu estou na Índia. Como se tivesse acabado de chegar.

À sua frente, com um pequeno bastão vermelho na mão, Asha dançava com um homem da aldeia. Todas as características da garota reservada e tímida que atuava como tradutora de Ellie tinham desvanecido. Em seu lugar surgira uma mulher sedutora e rodopiante, girando e dançando, batendo ritmicamente o bastão, ou *dandiya*, que um de seus pares de dança segurava, movimentando-se e gingando ao som da incessante percussão dos *dhols*. Assim como umas duas dúzias de outros aldeões, o casal dançava na clareira em frente à escola e à clínica de Nandita.

Parecia que todos os habitantes de Girbaug tinham vestido seus melhores trajes para a comemoração do *Diwali* nesse novembro. Ellie olhou de soslaio para Frank. Ele tinha se mostrado relutante em vir, com medo da recepção que teria por parte dos habitantes. Mas Nandita fora à casa deles algumas noites atrás e insistira energicamente que ele tinha de ir, que os aldeões considerariam um menosprezo sua ausência na comemoração do seu feriado mais importante.

— Além do mais, Frank, você pode acabar se divertindo — acrescentou com ironia. Frank sorriu e disse que Nandita estava falando exatamente como Ellie, que só conseguia lutar contra uma de cada vez, e quando as duas se enturmavam contra ele não havia escolha a não ser concordar.

Ellie ficou contente por ele ter vindo. E ele também, a julgar pela maneira como seus dedos tamborilavam involuntariamente nas coxas acompanhando o ritmo da música. O marido estava lindo com aquela camisa branca aberta e a calça preta, pensou Ellie. O sol se punha atrás deles, iluminando os cabelos dourados de Frank como um poste de luz.

E aparentemente não apenas ela tinha notado. A multidão deu um grito quando Mausi, a moradora mais velha da cidade, de noventa e dois anos, levantou e veio bamboleando na direção de seu marido, na clareira onde os dançarinos se reuniam. Dois dos alunos de Ellie a apoiavam pelos braços, que ela supôs serem seus netos. Mas quando a procissão de três pessoas chegou à fileira da frente, onde Frank e Ellie estavam ao lado de Ramesh, Nandita, Shashi e uns poucos ocidentais hospedados no resort de Shashi, Mausi parou. Dispensando o garoto que a segurava pelo braço direito, estendeu uma das mãos ossudas e passou os dedos encarquilhados pelo cabelo de Frank. Ele ficou imóvel, os olhos dardejando na direção de Ellie em busca de ajuda. Mausi recolheu a mão, uniu os dedos, levou-os aos lábios e lançou um beijo para Frank, que corou até parecer um pimentão. Ao redor deles, a multidão gargalhou ruidosamente. Apupos e assobios se ergueram no ar.

Mas Mausi ainda não tinha acabado. Ainda ao lado de Frank, ela indicou com sinais que desejaria ser conduzida até a pista de dança. Frank parecia pregado na cadeira. Não ajudou em nada o fato de Ramesh, sentado entre Frank e Ellie, ter começado a pular e gritar:

— Ela está querendo que você faça o *dandiya* com ela, Frank.

— Eu não sei — disse Frank afinal. — Diz pra ela que eu não sei... Eu não sei dançar.

Mas naquele momento os dois percussionistas se afastaram da clareira e se dirigiram até onde eles estavam.

— *Chalo ji, chalo* — cantou um deles, e o batuque ficou ainda mais alto e fervilhante.

Nandita se aproximou.

— Acho que você não tem escolha, Frank — disse, em meio ao som dos tambores. — Mausi sempre escolhe seu primeiro parceiro.

Dizendo um *merda* só com movimentos labiais que apenas Ellie pôde perceber, Frank deixou que um dos percussionistas o puxasse da cadeira. A multidão vibrou. Mausi abriu um sorriso, mostrando seus três dentes. Os dançarinos abriram espaço para os recém-chegados. Um dos homens entregou um bastão a Frank e mostrou alguns passos.

Parece um homem branco desengonçado, pensou Ellie, meio surpresa ao ver o marido se esforçar para bater o bastão no mesmo ritmo de Mausi. Não ajudava em nada que a altura de Mausi, curvada pela osteoporose, chegasse apenas até a cintura de Frank. Uma coisa que Ellie sempre adorou em Frank era sua firmeza, leve e felina, que o tornava um maravilhoso parceiro de dança. Mas aqui, dançando ao ar livre sob um céu obscuro, cercado por homens de pele escura e mulheres vestidas em deslumbrantes tons de verde e vermelho, ele parecia um senhor usando uma daquelas calças xadrez num campo de golfe.

Nandita devia ter lido seus pensamentos.

— Você tem que ir ajudar Frank — disse. — Ele está parecendo muito infeliz. — E, antes que ela pudesse responder, Nandita estava arrastando Ellie e Shashi. — Vamos lá. Eu estou louca para dançar.

Ellie não pensou duas vezes. Desde o momento em que chegara para o banquete e a celebração, do instante em que ouviu a música de Bollywood pelos alto-falantes e então o ritmo dos *dhols*, desde o momento em que vira a deslumbrante beleza das mulheres da aldeia e os risos animados das crianças brincando com seus fogos de artifício — foguetes que subiam ao céu em zigue-zague, fontes que irrompiam numa chuva de faíscas vermelhas e azuis, espirais que lançavam uma órbita de luzes e cores antes de se apagar —, ela sentiu algo relaxando dentro de si, uma alegria expansiva e vertiginosa. E também uma sensação de fazer parte daquilo que não entendia bem. Ontem, ao visitar a casa de algumas mulheres da aldeia que não podiam ir à clínica, Ellie tinha notado que todas as casas de barro ostentavam uma *diva* de cerâmica na entrada. A simplicidade da minúscula lamparina a óleo feita de barro fez com que um nó se formasse em sua garganta. Considerou-a um emblema da dignidade simples e tranquila do povo que morava naquelas casas.

No ano anterior, Ellie tentou descrever aos seus parentes o *Diwali*, ou Festival das Luzes. Imagine um Quatro de Julho que dura uma semana, explicou, mas sabia que não fazia jus à prodigalidade, à beleza pura e à generosidade daquela festividade. Não havia como explicar aquela universalidade das oferendas de alimentos para parentes de classe média. Todas as casas de Girbaug preparavam ou compravam doces para o *Diwali* e os distribuíam a vizinhos, amigos e visitantes. Todas as mulheres que a consultaram na clínica ontem trouxeram algum doce. Todas elas, não importando quanto fossem pobres. As mães das crianças que frequentavam a escola também ofereceram presentes de algum tipo. Em um dos casos, uma criança lhe dera um único torrão de açúcar. Era como o Natal, só que você trocava presentes com toda a aldeia.

Ellie tentava controlar a ginga do próprio quadril, esforçando-se para resistir ao estímulo do som dos tambores que a fazia perder a inibição e dançar como uma maníaca, da maneira como costumava dançar em clubes noturnos quando ainda era adolescente. Mas essa era a beleza da dança do *dandiya* — celebrar a alegria paradoxal do movimento e da restrição, do delírio dentro de uma estrutura. Não dizia respeito à expressão individual, mas de toda uma comunidade.

Frank virou-se para ela com uma expressão que parecia de alívio. Ellie viu as gotas de suor no rosto dele.

— Ei! — gritou acima da música, batendo seu bastão no dele. — Está se divertindo?

— Já tive melhores parceiras de dança — respondeu Frank com seriedade, mas logo abriu um sorriso, como se estivesse se divertindo a despeito de si mesmo.

Nandita e Shashi abriram caminho até eles, Shashi rebolando o quadril de uma forma tão desinibida que fez Ellie dar risada. Havia algo de desengonçado e um pouco absurdo em Shashi, e ela adorava isso nele.

Nandita, por outro lado, estava toda séria.

— Vamos, Frank, anda — disse, batendo com o bastão de leve. — Você tá dançando como um agente funerário.

Ficaram dançando num pequeno círculo por alguns minutos, antes de ganharem a companhia de outros ocidentais. Expandiram o círculo para deixá-los entrar, mas Ellie imediatamente perdeu o interesse, sentindo-se como que murchando. Percebeu também que, sem querer, eles tinham formado um casulo, um círculo particular que excluía os aldeões. Assim que conseguiu, Ellie se afastou e começou a dançar com seus alunos mais jovens. Frank a seguiu por alguns minutos. Ellie percebeu que o marido abandonara sua postura rígida e agora estava realmente se divertindo, suando à vontade, desabotoando a camisa.

— Cara, será que eles nunca fazem um intervalo entre as músicas? — disse, sorrindo. — Isso tá parecendo uma discoteca de música eletrônica.

— Feche os olhos — retrucou Ellie. — Tente dançar com os olhos fechados. É uma sensação maravilhosa.

— E correr o risco de dar uma bastonada na cabeça daquela velha senhora? Não, obrigado.

— Não — insistiu Ellie, chegando mais perto. — Dance comigo. Você consegue, vai ver.

E assim eles fizeram. Durante uns bons cinco minutos, os dois dançaram de olhos fechados. Para surpresa de ambos, eles se mantiveram em perfeita sincronia, sem acertar a mão do outro com os bastões ou perder o ritmo. Ellie foi a primeira a abrir os olhos. Deu um passo na direção de Frank, que, como que antevendo seu movimento, também abriu os olhos.

— Está vendo? — ela perguntou, como se tivesse conseguido uma importante vitória, transmitindo alguma informação essencial ao marido.

— Entendi — ele respondeu. — E eu te amo. Amo muito.

— Você é o meu cara. — Ellie sentiu que estava sendo piegas, sentimental, prestes a transpor aquela linha tênue entre a felicidade e a melancolia. Mas não se incomodou. De repente, dizer a Frank o que ele significava para ela pareceu a coisa mais importante do mundo.

— Eu sei — ele concordou em voz baixa. E depois: — Obrigado por me trazer aqui. É maravilhoso.

Ellie abriu bem os braços, batendo no homem que dançava ao seu lado.

— Esta é a minha Índia — disse dramaticamente. — Agora você entende por que eu adoro isto aqui?

Apesar do volume da música, ela ouviu a inveja na voz dele.

— Você tem sorte. A Índia com que eu lido no dia a dia é de dar nos nervos.

— Não pense nisso esta noite. Simplesmente... curta.

Um foguete assobiou acima e aterrissou perto dos dançarinos. Frank olhou apreensivo para um grupo de adolescentes que soltava fogos de artifício.

— Espero que esses garotos saibam o que estão fazendo — comentou. — Aquilo caiu um pouco perto demais pra parecer seguro.

Naquele momento, um dos garotos acendeu um artefato em forma de cone. Uma chuva azul e vermelha irrompeu do cume e desceu cascateando em fluxos coloridos.

— Meu Deus! — gritou Ellie. — Eu gosto mais desses fogos do que os de lá de casa. Ficam tão mais perto do chão, e... sei lá... parecem mais democráticos, por alguma razão.

Frank sorriu.

— Me parece que você está apaixonada pela Índia.

Ellie sorriu.

— Estou mesmo. — Fez outro gesto amplo com os braços. — Como não se apaixonar por um país com tantas cores e tanta energia?

Ramesh chegou dançando até eles. O garoto usava uma *kurta* branca de algodão, calça reta e colete marrom. Ellie pensou que nunca o vira tão bonito. O garoto mostrava um ar de autoconfiança que ela sabia ser motivada pelas roupas novas, e ficou contente por Edna ter comprado aqueles trajes para a festa. Ellie resolveu usar o Natal como pretexto para comprar um monte de roupas novas para Ramesh. Em seguida virou a cabeça à procura de Edna e Prakash, mas os dois estavam perdidos na multidão ao redor. Ela havia se oferecido para trazer a empregada à festa naquela noite, mas Edna cochichou num tom conspiratório: "Não, obrigada, senhora. Prakash está de péssimo humor hoje. Melhor vocês irem sozinhos. Leve só Ramesh".

— Adorei esse colete — disse Ellie ao garoto acima do volume da música, sentindo-se gratificada ao ver Ramesh sorrindo.

— É de veludo — ele explicou em tom sério, passando os dedos pelo tecido.

— Sim, e você parece um pequeno príncipe — disse Frank. Seu tom foi leve, até provocativo, mas Ellie detectou o prazer em sua voz enquanto observava o garoto dançando ao seu lado.

— Quando crescer, eu quero ser um príncipe — disse Ramesh. Lançou um sorriso malicioso a Frank. — Eu sei, eu sei. Se quiser ser alguma coisa, eu preciso estudar hoje.

Frank jogou a cabeça para trás e deu risada. Atrás dele, um foguete subiu para o céu escuro e cascateou fragmentos de cor e luz. Ellie prendeu a respiração. Fotografou aquele momento mentalmente — Frank com a cabeça jogada para trás, o cabelo molhado de suor caído na testa e emoldurado por uma cascata de luzinhas, suspenso no tempo e no espaço pelas incessantes batidas dos trovejantes tambores.

— Eu fiz você rir — disse Ramesh. Era um novo jogo entre os dois, uma espécie de refrão. Ellie imaginou que eles mantinham uma contagem de quem fazia o outro dar mais risada.

Os tambores pararam de tocar, como alguém que interrompesse uma conversa no meio da sentença. O momentum manteve o corpo de Ellie se mexendo por mais um segundo depois que a música parou. Olhou ao redor e viu que os outros dançarinos pareciam tão surpresos quanto ela. *Danceus interruptus*, pensou consigo mesma, rindo da própria tolice.

Um homem alto e magro, que Ellie reconheceu como o *doodhwalla*, o leiteiro que passava pela porta deles toda manhã, se colocou no meio da clareira.

— Irmãos e irmãs — disse em híndi. — Está na hora de compartilharmos uma refeição. — A multidão se agitou, porém o homem exigiu silêncio. — Mas, antes, precisamos homenagear os convidados entre nós. — Virou-se para onde estavam Ellie e Frank, ofegantes, passou os olhos por eles e procurou Nandita e Shashi. — Por favor — disse. — Vocês nos levam até a mesa.

Ellie procurou por Nandita, que imediatamente apareceu ao seu lado.

— *Shukriya* — chamou. — Nós nos sentimos honrados de estar aqui. — Virou-se para Ellie e Frank. — Eles querem que sejamos os primeiros à mesa. Vamos logo. — Ellie sorriu para o leiteiro, mostrando-lhe que eles tinham compreendido.

O pessoal da clínica tinha retirado as carteiras das salas de aula e organizado uma longa mesa de jantar para os ocidentais presentes. Os nativos se sentaram no chão e foram servidos nas tradicionais folhas de *banyan*. Ellie ficou impressionada quando Mausi flexionou os joelhos de noventa e dois anos e se sentou no chão. Pensou em Josetta, uma das terapeutas de sua clínica, que tinha operado os dois joelhos aos cinquenta e dois anos. Por um segundo pensou em sugerir que se juntassem ao povo da aldeia no chão, mas Frank e alguns alemães já estavam acomodados, e ela pensou melhor a respeito. Desde a discussão entre ela e Frank no piquenique do Quatro de Julho, Ellie vinha tentando maneirar, evitando colocar Frank na defensiva por ser o que ele era — um americano branco de classe média. Além do mais, não sabia ao certo se joelhos destreinados conseguiriam sobreviver a um longo jantar dobrados no chão.

Ainda assim, apesar de suas boas intenções, não conseguiu sentar-se ao lado do casal de alemães para jantar. Os dois estavam indo para Dharamsala em alguns dias, a fim de passar algumas semanas num *ashram*, e não paravam de falar sobre adquirir espiritualidade e iluminação, como se fossem itens que pudessem comprar em um catálogo. Quando conheceu o casal, no começo daquela noite, pensou que estavam brincando, fazendo uma caricatura dos equivocados turistas ocidentais. Mas, ao observar a elaborada inexpressividade no rosto de Nandita, percebeu que eles acreditavam seriamente que poderiam sair da Índia depois de quatro semanas tendo encontrado o que procuravam. Preferia muito mais o humor cáustico de Richard Thomas, o jornalista britânico gay que estava viajando pela Índia. Procurou Richard ao redor e, assim que o avistou, correu na sua direção.

— Vamos sentar juntos? — perguntou, ignorando os olhares frenéticos de Frank enquanto apontava a cadeira vazia ao seu lado.

Richard ergueu uma sobrancelha.

— Ingrid e Franz estão te dando nos nervos?

Ellie sorriu.

— Nãããão — arrastou a palavra. — Depois se virou para Nandita. — Fala pro Shashi sentar ao lado de Frank — implorou. — Fico te devendo essa por toda a vida.

Não se atreveu a olhar para Frank quando sentou ao lado de Richard. Instantes depois, a culpa por ter abandonado Frank à ingênua espiritualidade de Ingrid evaporou, levada pelos aromas dos pratos fumegantes que eram servidos. Deu uma mordida numa *pakora* de cebola; pegou um pedaço de um *roti* leve e flocoso; molhou o pão num espesso e picante molho de curry; refrescou a língua com um iogurte de pepino; espetou o garfo num tenro pedaço de peixe. Sentia-se bastante espiritual, envolvida numa espécie de êxtase com aquela intensidade de sabores.

— Como é que um país consegue ter tantos pratos maravilhosos? — arquejou.

— Você está *me* perguntando sobre culinária? — disse Richard. — Eu sou inglês, lembra?

Ellie deu risada.

— Londres tem alguns ótimos restaurantes.

— Pois é, todos indianos.

Um dos alunos mais velhos de Ellie veio até a mesa trazendo uma grande bandeja de aço inoxidável cheia de copos.

— Gostaria de um *lassi*, senhora? — perguntou.

Ellie deu um grande gole na bebida gelada de iogurte.

— Acho que estou tendo uma experiência extracorpórea — disse.

— Calma lá — disse Richard. — Seu marido já está furando minhas costas com os olhos. Não gostaria que ele pensasse que sou a razão dessa expressão de êxtase no seu rosto.

— Eu gosto de você, Richard. Você me lembra meu cunhado.

— O seu cunhado é gay? — perguntou Richard sem emoção.

Ellie engasgou na risada, soltando *lassi* pelo nariz.

—Ah, para com isso. Olha o que você me fez fazer. — Virou-se para ele com uma expressão convidativa no rosto. — Você não pode ficar com a gente aqui em Girbaug? Posso convencer Shashi a fazer um bom preço pra você no hotel.

Nandita, que sentava ao lado esquerdo de Richard enquanto conversava com Frank, virou-se para eles.

— O que vocês tanto fofocam? — Debruçou-se a fim de olhar para Ellie. — Frank vai te matar no caminho de casa, querida. Você aplicou um truque muito sujo nele.

Ellie pareceu pesarosa.

— Eu sei. Mas não consigo mais lidar com estrangeiros ignorantes. — Olhou para Richard. — Com exceção da atual companhia.

— Quem você está chamando de estrangeiro, sua ianque? Meu povo já estava aqui na Índia enquanto vocês...

— Eu sei. Ainda balançávamos nas árvores.

— Mais ou menos isso.

— Legal ver dois imperialistas discutindo a respeito dos direitos de posse da Índia — observou Nandita. O tom era reflexivo, ela ergueu as sobrancelhas e todos deram risada.

Frank se levantou assim que o jantar terminou.

— Eu vou me vingar — disse, mas o tom de voz era leve, e seus olhos pareciam amigáveis.

— Desculpe. Eu sou uma péssima esposa. — Olhou para ele com uma expressão solidária. — Foi absolutamente excruciante?

— Bom, é uma questão de perspectiva. Com certeza um tumor cerebral ou hemorroidas seriam piores.

Ellie ainda estava rindo quando Nandita se aproximou.

— Não me odeie por ter convidado os dois — disse a Frank. — Eles insistiram em vivenciar uma "experiência cultural completa". O coitado do Shashi não teve escolha.

— Só vou perdoar em troca de alguns convites para jantar — respondeu Frank de imediato. Fez uma pausa, franzindo a testa. — Falando em jantar, este foi um banquete e tanto. Como esse pessoal conseguiu comprar tudo isso, Nan?

Nandita pareceu constrangida.

— Bom, na verdade nós, eu e Shashi, patrocinamos esta festa. Quer dizer, essas festas comunitárias sempre foram uma tradição. Mas, nos últimos anos, bem, o hotel vai indo tão bem que nos oferecemos para... colaborar.

Frank aquiesceu.

— Isso é bom — disse vagamente. Depois: — Vou dizer uma coisa. Se eu ainda estiver aqui no ano que vem, vou fazer a HerbalSolutions copatrocinar esta festa. Quer dizer, se vocês aceitarem.

As duas mulheres falaram ao mesmo tempo:

— Como assim, se estiver aqui no ano que vem? Por que não estaria?

— Ei, ei. — Frank riu, afastando-se das duas. Virou-se para Ellie. — Não sei se você já esqueceu, amor, eu assinei um contrato de apenas dois anos. Tudo vai ter de ser renegociado em breve.

— Ah, que bobagem — disse Ellie. — Pete não vai recusar se você disser que deseja continuar aqui.

Frank sorriu e abraçou a esposa.

— Eu vou ter que enfrentar essa mulher quando chegar a hora de partir da Índia... E espero que isso ainda demore alguns anos — acrescentou.

Nandita chegou mais perto e passou a mão nas costas de Frank.

— Que bom ouvir isso — comentou. — Não consigo imaginar Girbaug sem vocês dois.

— Igualmente. — Ellie notou a sinceridade na voz de Frank e ficou contente por isso.

Mas seu estado de espírito azedara um pouco. Continuaram na festa por mais uma meia hora, assistindo aos fogos de artifício, vendo as pessoas dançar ao som da música híndi que saía dos alto-falantes. Nada mudou, Ellie continuou dizendo a si mesma. Você está aqui, viva este momento. Mas a simples menção de um retorno aos Estados Unidos fez surgir uma sombra na noite, fazendo com que percebesse a impermanência, a precariedade da vida deles aqui. A ideia de voltar para casa evocava em Ellie uma tristeza opaca. Poucos dias atrás, a mãe perguntara pelo telefone se eles já tinham comprado as passagens para passar o Natal em casa, e, ouvindo a alegria antecipada em sua voz, sentiu-se forçada a fingir uma resposta entusiasmada. Mas o fato é que ela estava apavorada com aquela viagem de dez dias. Já tinha deixado claro para Frank que não iria até Ann Arbor. O plano era ficar em Cleveland com Anne e Bob. Ao contrário do que acontecera nos últimos anos, Scott e a mãe deles passariam o Natal em Cleveland. Frank iria de carro até Ann Arbor por uns dois dias para vistoriar a casa que estava alugada e se encontrar com o pessoal da HerbalSolutions. E levaria Ramesh com ele.

Sim, Ramesh. Fora ideia de Frank, é claro, levar Ramesh com eles. Quando ele sugeriu a ideia, no começo de outubro, Ellie se opôs, mas não resistiu muito. Estava contando com uma série de coisas — a dificuldade de conseguir um visto para o garoto, o fato de que Prakash não gostaria nada de ficar dez dias longe do filho, o fato de que Edna, sendo cristã, desejaria ter o filho com ela durante os festejos, e até mesmo a estranheza que Frank sentiria ao visitar a família nos Estados Unidos na companhia de Ramesh.

Mas Ellie não contou com o desespero. Primeiro, o desespero de Edna em propiciar ao filho qualquer oportunidade que ela e o marido alcoólatra não pudessem oferecer, seu reprimido desejo de dar ao filho o que via como seu direito de nascença — o amor com que os avós o agraciariam se ele não tivesse sido privado daquilo. Agora via Frank e Ellie como uma inesperada resposta às suas preces, verdadeiros guardiões de seu filho, que tinham meios para oferecer a Ramesh oportunidades com as quais nem os pais dela poderiam sonhar. Edna transformou-se numa tigresa, lutando com unhas e dentes contra a resistência e os protestos do marido. "Ele vai", determinou. "Meu filho vai ser o primeiro em Girbaug a conhecer a América. Ninguém vai impedir isso."

E também houve o desespero de Frank. Incapaz de encarar a longa viagem até os Estados Unidos, ainda sob os ecos daquele terrível voo de volta da Tailândia; incapaz de se imaginar numa ceia de Natal sem o garoto; aterrorizado por estar sob o mesmo céu da América, respirando o mesmo ar frio, andando sobre o mesmo solo por onde o filho caminhara. Então, primeiro ele tirou um passaporte para Ramesh, depois ligou para Tom Andrews e solicitou ao pessoal da embaixada um visto de turista para o menino.

Finalmente, havia o desespero de Prakash. Incapaz de pensar direito, sem saber o que era aquela estranha força que havia entrado em sua vida disfarçada de um homem branco alto que estava obcecado por seu filho, ele prometia parar de beber todas as manhãs para ficar sóbrio o suficiente e resolver aquele enigma. Mas lançava mão da garrafa quase sem perceber no decorrer do dia, abatido por incontáveis humilhações, exigências e tarefas. Afetado e magoado pelo tom venenoso com que a mulher falava com ele, acreditando nas ameaças de abandoná-lo se não cedesse às suas exigências, Prakash pairava entre a bravata e a capitulação. A perspectiva de perder Edna o deixava aterrorizado. Por isso, concordou relutante em deixar o filho passar dez dias na América, em troca de manter sua mulher para sempre.

— Qual é o problema? — perguntou Frank a Ellie quando voltavam para casa. — Você estava tão animada.

— Desculpe. — Ellie pensou por um momento e resolveu ser sincera. — Estou nervosa com a proximidade da viagem aos Estados Unidos.

Frank suspirou.

— Foi o que imaginei. Achei que você ficou meio desanimada depois da conversa sobre ir embora da Índia. — Ajeitou-se no banco a fim de olhar para ela. — Você gosta tanto assim deste lugar?

— Adoro. Apesar de agora estar tudo misturado com o medo de voltar pra casa. Ou de encarar todo mundo. Não sei o que esperar... Por um lado, tenho pavor de qualquer referência a Benny, qualquer manifestação de solidariedade. Por outro, se meus pais tentarem varrer o assunto pra debaixo do tapete e nem mencionarem o nome dele, isso vai me deixar ainda mais furiosa. Acho que não estou sendo justa com eles, sabe?

— Vai fazer quase dois anos que deixamos nossa casa, Ellie — observou Frank em voz baixa. — Temos que encarar o que aconteceu com... Encarar o fato de que a América é o nosso lar.

Para você é fácil dizer, Ellie quis opinar. Estou vendo como você está lidando bem com a realidade, abstraindo-se na companhia de um garoto de nove anos, o qual nós praticamente roubamos dos pais, incapaz de pensar em voltar para casa sem ele. Mas ela não queria, não poderia dizer aquilo em voz alta. Gostaria que Frank conservasse quaisquer ilusões que o pudessem consolar, queria deixá-lo adornar sua vida com as flâmulas de esperança que conseguisse reunir.

— Você tem razão — disse Ellie. Sentiu-se cansada, incapaz de recobrar o entusiasmo que sentira antes naquela noite.

Frank colocou o braço ao redor dela e puxou-a para perto.

— Não se preocupe, Ellie — murmurou. — É só uma pequena visita. E vai ser bom estar com a família de novo.

Ellie recostou a cabeça no ombro dele, deixando-se acalmar pela promessa daquela inocente mentira.

Capítulo 20

Ellie foi a primeira a ouvir. Uma trepidação, um som que parecia orgânico, parte do mundo natural, como grilos no escuro ou pássaros na alvorada. Só que ainda estava escuro. Ela e Frank ainda estavam na cama, mas ela acordou e percebeu alguma coisa perto da janela do quarto, um distúrbio, uma inquietação, uma incômoda mudança do vento. Sentou na cama, esfregou os olhos e olhou pela janela aberta. E não viu nada, a não ser o grande gramado da frente e o mar mais além.

Porém, depois ouviu um barulho diferente, que fez os pelos do braço de Ellie se arrepiar. Era um som antinatural, alto e contínuo, um som penetrante pairando no ar. E aquele uivo agudo era acompanhado por um rugido profundo, que funcionava como uma percussão para o uivo. Ellie saiu da cama. Enrolou-se no roupão e foi da janela do quarto até a varanda da frente da casa. Sentiu um peso no estômago e perdeu a respiração. Por uma fração de segundo, pensou que, se voltasse a dormir, talvez a cena que via se tornasse um pesadelo. Logo depois respirou o cheiro do ar marinho e salgado, sentiu o suor porejando na testa, olhou para a mulher que uivava e percebeu que se tratava do pior tipo de pesadelo — um pesadelo real.

Uma multidão de umas trinta pessoas aglomerava-se no gramado na frente do bangalô. Reconheceu muitos homens da comemoração do *Diwali* de alguns dias atrás. Naquela ocasião, suas expressões eram de alegria e amizade. Hoje, olhavam para a casa como se estivessem pensando em queimá-la, os rostos marcados por raiva e ressentimento. Com exceção da mulher caída na grama, coleando no chão como uma serpente, todos erguiam a cabeça ao céu em intervalos regulares para emitir mais um grito. Apesar do choque, parte de Ellie atentou para a característica pictórica da cena à sua frente — a luz da manhã ainda pálida, o mar tremulante a distância, a imobilidade de homens de queixo rígido e, mais perto, a mulher se agitando e gritando, como que cantando sua dor para um céu indiferente.

Um dos homens avistou-a na varanda, e o quadro se dividiu e se reorganizou. O homem deu um grito e apontou na direção dela, e em um segundo pelo menos um terço dos homens assumiu a mesma postura, apontando para ela. Apesar de estar dentro de casa, distanciada de todos por uns bons seis metros, de repente Ellie se sentiu exposta, nua, como se a casa fosse construída de papel e trapos e um furioso sopro da turba pudesse derrubá-la. Observou horrorizada quando um dos habitantes se abaixou, pegou uma pedra e a atirou na casa. Na direção dela. Ellie se abaixou, embora a pedra tivesse errado o alvo por vários centímetros. Mas o ataque a fez voltar ao seu juízo normal e ela entrou correndo, gritando para acordar Frank. A multidão a vaiou quando ela entrou, retomando seu cântico.

— HerbalSolutions *murdabad* — bradavam.

— Vergonha, vergonha, fora, Méricas.

— Abaixo a HerbalSolutions.

— Viva Mukesh *bhai*.

E, pairando acima dos slogans políticos, como que concedendo a mais verdadeira expressão daquela raiva e daquela tristeza, os uivos.

— Frank! — gritava Ellie enquanto corria pela casa. Chegou ao quarto e viu que ele continuava dormindo. — Frank — chamou, sacudindo o marido com força. — Acorda. Acorda. Tem uma manifestação na frente da nossa casa.

Os olhos dele se abriram, e Frank sentou na cama.

— Hã? O quê? O que está acontecendo?

— Eu não sei, mas é melhor você ver. — Ellie percebeu a histeria na própria voz e lutou para se controlar. — Venha — repetiu.

Frank tropeçou na mesa de centro no caminho até a varanda, rangeu os dentes e seguiu sua mulher. Teve um sobressalto diante do que viu. A multidão ganhara mais uns dez homens. Mas o que chamou sua atenção foi o corpo estirado no gramado, à direita da mulher que gritava, que tinha se arrastado até o cadáver e chorava sobre ele, batendo no peito com as mãos abertas. Quando a multidão viu Frank, ouviu-se um grito mais alto:

— Frank *sahib murdabad*! — gritaram alguns deles.

— Frank — gaguejou Ellie, perplexa. — O que está acontecendo? Acho que aquele homem... está morto.

Frank estava pálido. Parecia mais assustado do que Ellie já tinha visto.

— Não faço a menor ideia — respondeu com a voz rouca.

Um jovem se destacou da multidão, o rosto contorcido de raiva. Contornou o corpo no chão e se aproximou da varanda. Instintivamente, Ellie deu um passo para trás. Mesmo aterrorizada como estava, notou que Frank se manteve no lugar. Quando o jovem chegou mais perto, Ellie o reconheceu como um de seus alunos. Mas seu cérebro não descongelou o bastante para lembrar o nome dele.

O estudante apontou o cadáver do homem.

— Vejam — disparou. — Mukesh está morto. Se suicidou por enforcamento. Numa árvore de *girbal* que nos pertence. Mas seu guarda não permitindo que ele colha folhas. Ele e a família passando fome. Ele se mata.

E de repente, num momento hediondo, o quadro fez sentido quando Ellie reconheceu a mulher que chorava. Era Radha, sua cliente, a vítima de abusos domésticos que tinha visitado. Lembrou-se do encontro com o marido dela alguns meses atrás. O que Asha lhe tinha contado sobre o que marido dissera? Que ele ganhava a vida colhendo e vendendo folhas de *girbal*, que agora eram vetadas aos habitantes locais.

Mas agora não havia tempo para pensar, pois, para sua surpresa e incredulidade, Frank estava se afastando dela e se encaminhava na direção da multidão.

— Frank! — gritou Ellie. — O que você está fazendo?

— Ligue para Deepak — sussurrou Frank. — Entre em casa e ligue pra ele. Diga para mandar a polícia aqui *já*. — Mas Ellie não conseguia se mover. Ficou parada enquanto via Frank se aproximar do gradeado da varanda e observar a multidão. — Escutem! — gritou. — Eu sinto muito... pelo que aconteceu. Mas a HerbalSolutions não tem nada a ver com isso. Vocês precisam ir para casa. Nós não queremos problemas.

Ellie entrou em casa e andou em direção ao telefone.

— Entre logo, Frank — chamou. — Saia daí.

Suas mãos tremiam como pássaros numa tempestade quando ela discou o número de Deepak. Desligou tão logo pediu que mandasse a polícia até lá. Frank já tinha entrado em casa, e os dois ficaram na sala de estar, olhando um para o outro, sem tentar esconder o medo em suas expressões.

— O que nós vamos fazer se eles entrarem? — ela começou a perguntar, mas parou quando ouviu a voz de Radha chamar seu nome.

— Ellie *bhai* — dizia a voz, seguida por uma longa frase em híndi. Outras vozes, masculinas, aderiram ao cântico.

— Ellie *bhai*, Ellie *bhai*. — Em seguida, mais alto: — Senhora Ellie. Radha querendo falar com a senhora.

Frank leu os pensamentos de Ellie.

— Nem pense nisso! — ordenou. — Você não vai sair desta casa.

O cântico começou de novo.

— HerbalSolutions, vergonha, vergonha.

— Frank *sahib murdabad*.

— Viva Mukesh *bhai*.

— Eu conheço essa mulher — disse Ellie. — A mulher que é... a viúva. Talvez eu deva falar com ela.

— Não se atreva — começou Frank. — Está ouvindo essas pedras batendo na varanda? Não dá pra saber...

Os dois ficaram abraçados no sofá se entreolhando, sem entender o que acontecia. Quando a cacofonia se tornou insuportável, eles ouviram outro som. Por um instante parecia o som de chicotes estalando no ar, depois houve mais gritos e alguém berrou:

— Polícia. *Bhago, bhago*, fujam.

Ellie sentiu o corpo todo tremer.

— Faça alguma coisa! — gritou. — Faça eles pararem.

Mas Frank continuou sentado no sofá, inerte, segurando a cabeça entre as mãos. Parecia pequeno, diminuído, como se algo tivesse se desmanchado dentro dele.

— Não consigo acreditar — murmurou. — Nós temos uma porra de uma manifestação no nosso jardim.

Os gritos ficaram mais altos e agônicos. Ouviram uma série de apitos agudos e ordens sendo bradadas. Em seguida, de repente, fez-se o silêncio. Por um segundo Ellie sentiu-se grata, mas o silêncio se prolongou e começou a parecer sinistro, agourento.

— O que está acontecendo? — perguntou. Esforçou-se para que as pernas parassem de tremer e se aproximou da varanda mais uma vez. Chegou a tempo de ver um enxame de policiais de uniforme cáqui empurrando os aldeões pela escada de pedra. Procurou por Radha, mas não conseguiu vê-la. Devia ter sido a primeira a ser presa. Retraiu-se ao ver a maneira brutal e indiferente com que dois policiais embrulharam o cadáver num plástico branco e o levaram de lá. Seus olhos pousaram em um homem alto e corpulento vestido à paisana que parecia orquestrar toda a cena. Viu-o falando rudemente com os homens que retiravam o cadáver, notou o arqueamento de seu indicador quando apontou em direção à casa. Como se tivesse percebido que estava sendo observado, o homem à paisana ergueu os olhos e sorriu. Ellie estremeceu. Sentiu-se espionada, corrompida, implicada. Mesmo assim, manteve a postura, lutando contra a vontade de voltar para dentro, se enfiar na cama e cobrir a cabeça, fingindo que a última meia hora não tinha acontecido. A Índia da comemoração do *Diwali* — a Índia delicada e generosa, o país de largas saias vermelhas e dançarinas rodopiantes, de lamparinas de barro e fogos de artifício que irradiavam luz e beleza —, aquela Índia parecia tão morta quanto o cadáver no seu jardim. De repente viu a Índia como Frank conhecia — corrupta, imprevisível, volátil, até mesmo sinistra. Como o homem que vinha andando em direção à varanda, com lábios sorridentes e olhos gelados como uma manhã de janeiro em Ann Arbor.

— *Memsahib* — disse o homem, acenando para ela quando alcançou a escada.

— Pare — disse Ellie. Não tinha intenção de deixar aquele homem entrar em sua casa. — Quem é você?

Os olhos de lagarto ficaram mais frios quando seu sorriso se abriu ainda mais.

— Não precisa ter medo, Ellie *memsahib* — disse. — Eu sou Gulab Singh. Chefe de segurança da HerbalSolutions.

Gulab Singh. Ellie vasculhou a memória para lembrar por que o nome soava familiar. Então se lembrou de Nandita falando sobre a reputação de

Gulab entre os moradores: "Gostaria que Frank não tivesse contratado esse homem como chefe da segurança, Ellie", ela dissera uma vez. "É um homem nojento. Foi criado aqui, mas depois ficou cinco anos fora... Sei lá, ele diz que foi um figurão no Exército ou coisa assim. De qualquer forma, o pessoal da aldeia tem pavor dele".

Agora, encarando Gulab, Ellie sentiu a boca se retorcer de desgosto.

— O que vai acontecer com essa gente? — perguntou, conjecturando por que Frank tinha se ausentado. — Para onde eles foram levados?

Gulab estalou a língua com displicência.

— Não se preocupe com eles, *memsahib* — respondeu. — Eles vão ser tratados de forma apropriada. — Alguma coisa em sua maneira de agir, sua recusa em olhá-la nos olhos, disse a Ellie que o homem tinha percebido sua antipatia. Mas, antes de poder responder à maneira desdenhosa com que descartou o destino dos moradores, percebeu que ele se aprumou e abriu um sorriso largo. — Bom dia, Frank *sahib* — disse, e Ellie viu que Frank estava atrás dela.

— Não é um bom dia, Gulab — replicou Frank com rispidez. — Não é um bom dia de jeito nenhum. O que está acontecendo aqui?

Agora Gulab já estava na varanda, e Ellie sentiu um aroma leve, porém nauseante. Perfume de mulher, pensou com surpresa. Esse panaca está cheirando a perfume de mulher.

— Mil desculpas, senhor — ia dizendo Gulab, de uma forma tão nauseante quanto o perfume. — Eu estava na fábrica quando soube da notícia. Não fazia ideia de que esses patifes estavam planejando uma coisa dessas. Se soubesse, teria quebrado a cara deles. Mas parece que eles encontraram o homem... o corpo... hoje de manhã. Agora eu só preciso saber quem foi o encrenqueiro que resolveu vir até sua casa perturbar seu sono.

— Escuta aqui — disse Frank. — Eu não quero mais violência, entendeu? A última coisa de que precisamos são mais problemas. — Fez uma pausa de um segundo, passando a mão pelo rosto cansado. — Afinal, quem é esse cara? Por que ele se matou? E por que merda eles estão zangados comigo? O que eu tive a ver com isso?

— Frank *sahib* — começou Gulab. — Vá descansar um pouco. E, por favor, não vá à fábrica hoje. Eu vou cuidar de tudo.

— Não diga bobagens. — A voz de Ellie saiu mais alta e aguda do que pretendia. — Meu marido não é uma criança. Ele precisa entender o que está acontecendo. — Olhou para Frank, instando-o em silêncio para tomar o lado dela, para exigir explicações daquele homem que ela desprezava e de quem desconfiava mais a cada momento.

Frank olhou de Ellie para Gulab, como se medisse a hostilidade que corria entre um e outro como um rio escuro.

— O que está acontecendo? — perguntou. — Quem era aquele homem?

— Um conhecido comunista, senhor — respondeu Gulab. — Odeia os americanos. Melhor amigo de Anand. Ele se enforcou porque sabia que estávamos de olho nele.

Ellie não conseguia acreditar. Quem diabos era esse homem que tratava Frank como uma marionete? Será que ele mesmo acreditava numa palavra do que estava dizendo? Será que Frank não percebia que tudo aquilo era uma invenção? Será que iria concordar ou protestar?

— Isso é uma loucura — disse Ellie. — Eu conheço esse sujeito. — Virou-se para Frank. — Eu não te contei. Mas conheci esse homem que... o que morreu... quando estive na clínica uns meses atrás. A mulher dele é uma das minhas pacientes. Ele fez um longo discurso quando me viu na casa dele. — Percebeu que Frank abriu mais os olhos, mas se obrigou a continuar. — Eu não quis preocupar você na ocasião — disse. — Enfim, ele falou muito sobre como ganhava a vida vendendo as folhas de *girbal*. E alguma coisa sobre os guardas não deixarem mais ele ter acesso às árvores. Estava muito frustrado.

Frank soltou um suspiro.

— Entendi. — Olhou para Gulab, sem se preocupar em esconder sua antipatia. — Bem, é melhor você entrar. Precisamos pensar numa estratégia para lidar com essa confusão. — Virou-se para Ellie. — Obrigado pela informação. Só gostaria que tivesse me contado na mesma hora.

Ellie notou um lampejo nos olhos de Gulab e soube que ele percebera a leve advertência de Frank. Sentiu os músculos do maxilar se enrijecendo. Aquele homem era uma serpente. Só poderia rezar para que o marido percebesse isso.

— Bem, acho melhor deixar vocês dois sozinhos — disse afinal.

Foi até a cozinha e deixou os dois homens na sala de estar.

— Sente-se — ouviu Frank dizer, e depois só conseguiu ouvir o murmúrio de vozes. — Ellie — ouviu Frank chamar alguns minutos depois. — Será que posso pedir pra você preparar um chá?

Seu estômago revirou ao pensar em servir um chá a Gulab. Mas respondeu:

— Claro.

Frank estava escrevendo alguma coisa em uma prancheta quando ela entrou na sala com a bandeja.

— Você pode me dizer o que vai acontecer com essa gente que foi presa? — ela perguntou a Gulab.

Em vez de responder, Gulab virou-se para Frank, que olhava para o chão.

— Frank — disse Ellie com convicção. — Essa mulher que está presa acabou de perder o marido. O que você pretende fazer a respeito?

Frank olhou para ela e suspirou.

— O que você sugere que eu faça? — perguntou. Apesar de sua crescente irritação, ela percebeu a fadiga na voz do marido... e algo mais, um indício de indecisão.

— Sugiro que você faça este sujeito aqui — apontando com o queixo para Gulab — tirar todos da prisão. Imediatamente. Agora de manhã. Antes que — e ela deu a facada, calculada e deliberadamente — alguém mais se machuque sob a custódia da polícia, como já aconteceu antes.

Frank fixou nela um olhar furioso.

— Isso não era necessário.

Mas era. Era necessário para despertar Frank do estado comatoso em que se encontrava, estalar os dedos para quebrar o feitiço diabólico que aquele homem horrível exercia sobre seu marido. Percebeu que Gulab olhava de um para o outro, e ela sabia que ele era exatamente o tipo de homem que registraria aquela cena para usar em algum momento posterior. Mas não podia se preocupar com isso agora. A tarefa do momento era fazer Frank dizer as palavras que libertariam Radha e os outros da prisão. Sentia-se perplexa com o fato de que o próprio Frank não visse que, além da simples moralidade da questão, era também a melhor coisa para a HerbalSolutions, a única coisa prudente e política a fazer. Um homem morreu, ela queria gritar para Frank a fim de tirá-lo daquele estado catatônico. Um homem morreu, enforcando-se numa árvore que era parte de sua herança de infância e agora é propriedade de uma empresa cuja sede fica a quinze mil quilômetros de distância. Um homem tinha se enforcado para provar sua posse incontestável de um pedaço do mundo natural que nós tiramos dele.

— Você sabe que eu tenho razão — disse Ellie, a voz trêmula de urgência. — Eu... conheço esses moradores melhor que você. Essas prisões vão jogar gasolina na fogueira, Frank.

Alguma coisa nas palavras dela, no seu tom de voz, produziu um clique. Frank virou-se para Gulab e disse:

— Ligue para o chefe de polícia. Mande soltar todos eles.

— Mas, Frank *seth*... — começou Gulab.

— Não perca mais tempo — interrompeu Frank. — Ligue de uma vez. Ellie tem razão. No fim isso vai nos poupar de problemas.

Gulab levantou e fez uma pequena vênia.

— Como quiser, senhor. — Seus modos eram calmos, imperturbáveis. — Mas é melhor eu ir ao *chowki* de polícia pessoalmente. — Fez um gesto na direção de Ellie. — Foi um prazer conhecê-la, madame.

Ellie teve de se esforçar para responder ao cumprimento.

Já na porta, Gulab virou-se para trás.

— É melhor não ir trabalhar hoje, senhor — disse. — Pode haver... problemas na fábrica.

Frank fechou os olhos por um instante.

— Tudo bem — concordou. — Mas me ligue se acontecer alguma coisa. Quero que mantenha contato comigo durante o dia todo, entendeu? E diga para Deepak me ligar assim que puder.

— Sim, senhor. Descanse um pouco, senhor.

Depois que Gulab saiu, os dois ficaram sentados um em frente ao outro em diferentes sofás. Nenhum deles falou por algum tempo. Então Frank disse:

— Ainda acha que vir para a Índia foi uma boa ideia?

Ela olhou para ele, sem saber o que responder.

— Eu com certeza não esperava por nada... disso — Ellie por fim declarou.

— É melhor ligar para Peter e contar o que aconteceu — disse. — Parece que eu só ligo pra dar más notícias. — De repente ele esmurrou a palma esquerda com a mão direita. — Que droga. A gente fez um acordo com os operários em maio pra encontrar um pouco de paz. Eu atendi à maioria das exigências. Mas como caralho posso antecipar que um maluco da aldeia vai se matar e jogar a culpa em nós?

O olhar de indignação de Frank lembrou Ellie da expressão que Benny fazia quando alguém estava sendo injusto com ele. Apesar da raiva que sentia, seu coração se comoveu com o marido.

— Como eles sabem o motivo que o fez se suicidar? — perguntou. — Gulab explicou?

— Sim, parece que ele disse a alguns jovens da aldeia que a mulher tinha de mendigar dinheiro aos pais para comprar óleo de cozinha. O sujeito estava sem trabalhar havia meses. — Seu rosto se contraiu. — Meu Deus, Ellie. Que merda eu posso fazer? Como eles podem responsabilizar a HerbalSolutions por algo assim? Eu sei que esse pessoal é muito pobre. Mas não fomos nós que criamos essa pobreza. E somos um negócio, que droga, não uma agência de assistência social.

Ellie virou o rosto para o outro lado, sabendo que, naquele momento, Frank precisava do seu apoio incondicional, e não de uma lição de moral. Ademais, uma parte dela concordava com Frank. Conhecia Frank e Pete o suficiente para saber que destruir a economia local ou arruinar a vida de um homem eram as últimas coisas que eles teriam previsto quando negociaram os pomares das árvores de *girbal*. Lembrou-se de como Pete correu para o hospital quando Ben estava morrendo, de seus olhos vermelhos e de como estava abatido, igual a todos os demais no final da vigília. Pete era um bom pai, um amigo generoso, um bom cidadão. Assim como Frank, um homem de bem, apesar de cada vez mais desiludido e insensível. Você não deve julgá-lo, repreendeu-se. Ela não precisava lidar com a estupefaciente burocracia indiana, com as exigências emburradas e erráticas dos operários, o casual desrespeito pelos prazos estabelecidos com os fornecedores. Para todos os propósitos práticos, Frank vivia numa Índia diferente da dela.

Saiu do sofá onde estava e sentou-se ao lado de Frank. Os dois ficaram apoiados um no outro.

— Sinto muito, amor — murmurou. — Mas vai dar tudo certo. Não se preocupe. Vai dar tudo certo.

Porém não sabia se ela ou Frank acreditavam em suas palavras de consolo.

Capítulo 21

A JOVEM SENTADA À SUA FRENTE fazia Frank se lembrar de Ellie. Quer dizer, da Ellie de doze anos atrás, a mulher feérica e impulsiva que queria corrigir todas as coisas erradas do mundo. Havia algo assim em Sunita Bhasin, a jornalista que tinha chegado ao seu escritório meia hora atrás. Frank não conseguiu deixar de gostar dela, apesar de estar dolorosamente ciente de que ela o via como uma das coisas erradas que tentava corrigir.

Tinha se recusado a recebê-la da primeira vez que ela ligou solicitando uma entrevista. Ficou surpreso ao saber que a morte de Mukesh — e a posterior greve dos operários da HerbalSolutions — fora notícia nos jornais de Bombaim. Estavam também desencavando o incidente envolvendo a morte de Anand, em maio. Ficou chocado ao constatar quão parcial e injusta tinha sido a maior parte da cobertura — que inferno, nunca mais vou reclamar da Fox News, queixou-se com Ellie. Por isso, quando Sunita, que trabalhava para uma publicação em inglês de Bombaim, ligou para ele, Frank desligou o telefone. Seguiram-se dias de cobertura negativa, e as matérias nunca deixavam de incluir a observação: "A gerência da HerbalSolutions se recusa a comentar". Era enlouquecedor. E, graças às glórias da internet, Pete estava acompanhando todas as malditas matérias. Para piorar ainda mais, os jornais alternativos de Ann Arbor também se inteiraram da notícia. Agora todos os dias havia telefonemas de Pete ou de outros executivos de Ann Arbor exigindo que Frank desse um jeito nos ataques que vinham sofrendo da imprensa. Exigindo que fizesse algo para acabar com a greve.

— Que merda você quer que eu faça, Pete? — respondeu Frank afinal.
— Que eu devolva as malditas árvores pra eles? Só isso resolveria o problema.
Houve um breve momento de silêncio. Depois Pete falou:

— Não podemos fazer isso. Essa pílula contra a diabetes é o nosso carro-chefe no momento. Mas você precisa fazer alguma coisa, Frank. Ontem à noite eu levei Joe para o treino de beisebol, e um dos pais parou para me perguntar sobre a situação na Índia. Isso é ruim.

— Então o que você quer que eu faça? — perguntou Frank de novo.

— Eu não sei, Frank. — Pete nem tentou esconder a irritação na voz.
— Pense em alguma coisa. É por isso que eu te pago.

Frank estava tremendo quando desligou o telefone. Pete era amigo dele. Em todos aqueles anos juntos, Pete nunca usou sua posição na empresa, jamais lembrou Frank de que era o presidente da companhia. Também doeu a referência casual ao jogo de beisebol de Joe, a indiferença de Pete em relação à lembrança de Benny que inevitavelmente provocaria em Frank. Ficou pensando durante alguns minutos e discou o número de Sunita Bhasin.

— Se você ainda quiser uma entrevista comigo, eu estou disponível — disse.

Estava esperando um jornalista profissional de meia-idade, por isso ficou agradavelmente surpreso quando uma jovem atraente de cerca de vinte e cinco anos entrou em seu escritório dois dias depois. Vestia-se como quase todas as mulheres cultas e formadas na universidade de Bombaim — uma *kurta* branca por cima de um jeans e uma grande bolsa de algodão. Cabelos pretos e lisos emolduravam um rosto de expressão inteligente. O coração de Frank ficou aliviado. Parecia alguém com quem ele poderia falar, alguém que nitidamente tinha uma formação culta e ocidentalizada.

Porém, meia hora depois, Frank percebeu um pequeno filete de suor escorrendo pelo rosto que lutava contra a vontade de enxugar para não revelar o efeito que suas perguntas duras e prosaicas exerciam sobre ele. Os dois já tinham se envolvido numa discussão genérica e acalorada a respeito dos prós e contras da globalização, e, enquanto a conversa se mantinha num nível abstrato e teórico, Frank se sentiu seguro de si, sabendo que estava pisando em território sólido. Mas agora ela perguntava sobre as circunstâncias da morte de Mukesh.

— O senhor acha que é ético uma empresa estrangeira ser dona de recursos naturais de outro país? — perguntou Sunita.

Frank emitiu um som exasperado.

— Ah, pelo amor de Deus. A terra nos foi arrendada pelo seu governo num negócio justo. Se soubéssemos que teríamos todos esses problemas, ora, nem teríamos feito a proposta.

— O governo é corrupto — disse Sunita casualmente. — Todo mundo sabe disso. Na verdade, nós estamos examinando todos os contratos. — Ela olhou para o outro lado por um instante, antes de voltar a fixar os olhos nele. — Quanto de suborno vocês tiveram de pagar aos agentes do governo?

Frank fez menção de se levantar da cadeira.

— Eu não vou ficar aqui sendo insultado — respondeu. — Eu concordei com esta entrevista de boa-fé...

— Tudo bem — ela logo concordou. — Eu retiro a pergunta. Desculpe.

— Além do mais, esse negócio foi fechado muito antes do meu envolvimento com esta fábrica na Índia — prosseguiu Frank. — Eu não participei da negociação.

— Tudo bem — ela repetiu, olhando para seu bloco de notas. — Outra pergunta. Vocês estão pensando em oferecer à viúva de Mukesh alguma compensação pela morte do marido?

Havia algo tão presunçoso e autocongratulatório na expressão dela que Frank teve vontade de estapeá-la.

— Acho que devo lembrá-la de que Mukesh não trabalhava para nós. Na verdade, até ele fazer isso... essa conexão infeliz e tangencial entre ele e nós, nunca tínhamos ouvido falar desse homem.

— Eu não perguntei sobre a sua responsabilidade legal — observou Sunita delicadamente. — Perguntei sobre a sua responsabilidade moral.

— *Touché* — replicou Frank. — Na verdade, não acredito que tenhamos qualquer responsabilidade moral com a família desse homem. Mas isso não quer dizer que nós não...

O rosto da mulher assumiu uma coloração afogueada.

— É exatamente contra tal tipo de insensibilidade que esses aldeões estão lutando — disse. Engoliu em seco e perguntou: — Sr. Benton, o senhor tem família?

— Tenho uma esposa — respondeu Frank cautelosamente. Não fazia ideia de para onde ela estava indo com aquele tipo de raciocínio.

— Mas não tem filhos?

Ele pensou por um momento.

— Não.

— Foi o que imaginei — disse Sunita. — Veja, se tivesse filhos, o senhor teria uma visão diferente de tudo isso, sobre a sua responsabilidade com o mundo natural, com essas árvores que estão desfolhando, com essa pobre mulher que terá de criar os filhos sendo viúva. Acho que é isso que os filhos fazem, não? Eles nos sensibilizam para as infelicidades do mundo.

Frank lutou contra o impulso de levantar fisicamente da cadeira aquela mulher presunçosa, virtuosa e ignorante e jogá-la para fora do escritório. Era uma característica tipicamente indiana — essa inquirição implacável seguida por uma insuportável e orgulhosa superioridade. Como se eles soubessem mais da sua vida do que você.

— Escute — começou Frank, com os olhos ardentes. — Não se atreva a me julgar. Você não sabe merda nenhuma a meu respeito. Eu perdi meu filho único mais de dois anos atrás. Minha mulher e eu ainda estamos nos recuperando dessa perda, entendeu? Por isso, não se atreva a fazer proselitismo sobre sofrimento e miséria. Se você pensa que não estou sofrendo por causa desse pobre filho da puta que se enforcou, bem, é porque não sabe nada sobre mim. Mas eu tenho outras responsabilidades. Tenho que administrar uma empresa. Que é muito mais difícil do que se esconder atrás de um bloco de notas e inventar qualquer merda pra sair no jornal no dia seguinte.

Para seu grande espanto, os olhos de Sunita se encheram de lágrimas.

— Oh, meu Deus — ela falou com a voz entrecortada. — Sinto muito.

Frank balançou a cabeça bruscamente.

— Esqueça.

— Não, eu sinto muito, mesmo. Minha mãe sempre me critica por essa... facilidade que tenho para julgar os outros.

Frank ficou ouvindo, surpreso, enquanto Sunita se derramava numa série de autorrecriminações. Aquela entrevista estava ficando surreal. Sentiu saudade de Dave Kruger, o repórter de economia do *Detroit Free Press*, que o entrevistara em inúmeras ocasiões e sempre manteve sua atitude eficiente e profissional. Apesar de todo o ceticismo dele e de Ellie a respeito da objetividade no jornalismo, Frank de repente se sentia grato aos jornalistas que pelo menos tentavam. Não fazia ideia se Sunita era ou não uma representante típica de sua profissão. Mas uma coisa ele sabia — mesmo depois de um almoço e dois martínis, Dave Kruger não se envolveria no tipo de autopunição em que Sunita se encontrava naquele momento.

Percebeu também outra coisa: que tinha perdido o controle, permitindo que aquela mulher o perturbasse a ponto de perder o controle de suas emoções. Mostrara um nervo exposto a uma estranha, que estava protegido por uma fina camada de pele. Aquilo o deixou assustado, a percepção de como vivia à beira do limite, de que o menor empurrão poderia levá-lo ao desequilíbrio. Pela primeira vez, admitiu para si mesmo quanto o suicídio de Mukesh o comovera, remexendo em suas lembranças daqueles dias horríveis depois de Anand ter sido espancado pela polícia. E como cada um desses incidentes fazia o trauma pela morte de Benny vir à tona novamente.

— Srta. Bhasin — disse Frank afinal. — Não me senti ofendido. Realmente. Mas tenho outro compromisso agendado para o momento. Portanto, se não tiver mais nenhuma pergunta...

Para seu alívio, ela se levantou de imediato.

— Claro, claro. Eu sou tão insensível. Desculpe. Obrigada por sua atenção. E, mais uma vez, por favor, aceite minhas desculpas.

Os dois trocaram um aperto de mãos, e Frank a acompanhou até a porta. Mas, pouco antes de sair, ela se virou para ele.

— Quantos... quantos anos tinha o seu filho?

Os olhos de Frank se encheram de lágrimas antes que conseguisse se controlar.

— Sete anos. E o nome dele era Benny.

Sunita aquiesceu.

— É um bonito nome — observou. Havia algo antigo e maduro em sua expressão, uma nova compreensão dos fatos.

— Obrigado por ter perguntado.

A greve se prolongou por duas semanas. Pete ligou todos os dias nesse ínterim, administrando a situação de perto, como nunca fizera antes. Frank proibiu Ellie de trabalhar como voluntária na clínica durante aquele período, sabendo que não era seguro. Ela concordou sem protestar muito, e Frank desconfiava que Nandita teria dado o mesmo conselho. Mas Ellie compareceu ao funeral de Mukesh sem lhe dizer nada. Só o informou depois, acrescentando, antes que ele pudesse protestar:

— Foi bom eu ter ido. Radha ficou muito grata por me ver. Eu conquistei alguma boa vontade em relação a você, Frank. E todos me trataram com muito respeito.

Nandita e Shashi vieram jantar algumas noites naquelas duas semanas.

— Então, o que você está sabendo sobre a situação na aldeia, Nan? — perguntou Frank. — As coisas estão se acalmando?

Nandita olhou para o próprio prato, onde o frango *tikka masala* continuava intocado.

— Está bem ruim — respondeu. — Esse pessoal não tem rede de proteção, não tem economias. Por isso a greve está matando a todos.

— Então eles deveriam voltar ao trabalho.

Ela abriu um sorriso triste.

— Com certeza eles vão acabar voltando.

— Eles preferem passar fome a voltar ao trabalho?

— Eles querem ter acesso às árvores deles, Frank.

— Você quer dizer, às *nossas* árvores.

Nandita olhou Frank nos olhos.

— Não, eu quis dizer às árvores *deles*.

A sala ficou silenciosa, a não ser pelo rugido que Frank ouvia em suas orelhas. Sentiu-se furioso, envergonhado, humilhado.

Shashi pigarreou.

— Isso é uma tolice — começou.

— *Chup re* — repreendeu Nandita. Olhou para Frank do outro lado da mesa. — Você sabe que eu gosto de você, Frank — disse em voz baixa. — Sei quanto é inteligente e sei que tem um bom coração. Por isso, nunca vou desrespeitar seus sentimentos dizendo mentiras. Vou sempre dizer a verdade, mesmo que seja dolorosa.

Frank se obrigou a olhar para ela, esperando que não percebesse que seu rosto afogueava.

— E qual é a verdade?

— A verdade é que eles deveriam ter acesso às árvores que seus antepassados plantaram. A verdade é que essa comunidade nunca viu um caso de diabetes, graças a essas folhas. A verdade é que é totalmente imoral tratar diabetes no Ocidente à custa do povo que fornece o tratamento.

— Mas as suas verdades são subjetivas — retrucou Frank. — O fato é que esse pessoal nunca teve um programa de reflorestamento. Eles acabariam com as árvores em algumas gerações. Na verdade, nós os estamos protegendo quando plantamos novas árvores.

— E que bem isso vai fazer se eles não podem se beneficiar dessas árvores? — perguntou Ellie.

O fato de Ellie também estar do lado deles o deixou magoado. Embora Shashi não tivesse dito nada, Frank imaginou que concordava com sua mulher. Achou que nunca se sentira tão só desde que chegara à Índia.

— Bem, nós não podemos simplesmente devolver as árvores aos habitantes — disse.

— Ninguém está pedindo pra você fazer isso. Apenas para dividir a colheita com a população local. Vocês nem vão notar, acredite em mim.

— Eu vou pensar a respeito — resmungou Frank.

No dia seguinte, Frank foi trabalhar armado de uma proposta para Pete. Não precisou muito para convencer seu chefe a concordar com sua recomendação. Trabalhando junto ao *panchayat* da aldeia, ou conselho dos anciões, Frank anunciou que doravante os moradores teriam direito a uma fração da colheita das folhas de *girbal*. Um pequeno grupo de operários voltou ao trabalho no mesmo dia. Com a aprovação de Pete Timberlake, a HerbalSolutions também emitiu um cheque de quinze mil rupias para a viúva de Mukesh. Finalmente, foi criado um fundo para ajudar na construção de um novo anexo na clínica de Nandita, que levaria o nome de Clínica Mukesh Bhatra. Os últimos operários retornaram ao trabalho, e a greve foi oficialmente encerrada.

Sunita Bhasin escreveu uma matéria laudatória sobre como a HerbalSolutions estava na vanguarda de uma nova consciência por parte de empresas estrangeiras operando na Índia. Frank leu a matéria no avião a caminho de Chennai, onde negociaria a compra de uma máquina que substituiria cerca de um terço da força de trabalho da fábrica.

Capítulo 22

Frank olhou mais uma vez para o relógio. Eram dez horas. Gulab já estava quinze minutos atrasado. Era uma manhã de domingo, e ele estava esperando Gulab trazer uma pilha de cartas que deveriam ser assinadas. Frank tinha voltado de Chennai no sábado, e Deepak precisava com urgência que ele assinasse uma pilha de papéis que aguardavam sua aprovação. Ellie tinha saído uma hora atrás para se encontrar com Nandita para o desjejum, possibilitando que Gulab viesse entregar os papéis. Desde o dia da manifestação, Ellie deixara bem claro que não queria Gulab em sua casa.

Prakash estava na cozinha preparando o almoço quando a campainha da porta finalmente tocou. O cozinheiro fez uma expressão de curiosidade.

— Eu atendo — disse Frank rapidamente. — Estou esperando uma visita.

O que Frank não esperava era a expressão do rosto de Prakash ao ver Gulab Singh entrar na cozinha. O homem empalideceu. Mas Gulab pareceu nem ter notado quando olhou para Prakash com ar de superioridade.

— *Kaise ho*, Prakash? — disse.

— *Theek hu* — murmurou o cozinheiro, mantendo os olhos na bancada.

— Ótimo — replicou Gulab em inglês. Virou-se para Frank e sorriu. — É um prazer revê-lo, senhor. — Deu uma olhada na maleta que trazia. — Deepak *sahib* deu muitos, muitos papéis para o senhor assinar.

— É isso mesmo — concordou Frank. Foi até a sala de estar e já estava para se sentar quando Gulab perguntou:

— Podemos ficar na varanda, senhor?

— Se você prefere.

— Eu costumava frequentar muito esta casa, senhor — disse Gulab em tom conversacional, enquanto Frank ia até a varanda. — Eu conhecia bem o antigo proprietário. Eu fiz alguns... trabalhos para ele.

— Que espécie de trabalho? — perguntou Frank, embora na verdade não tivesse interesse em saber.

— Era um alemão, senhor. Solteiro. Eu costumava arranjar mulheres para ele.

Frank sentiu o estômago revirar. Um hábito tipicamente indiano, pensou. Sempre fornecendo mais informações que o necessário. Quer dizer, isso quando não se mostravam inescrutáveis.

— Entendi — disse indiferente. — Hã. Bem. Vamos começar...

Gulab acomodou o corpo numa cadeira de palha perto do balanço da varanda.

— Esse sujeito aí dentro — continuou Gulab. — A mulher dele costumava ficar muito brava. Ela me culpava por corromper o tiozinho Olaf. Por isso, recomendei que Prakash a levasse ao cinema ou coisa assim quando as mulheres vinham aqui.

— Foi assim que você o conheceu? Prakash, quero dizer?

Gulab deu uma risada anasalada.

— Prakash? Eu conheço Prakash desde que ele andava por aí de bunda de fora. Era um garotinho levado, sempre aparecendo na nossa casa pra pegar sobras de comida que minha mãe dava pra ele. — Endireitou-se na cadeira e olhou para Frank. — Ele era órfão, sabe? A mãe morreu no parto, e o pai faleceu alguns anos depois. Então ele andava de casa em casa na aldeia. Minha mãe tinha um fraco por ele por alguma razão. Sempre dando comida, calças e camisas usadas. Eu costumava dar umas surras nele, tentando afastá-lo. Mas ele continuava voltando, como um vira-lata, sempre na hora do jantar. — Gulab jogou a cabeça para trás, dando risada.

Frank sentiu uma intensa repugnância pelo homem ao seu lado. Se Gulab estivesse falando daquela forma de qualquer outra pessoa, Frank o teria expulsado da casa. Mas sua antipatia por Prakash o tornava tolerante com a crueldade casual de Gulab.

258 *Thrity Umrigar*

— Bom, acho que o fato de ser órfão explica por que ele é um pai tão relapso — comentou. Apesar disso, seu tom de voz amainou ao pensar em Ramesh. — O lamentável é ele ter um filho maravilhoso. Muito inteligente. Um dia vai poder administrar uma empresa como a nossa, se tiver uma orientação adequada em vez desse... desse pai ciumento e limitado.

Os olhos de Gulab se estreitaram, e Frank notou que o homem percebera a amargura em sua voz. Cuidado, disse a si mesmo. Esse homem é seu funcionário. Não faz sentido ficar falando demais.

— É, eu conheço o garoto. Está sempre com a mãe no mercado. Tem uma natureza solar. — Gulab fez uma pausa. — O que faz esse velho bobo se sentir enciumado, senhor? — O tom de voz era casual, quase desinteressado.

Mas a simples pergunta desencadeou a frustração represada de Frank.

— Eu. Dá pra imaginar? O idiota tem ciúme da minha amizade com o filho dele. Acha que vou roubar o garoto ou coisa assim.

— É o que o senhor deveria fazer. — O tom de voz de Gulab era macio, quase sedutor.

— Como?

— O senhor *deveria* roubar o garoto. Levá-lo com o senhor para a América. Proporcionar uma boa vida a ele. Aqui, senhor, ele só vai apodrecer. — Gulab abaixou a voz. — Além do mais, senhor, o casamento dos pais é miscigenado. E eles vivem nesta casa há muitos anos, longe do pessoal da aldeia. O garoto vai ter muita dificuldade quando estiver na idade de se casar. Ninguém vai querer ver a filha casada com um vira-lata.

Frank vacilou, sentindo-se irritado. Como se tivesse lido os pensamentos de Frank, o homem mais velho estendeu a mão como que para defletir a culpa.

— Essa não é minha opinião, senhor. Só estou dizendo que conheço a mentalidade desses aldeões.

Frank aquiesceu, sinalizando que já tinha entendido. Mas seus pensamentos estavam em outro lugar. Com um sobressalto, percebeu que, durante os últimos meses, sempre que imaginava Ramesh dali a uns cinco ou dez anos, via o garoto nos Estados Unidos. Via Ramesh como um garoto americano. Tantas vezes dissera a Ellie que o garoto poderia estudar no MIT se tivesse o apoio apropriado que já começava a acreditar nisso. Apenas imaginar Ramesh continuando a morar naquele buraco do inferno, parando os estudos para arranjar algum emprego miserável, condenado a ficar solteiro porque os aldeões ignorantes e analfabetos não o consideravam digno de se casar com suas filhas vazias e analfabetas, tendo que cuidar da mãe fragilizada e do pai ingrato envelhecendo, deixava Frank desesperado. Já havia meses ele vinha acreditando na história que tecera para si mesmo, uma história em que resgatava o garoto daquele destino, colhendo-o como uma flor para transplantá-lo para um solo fértil, onde ele poderia florescer. Mas as sucintas palavras de Gulab o haviam roubado daquela ilusão, e agora tinha de imaginar Ramesh como ele era visto pela população — como um garoto de pedigree duvidoso, produto de uma transgressão que a maioria desprezava. Se havia alguma coisa especial no garoto que chamava a atenção deles, não era o fato de ser inteligente, bom e talentoso. Era o fato de que seu pai hindu — um garoto órfão que tinham criado com as migalhas de sua caridade — se casara com uma garota cristã de outra localidade, sendo rejeitada pela própria família por causa dessa desonra.

— Essas pessoas são idiotas — disse Frank, ele próprio surpreso com o veneno em sua voz. — Pensei que Ramesh só tivesse de enfrentar esse imbecil na cozinha. Não sabia que a aldeia estava cheia de imbecis.

— O senhor deveria levá-lo. Para a América, quero dizer. Proporcionar uma boa vida a ele lá.

Frank fez uma careta.

— E o que eu faço com os pais dele? Eles já me olham feio quando peço para levar o garoto à praia por um dia. Ele deve ir para os Estados Unidos conosco para ficar dez dias no Natal. Pelo que a mulher dele me diz, convencer Prakash a aceitar foi como extrair um dente. Posso imaginar qual seria sua reação se...

Frank parou de falar, interrompido pelo som emitido por Gulab, uma mistura de pigarro com assobio.

— Esqueça os pais dele, senhor. — Num gesto característico dos indianos, Gulab juntou os cinco dedos da mão e os separou de repente, como se descartasse alguma coisa. — Eles não são nada. Eu posso fazer com que desapareçam.

— Hã? Como assim, desapareçam?

Os olhos escuros de Gulab se fixaram em Frank por um bom tempo. Naquele momento, Frank lembrou-se de algo que Gulab lhe contara uma vez — que matara homens com as próprias mãos. Seu corpo estremeceu. Mas, antes de dizer qualquer coisa, Gulab sorriu, um sorriso lento e reticente.

— Quando estiver pronto para levar o garoto, senhor, fale comigo. Aí eu explico o que estou dizendo. — A voz dele soou baixa, hipnótica, e de repente Frank se sentiu sonolento e entorpecido, como se estivesse sendo drogado pela voz sedutora de Gulab. Uma veia latejou em sua testa enquanto Gulab sustentava seu olhar. Estremeceu e virou o rosto, perturbado pelo que viu nos olhos de Gulab.

Frank bocejou e balançou a cabeça, sentindo que quebrava o feitiço lançado por Gulab.

— Tudo bem. Chega dessa conversa maluca — disse, obrigando sua voz a assumir um tom casual, cuja leveza não sentia. — É melhor concluirmos este trabalho.

Gulab imediatamente assumiu um tom formal.

— É claro, senhor. Tem um bocado de papéis para assinar.

Os dois se ocuparam por uns vinte minutos, até Frank ouvir a voz anasalada de Prakash na soleira da porta.

— A sopa está pronta. Devo servir aqui? — Ao erguer os olhos, Frank viu que, embora estivesse se dirigindo a ele, Prakash estava olhando para Gulab, paralisado, com olhos alertas e assustados. Ele fica petrificado diante de Gulab, pensou Frank. Esse sacana deve ter aprontado muito com ele quando eram garotos. Apesar do que sentia em relação a Prakash, seu coração se encheu de pena.

— Pode deixar na panela — respondeu. — Eu mesmo posso esquentar quando terminarmos. — Estava prestes a perguntar se Gulab queria beber alguma coisa quando se deteve. Por alguma razão, sabia que pedir para Prakash servir uma Coca ou uma Limca à sua velha nêmese seria mais do que o cozinheiro conseguiria suportar. Além do mais, algum instinto recomendou que mantivesse o chefe de segurança a distância, que não deixasse o homem esquecer seu devido lugar. Mesmo o pequeno gesto de oferecer uma bebida seria um sinal de familiaridade, de cumplicidade, o que não estava disposto a conferir a Gulab.

— Pode ir pra casa — disse a Prakash com uma voz menos severa que o habitual. — Vá descansar um pouco. — Pelo canto dos olhos, viu Gulab levantar a cabeça, mas, quando voltou a olhar, o homem estava concentrado de novo nos papéis à sua frente.

— Como quiser — disse Prakash, virando-se para sair.

— Ele é um bom cozinheiro — disse Frank quando Prakash já tinha saído. Mesmo aos próprios ouvidos, as palavras soaram defensivas, como se quisessem justificar sua delicadeza com Prakash.

A expressão de Gulab continuou impassível.

— Existe um ditado em híndi. Diz que até mesmo merda de galinha pode servir de alimento às moscas. Até mesmo *bevakoofs* podem ter suas virtudes, senhor.

Frank deu risada.

— Essa, eu nunca tinha ouvido. — Voltou para a pilha de papéis. — Tudo bem. Vou dar uma última olhada pra ver se preciso assinar mais alguma coisa.

Mal tinha lido dois documentos quando olhou para fora e viu Ramesh andando perto do muro de pedra que separava o gramado da praia. Gulab avistou o garoto ao mesmo tempo e fez menção de levantar da cadeira.

— Há um rufião na sua casa, senhor — disse. — Vou expulsá-lo daqui.

— Deixe estar — disse Frank. — Esse é o Ramesh. Ele mora aqui.

— Sim, é claro, eu me enganei — começou a dizer Gulab, mas Frank não estava prestando atenção, pois Ramesh já os tinha visto e agora corria na direção deles com os pés descalços.

— Oi, Frank — ofegou quando se aproximou. — Você pode jogar basquete hoje?

Não parecia certo deixar Gulab testemunhar sua interação com o garoto. Queria proteger a inocência de Ramesh, sua sinceridade, da sondagem do olhar penetrante de Gulab.

— Hoje, não — respondeu sucintamente. — Eu tenho trabalho a fazer, Ramesh. A gente se fala mais tarde, tá?

— Tudo bem — respondeu Ramesh, mas Frank percebeu que ele ficou magoado. Não tinha importância. Mais importante era afastar o garoto de Gulab Singh e de seu olhar vigilante.

— Tchau — acrescentou Frank. — Agora pode ir.

Ramesh saiu correndo, olhou para trás uma vez, mas sem diminuir a velocidade. Os dois homens ficaram olhando quando ele pulou o muro para a praia do outro lado.

— Garoto meigo — comentou Gulab. O tom de voz era neutro. — Ele chama o senhor de Frank? Não *sahib* ou senhor?

— Minha mulher não gosta de formalidades. — Quase disse servidão, mas sabia que Gulab veria isso como uma fraqueza da parte de Ellie.

O homem sorriu.

— Americanos. Um povo informal. Era a mesma coisa quando estava na Virgínia. Muito informais nas roupas e no discurso.

— Você já esteve nos Estados Unidos? Quando?

— Quando eu estava no Exército, senhor. Missão de treinamento especial com o governo americano.

Frank pensou por um momento.

— Você esteve na Virgínia? Trabalhando para a CIA?

Gulab virou o rosto e olhou para o mar.

— Missão secreta, senhor. Nem minha mãe ou meu pai sabiam onde eu estava durante três meses. — Depois começou a contar a Frank o que o levara à Virgínia, mas a história era tão enrolada e Gulab usava tantas siglas que Frank não conhecia que ele logo desistiu de acompanhar o relato. Não fazia ideia se o homem estava dizendo a verdade. Tudo o que dizia parecia incrível, mas Frank entendia o bastante de política para saber que os governos se saíam bem com o que faziam por contarem que os cidadãos comuns descartariam alguns eventos por julgá-los incríveis e implausíveis. Frank voltou sua atenção aos papéis à sua frente, e Gulab, afinado com todas as nuances, parou de repente. — De qualquer forma, senhor, isso tudo é passado. História antiga.

Frank pegou a caneta e começou a assinar os papéis. Gulab apresentou mais alguns para serem lidos e assinados. A certa altura, Gulab foi até a cozinha e voltou com um copo d'água.

— Aqui, senhor — disse. — Água é importante no calor. — Enquanto Frank continuava o trabalho, Gulab apoiou-se no parapeito da varanda e ficou olhando para o mar.

A pilha já estava bem menor quando Ellie voltou para casa. Os dois ouviram a maçaneta girar e Ellie dizer:

— Querido?

Que merda, pensou Frank, ela voltou antes do que eu imaginava.

— Estou aqui! — gritou. — Na varanda.

Ellie entrou, o rosto afogueado de calor, tirando o chapéu de palha da cabeça. Seu sorriso foi interrompido quando avistou Gulab, que tinha se afastado do gradil.

— Ah! — exclamou Ellie, enrijecendo. — Eu não sabia que...

— Olá, *memsahib* — cumprimentou Gulab.

Ellie não respondeu ao cumprimento de Gulab. Frank sentiu seu rosto corar, envergonhado pela indelicadeza de sua mulher. Ellie virou-se para Frank.

— Por que você está trabalhando num domingo?

— Só estava assinando alguns papéis — explicou, desejando que ela não fizesse uma cena, não desse uma de esposa zangada na frente de Gulab. Para seu alívio, ela deu meia-volta e saiu.

— Foi um prazer revê-la, *memsahib* — disse Gulab, mas ela não respondeu.

— Ela ficou chateada por eu estar trabalhando — disse Frank, tentando justificar a inexplicável indelicadeza de Ellie.

A expressão de Gulab continuou impassível.

— É claro, senhor.

O homem saiu meia hora depois. Frank acompanhou Gulab até a porta e depois foi até o quarto onde Ellie estava deitada na cama lendo.

— Oi — disse. — Como foi o café da manhã?

— Ótimo — ela respondeu sem tirar os olhos do livro que lia. — Por que você deixou esse homem odioso voltar à nossa casa?

— Eu já disse que queria adiantar algumas coisas.

Ellie rolou de lado e sentou de pernas entrelaçadas na cama ao lado de Frank. Começou a massagear os ombros dele.

— Nós paramos no mercado, eu comprei algumas coisas pra Ramesh distribuir como presentes de Natal para o pessoal de Ohio.

— É mesmo?

— Sim. Imaginei que seria estranho ele não participar da troca de presentes.

Frank se virou para beijá-la.

— Você é maravilhosa. — Levantou da cama. — Acho que Prakash fez uma sopa de frango com milho. Quer um pouco?

— Claro. Só me dê cinco minutos. Quero acabar este capítulo. Ah, a propósito, Nandita nos convidou para um chá no Shalimar hoje à tarde. Você quer ir?

— Claro.

Frank foi até a cozinha para aquecer a sopa, com o coração mais leve do que sentia em muitos dias. Sabia que Ellie não estava muito entusiasmada em passar o Natal em casa, mas agora ousava ter esperanças de que estar com Ramesh seria bom para ela também. De repente se flagrou assobiando enquanto punha a panela no fogo.

Parte do seu cérebro continuava querendo apagar a estranha conversa que tivera com Gulab, tentando decodificar as palavras evasivas e vagamente sinistras do homem. Mas se esforçou para se concentrar na chama firme de felicidade que a iniciativa de Ellie de comprar os presentes fez arder em seu coração, parecida com a chama azulada do fogão a gás que acabara de acender.

Capítulo 23

PRAKASH TENTOU ERGUER A PANELA DO FOGÃO, mas não conseguiu. Suas mãos tremiam muito. Mesmo com o *badmaash* Gulab tendo ido embora muitas horas atrás e com Frank e Ellie passando a tarde fora, ele continuava a sentir a presença do homem pairando pela casa como uma fumaça negra.

Era demais. Estavam lhe pedindo para aguentar coisas demais. Primeiro era o americano tentando assumir a vida do seu filho. E agora recebendo em casa o homem que infernizara sua infância, um valentão sempre de punhos em riste quando Prakash estava por perto. Todas as crianças da aldeia sentiam medo de Gulab, que era alguns anos mais velho que a maioria. Mas grande parte delas tinha um pai ou uma mãe para protegê-las, para pegar Gulab pelas orelhas e arrastá-lo até a casa da mãe para reclamar. A velha estapeava a cabeça do filho, e por um ou dois dias ele parava de aterrorizar os outros. Só Prakash não tinha ninguém para defendê-lo, e Gulab se aproveitava disso. Socos. Beliscões. Pontapés. Tapas. Coques na cabeça. E, o pior de tudo, as risadas e as piadas cruéis.

— *Ae*, Cara Triste — dizia o adolescente Gulab. — Qual é o problema, *yaar*? Até parece que seu pai e sua mãe morreram.

Prakash tentava se manter afastado, rezava para ser invisível, mas seu silêncio só deixava Gulab ainda mais furioso.

— Vem cá, seu filho da puta — continuava. — Diz pra mim, quem foi que morreu hoje?

Não havia uma resposta correta. Responder provocava violência. Assim como ficar em silêncio. Além do mais, as dores físicas eram suportáveis. Mas as humilhações eram intoleráveis. A maneira como os outros garotos olhavam quando ele era torturado, o desprezo e o dó que via em suas expressões. Se não houvesse testemunhas, o abuso não teria incomodado. Mas Gulab sempre fazia questão de que houvesse espectadores para os seus tormentos. E ninguém defendia Prakash, nenhuma mulher, homem ou criança. Não havia sequer um animal de estimação, um cachorro que arreganhasse os dentes para Gulab.

Prakash se sentiu muito aliviado quando Gulab sumiu da aldeia por vários anos. Diziam os boatos que ele tinha entrado para o Exército e estava lutando na Caxemira.

— Tomara que a ralé muçulmana mate ele e coma seus ossos — disse ao seu amigo Amir quando soube da notícia. Amir pareceu chocado por um segundo, mas logo abriu um sorriso, mostrando os dentes vermelhos manchados de bétele.

— E que engasgue com os ossos dele — concordou.

Mas demônios são difíceis de matar, pensava Prakash enquanto lavava uma frigideira em água quente. Gulab tinha voltado à aldeia alguns anos depois que ele e Edna se mudaram para a casa de Olaf. Durante esses anos, Gulab passava pela casa ao menos uma vez por semana, sempre para trazer uma nova mulher a Olaf. E agora estava de volta, admitido na casa pelo americano. Ainda atormentando Prakash com sua mera existência.

A porta rangeu, e Edna entrou.

— *Baap re baap* — disse. — Por que tanta barulheira? Você tá lavando ou matando a panela?

Prakash lhe lançou um olhar feio.

— Não fale nada — replicou. — Só fique *chup-chap* se vai ficar por aqui.

— Que *bhoot* deu em você esta noite?

Prakash largou a panela com um estrondo.

— Gulab esteve aqui hoje — disse. Ele sabia que Edna também não gostava do homem. — Está vendo quem o seu mérican admite em casa? Gente dessa laia.

Por um instante, ficou feliz ao pensar que Edna concordaria com ele. Mas ela semicerrou os olhos e disse:

— Gulab trabalha como segurança na companhia. Claro que o sr. Frank vai receber ele a trabalho. Mas o que está te incomodando?

— Como é que ele deu o emprego a esse sujeito? As pessoas da aldeia dizem que Gulab mandou o pobre Anand ser espancado pelos *chowki* da polícia.

— As pessoas na aldeia não falam alhos com bugalhos. Você acredita neles?

Prakash detestava isso na sua mulher, a maneira como concordava cegamente com o americano, indo contra a própria família.

— Você não tem vergonha. Não fica do lado dos seus compatriotas.

— Compatriotas? Esses idiotas me ignoram desde o dia em que cheguei neste lugar esquecido por Deus. Agora eles viraram meus camaradas?

Prakash olhou para ela com frustração. Durante anos ele deixou que a esposa acreditasse que sua aversão por Gulab era devida ao fato de o homem agir como cafetão para Olaf, não querendo que ela percebesse a esmagadora vergonha e o terror que sentia sempre que se encontrava na órbita de Gulab.

— Você é uma boba — disse mansamente. — Está cega por sua lealdade a esses estrangeiros.

— A sra. Ellie me trata melhor do que qualquer um em Girbaug já me tratou. O sr. Frank ensina o meu filho. Você que é ingrato com os que põem comida no seu prato.

Prakash pegou a panela de curry do fogão e colocou-a na bancada da cozinha com tanta força que derramou um pouco do molho.

— Eu é que ponho comida no prato *deles*! — gritou. — Não são eles que me dão comida. — E, antes que pudesse pensar melhor, juntou um pouco de saliva na boca e cuspiu no molho curry.

Edna ficou olhando para Prakash num silêncio estupefato.

— O que... você fez? — perguntou afinal. — Ficou completamente louco? Cuspindo na comida deles? *Arre baap*. Que Deus o proteja, homem.

De repente Prakash se sentiu choroso, impuro. Nunca tinha feito uma coisa tão suja. Edna o deixara furioso.

— Eu... Está vendo o que você me faz fazer, mulher? — disse, querendo que ela saísse da cozinha para poder pensar melhor. Olhou para o relógio. Não havia tempo para preparar outro curry antes que eles voltassem para casa.

Os lábios de Edna se curvaram para baixo.

— Seu homem inútil e sem-vergonha! — começou. — Totalmente *namak-haraam*. Minha mãe sempre dizia...

— Maldita seja sua mãe e a mãe dela! — berrou Prakash. — Malditas sejam seis gerações da sua família. Agora saia daqui. Saia da minha cozinha antes que eu... — Pegou uma espátula e levantou o braço, ameaçador. — Estou dizendo isso para o seu bem, Edna. Saia daqui.

— Estou saindo. — Ela abriu a porta e olhou para trás. — Mas se você servir esse curry, juro que vou contar a verdade.

Prakash continuou apoiado na bancada, lágrimas correndo pelo rosto. Como ele odiava toda aquela gente — Gulab, Edna, Frank. Como gostaria de tomar um ônibus e ir embora daquele lugar, com todas as tristes lembranças e os fantasmas que se erguiam para escurecer o seu presente. Pegou a panela com o molho avermelhado e despejou seu conteúdo na pia.

Teria de mentir e dizer que deixara o curry queimar.

Capítulo 24

Frank estava no meio de uma reunião quando Ellie ligou no dia seguinte.

— Qual é o problema? — perguntou com impaciência e, antes que ela respondesse: — Eu te ligo daqui uma hora, tá?

Quando Frank finalmente retornou a ligação, Ellie falou como se estivesse muito nervosa.

— Mil desculpas, amor — disse. — Mas achei melhor dizer logo, caso você ainda possa conseguir o nosso dinheiro de volta.

— Dizer o quê? Do que você está falando?

— De Prakash. Acontece que ele mudou de ideia sobre deixar Ramesh ir para Cleveland com a gente. Está convencido de que nós vamos... sei lá... sequestrar o filho dele ou coisa assim.

— Você tentou argumentar com ele?

— Na verdade, não. Eu... estou muito cansada dessa lambança, pra ser honesta. Não quero mais lidar com essa história.

Frank praguejou baixinho.

— Tudo bem. Eu vou falar com ele quando chegar em casa. Que sujeito cretino. Achei mesmo que ele ia dar uma dessas na última hora.

— Edna também está agindo de forma estranha. Passou a manhã inteira andando pela cozinha como um ratinho.

Frank desligou e, apesar de ser apenas meio-dia, sentiu vontade de tomar um drinque. Um gim-tônica cairia muito bem agora, pensou, e sorriu ao se lembrar de preparar o coquetel favorito da vovó Benton às onze da manhã quando a visitava em Dearborn. "Sabe o que é o inferno, querido?", ela perguntou uma vez quando ele era garoto. "Inferno é um gim-tônica sem gelo... com um cabelo no copo." Frank tinha reservado aquela pérola para contar a Scott em Ann Arbor, de pé na cama e de roupão, imitando a avó com seu melhor sotaque de Bette Davis.

Mas logo parou de pensar na avó havia muito falecida e voltou a fumegar com a história de Prakash. Considerou se o cozinheiro tinha dado a notícia a Ramesh e como o garoto estava lidando com isso. Pensou nos pauzinhos que tinha mexido para conseguir um visto para Ramesh, lembrou-se da conversa tensa e constrangedora com a mãe quando disse que levaria um jovem indiano para casa com eles, uma conversa que terminou com a mãe dele dizendo: "Tudo bem, querido. Se você acha que é uma decisão inteligente". Vou falar com Prakash hoje à noite, pensou com amargor. Pedir-lhe uma explicação para esse comportamento ridículo.

Então, de repente, ele se acalmou. Começou a se sentir cansado, um cansaço que penetrava nos ossos como uma dor. Sentiu os ombros caindo, imaginou seu corpo soltando um chiado ao perder o espírito de luta, a indignação, o desejo de dobrar Prakash à sua vontade. Sentiu-se cansado. Cansado de lutar contra todos. Parecia que a Índia inteira o estava sempre julgando, reprovando ou frustrando. Ultimamente, vinha sentindo que perdia o controle sobre si mesmo, que estava se tornando alguém que não desejava ser, vendo-se chocado com pensamentos racistas que às vezes acometiam sua mente como ondas escuras, surpreso com a facilidade com que uma invectiva ou uma praga chegavam aos seus lábios. As menores provocações o irritavam — alguém fechando Satish na estrada, o ar inexpressivo e inescrutável de Deepak nas reuniões, a proximidade com que Ellie parecia sempre observar suas interações com Ramesh. Ah, Ramesh. O garoto era a única fonte pura e irrestrita de alegria em sua vida. Tinha vontade de pegar o garoto nos braços, dar adeus a todos os outros e desaparecer. Todo mundo parecia tão complicado, e esperava-se que ele se sentisse mal por todos — por Deepak, que recebia uma fração do que ele ganhava, pelos operários que sofriam havia gerações nas mãos de agiotas, da polícia e do governo, por Prakash, um alcoólatra decadente. Mas quem sentia por ele?, queria perguntar. Sua infância não tinha sido nenhuma maravilha — um pai que batia nele quando era pequeno e o abandonou aos doze anos, uma mãe que perambulava pela casa como uma freira, um negócio de família que esboroou ao longo dos anos e mal dava para manter todos à tona. Sim, sua sorte mudou quando conheceu Ellie, mas agora era difícil se lembrar daqueles anos. Ou melhor, ele não confiava na própria memória, pois os enxergava pelo que foram — a armadilha, o truque, a isca antes da Queda. Se o Éden vinha com uma serpente, seria mesmo o Éden? Se o paraíso podia ser perdido, seria mesmo o paraíso?

Continuou naquele tom de autopiedade por mais alguns minutos e então percebeu o que fazia. Estava tendo uma conversa unilateral com Ellie, expondo seu caso, tentando convencê-la de que o fato de ser um homem branco americano — um *privilegiado*, nas palavras dela — não implicava aguentar uma carga de culpa por toda a vida, não implicava ter de se desculpar com Edna, com Prakash ou Deepak. "Dane-se, Ellie", sussurrou, antes de se flagrar rindo de si mesmo.

Quando chegou em casa naquela noite, Frank já tinha tomado uma decisão — eles não iriam passar o Natal em casa. Durante semanas, vinha tentando ignorar a ansiedade que via na expressão de Ellie, pois seu próprio entusiasmo em levar Ramesh para a América era mais forte que o medo dela de voltar para casa. Mas o Natal sem Benny já era difícil o bastante. Comemorar o Natal num lugar conhecido com a família seria doloroso demais. Assim como Ellie, ele não se sentia preparado para encarar, não sem a muleta de Ramesh. Pete ficaria chateado, mas, que diabos, Pete parecia estar sempre chateado nesses dias — ele iria superar. Sua mãe e Scottie ficariam sentidos, mas talvez eles conseguissem ir em junho, quando o tempo estaria melhor e não haveria nenhuma festividade a celebrar. Os pais de Ellie — bem, ela teria de lidar com eles e suas decepções. De repente se percebeu mais leve do que se sentia havia semanas. Pelo menos uma vez, estava prestes a sugerir uma coisa que o colocaria do lado de sua mulher, e não no oposto. Imaginou que seria o melhor presente de Natal que poderia dar a Ellie.

Como já tinha desconfiado, Ellie não ficou muito decepcionada com a mudança de planos.

— Acho que vou ter de mandar os presentes pelo correio — disse. — Só espero que cheguem a tempo.

— Ou ao menos que cheguem — disse Frank. — Se algum carteiro empreendedor não ficar com eles. É um problema comum aqui.

Mais um mês se passou, e chegou o momento de planejar uma comemoração entre eles. Convidaram Nandita e Shashi para jantar na véspera do Natal, e ficou implícito que Ramesh estaria com eles. Ellie insistiu em preparar a ceia pessoalmente, e Frank ajudou com prazer. Naquela manhã, Edna veio para varrer e fazer a limpeza como sempre, mas Ellie a dispensou.

— É véspera de Natal. Vá ficar com a sua família — disse.

Ramesh entrou e saiu da casa o dia inteiro. A certa altura, Ellie lhe atribuiu a tarefa de quebrar algumas nozes. O garoto olhou para o quebra-nozes que Ellie lhe entregou.

— Para quê, Ellie? — perguntou.

— Para quebrar as nozes?

Ramesh deu risada. Correu até a porta, encaixou a noz na dobradiça e fechou a porta, quebrando sua casca.

— É assim que a gente faz — explicou.

— É um jeito infalível de quebrar os dedos — observou Frank. — Acho que vamos fazer do nosso jeito, parceiro.

Por volta das quatro da tarde, Ellie virou-se para Frank.

— Eu comprei uma pequena árvore de Natal de plástico — disse. — Que tal você decorar a árvore com Ramesh?

Sem nenhuma razão, seus olhos se encheram de lágrimas. Os dois ficaram na cozinha ensolarada, de mãos dadas, recordando os anos em que iam de carro até Forest Farms, perto de Ann Arbor, para cortar uma árvore de Natal. Benny com seu anoraque amarelo, inflado de orgulho porque Frank o fazia acreditar que tinha realmente ajudado o papai a abater a árvore. Ellie aquecendo a sidra de maçã quando eles voltavam para casa, enquanto pai e filho posicionavam a árvore na base. Frank em cima da escada encaixando a estrela prateada no galho mais alto. Toda véspera de Natal os dois ficando acordados até tarde, embrulhando os presentes de Ben.

— Meu Deus — disse Frank com a voz rouca. — Ó meu Deus.

— Eu não ia comprar uma árvore — explicou Ellie. — Mas vi no mercado e não consegui resistir. — A voz dela falseou. — Eu... senti que ele gostaria que fizéssemos isso.

Frank aquiesceu.

— Tudo bem. — Fez um esforço visível para controlar suas emoções. — Mas você vai ter que ajudar na decoração.

Foram necessários dez minutos para concluir a tarefa. Primeiro, estenderam um fio prateado pela árvore de setenta centímetros. Ellie tinha comprado uma estrelinha prateada que Frank colocou no topo. Observaram a arvorezinha patética com alguma insatisfação. Frank se lembrou das árvores cintilantes que decoravam a sala de estar da casa de Ann Arbor. Como eles tinham decaído, pensou.

Ramesh fechou um olho e apreciou o trabalho.

— Precisa de neve — disse. Virou-se para Ellie. — Você tem algodão em casa? É isso que usamos na escola. — Então eles achataram chumaços de algodão e espalharam pelos esqueléticos galhos de plástico. Frank sentiu uma pontada de tristeza porque, graças à estupidez de Prakash, Ramesh perdera a chance de ver neve de verdade naquele dezembro. — A neve é branca como algodão? — perguntou Ramesh.

— Mais branca.

— Como sorvete de baunilha, é como parece?

— Acho que sim — sorriu Frank. — Só que é em flocos. Você põe um floco na língua, e ele dissolve. E sabe que dois flocos nunca são iguais?

Ramesh pensou por um momento.

— No mundo inteiro não existem dois flocos iguais?

— Não. Como impressões digitais.

O garoto inclinou a cabeça.

— Impossível.

— Mas é verdade.

Deixaram Ramesh assistindo à TV na sala e voltaram para a cozinha. Enquanto ajudava Ellie a cortar tomates, Frank ficou pensando que crianças eram como flocos de neve — não havia duas iguais. Benny e Ramesh eram tão diferentes entre si, únicos em suas personalidades, mas eram bonitos de seu próprio jeito. De repente sentiu muita vontade de ver os dois juntos na mesma sala, rindo e brincando. Virou-se para Ellie.

— Você acha que Ramesh e Benny gostariam um do outro?

Ellie abriu um sorriso evasivo.

— Benny gostava de todo mundo.

— Eu sei. Mas você acha que eles seriam amigos? — insistiu.

Ellie tirou uma mecha de cabelo da testa com as costas da mão coberta de farinha.

— Acho que sim. Mas talvez Ramesh desse uma de valentão por ser mais velho, essas coisas.

Frank assentiu e virou o rosto, insatisfeito com a resposta dela. Embora, sendo justo, o que Ellie poderia dizer para melhorar as coisas?

— Eu já cortei os tomates. O que mais precisa ser picado?

Em resposta, Ellie olhou para o relógio da cozinha.

— São quinze para as cinco — disse. — É melhor mandar Ramesh pra casa por algumas horas. Eu prometi a Edna que ele voltaria às cinco.

Frank foi até a sala para falar com Ramesh. Talvez fosse por causa do ângulo do sol entrando na sala, talvez fosse a luz, ou quem sabe as cebolas que tinha descascado na bancada da cozinha que fizeram seus olhos lacrimejar, mas, por uma fração de segundo, era Benny quem estava sentado no sofá com as pernas balançando. Era Benny burilando o controle remoto. Lá estava Benny, com os cabelos iluminados lateralmente pelo sol da tarde.

Frank piscou os olhos. E Benny desapareceu, com Ramesh tomando o seu lugar. Sentiu o coração disparar. O mundo ficou em completo silêncio. Ficou parado por um momento, engolindo em seco, incapaz de ouvir o que o garoto lhe dizia. Depois seus ouvidos destaparam, como se tivesse descido seis mil metros, e conseguiu ouvir Ramesh tagarelando sobre a luta a que estava assistindo. Ao ver a estranha expressão no rosto de Frank, o garoto parou de falar.

— Algum problema, Frank?

— Não. Só que... nada. — Ficou olhando para o menino, relutando em pedir que voltasse para a casa dos pais, quando era tão claro que seu lugar era ali, no sofá, naquela casa, com eles. Sabia que Ramesh voltaria para jantar às oito, mas mesmo três horas longe daquele garoto na véspera de Natal parecia tempo demais. Estava prestes a argumentar com Ellie quando ela chegou da cozinha, enxugando as mãos no avental.

— Olá, querido — disse a Ramesh. — Vá ficar com a sua mãe por algumas horas, tá? Mas não se esqueça de voltar às oito.

Para surpresa e desapontamento de Frank, Ramesh não protestou.

— Tudo bem, Ellie — concordou, escorregando do sofá. — Tchau.

Frank se jogou no sofá e fechou os olhos. Sentia-se cansado. Deus, como estava cansado. Quando voltou a abrir os olhos, Ellie estava à sua frente, com um pacote embrulhado para presente.

— O que é isso? Agora nós vamos trocar presentes? Achei que esperaríamos os outros chegarem...

— Só este aqui — disse Ellie, sentando-se ao lado dele. — É do Benny. Os outros a gente abre depois do jantar.

Frank abriu a caixa e reconheceu de imediato uma de suas antigas gravatas. Nos últimos dois Natais de sua vida, Benny revirava o guarda-roupa do pai, escolhia uma gravata e embrulhava para ele. Ellie estava seguindo a tradição.

— Obrigado — murmurou Frank. Ficaram sentados no sofá, sorrindo constrangidos um para o outro. Frank beijou o cocuruto de Ellie. — Ele era como você — disse. — Sensível e delicado.

Ellie ergueu a cabeça.

— Não. Benny tinha o melhor do pai dele. Todo mundo dizia isso. — Levantou-se. — Eu tenho que pôr a torta no forno.

Nandita e Shashi chegaram às oito horas, minutos depois de Ramesh ter aparecido usando a roupa nova que Ellie comprara para ele.

— Uau! — disse Nandita a Ramesh. — Você está tão bonito que acho que vou largar meu marido e me casar com você.

Ramesh arregalou os olhos e olhou com uma expressão de interrogação para Frank, que puxou o garoto para mais perto.

— Diga que ela vai ter que pagar um grande dote antes de você considerar a proposta — instruiu o garoto.

Ramesh abriu um sorriso dentuço para Nandita.

— Eu estou tendo uma namorada — confidenciou.

Nandita caiu na cadeira com um gesto melodramático.

— *Arre*, meu *naseeb* é tão ruim.

Todos os adultos deram risada. Ficaram na sala tomando seus drinques, e Frank notou comovido que Shashi sempre tentava incluir Ramesh na conversa, fazendo perguntas sobre a escola e a respeito de suas professoras favoritas. Achou graça da inteligência das respostas de Ramesh.

Ellie tentara preparar uma ceia de Natal um tanto tradicional — purê de batatas, recheio de maçã com uvas-passas, feijão-verde e torta de maçã como sobremesa. Para dar um toque indiano, Shashi trouxe um frango *tandoori* e carneiro *biryani* do restaurante do Shalimar.

— *Cheers!* — exclamou Frank. — Será que essa comida vai ser suficiente?

— O que você está dizendo? — disse Ramesh. — *Cheer* o quê?

Frank bagunçou o cabelo dele.

— Tudo bem, garoto. Não é hora de tomar lições. É hora de comer.

Depois do jantar, eles passaram para a sala de estar. Ramesh apontou a pequena árvore de Natal para os convidados.

— Eu e Frank fizemos a decoração — disse com orgulho. — Ellie ajudou.

— Amor, que tal pôr uma música? — propôs Ellie. Frank ligou o iPod e assobiou "White Christmas" fora do tom. Quando se virou, Ellie tinha desaparecido no quarto. Voltou logo depois com os braços cheios de presentes.

— Umas coisinhas para cada um — anunciou.

O entusiasmo de Ramesh fez Frank se lembrar da animação de Benny.

— Primeiro eu, primeiro eu — gritou o garoto, rasgando o papel com que Ellie embrulhara o presente com o maior cuidado. Em seguida: — Graaaaande. Grande, Ellie, isso aí — disse enquanto segurava um par de tênis.

— Que bom que gostou, querido — disse Ellie. — Experimente para ver se servem.

Enquanto Ramesh andava pela sala, todos abriram os seus presentes. Os Benton ganharam um lindo enfeite de parede entalhado.

— É de sândalo — disse Nandita. — Sinta o aroma.

— É adorável, Nan — elogiou Ellie.

Ela comprara para Nandita uma *kurta* de seda verde e uma pulseira de prata. Shashi, que eles sabiam ser grande admirador de Harry Potter, ganhou uma camiseta com a caricatura de um oleiro indiano moldando um jarro. Embaixo da imagem estava escrito: "Hari Potter".

— Adorei — disse Shashi, dando risada.

Pelo canto dos olhos, Frank viu que Ramesh continuava dançando com os tênis novos.

— Com licença — disse e saiu da sala. Entrou no closet do quarto de hóspedes e retirou a grande caixa de papelão que tinha escondido ali.

Depositou a caixa no chão. — Ah, Ramesh — disse casualmente. — Vem ver. Papai Noel trouxe mais um presente.

Ignorou o olhar de espanto de Ellie, concentrando-se no garoto. Ramesh abriu a caixa com mãos ansiosas, espalhando papel rasgado pelo chão. Quando levantou a tampa prateada da caixa, Ellie teve um sobressalto. Mas Ramesh não reagiu, apenas ficou olhando para Frank com uma expressão perplexa.

— É um computador — disse afinal Frank. — Para você. Pra ajudar nas suas lições de casa.

O garoto soltou gritinhos de alegria.

— Pra mim? — vibrou. — Pra mim?

Apesar de estar ciente dos olhares de curiosidade dos outros no recinto, apesar de perceber que a sala ficara em silêncio, Frank não conseguiu evitar o orgulho e o prazer em sua voz.

— Isso aí. O seu computador.

— *Ae bhagwan* — vibrou Ramesh. — Como eu estou feliz.

Frank jogou a cabeça para trás dando risada e percebeu os olhares trocados entre Ellie e Nandita. Notou que nenhum dos três havia dito uma palavra e que o ambiente parecia pesado com a reprovação deles. Sentiu uma pontada de ressentimento penetrando sua felicidade. Que se fodam, pensou.

Mas seu tom de voz foi inocente quando finalmente falou com a esposa:

— Então, o que você acha, Ellie? Não acha que isso vai ajudar nas lições de casa dele?

Ellie mordeu o lábio inferior e lançou um rápido olhar a Nandita.

— Deve ajudar — murmurou.

— Foi um negócio tão bom — continuou Frank. — Eu estava encomendando alguns computadores para o escritório e pensei... Bem, foi um ótimo negócio.

— Onde ele vai ligar o computador? — perguntou Ellie com uma risada amarga e anasalada. — Não tem muito lugar na casa deles.

— Ah, a gente pensa em alguma solução — respondeu Frank com animação, determinado a não deixar que estragassem o seu prazer.

— E quanto a Prakash?

— O que tem ele?

— Será que não deveríamos ter perguntado antes?

Ramesh olhava de um para o outro, tendo afinal detectado certa tensão. Frank sentiu um lampejo de irritação. Por que Ellie estava agindo daquela forma? Deliberadamente, pôs um braço ao redor do garoto.

— Então, o que você acha, parceiro? — perguntou. — Acha que seus pais vão deixar você ficar com esse presente?

O garoto abriu um sorriso de orelha a orelha.

— Claro que sim — bradou. — Eu vou dizer que foi Papai Noel quem me deu.

As palavras de Ramesh mudaram o clima da sala.

— Computadores são quase obrigatórios nas escolas hoje em dia — disse Nandita em voz baixa, enquanto Shashi perguntava a Frank:

— Com que aplicativos ele veio?

Frank notou que apenas Ellie ainda não estava participando. Ele se levantou, foi para trás da cadeira dela e massageou seus ombros. Debruçou-se, de maneira que só ela ouvisse, e disse:

— Ramesh não vai deixar de ir bem nos estudos por não ter um simples computador, amor.

Ellie suspirou.

— Imagino que não — respondeu, cochichando. — Só me preocupa a reação de Prakash. É um presente tão caro...

Frank sentiu a resistência dela diminuindo e apertou de leve seus ombros.

— Não se preocupe tanto — disse. Depois, virando-se para os convidados: — O que todo mundo vai querer beber depois do jantar? Nós temos Bailey's? Nandita, quer um xerez? Ou Kahlúa?

— Eu quero brincar com meu computador! — gritou Ramesh.

— Eu também — disse Shashi, levantando do sofá. — Vamos ligá-lo, certo?

Nandita e Ellie continuaram na sala tomando suas bebidas, enquanto os três homens se amontoaram ao redor da mesa da cozinha inspecionando o novo aparelho.

— Que beleza, Ramesh — comentou Shashi. — Você divide comigo?

Ramesh hesitou. Ficou olhando para Shashi por um longo tempo enquanto considerava o pedido.

— Você vai poder brincar com ele de novo no próximo Natal — respondeu afinal.

Shashi deu uma gargalhada.

— Esse garoto é um homem de negócios *pucca* — disse a Frank. — Eu deveria contratá-lo para trabalhar comigo.

Frank também sorriu, apesar de se sentir dividido entre duas emoções contraditórias — o orgulho por Ramesh e a afronta de imaginar Ramesh trabalhando no hotel de Shashi.

Esse garoto está destinado a coisas maiores, pensou, sonhador. Esse garoto está destinado a viver na América.

Livro cinco

Primavera de 2008
Girbaug, Índia

Capítulo 25

O sol era Deus.

Frank se perguntou por que nunca soubera disso. Tinha passado a infância querendo ver a face de Deus, sempre o imaginando como um velho de barba longa e branca, como Charlton Heston, e lá estava ele — escondido em plena vista. Todos esses anos seguindo uma falsa teologia, acreditando em um Deus pessoal, rezando pelo Pai e pelo Filho — quando o tempo todo era o Sol, e não o Filho. Acreditara nos mitos de Adão e Eva e da Serpente, em Deus como um salvador pessoal, como se fosse um maldito contador empoleirado no céu com um gigantesco livro contábil. "Todo-Poderoso" era como o chamavam, mas, na verdade, a visão que tinham Dele era a de um tirano mesquinho e vingativo.

Porém agora tudo estava claro. É claro. É claro. O sol era Deus — doador de vida, porém mercurial, às vezes suave e acolhedor, às vezes fogoso e distante. Era dessa todo-poderosa deidade que todos falavam. Não era tudo controlado pelo sol — as estações, o clima, a vegetação, o reino animal? E, ainda assim, que mistério. A linda estrela que afetava todas as formas de vida na Terra prefere permanecer escondida de nós. E por que não? Por que se incomodar com um exército de mosquitos? Não admira que Ícaro tenha queimado as asas voando muito perto do sol. Voando na face de Deus.

Luz e sombra. Todas as coisas que os seres humanos tomavam como íntimas — os altos e baixos dos destinos pessoais, o passeio de montanha-russa pelos caprichos da vida, tudo era um maldito espetáculo de luzes. Quando o sol se punha, o mundo ficava escuro. Qualquer criança aprendendo a andar sabia disso. Mas será que esse ciclo de aurora e crepúsculo, essas leis estritas que governavam o universo também regiam as vidas individuais? O que os humanos chamavam de destino era algo puramente físico, uma questão de grau e posição: às vezes o sol se tornava um olho benevolente e despejava sua luz sobre um mortal de sorte, de forma a torná-lo abençoado, dourado, intocável. Depois se movia alguns centímetros, agraciando outrem com sua atenção, propiciando a essa pessoa seu momento ao sol, deixando a primeira sentindo o frio de sua sombra. Com que facilidade aceitamos a rotação da Terra em torno do sol, a dissolução do dia na noite, a divisão do globo entre luz e escuridão. Mas, ainda assim, como resistimos ao fato de que essa interação entre luz e escuridão também rege a vida de cada indivíduo.

Talvez, pensou Frank, nós interpretemos mal a coerência do sol, sua confiabilidade, sua infalível ascensão no leste, por conta de uma espécie de amor. Mas, na verdade, a legitimidade do sol era sua indiferença em relação a nós. Nossas orações, nossa devoção não o perturbavam em nada. O sol não se incomodava em arruinar o nosso piquenique, nossos casamentos ou até nossa vida. Virando-se na cama, Frank se sentiu libertado por esse pensamento. Era uma tolice, uma presunção essa crença em um deus pessoal, um sinal de nossa fraqueza e pequenez.

Era o que lhes tinha acontecido, com ele e Ellie. Eles tinham gozado da benevolência do sol por um tempo absurdamente longo. Como eram afortunados, sussurraram milhões de vezes um para o outro na cama. Costumavam se encontrar todas as noites no quarto de Benny, revezando-se na enumeração de três coisas pelas quais se sentiam agradecidos naquele dia. Quando o filho adormecia, ele e Ellie saíam de mãos dadas. Olhando agora para aquele casal, Frank percebia quanto eram tolos, quanto se iludiam. O casal dourado, com a esperança de que o tempo durasse para sempre. Nascidos num planeta marcado por guerras, fome, doenças e ódios ancestrais, eles pensaram que, de alguma forma, poderiam pairar sobre tudo isso, apoiados apenas em si mesmos e no amor que sentiam um pelo outro. Achando que poderiam usar seus diplomas universitários, seus empregos, uma linda casa, seus corpos saudáveis, a cidadania americana e a pele branca para protegê-

-los do mundo selvagem à espreita lá fora. Mas eles foram atingidos, não é? O sol se afastou e os sufocou com uma manta de escuridão que eliminou Benny. Um truque barato, parte do repertório de qualquer sequestrador fuleiro. E um resgate que continuariam pagando pelo resto da vida.

Era maravilhoso, na verdade. Não precisar levar para o lado pessoal. Desistir de vez de todas as noções antiquadas de bem contra o mal, de sina e destino, deixar de ponderar sobre o que poderiam ou não ter feito. Perceber que não existia um grande árbitro no céu que pudessem ter desagradado. Saber que a marca registrada do universo era a indiferença. Não mais rezar em nome do Pai e do Filho. O único filho que realmente importava lhe fora arrebatado. Era uma boa sensação não estar mais sobrecarregado pelo terrível peso do céu. Se agora pensasse em Benny num pós-vida, Frank o imaginaria cintilando como vidro quebrado no olho do sol. Adicionando seu corpo minúsculo e sagrado à majestade e ao poder do sol, tornando-o ainda mais poderoso, alimentando-o com sua energia comum. Talvez isso fosse o aquecimento global, a energia da destruição de um milhão de Bennys alimentando a boca aberta da fera flamejante.

Frank desejava pensar mais a fundo, não querendo acordar ou abrir os olhos antes de entender tudo, mas sua cabeça latejava de dor. Além do mais, queria compartilhar essa nova compreensão com Ellie, explicar que não era culpa deles, que o que lhes tinha acontecido não era um castigo, mas simplesmente uma coisa mecânica, como o giro de uma roda. Queria dizer que eles podiam parar de sentir falta de Benny, que ele continuava brincando de esconde-esconde com eles o dia inteiro, como fazia quando tinha dois anos, o pequeno maroto. Olhando para eles, seguindo todos os seus movimentos, como quando era bebê e aprendeu a virar a cabeça, lembra? Durante os últimos dois anos, desde a morte do filho, ambos pensavam que estavam sozinhos, enquanto o tempo todo ele passava pelas janelas, dançando no mar em frente à varanda em Girbaug. E não apenas isso — Benny também estava de olho nos avós, e também em Scott e em Anne e em Bob. Não era mais o Benny particular deles. Agora eles tinham de dividi-lo com o universo. Ora, Frank podia sentir Ben em sua pele neste momento, quente como uma brasa.

Ele precisava contar tudo isso a Ellie. Agora mesmo. Tentou sair da cama, mas parecia estar costurado no colchão, preso por fios invisíveis que só aguilhoavam quando ele se mexia. E a testa latejava com maior intensidade que nunca. Ademais, ele não conseguia lembrar como fazer a boca tomar o formato do nome de Ellie.

— El... Benny! — gritou. — Benny, me ajude.

— Ele está delirando — disse o dr. Gupta. — Mas é natural. Resultado da febre. Ele vai melhorar assim que tomar mais alguns remédios.

— Eu quero transferi-lo de ambulância para um hospital em Bombaim — disse Ellie. — Não quero correr nenhum risco.

Gupta fez uma expressão divertida. Olhou rapidamente para Nandita, que estava ao lado da preocupada Ellie.

— Madame, por favor — começou a dizer. — Trata-se de um simples caso de pneumonia. Muito comum por aqui. Alguns dias tomando meus comprimidos, e ele vai voltar ao normal. Nós estamos fazendo o tratamento com antibióticos fortes. Os mesmos que o hospital em Mumbai ministraria.

Ellie abriu a boca, mas, antes de poder dizer qualquer coisa, Nandita intercedeu:

— Dr. Gupta, eu gostaria de falar com o senhor um minuto. — Puxou-o de lado enquanto Ellie ficou perto de Frank, tentando acalmá-lo:

— Está tudo bem, querido — disse. — Você só estava tendo um pesadelo, certo? Você vai melhorar, prometo.

A expressão de Gupta estava mais compenetrada quando voltou para perto da cama, e Ellie desconfiou que Nandita lhe falara a respeito de Benny.

— Eu vou fazer uma proposta, madame — disse o médico. — Vamos dar uma chance para os antibióticos fazerem efeito hoje. Se a febre não ceder até a noite, voltamos a falar sobre transferi-lo para o hospital. Quando Ellie olhou para ele, sua expressão se amainou. — Só estou tentando poupá-lo da viagem até Mumbai — acrescentou. — Nossas ambulâncias não são bem equipadas como as suas, nos Estados Unidos.

— Agradeço muito a sua ajuda, doutor — disse Ellie. Procurou Nandita com os olhos. — O que você acha, Nan? Acha que é razoável esperar?

— Acho. — Abriu um sorriso para Gupta. — Shashi e eu confiamos cegamente no dr. Gupta. Ele é um grande perito em diagnósticos. Eu confiaria no julgamento dele em qualquer situação. Se algum hóspede adoece no hotel, é a ele que recorremos. E você também sabe que o dr. Gupta é o nosso médico particular.

Gupta fez uma vênia.

— Obrigado pelo voto de confiança — disse. Pôs a mão no ombro de Ellie. — Não se preocupe, madame. Eu já tratei de mais casos de pneumonia aqui do que o maior especialista em doenças infecciosas dos Estados Unidos. Seu marido vai estar em ótima forma em poucos dias.

— Tudo bem — concordou Ellie. — Vamos esperar.

Acompanhou Gupta até a porta e quando voltou Nandita estava sentada no sofá da sala, apontando o lugar ao seu lado.

— Venha sentar aqui um pouco — disse.

— Num minuto. Só vou dar mais uma olhada nele.

Frank estava dormindo profundamente de novo. Ellie afagou seus cabelos por algum tempo e, quando ele não reagiu, saiu do quarto.

— Ele está dormindo — disse, e Nandita aquiesceu.

— Ótimo. Isso vai ajudar mais que qualquer outra coisa.

Ellie soltou um suspiro.

— Frank vem se esforçando demais. A situação trabalhista tem tornado a vida dele difícil. Ele trabalhou até no Natal.

Nandita continuou olhando para a frente, sem dizer nada.

— O que foi?

Nandita balançou a cabeça.

— Nada.

— Sem essa. Eu sei quando você está tentando ser diplomática. No que está pensando?

Nandita deu de ombros.

— Que nós tivemos o primeiro caso de diabetes entre os aldeões. E estou muito preocupada com isso. Esse pessoal nunca tinha ouvido falar dessa doença, graças ao consumo das folhas de *girbal*. Só Deus sabe como esse povo descobriu essas propriedades curativas... acho que deve ser um tipo de sabedoria antiga e primitiva que pessoas que vivem perto da natureza desenvolvem ao longo dos séculos.

O tamanho do céu 289

Normalmente, Ellie gostava de ouvir Nandita filosofar sobre a engenhosidade nativa do povo local. Mas estava acordada desde cedo ao lado de Frank e se sentia mortalmente preocupada com a saúde dele.

— O que você está tentando provar?

Nandita ensaiou um olhar sincero.

— Meu ponto, Ellie, é que é totalmente injusto que a HerbalSolutions seja dona dessas árvores. Esse fato não me sai da cabeça.

Ellie deu um suspiro. Tudo em Nandita a irritava hoje. Ela é tão santarrona, pensou.

— Bem, você sabe que Frank concordou em deixar que os moradores ficassem com uma pequena parcela da colheita. De todo modo, foi o governo indiano que arrendou a floresta para a HerbalSolutions. São eles que têm o dever de proteger seus cidadãos. Então você não pode culpar...

Nandita pareceu chocada.

— Ah, sai dessa, Ellie. Você sabe que não é assim. Os canalhas do governo são tão corruptos que venderiam as próprias irmãs pelo preço certo. Acha que eles se importam com um monte de árvores no meio do nada? Ou com o destino de uns pobres aldeões necessitados? Com algumas propinas bem distribuídas, eles...

— Nandita, por favor. Ninguém da HerbalSolutions ofereceu propina nenhuma. Frank jamais teria aceitado isso.

— Não leve tanto para o lado pessoal, *na*, El — disse Nandita delicadamente. — Não estou falando do seu marido, nem mesmo de uma empresa e de uma aldeia. Estou falando de como toda uma economia está sendo moldada e devastada pelas forças da globalização.

— Mas você está tentando nos culpar pela corrupção dos seus governantes — disse Ellie, lamentavelmente ciente de ter de alguma forma assumido o papel de Frank em relação a Ellie de Nandita.

— Quem é "nós", minha querida El? — A voz de Nandita soava triste e desanimada. — Eu nunca pensei em você como um "deles". Por que você está fazendo essas falsas distinções baseadas na questão da nacionalidade? — Levantou a mão para que Ellie não a interrompesse. — Espere. Deixa eu terminar. Isso não diz respeito a branco *versus* marrom ou à América *versus* Índia, querida. É simplesmente uma questão de poderosos contra pessoas sem poderes. E todos temos de escolher o lado em que ficamos, quais interesses queremos apoiar. Quanto à corrupção do governo indiano, você tem toda a razão. Mas botar a culpa numa instituição não significa tirar a culpabilidade de outra, não é? A gente pode culpar os dois lados, não?

Ellie balançou a cabeça. Estava cansada e preocupada com Frank. A gratidão que sentira pela boa vontade de Nandita ao ter cancelado seus planos do dia para trazer o dr. Gupta a incomodava. Ela só queria que Nandita fosse embora para ficar na cama com Frank e esquecer o mundo por algumas horas.

Como se tivesse lido seus pensamentos, Nandita se levantou.

— Enfim. Não é uma boa hora para falar sobre essas coisas. Vá cuidar de Frank. E me ligue se precisar de alguma coisa, tá? Promete?

Agora que Nandita estava de pé, pronta para sair, Ellie não queria que ela fosse. Mesmo assim não disse nada, concordando em silêncio. As duas foram até a porta, e Ellie se virou para aceitar o abraço de Nandita. Como sempre, sentiu-se emocionada com o abraço forte e quente de Nandita.

— Eu estou com medo — disse sem querer. — Não quero que aconteça nada de mal com Frank. — Sua garganta estava apertada de medo.

— Eu sei. — O abraço de Nandita ficou mais apertado. — Eu sei, querida. Mas não se preocupe. É apenas uma febre, só isso. Você não... você está fazendo a coisa certa.

— Desculpe por ser tão megera com você...

— Ei. Com quem você pensa que está falando? Eu te amo como uma irmã, lembra? — Nandita começou a se afastar, mas pouco depois se virou. — Além do mais, amar significa nunca ter de pedir desculpas. — Fez aquela expressão triste e desolada que sempre fazia Ellie rir. — Mais uma expressão americana de mérito duvidoso.

Ellie se sentiu um pouco mais leve quando fechou a porta e voltou para o quarto para ver Frank.

Frank se sentia como um bebê reaprendendo a andar. Ficou espantado com a fraqueza que sentiu ao levantar da cama pela primeira vez depois de dias. Ellie estava ao seu lado, apoiando-o, e ele tentava ironizar a terrível fraqueza em seus membros, mas mesmo isso exigia muito esforço. Porém, lentamente, com a ajuda dela, Frank conseguiu ir até a cozinha e sentar-se à mesa. Edna tinha servido uma terrina de sopa e estava fuçando ao redor, tão nervosa que fez Frank se sentir nervoso também. Circulava atrás, encorajando-o a cada colher de sopa que engolia e matraqueando coisas sem sentido, até Frank afinal lançar um olhar de súplica para Ellie.

— Edna — foi logo dizendo Ellie. — Vamos deixar ele comer em silêncio por algum tempo. O médico disse para não fazer muito barulho.

As mãos de Edna se agitaram ao lado do corpo.

— Sim, sim, madame, é claro — disse, correndo de volta ao fogão. — Nós vamos fazer um belo frango assado para o jantar.

Frank deixou a sopa de lado depois de mais algumas colheradas.

— Estou satisfeito — anunciou, e Ellie pareceu preocupada.

— Tudo bem — concordou. — Talvez você possa tentar outra vez daqui a uma meia hora.

Frank continuou sentado, de olhos fechados.

— Eu queria dizer uma coisa, amor — começou Ellie. — Você não quer ficar um pouco na varanda antes de voltar pra cama?

Frank sentou no balanço, olhando para o sol brilhando na água. Lembrou-se do sonho que teve alguns dias atrás, mas parecia errado chamar aquilo de sonho, como se pudesse dessacralizar seu poder. Não fora um sonho; tinha sido uma visão, uma revelação. Uma mensagem de Benny para ele. Apesar da fraqueza do corpo, seu espírito estava leve e forte. Ele se sentia livre — livre não só da terrível convicção de que a morte de Benny fora um castigo por algum pecado do passado, mas igualmente livre da fé em um universo moral. O arco do mundo não se curvava para a moralidade, mas para a indiferença. Frank não via essa nova maneira de pensar como uma crise de fé. Ao contrário, parecia ter encontrado um novo foco para sua fé. Não era como se ele tivesse deixado de acreditar em Deus; ele simplesmente substituíra o velho Deus vigilante por um Deus cuja principal característica era a apatia.

Frank ficou dias e dias sentado naquele balanço enquanto seu corpo se fortalecia, olhando para o sol que refletia sobre a água. Havia muito a febre abandonara seu corpo, mas seus pensamentos continuavam febris enquanto tentavam entender o que aquela visão representava. Agora estava convencido de que foi Benny quem ele viu no sofá na véspera de Natal, Benny voltando para mostrar o caminho. Não fora absolutamente uma ilusão de ótica, como havia suposto. Seu filho tinha vindo para levá-lo até o sol. Sentia-se triste por perceber que não poderia explicar nada disso a Ellie. Livre da agitação suarenta do tempo em que esteve acamado, quando a visão nascera, ele poderia comunicar as palavras, mas nunca a melodia. Ellie jamais conseguiria ver o corpo incandescente de Benny dançando nas ondas ou iluminando o céu como ele vira.

Frank estava acenando e falando com Benny numa dessas tardes quando Ellie chegou à varanda. Frank sabia que ela o vira gesticulando e movendo os lábios. Eu devo estar parecendo um tremendo maluco, pensou consigo mesmo ao perceber o ar de preocupação que atravessou o semblante de Ellie. Mas na verdade ele não se incomodou muito com aquilo. O que desejava basicamente era ficar em paz para poder entender as coisas, e Ellie só queria perguntar se ele gostaria dos ovos fritos ou cozidos.

— Um ovo frito parece um sol no céu — desabafou Frank. — Você já pensou nisso?

Como resposta, Ellie se aproximou e tocou sua testa.

— Eu não estou com febre — disse Frank.

Ela o observou com uma expressão de curiosidade.

— Você deveria tirar uma soneca — falou. — Ainda está muito fraco.

Na verdade, Ellie tinha razão. Demorou quase mais dez dias para que Frank voltasse ao normal.

Retornou ao trabalho no décimo segundo dia. Pela primeira vez desde a morte de Mukesh e a greve que se seguiu, ele não teve medo de entrar na fábrica. Benny estava com ele. E a visão o fazia se sentir menos culpado em relação aos eventos dos últimos meses. Mukesh tinha morrido porque chegara sua hora de entrar na escuridão, só isso. Não era culpa de ninguém. Não mesmo.

Capítulo 26

Havia dois meses ele vinha perdendo o filho para uma máquina. Já era ruim a eterna batalha silenciosa com o americano pelo tempo e pela atenção de seu filho. Mas Frank preparara uma armadilha — agora, mesmo quando ele, Edna e Ramesh estavam juntos fisicamente, a máquina controlava o garoto, afastando-o do pai, seduzindo-o com suas imagens coloridas e a tela em branco que Ramesh preenchia com palavras que Prakash não conseguia ler.

O filho tinha chegado em casa com o computador na véspera de Natal. Prakash se lembrava bem desse dia. Ele e Edna tinham passado a noite assistindo à televisão, olhando com ansiedade cada vez que o vento estremecia a porta, pensando ser Ramesh voltando para casa. De vez em quando, sons de vozes e risadas atravessavam o quintal, vindos da casa principal, fazendo com que os dois se sentissem ainda mais infelizes e isolados no único cômodo que habitavam, transformados em criaturas do submundo, como ratos e baratas vivendo no escuro, enquanto luzes e risadas se despejavam da casa grande onde o americano fazia sua festa. Com o filho deles como um dos convidados.

Às nove horas, Prakash perguntou se Edna queria ir ao cinema, mas ela fez que não com a cabeça. Prakash sabia que ela estava pensando nas vésperas de Natal de sua juventude em Goa, e essa percepção ampliava ainda mais a atmosfera fechada e opressiva daquele único cômodo.

— Vamos pegar Ramesh para irmos ao cinema — ele propôs mais uma vez.

— Você está louco? — disparou Edna. — Não tem educação? Ele está numa festa.

O que ele sabia de festas e de boas maneiras? Nunca fora convidado para uma festa na vida. Comemorações do *Diwali* e procissões de Holi eram atividades comunitárias, e, quando criança, ele costumava entrar na casa das pessoas sem ser convidado, como um pedaço de papel soprado pelo vento. Na maior parte das vezes ninguém se importava, e quando se importavam eles comunicavam o fato e o expulsavam com palavras ou mãos levantadas. A infância de Edna, ele sabia, tinha sido diferente, com festas de família, danças e reuniões sociais. Como ela tinha decaído desde o casamento, quanto ele a havia deixado isolada. Ao se casar com Edna, ele fizera dela uma órfã também.

Prakash continuou pensando a respeito, até bem depois das onze horas, quando Edna se recolheu. Mas ele continuou acordado, sentindo-se preso naquela casinha. Tinha vontade de ficar no quintal, sentir um pouco da brisa fresca de dezembro no rosto, mas receava encontrar o americano ou seus convidados, tinha medo de pensarem que ele estava espiando a casa grande com inveja. Ficou sentado em seu catre no escuro, se torturando, enumerando as maneiras pelas quais tornara a vida de Edna infeliz.

Por isso, ele já estava de péssimo humor quando Ramesh voltou para casa às onze e meia e acendeu a luz.

— Apague essa luz — vociferou. — Sua mãe está dormindo. — Mas Edna já estava virando de lado e saindo da cama.

Edna notou os tênis novos imediatamente.

— Deixa eu ver, Ramu — disse.

Mas Ramesh balançou a cabeça, impaciente.

— Olha isto aqui, *mama*. Meu computador novo. Frank me deu.

Prakash sentiu uma labareda de ciúmes explodindo por dentro. Mas, antes que conseguisse reagir, Edna esganiçou:

— O quê? Um computador? Pra você?

Ramesh aquiesceu com orgulho.

— Novinho em folha. Pra mim. Para a escola.

Do jeito que mãe e filho se comportaram naquela noite, parecia que Ramesh tinha ganhado um carro novo, pensava agora Prakash. E com um carro ele saberia o que fazer. Saberia consertar, dirigir, pintar, lavar. Mas esse computador era como um deus estrangeiro, uma coisa gorda, presunçosa e incompreensível na casa dele. Algo que controlava o seu filho, cuja luz brilhava até tarde da noite com Ramesh debruçado sobre aquilo.

Agora Prakash olhava para o odiado objeto. Encontrava-se sozinho em casa — o garoto estava na escola; Edna fora às compras com a sra. Ellie. Relembrou uma noite em que quis levar o filho para dar uma volta na praia e ir ao cinema. Ramesh fez uma expressão de pesar.

— Não posso, *papa* — disse. — Eu tenho tanta, tanta lição de casa pra fazer. — E foi mexer no computador.

Ora, o garoto deveria era ler os seus livros, isso sim. Prithviji, o homem mais velho da aldeia, que recitava de cor parte do Mahabharata, dissera recentemente a Prakash que esses computadores eram ferramentas do diabo, corrompiam a juventude da aldeia, enchiam a cabeça deles com ideias perigosas. E Prithviji não tinha razão? Prakash via imagens da América todo dia na TV — mulheres andando quase nuas pela rua, padres fazendo coisas pecaminosas com crianças, soldados colocando sacos negros em iraquianos nus e os obrigando a fazer coisas antinaturais. Se dependesse dele, nem deixaria o americano ensinar o seu filho. Só Deus sabe o que o homem dizia a Ramesh durante as saídas matinais ou quando ajudava nas lições de casa.

Não havia nada que ele pudesse fazer quanto às lições de casa — Edna o abandonaria se Prakash rompesse aquela ligação. Ademais, ele trabalhava para os americanos e já tinha percebido como Frank olhava para Ramesh com olhos grandes e carentes. Não havia razão para levantar a pedra com a serpente embaixo pronta para dar o bote. Não havia necessidade de atrair a ira de Frank.

Mas a máquina era outra história. O computador era um hóspede em sua casa. Que poderia ser convidado a ir embora. Prakash foi até o canto onde guardava sua caixa de ferramentas e pegou uma chave de fenda e um alicate de corte. Desligou o laptop, virou-o de lado e habilmente desaparafusou a placa de metal traseira. Ficou olhando a paisagem em miniatura de fios e circuitos integrados, e por um segundo seu fascínio foi mais forte que sua fúria. Sentiu-se pinçado por uma sensação de arrependimento pelo que estava prestes a fazer, mas descartou aquele sentimento. Começou a trabalhar, cortando sistematicamente todos os fios que podia. Parou depois de alguns minutos, satisfeito com o próprio trabalho. Voltou a parafusar a placa prateada no lugar, devagar e com todo o cuidado. Ligou o computador na tomada e percebeu com alegria que a luz não acendia mais.

Passou pela cozinha, pegou uma garrafa de aguardente barata e sorveu um longo e demorado gole. Depois saiu da casinha. Sentiu uma energia nos próprios passos que não experimentava havia meses.

Capítulo 27

Arthur D'Mello, o responsável pela área de ti da HerbalSolutions, depositou o laptop na mesa de Frank com uma estranha expressão no rosto.

— Alguém cortou a fiação, senhor — disse com a voz refletindo a surpresa que sentia. — Foi um trabalho deliberado.

Frank examinou o computador e constatou a veracidade do que Arthur dizia. Mas sua mente não conseguia compreender o que seus olhos viam. A máquina estava praticamente nova em folha. Por que alguém...? E quem...?

Antes mesmo de completar o pensamento, já sabia a resposta. Prakash. Tinha de ser. O sujeito destruíra o computador. Ninguém mais seria tão determinado e malicioso. Mas por que o imbecil teria feito isso? Será que ele realmente não ligava para o filho?

Frank não ficou preocupado quando Ramesh apareceu na noite passada reclamando que o computador não estava funcionando.

— Você pode consertar, Frank? — perguntou o garoto.

— Eu não sei consertar essas coisas, parceiro — respondeu. — Mas vou levar para a fábrica amanhã. Com certeza Arthur pode descobrir qual é o problema. — O tempo todo pensando que fosse alguma questão de software, e não sabotagem.

O olhar de Arthur para Frank demonstrava alguma curiosidade.

— Está tudo bem, senhor? — perguntou, e Frank percebeu que parte da fúria que sentia devia estar transparecendo em seu rosto.

— Sim, tudo bem — respondeu, esforçando-se para fazer uma expressão neutra.

— Quem faria uma coisa dessas, senhor? — continuou Arthur. — E por quê?

Enquanto seu lado racional dizia para não confidenciar nada a um subordinado, Frank se ouviu dizendo:

— Um perfeito canalha, foi ele. Um panaca ciumento e inseguro que tem medo do sucesso do próprio filho. Eu vou matar esse sujeito quando chegar em casa à noite.

Arthur deu um passo para trás.

— Não, não, não diga isso, senhor — recomendou o jovem, tentando acalmá-lo. — O senhor está aborrecido, eu entendo. Mas o que fazer, senhor? Existe muita gente estúpida neste país.

Ah, nem me venha falar deste país, pensou Frank. Olhou para o homem ao seu lado. Ele gostava de Arthur — era um sujeito inteligente, competente, uma das melhores contratações feitas por Frank. Também era de Bombaim, tinha certo nível de sofisticação, e na verdade um ritmo que faltava ao pessoal da cidadezinha que compunha a maior parte do nível gerencial médio da HerbalSolutions. Mesmo assim, percebeu quanto Arthur parecia assustado com suas palavras lançadas contra Prakash. Melhor ter mais cuidado. Como esperar que um estranho entendesse a extensão da vilania e da perfídia de Prakash?

Fez um esforço visível para controlar suas emoções.

— Bem, dá para consertar? — perguntou, apontando para o laptop.

Arthur fez uma careta.

— Eu posso tentar, senhor — começou, antes de balançar a cabeça. — Mas, para ser franco, os danos foram muito grandes. Não sei se...

— Esqueça — disse Frank, interrompendo-o. — Pode jogar no lixo.

— Podemos aproveitar o disco rígido e algumas outras peças, senhor — disse Arthur. — Afinal, o equipamento é novo.

E ele não sabia disso? Lembrou-se da alegria no rosto de Ramesh na véspera de Natal e foi novamente tomado por uma fúria assassina. Esforçou-se para se concentrar em Arthur.

— Como você preferir — disse. — Obrigado por ter vindo.

— Não por isso, senhor — disse Arthur, pegando o laptop arruinado e saindo do escritório de Frank.

Frank passou o resto da tarde pensando no que iria fazer com Prakash. Quando Satish foi buscá-lo para voltar para casa, tinha chegado a uma resolução: era o momento de mostrar a Prakash quem era o patrão. O que desejava do homem era uma confissão e a promessa de que nunca mais faria uma coisa dessas. Se fosse necessário ameaçar dar queixa de Prakash na polícia, ele faria isso.

Prakash estava no quintal, arrancando os matinhos que cresciam entre as pedras, quando Frank chegou. Seu desagrado aumentou ao ver a figura magra e curvada de Prakash. Mesmo assim, ignorou o homem e entrou em casa.

— Oi, amor — disse Ellie, e ele a beijou antes de ir para o quarto se trocar. Voltou usando uma camiseta e uma calça de serviço. Ellie olhou para ele. — Teve um bom dia? — perguntou.

— Ótimo — mentiu Frank. Não queria reacender a raiva que sentiu recontando a história para ela. — Eu vou até o carro um minuto — disse, saindo de casa.

Ramesh estava no quintal, ajudando o pai a capinar. Frank parou assim que avistou o garoto, inseguro em relação a confrontar Prakash na frente do filho. Mas, naquele momento, Prakash olhou para ele e abriu um sorrisinho malicioso. Frank observou seu olhar cauteloso, o sorriso de lábios finos e não demorou a chegar até o homem, ainda agachado sobre as pedras e arrancando os matinhos.

— Levante-se — disse. — Levanta daí.

Prakash se ergueu devagar.

— Sim? — perguntou.

Frank notou a zombaria na voz do homem.

— Por que você fez aquilo? — perguntou, mantendo a voz baixa. — Quando você fez aquilo?

Prakash arregalou os olhos.

— Fiz o quê, *seth*?

Frank percebeu de soslaio que Ramesh também tinha se levantado e olhava para ele. Mas Frank já não estava se importando com nada. Arrancaria uma confissão de Prakash, mesmo que tivesse de bater nele. Prakash tinha começado aquela provocação, mas ele, Frank, iria terminá-la.

— Você sabe do que estou falando. Você destruiu o computador. Cortou a fiação. Por que você fez isso?

Prakash abriu a boca, mas Frank falou primeiro:

— Não minta para mim, seu patife. Não minta. Pois, se você mentir, a próxima coisa que vai fazer é falar com a polícia, não comigo. — Parou de falar, lembrando-se de algo mais. — Ou, melhor ainda, vou entregar você a Gulab Singh.

Instintivamente, Frank escolhera a arma certa para lutar contra Prakash. Ao ouvir o nome de Gulab, Prakash começou a uivar.

— *Maaf karo*, Frank *sahib* — disse, juntando as mãos num gesto de súplica. — Foi erro meu. Bebida demais, senhor. Por favor, perdoe.

Os gemidos de Prakash atraíram Edna para fora de casa.

— O que foi? — ela perguntou. — Frank *sahib*, o que aconteceu?

— *Papa* quebrou meu computador — gritou Ramesh para a mãe. — De propósito. Cortou os fios, *mama*. — O garoto estava quase chorando, os olhos cintilando de raiva. Em vez de sentir pena de Ramesh ou tentar protegê-lo, Frank sentiu uma satisfação grosseira. Que o garoto saiba quem é o pai dele, pensou. Chegou a hora de conhecer seu caráter.

— *Besharam* — ralhou Edna com o marido. — Seu comedor de minhoca. *Kutta*. Maldito seja o dia em que conheci você.

Como que para salvar sua última réstia de orgulho, Prakash virou-se para Edna com um rosnado.

— Cala a boca, sua puta! — gritou e ergueu a mão na direção dela. — Volta pra casa.

Frank tomou uma atitude. Seu punho direito acertou o peito de Prakash no momento exato em que Ellie saía para o quintal para ver de que se tratava aquela comoção. Prakash cambaleou cinco passos para trás e caiu de bunda no chão, gemendo e esfregando o peito com as duas mãos. O golpe tinha sido mais forte do que Frank pretendia. Percebeu pela dor que sentiu nas juntas dos dedos.

— Frank! — gritou Ellie enquanto corria até ele, que ainda mantinha uma atitude ameaçadora. Durante um minuto inteiro, ela foi a única que se moveu. Os outros permaneceram imóveis, demonstrando diversos níveis de choque em suas expressões.

— Ah, merda — disse Frank, olhando para Ellie e depois para Ramesh. — Eu não queria fazer isso... Achei que ele ia bater na Edna — acrescentou, apontando para a mulher.

Ramesh olhava para Frank com uma expressão que ele não soube interpretar. Em seguida, ainda mantendo os olhos em Frank, Ramesh foi até onde estava o pai e sentou ao seu lado, afagando seu braço.

— *Chalo, papa* — disse. — Levanta. Vai pra casa.

Frank sentiu as bochechas corando. Queria que Ellie não estivesse ali para testemunhar sua vergonha, o fato óbvio de que Ramesh tomara o lado do pai contra ele. Notou o jeito protetor com que Ramesh segurou o pai, a maneira cuidadosa com a qual o ajudou a se levantar.

Pouco antes de se afastar mancando, Prakash olhou para Frank. O desprezo na expressão do homem fez Frank perder a respiração. Era um olhar que dizia o que Prakash sabia que Frank estava presenciando — que, mesmo na derrota, ele triunfara. Porque Ramesh lhe pertencia. Porque os laços de sangue não podiam ser cortados com a mesma facilidade que os fios de um computador.

Sempre ansiosa para agradar seus empregadores, Edna devia ter registrado vagamente o que tinha ocorrido.

— Obrigada por me salvar, senhor — falou. — Não dá pra saber o que esse bêbado poderia ter feito. — Como não viu nenhuma reação por parte de Frank, ela se virou para Ellie. — Ele me salva, senhora — disse. — Aquele rato estava prestes a...

— Eu sei, Edna, eu sei — disse Ellie secamente, e Frank percebeu que ela não estava convencida.

Ellie se virou para Frank.

— Acho que já chega de drama por hoje, não? Vamos entrar.

Frank foi atrás dela. Como já tinha previsto, Ellie partiu para cima dele assim que a porta fechou.

— Você *bateu* nele? Você ficou louco? Não pode encontrar alguém do seu tamanho para...

— Você que se dane — disse em voz baixa. — Você não estava lá. Não sabe o que ele fez. Ele é um merdinha. E eu devia saber que você ficaria do lado desse safado, e não do meu. — Mas o que Frank estava pensando era: Ramesh foi ajudar o pai, não a mim. Mesmo depois de saber o que o pai tinha feito.

— Frank — começou Ellie, mas ele a interrompeu.

— Não. Hoje, não. Poupe sua assistência social para outra pessoa. Você não entende e nem gosta dessa gente. Você... só tem pena deles, só isso. — Girou nos calcanhares e saiu da sala. Ficou sentado na varanda por alguns minutos, observando o mar que se agitava a distância. Mas estava muito exaltado para ficar quieto. Levantou-se, atravessou o gramado da frente e desceu a escada até a praia. Amarrou um cadarço que tinha se soltado do calçado e começou a correr pela beira-mar, com o sol da tarde se pondo à sua esquerda.

Mas, por mais depressa que corresse, não conseguia fugir da imagem de Ramesh ao lado do pai caído, afagando seu braço. Estúpido, estúpido, repreendeu a si mesmo. Bater no safado na frente do filho. Deixando o pobre garoto sem escolha. Fechou o punho e golpeou a palma da mão esquerda várias vezes, punindo-se por sua violência, por sua falta de controle. Alguns pescadores que secavam suas redes na areia o observaram com curiosidade quando passou, esmurrando-se e falando sozinho. Frank mal os notou.

O sol já tinha se posto quando ele voltou para casa, tendo de correr os últimos quatrocentos metros no escuro. Ellie deixara a luz da varanda acesa para ele. Estava lendo na sala de estar e ergueu os olhos quando ele entrou. Frank quis perguntar se Ramesh tinha vindo perguntar por ele, mas não teve coragem de saber. Ademais, tinha quase certeza de que sabia a resposta. Provavelmente o garoto estava em casa com o pai, que sugava sua solidariedade como um pedaço de pão mergulhado em leite morno.

Tirou a camiseta encharcada, entrou no banheiro e bateu a porta.

Capítulo 28

RAMESH SUMIU. Desapareceu. Desvaneceu. Junto com o pai.

Dois dias depois da altercação entre Frank e Prakash, o cozinheiro saiu de casa para buscar Ramesh na escola, como costumava fazer. Chegou a falar alguma coisa com Edna sobre levar o filho para um passeio e que chegaria em casa mais tarde. Sempre feliz quando Prakash dava atenção ao filho, Edna ficou contente. Mas, às oito horas daquela noite, Mulad, um dos bêbados da aldeia, cambaleou pela entrada, bateu na porta de Edna e entregou um bilhete. Estava escrito com a letra de Ramesh, mas fora ditado por Prakash.

Querida Edna, dizia o bilhete, *estou levando meu filho para longe por algum tempo. O garoto precisa entender de onde ele vem. E eu estou precisando conhecer o meu filho. Por favor, cuide da cozinha e da casa enquanto estivermos fora. Não se preocupe. Nós voltamos logo.*
Seu marido,

Prakash

Edna leu o bilhete e depois o levou para que Frank e Ellie o decifrassem.

O que imediatamente chamou a atenção de Frank foram as duas menções de Prakash a Ramesh como "meu filho". Olhou para Ellie para ver se ela também percebia a torrente de hostilidade implícita no bilhete. Mas a expressão de seu rosto o informou de que Ellie não viu o que ele vira — que aquilo era a vingança de Prakash por ter sido humilhado por Frank na frente de sua família.

— Para onde ele pode ter levado o garoto? — perguntou a Edna

— É o que estou perguntando a mim mesma, senhor. Fico pensando e pensando, mas sem saber. Porém a mala azul está faltando. Só Deus sabe quando Prakash tirou essa mala de casa.

Frank cerrou os dentes.

— Será que ele tem noção de quanto vai atrasar Ramesh na escola com essa pequena... aventura?

Edna parecia prestes a chorar. Ellie lançou a Frank um olhar de reprovação.

— Com certeza Prakash está pensando nisso, querido — disse num tom suave. — Com certeza os dois só vão ficar fora um ou dois dias.

Frank mal a escutou. Tinha acabado de pensar em outra coisa: E se o bilhete fosse um artifício para Prakash ganhar algum tempo? E se o bêbado safado tivesse fugido com Ramesh para sempre? Num país de um bilhão de habitantes, como ele poderia encontrar Ramesh de novo?

E de repente ele sabia, *sabia* que era exatamente isso que Prakash tinha planejado. Sentiu-se fisicamente doente, incapaz de se manter em pé, tão fraco como quando se recuperava da pneumonia.

— Frank, o que foi? — ouviu Ellie perguntar, e viu que as duas mulheres tinham notado.

— Ele foi embora — desabafou Frank, os olhos se enchendo de lágrimas. — Ele pegou o garoto e fugiu. Para sempre.

Não ouviu o grito de Edna, nem viu quando ela levou a mão até a boca aberta. Não notou o ar de descrédito no rosto de Ellie.

— Ei, ei — disse Ellie. — Não vamos nos precipitar. Só porque Prakash resolveu fazer uma viagem com o filho...

Frank teve a sensação de estar vendo Ellie de uma grande altura, sentiu que, na verdade, estava vendo a mulher pela *primeira* vez. Agora ele via o que sempre considerou bondade e compaixão como o que realmente era — burrice. Uma perigosa ingenuidade.

— Alguma vez ele levou o garoto em alguma... viagem? — perguntou a Edna, sem tentar esconder o sarcasmo da voz.

— Não, senhor. Nunca. Prakash só saiu de Girbaug uma ou duas vezes.

— E como ele tem se comportado desde... desde o dia, você sabe, que nós discutimos?

— Tem se comportado de uma maneira estranha, senhor. Um minuto todo quieto e sério e depois sorrindo pra mim. Como se soubesse de alguma coisa que eu não estou sabendo.

Frank virou-se para Ellie com ar triunfante.

— Está vendo? Você ouviu isso.

— Bem, e daí? Prakash sempre se comporta de um jeito meio estranho.

De repente Frank se sentiu cansado daquelas duas mulheres, da perigosa burrice das duas. De sua incapacidade de ter uma visão clara do inexorável âmago do universo. Da incapacidade de reconhecer a maldade, mesmo quando se encontravam tão perto dela. Ellie era psicóloga, fora treinada para enxergar o que se passava dentro da cabeça das pessoas. E lá estava ela, sendo enganada por um cozinheiro analfabeto.

Frank leu o bilhete mais uma vez. E de repente percebeu que era destinado a ele. Prakash sabia que Edna lhe mostraria o bilhete. Sua função era distrair Frank enquanto Prakash desaparecia com o garoto. Sentiu uma necessidade urgente de encontrar Ramesh, de se reafirmar diante dele, de resgatá-lo de qualquer que fosse o destino que o pai preparava para ele.

— Bem, não há nada que possamos fazer esta noite — mentiu. — De qualquer forma, eu preciso fazer uns telefonemas.

Edna não pareceu convencida.

— Senhor, ele vai voltar. Ele adora aquele garoto. E Ramesh vai querer voltar, não?

Frank a olhou, distraído.

— Sem dúvida — disse vagamente. Virou-se e andou em direção ao quarto de hóspedes. — Eu tenho que fazer algumas ligações de trabalho — disse a Ellie. — E gostaria de não ser incomodado, certo?

Ellie parecia não estar acreditando. Abriu a boca para dizer alguma coisa, mas deu de ombros.

— Que seja.

Frank fechou a porta e sentou na beira do sofá-cama, apoiando a cabeça nas mãos. O pensamento de Ramesh não estar do outro lado do quintal naquela noite, a imagem do garoto dormindo numa cama estranha — ou, pior, ao ar livre debaixo de uma árvore — o enchiam de desespero. Que puta cara safado. Que puta covarde. Prakash não conseguia enfrentá-lo diretamente e, por isso, estava usando o filho para se vingar. E se ele levasse Ramesh para uma cidade grande como Bombaim ou Calcutá e sumisse? Eles nunca mais saberiam de Ramesh. O garoto desapareceria como uma pedrinha no oceano.

Levantou do sofá. Já perdera horas preciosas. Se quisesse localizar Ramesh, precisava agir agora mesmo. Prakash já tinha uma vantagem de algumas horas. Ficou andando pelo quarto por um minuto, tentando pensar com clareza, mantendo o pânico sob controle. Só havia um homem que poderia ajudá-lo. Um homem que não gostava de Prakash tanto quanto ele. Um homem com a autoconfiança e os recursos para saber o que fazer. Sentou à frente da escrivaninha antiga e discou o número de Gulab.

— Pode falar — atendeu Gulab.

— Aqui é Frank Benton — disse Frank. — Estou numa... situação e preciso da sua ajuda.

— Sim, senhor? — Frank pôde ouvir o alerta animal na voz de Gulab.

— É aquele imbecil do Prakash — disse. — Ele pegou o filho e desapareceu. Preciso da sua ajuda para encontrar os dois.

— Desapareceu onde, senhor?

Frank cerrou os dentes.

— Não sei. Ele só deixou um bilhete dizendo que levaria o filho para uma viagem de alguns dias.

— Então seria melhor esperar. Eles vão voltar em dois ou três dias. O idiota provavelmente não tem dinheiro pra mais do que isso.

Por que Gulab estava sendo tão obtuso quanto os outros?

— Escuta — continuou Frank. — O bilhete é um artifício. O homem sequestrou o próprio filho, você não entende? Se não agirmos agora, nunca mais veremos nenhum dos dois.

Houve um segundo momento de silêncio, e, quando Gulab voltou a falar, alguma coisa tinha mudado no seu tom de voz.

— Entendi. Bem, nesse caso, Frank *sahib*, eu poderia entrar em contato com o chefe de polícia. Tentar saber para onde esse *goonda* levou o filho.

— Tudo bem. Mas, Gulab, nada de violência. Eu... apenas quero encontrar o garoto, só isso.

— Entendido. Eu volto a falar com o senhor de manhã.

— Mas, se você souber de alguma coisa ainda esta noite, eu quero que me ligue. Não se preocupe com a hora. — Frank fez uma anotação mental de dormir no quarto de hóspedes naquela noite.

— Sim, chefe.

Mas o sono não estava na sua agenda daquela noite. Frank ficou deitado na cama, tentando lutar contra as imagens que assolavam sua mente — Ramesh dormindo em algum lugar inseguro e insalubre, Prakash se embebedando e batendo no garoto, Ramesh assustado e inconsolável em alguma grande e estranha cidade. Talvez fosse melhor se Prakash tivesse levado o menino a Bombaim, pensou Frank. Pelo menos Ramesh conheceria um pouco a cidade. Mas, quando pensava no hotel infestado de pulgas pelo qual Prakash poderia pagar, Frank quase chorava de raiva. Ficou imaginando se ao menos Ramesh estava com seus tênis novos, repugnado com a imagem do garoto andando pela cidade suja com suas sandálias de plástico.

Acordou tarde, após tomar a decisão, depois de finalmente conseguir dormir, de tirar uma folga do trabalho. Por um momento de graça, sua mente ficou vazia, mas logo depois voltou a lembrar e a se sentir desolado. Saiu da cama e discou o número de Gulab, ignorando a pressão da bexiga.

— Ainda não tive notícias, senhor. — Frank notou o tom de desculpas na voz de Gulab. — Mas não se preocupe. A polícia vai começar as investigações hoje com força total.

— Tudo bem — disse Frank. — Mas lembre-se: sem violência. É só para encontrar o garoto. Ah, outra coisa. Eu vou ficar trabalhando em casa hoje. Por isso, ligue no meu celular se tiver alguma notícia.

— Muito bem, senhor.

Frank urinou, abriu a porta do quarto e foi para a sala de estar. Ouviu Ellie na cozinha.

— Oi — anunciou ela. — Fiquei sem saber se deveria te acordar. Você não vai trabalhar?

— Hoje vou tirar uma folga — resmungou Frank.

Ellie entrou na sala com uma grande caneca de café. Quando viu Frank, seus olhos ficaram arregalados, e o queixo caiu numa expressão chocada. Algumas gotas de café pingaram na lajota do piso. Ellie mal reparou.

— Qual é o problema? — perguntou Frank sem pensar, olhando por cima do ombro.

Ellie moveu os lábios, mas não emitiu nenhuma palavra.

— Qual é o problema, Ellie?

— Meu Deus, Frank. O que aconteceu com você?

Olhou para Ellie com uma expressão interrogativa.

— Do que você está falando?

— O seu cabelo. Santo Deus. — Largou a caneca e foi até ele. Pegou-o pela mão e o levou até o espelho no quarto.

Frank soltou um grito quando viu seu avô olhando para ele no espelho. Mas não, não era bem isso. Ele de fato viu no espelho seu próprio corpo e o rosto, o corpo e o rosto de um homem de trinta e quatro anos. Mas os cabelos loiros tinham ficado grisalhos. Da noite para o dia. Era como ver seu presente e seu futuro ao mesmo tempo, como se o espelho fosse não apenas um vidro reflexivo, mas também uma bola de cristal. Sentiu-se como um personagem de contos de fada, uma aparição, achou que poderia sair flutuando, que se esvaneceria se não firmasse os pés no chão.

Frank passou a mão pelos cabelos e olhou para Ellie com ar incrédulo.

— O quê? Como isso é possível?

— Acontece. Quando pessoas estão em situações de muito estresse. Eu já vi isso na minha profissão. — Os olhos de Ellie estavam úmidos. — Frank, o que está acontecendo com você? Como pode estar sofrendo tanto sem que eu tome parte nisso?

Frank balançou a cabeça sem saber o que dizer. Teve a estranha sensação de estar ciente do próprio envelhecimento, como se de repente sentisse todas as células do corpo mais morosas, tornando-se grisalhas como os cabelos.

Deixou Ellie levá-lo até o sofá, onde ela se sentou segurando sua mão.

— Querido. Às vezes o cabelo volta ao normal. Mas você precisa se livrar desse estresse. Fale comigo. Conte o que está acontecendo. Deixa eu te ajudar com isso.

Frank olhou para o rosto dela, tão ansioso, tão inocente, tão bonito, tão *jovem*. O que poderia dizer para aquele rosto? Esse rosto presenciara a feia realidade do mundo sem se tornar feio. Conhecera a mesma dor e pesar causticantes que ele, mas não se tornou desconfiado, nem temeroso. De alguma forma, Ellie tinha superado a tragédia que se abatera sobre eles, resgatando seu lugar no mundo. Enquanto ele... entregara as chaves de sua salvação para um garoto de nove anos. Um garoto que agora estava desaparecido.

Balançou a cabeça.

— Eu não sei. Eu... só estou preocupado com Ramesh.

— Não fique preocupado, amor. Ele está com o pai. E não se preocupe com Prakash, ele ama o filho. Eles só saíram de férias, querido. Como nós fazíamos com Benny.

Frank não se incomodou em esconder a expressão de indignação. Como ela se atreve a dessacralizar a lembrança das férias com Benny comparando-as com o furtivo movimento de Prakash, que sequestrou o próprio filho?

— O quê? O que foi que eu disse?

— Alguma vez eu saí de férias sozinho com Benny? — A voz dele tremia de raiva. — Sem falar com você? Avisando apenas depois e por meio de um bilhete?

Ellie soltou um suspiro.

— Frank, eu só estou tentando ajudar...

— Então me deixa em paz. Isso não está ajudando em nada.

Ignorou o olhar magoado de Ellie, levantou-se e saiu da casa. Bateu na porta de Edna.

— Alguma notícia deles? — perguntou assim que ela atendeu.

— Nada, senhor — ela respondeu. — Mas talvez...

Frank aquiesceu, virou-se e voltou para casa.

Passou os quatro dias seguintes em casa. Seus dias adquiriram um padrão — evitar Ellie, falar com Gulab diversas vezes, interrogar Edna sobre quaisquer pistas que pudesse dar sobre o desaparecimento de Prakash, cair na cama à noite e dormir espasmodicamente. O rosto de Ramesh continuou a atormentá-lo. Imaginava o garoto envolvido em todos os tipos de situação difícil, com uma expressão suplicante no rosto, pedindo a ajuda de Frank. Acordava no meio da noite, o coração disparado, encharcado de suor.

Seu celular tocou. Era Gulab.

— Sim? — atendeu ansioso.

— Acabei de receber uma ligação da polícia, senhor. Prakash comprou passagens de trem para Aderbad. O sujeito que vendeu as passagens estava de licença, só voltou ao trabalho hoje.

— Que diabos é Aderbad?

— Uma cidadezinha, senhor. Não tem muita coisa lá.

— E por que diabos ele foi pra esse lugar?

— Só Deus sabe, senhor.

— Bem, diga ao chefe de polícia para mandar alguns homens até lá.

Houve uma pequena pausa.

— Está fora da jurisdição deles, senhor.

Frank disparou uma praga.

— Eles estão investigando um caso de sequestro. Nada deveria estar fora da jurisdição deles.

Houve mais uma pausa.

— Eles dizem que um pai sair com o filho não caracteriza um sequestro, senhor.

Será que Gulab estava gozando da cara dele? Frank deu uma forte mordida no lábio inferior.

— Escuta, Gulab. Diga ao chefe para mandar dois homens. Eu pago as despesas... e mais um *baksheesh*.

— Isso vai funcionar, senhor. Vou ligar pra eles agora mesmo.

Por que merda Gulab não falou logo que era pra subornar os safados?, pensou Frank quando desligou. Por que inferno ele está sendo tão delicado? Como se ele, Frank, não soubesse que o país todo era um poço de corrupção.

O telefone da casa tocou, mas ele ignorou. Ellie poderia atender. Provavelmente era para ela mesma. Foi até Edna, que estava varrendo o quintal.

— O que há em Aderbad? — perguntou.

A mulher olhou para ele com uma expressão de dúvida.

— Senhor?

— Na cidade de Aderbad. Quem Prakash conhece lá?

— Eu nunca ouvi falar, senhor. Por que está perguntando?

— Porque ele comprou passagens de trem para essa cidade.

— Talvez algum amigo do bar daqui — chutou Edna. Mas Frank já estava se afastando, desgostoso. Mulher estúpida e ignorante, pensou. Não sabe nada sobre o marido.

Ellie acenou para Frank quando ele entrou em casa.

— Foi bom ter notícias suas, Pete — ela ia dizendo. — Mande lembranças para Janet e as crianças, certo? Bem, o Frank está aqui.

A última coisa que Frank queria ela falar com Pete. Mas não tinha escolha.

— Eu vou atender no quarto de hóspedes — disse. Foi até lá e esperou Ellie desligar o aparelho antes de dizer: — Oi, Pete.

— Santo Deus, Frank. — A voz de Pete soava próxima e esquentou seu ouvido. — Que diabos está acontecendo? Estou tentando falar com você há dias, e Deepak está me enrolando. O que você está fazendo em casa, homem? Nós estamos com uns pedidos enormes, e os seus funcionários já estão atrasados.

Merda. A remessa já devia ter partido de Girbaug dois dias atrás. Ele deixara Deepak encarregado, disse para cuidar das coisas por um tempo. Claramente seu subordinado pisara na bola. Por que não tinha ligado para informá-lo? Mas logo lembrou que dissera a Deepak que não desejava ser incomodado por alguns dias.

— Eu... não sabia que o pedido ainda não tinha sido despachado — começou a dizer.

— Não sabia? Que merda é essa, Frank? Estou com todos os distribuidores fungando na minha nuca e você não sabia?

— Eu passei essa tarefa a Deepak.

— Por quê? O que há com você? Deepak disse que você não aparece há dias. Aliás, o que está fazendo em casa?

Frank resolveu se abrir com Pete.

— Surgiu uma situação. Ramesh... lembra dele? Ele iria passar o Natal conosco nos Estados Unidos. Bom, parece que o pai dele fugiu com o filho. Os dois estão desaparecidos. Eu... estou tentando ajudar a polícia a encontrar o menino. Preciso ficar em casa para coordenar as coisas.

Houve um longo e doloroso silêncio.

— Alô — disse Frank.

— Eu não acredito — resmungou Pete. — Você está em casa porque um garoto foi viajar com o próprio pai? E, enquanto isso, meus pedidos estão...

— Não me trate como criança, Pete. — As palavras saíram mais intensas do que foi capaz de perceber.

— Tratar como criança? Cara, eu estou com vontade de te esganar. Você está me custando milhares de dólares por dia por causa de...

— Esse menino é importante pra mim, Pete.

— Dá um tempo, Frank. Que diabo, você voltou ao trabalho uma semana depois da morte de Benny. E agora...

Frank sentiu alguma coisa rompendo. Lembrou-se da menção casual de Pete ao jogo de beisebol do filho alguns meses atrás.

— Não diga o nome do meu filho — ouviu a si mesmo dizer. — Não quero que você diga o nome do Benny.

Ouviu Pete prendendo a respiração.

— Que porra tá acontecendo com você, Frank? Eu amava Benny como se fosse meu filho. E agora não posso mais falar o nome dele?

— Sabe de uma coisa, Peter? — disse Frank, fumegando de raiva. — Você não sabe merda nenhuma de nada. Nós somos amigos há tantos anos, e você não permite que eu fique uns dias sem trabalhar? Está mais preocupado com sua conta bancária do que com um garoto cuja vida pode estar em perigo. Só quer saber de seguir com sua vidinha feliz dentro do seu cercadinho branco, cara.

— Eu me sinto muito ofendido com isso. — A voz de Pete era dura, raivosa. — Você não tem o direito de me culpar pelo fato de estar obcecado por um garoto pobre indiano. Eu sou um homem de negócios, Frank. E você também era, até se enfiar nesse beco sem saída. Mas não venha me culpar por preferir brincar de detetive.

Frank estava louco para desligar o telefone e abrir um mapa para descobrir onde ficava Aderbad. E lá estava aquele cuzão idiota que ele pensava ser seu amigo atrasando-o, parolando sobre responsabilidade e ética nos negócios. Frank sentiu uma pontada de dor no maxilar e percebeu que estava cerrando os dentes.

— Escuta — disse afinal. — Eu... eu vou voltar, tá? Vou garantir que os pedidos sejam despachados até o fim da semana. Tudo bem?

— Isso não é o bastante, Frank.

— Vou fazer o melhor possível. — O celular estava zumbindo do outro lado do quarto, e os olhos de Frank se animaram. Certamente era Gulab com alguma boa notícia. — Escuta, estão me ligando no celular. Preciso desligar. A gente se fala depois.

— Não, espera. Eu quero... — ia dizendo Pete quando Frank desligou na cara dele. Correu até o celular e ficou desapontado quando viu que era Deepak quem estava ligando.

Ele que se dane, pensou. Eu ligo daqui a algumas horas.

CAPÍTULO 29

Os dois ficaram em silêncio em frente à modesta casa de estuque, o garoto e o homem. Prakash observava as paredes externas rosadas, o azul da porta, os arbustos de jasmim à direita. Ao seu lado, Ramesh se agitava, apoiando-se em um pé e depois no outro.

Eles tinham chegado a Goa de manhã. Duas noites atrás, dormiram num banco na plataforma da ferrovia em Aderbad. Ramesh tinha sido contra, disse que queria voltar para Girbaug, mas Prakash explicou que queria mostrar uma coisa em Aderbad para Ramesh na manhã seguinte. Depois disso, eles embarcariam em outro trem para Goa.

Quando acordaram no dia seguinte, Prakash contou a Ramesh que, quando viajou de motocicleta de Girbaug a Goa, anos atrás, ele topara com um templo no caminho.

— Eu nunca tinha ouvido falar dessa Aderbad — disse. — *Bas*, parei na cidade só para almoçar. Mas aí vi esse templo. E só Bhagwan sabe, Ramu, mas eu senti que precisava entrar lá. Tão silencioso e tranquilo era o lugar. Havia uma grande estátua de Krishna sorrindo e tudo o mais. Então pedi a Ele que me desse uma linda esposa. Dois ou três dias depois, conheci sua mãe.

— Então por que a gente está indo pra lá outra vez? — perguntou Ramesh, amuado. Mesmo com o pai carregando as bagagens, o garoto resmungava. Suas costas doíam por ter dormido no banco, e o trajeto entre a estação e o templo era longo.

Prakash pareceu decepcionado.

— Você não entende, Ramu? Para prestar agradecimentos. Quero agradecer a Deus por ter me dado a minha família.

Ramesh fez uma expressão sagaz.

— Posso pedir a Deus pra me dar o que eu quero?

— É claro, *beta*. O que você quer?

— Quero que o meu time ganhe a partida de futebol.

Prakash deu risada.

— *Bas*, só isso? Com certeza Bhagwan vai atender o seu pedido. — Acariciou as costas do garoto. — Eu vou rezar por um pedido bem maior para o meu filho.

Ramesh insistiu para que tomassem um riquixá para voltar à estação ferroviária quando concluíssem o passeio.

— *Papa*, minhas costas estão doendo — explicou.

Prakash conferiu a pilha de cédulas que tinha no bolso. Considerou se Edna teria notado que levara a maior parte do dinheiro que estavam economizando numa lata que guardavam na cozinha.

— *Theek hai* — respondeu. — Vamos tomar um riquixá.

Quando voltaram à estação, Prakash comprou duas passagens para um trem noturno até Goa. A bordo, Ramesh não parava de falar, emocionado por conhecer o lugar de que sua mãe tanto falava. Mas de repente pareceu pensativo.

— *Papa* — disse, mastigando as *batatawadas* que Prakash tinha comprado na última parada —, por que mamãe não veio com a gente?

Prakash olhou pela janela do trem.

— É uma surpresa — respondeu afinal. Depois se virou para o filho. — Você sabe quem mora em Goa?

Ramesh fez que não com a cabeça.

— Seu vovô e sua vovó. A mamãe e o papai da sua mãe. Nós vamos encontrar com eles.

A expressão de Ramesh derreteu.

— Mas *mama* disse que eles não querem ver a gente.

— Eles vão concordar. Assim que virem você. — Prakash estendeu o braço e afagou o rosto de Ramesh com carinho. — Assim que eles virem essa cara *khubsurat*.

E agora eles estavam em frente a uma escada, olhando para a casa onde moravam os pais de Edna. Prakash sentiu um latejar nervoso no fundo da garganta. Ansiava por um trago para acalmar os nervos, mas tinha jurado não tocar numa garrafa enquanto estivesse nessa viagem com Ramesh. Até agora, cumprira a promessa.

Pegou Ramesh pela mão, subiu os dois degraus e bateu na porta. Não houve resposta. Bateu mais uma vez, um pouco mais forte. Dessa vez ouviu ruído de passos, a porta se abriu, e uma velha senhora com um vestido amarelo olhou para os dois.

— Sim?

Prakash pigarreou.

— A senhora é Agnes D'Silva?

— Sim. E você é?

— Eu é Prakash. — Mesmo aos seus ouvidos, seu inglês soou medonho. Para se retratar, ele disse: — E esse é seu neto, Ramesh.

Nada aconteceu. A velha senhora apertou um pouco os olhos quando olhou para Ramesh, mas sua expressão continuou impassível. O momento se estendeu por uma eternidade.

— Espere aqui — ela disse, afinal, e desapareceu.

Pai e filho ficaram embaixo do sol, sem se atreverem a olhar um para o outro. Pela primeira vez ocorreu a Prakash que a situação que tinha imaginado — a lacrimosa reconciliação, os avós arrependidos, o retorno triunfal a Girbaug — talvez não acontecesse. Mas em seguida ouviu o som de outros passos, e seu otimismo renasceu.

Um velho apareceu na porta. Era alto, de ombros largos e queixo quadrado. Tinha também os olhos mais frios que Prakash já vira. Aqueles olhos o fitaram por um tempo, mas logo se desviaram, como se não tivessem gostado do que viram.

— Então você é o matuto com quem ela se casou — disse o homem. Seu olhar se fixou em Ramesh. — E esse é o bastardo.

Prakash protestou energicamente.

— Este é o seu neto — afirmou, como se o homem não tivesse entendido. — Nós viemos aqui para...

— Você deve estar enganado. — O velho falou com uma voz calma e calculada. — Eu não tenho neto. Porque não tenho uma filha. — Deu um passo para trás e fechou a porta.

O TAMANHO DO CÉU *319*

Os dois ficaram em estado de choque, olhando para a porta azul fechada. Prakash teve um ímpeto de esmurrar a porta, arrombá-la, entrar e esganar aquela garganta grisalha até o homem engolir as próprias palavras. Mas desconfiou que perderia uma briga com o pai de Edna. Não tinha recursos para combater uma maldade tão deliberada. Ademais, Ramesh já tinha ouvido o bastante aquelas palavras inconvenientes. Precisava ser poupado de mais crueldades.

— Vamos, Ramu — disse, pegando na mão dele. — Vamos embora. Esse *boodha* é maluco.

Os dois almoçaram num quiosque à beira-mar — pitu com curry para o garoto, frango *vindaloo* para ele. Mas a comida tinha um sabor amargo para Prakash. Para tirar o gosto, pediu um copo de *feny*, o vinho goense feito de caju. Depois, outro copo.

— *Papa* — disse Ramesh, com um olhar preocupado. — Não vá beber demais, *na*?

Prakash olhou para o filho como se fosse a primeira vez. Sentiu que o entendia completamente — a aflitiva circunferência de seu presente, as estreitas limitações de seu futuro. Foi acometido por uma sensação de pena insuportável enquanto observava aquele rosto jovem e ansioso concentrado no arroz com curry. Para abafar aquele sentimento de piedade, entornou um terceiro copo de *feny*.

Prakash saiu cambaleando do quiosque, com Ramesh nos seus calcanhares.

— Você quer voltar para o hotel? — perguntou ao garoto, e se sentiu aliviado quando Ramesh respondeu que não. A perspectiva de voltar para aquele quarto decrépito, com a pintura descascada e as manchas de *paan* nas paredes do banheiro, era deprimente demais. — Então vamos ficar por aqui — disse, acomodando-se na areia. Prakash caiu no sono em instantes.

Mas não por muito tempo. Acordou vinte minutos depois, sentindo ainda o gosto amargo na boca. A ideia da viagem havia lhe ocorrido enquanto estava em seu catre examinando o hematoma deixado no local em que fora atingido pelo americano. Acreditava que os pais de Edna amoleceriam quando vissem seu lindo neto. Que lamentariam os anos de ausência e insistiriam que os três se mudassem para Goa. Prakash teria ficado muito feliz em fazer isso. O interesse do americano pelo seu filho estava começando a assustá-lo. Queria que outras pessoas reconhecessem Ramesh como membro da família, queria que Ramesh tivesse uma família maior — pessoas com quem compartilhasse laços de sangue.

Lá em cima o céu estava girando, e Prakash se amaldiçoou por ter bebido tanto *feny* e tão depressa. Olhou para a esquerda, para o local onde Ramesh estava deitado na areia.

— Ramu — chamou. — Você está dormindo?

— Não, *papa*.

Prakash pensou por um momento.

— Ramu, nunca seja pobre como seu pai. Este mundo não gosta de gente pobre. Você me promete?

— Prometo, *papa*.

— Ótimo. E, Ramu, outra coisa. Nunca beba tanto quanto seu pai. Promete?

— Prometo, *papa*.

Ficou em silêncio por um longo tempo, olhando o céu que girava.

— E, Ramu. Nunca seja um órfão como seu pai. Promete?

— Eu prometo, *papa*. — E soltou uma risadinha.

Ele ficou calado por um longo tempo, observando as nuvens que corriam pelo céu.

— E, Ramu, nunca seja um órfão como o seu pai. Promete?

Ramesh estava torcendo o nariz, na tentativa de segurar o riso.

— Desculpe, *papa*. Mas como posso prometer não ser órfão? Isso é por sua conta.

E de repente os dois estavam rindo, rindo tanto que Prakash sentiu umas gotinhas de urina vazando na cueca. Imediatamente contraiu os músculos.

— *Saala* — disse Prakash, rolando para o lado do filho e se engalfinhando com ele de brincadeira. — Você está gozando do seu velho pai?

— Nada disso, *papa* — respondeu Ramesh. — Mas o que você disse foi muito engraçado.

As risadas e as brincadeiras fizeram muito bem aos dois, rompendo o feitiço lançado pelas palavras mesquinhas do pai de Edna. Prakash sentiu alguma coisa se soltar em seu coração. Que o velho vá para o inferno, pensou. Se não consegue enxergar um diamante Kohinoor na areia, azar o dele. Eu sei quanto vale meu filho.

Sentou-se nos calcanhares e puxou Ramesh para mais perto. Pai e filho ficaram naquela posição por alguns minutos, olhando para o mar. Prakash beijou o cocuruto do filho.

— Você é a minha vida — sussurrou. — Não se esqueça disso.

— Eu sei, *papa*. — Dessa vez não havia ironia na voz do garoto.

— *Chalo* — disse Prakash afinal. — Vamos até o mercado comprar alguma coisa para sua mãe. Preciso levar alguns doces de Goa pra ela. Amanhã de manhã nós partimos para Girbaug.

— Eu quero ficar, *papa*. Eu gosto de Goa.

Prakash beijou o menino de novo.

— Eu sei, *beta*. Mas você já está perdendo muitas aulas. E sua mãe está esperando a gente.

Chegaram a Girbaug no dia seguinte, às nove horas, munidos de presentes — *bebinca* e outros doces para Edna e Ramesh, duas garrafas de *feny* para Prakash e dois pacotes de caju para a sra. Ellie. Quando chegaram na casa, com Ramesh correndo na frente dele, Prakash sentiu um aperto no peito. Apesar do fracasso de sua missão, ele adorou todos os momentos que passou com o filho. Agora teria de voltar a dividir Ramesh com os outros. Esforçou-se para se lembrar da doçura do tempo que passaram juntos.

Ramesh é meu, disse a si mesmo. Esse garoto é meu e de Edna. E de mais ninguém.

CAPÍTULO 30

CINCO DIAS SE PASSARAM DESDE QUE PRAKASH retornara com o garoto, e Frank continuava amuado com a insolência do homem. Prakash voltara para casa como se tivesse todo o direito de ter viajado com o filho. E agora agia como se não estivesse nem aí com o tumulto que havia causado — a ansiedade de Edna, os gastos com as buscas policiais, os dias de ausência do trabalho que o episódio custara a Frank. Na verdade, Prakash ficou indignado quando soube que a polícia estivera procurando por ele em Girbaug e em Aderbad.

— Como assim? Eu não tenho o direito de ir a algum lugar com meu próprio filho? — Frank o ouviu dizer a Edna. — Diga ao patrão mérican pra recolher seus cães de caça. Do que a polícia iria me acusar? De sair de férias com meu filho?

Frank teve vontade de ir até a casa de Prakash e quebrar a cara do safado. Pulverizar o sujeito e tomar distância para apreciar com satisfação. Mas muitas coisas o impediram: a lembrança da expressão de repugnância de Ellie quando ele se envolveu com a polícia na busca por Prakash. A hostilidade dela em relação a Gulab, que passou várias vezes pela casa para dar as últimas notícias. E também a lembrança de Ramesh consolando o pai quando Frank o derrubou no quintal. E, finalmente, um sorridente Ramesh entrando na casa trazendo presentes de Goa para eles. Parecendo simplesmente estar voltando de verdadeiras férias com a família.

Ellie ficou comovida com os presentes. Bem, deixe que ela seja ingênua. Frank sabia melhor das coisas. Prakash tinha a total intenção de fugir com o garoto. A passagem de trem para Aderbad fora um ardil para despistar a polícia. O sujeito era mais esperto do que parecia, Frank tinha de reconhecer. Embora permanecesse um mistério o fato de terem retornado depois de cinco dias. Provavelmente ele ficou sem dinheiro antes do que esperava. Ou talvez tivesse alguma outra carta na manga. Talvez estivesse tentando tranquilizar todo mundo para que, da próxima vez que fugisse com Ramesh, ninguém ficasse preocupado. Bem, Frank teria de ficar vigiando o garoto como um gavião. Talvez pedir para que Satish levasse e buscasse o garoto na escola.

Frank olhou para a pilha de papéis à sua frente. Não conseguia acreditar na quantidade de trabalho que se acumulara no tempo em que ficou afastado. Só de pensar em atacar aquela pilha fazia seus olhos arder. Ainda havia mais de oitenta e-mails em sua caixa de entrada. Metade deles parecia ser do merdinha do Pete, a respeito do pedido que ainda não tinha saído de Girbaug.

Esfregou a testa e olhou pela janela, tentando bolar uma maneira de impedir quaisquer planos que Prakash pudesse ter para Ramesh. O telefone tocou, e Frank olhou para o aparelho com desgosto antes de atender.

— Alô? — disse.

Houve um suspiro do outro lado da linha que pareceu uma lufada de vento no seu ouvido.

— Frank? É Peter.

— Olá, Pete.

— Escuta, é uma ligação rápida. O que está acontecendo com o pedido?

Então agora é assim que se joga, pensou Frank. Sem conversa fiada, sem perguntar por Ellie. E isso partindo do homem que estivera na sua festa de casamento e o ajudara a carregar o caixão no enterro de Benny.

— Acho que vai ser embarcado amanhã.

— Acha? Eu preciso de mais do que isso, Frank. Isso já foi...

— Eu sei quanto está atrasado, Pete. E estou trabalhando nisso.

— Está trabalhando nisso? Não dá pra acreditar. Frank, você parece ter esquecido que tem um emprego. Que não estamos pagando pra você ficar em casa e...

— E você parece ter esquecido que eu já fiz você ganhar mais dinheiro do que qualquer outro funcionário da empresa, Pete.

— Então é isso que está fazendo? Descansando nos louros?

— Não. Já disse que o pedido está quase pronto para ser embarcado.

Houve um longo e doloroso silêncio. Depois Peter Timberlake disse:

— Sabe de uma coisa, Frank? Eu tenho pensado a respeito dessa história. E quero que volte para casa. Vou transferir você da Índia.

— Do que você está falando?

— Disso mesmo. Seu contrato foi rescindido. E, na verdade, eu preciso de um indiano para chefiar a fábrica. Chegou a hora de você voltar para casa.

— Pete, você perdeu o juízo? Você sabe que estou num processo de negociação do novo maquinário para a fábrica, que deve cortar um terço do nosso custo com mão de obra...

Peter deu risada.

— *Eu* perdi o juízo? Essa foi boa, Frank. Você perde um prazo de entrega por ficar em casa ruminando por causa de um pobre filho da puta que sai com o filho de férias e me pergunta se *eu* perdi o juízo.

As mãos de Frank começaram a tremer tanto que ele precisou usar as duas para segurar o telefone.

— Escuta, Pete. Consigo despachar o pedido amanhã, prometo. Nem que eu tenha de ficar aqui a noite toda pra isso.

Pete deu um suspiro.

— Frank, é mais do que esse pedido. Olha, com todos os problemas trabalhistas que você já teve e outras questões, acho que é melhor voltar para casa.

— Melhor para quem, Pete? — perguntou Frank.

Era impossível não perceber a frieza na voz de Pete.

— Ora, melhor para a HerbalSolutions, Frank. Pelo amor de Deus. Não faça disso uma questão pessoal.

Pete, seu cuzão, nós somos amigos, queria berrar Frank. Troquei as fraldas dos seus filhos. Com quem você acha que está falando desse jeito formal, porra? Mas acabou dizendo:

— Escuta, Pete. Não me faça implorar. Santo Deus, Ellie vai ter um ataque quando souber disso.

— Frank. — A voz de Pete continuava calma. — O que você vai fazer? Viver no exílio pelo resto da vida? Você e Ellie? A Índia não é o seu país, amigo. Você precisa encarar... o que aconteceu e seguir em frente, sabe? Não acho que isso está sendo muito saudável, o fato de você nem ter aparecido no Natal.

De repente Frank estava contente por Pete estar do outro lado do mundo. Pois o teria agredido fisicamente se estivessem na mesma sala. Seu safado maldito e convencido, pensou, aboletado no seu escritório com a vida intacta, fazendo proselitismo a respeito do que é mais saudável.

— Frank? Você ainda está aí?

— Estou. É que... — Tentou dizer mais alguma coisa, mas sua voz falseou. Seu olho esquerdo começou a tremer.

— Ah, merda — suspirou Pete. — Eu não estou querendo te magoar, Frank. Mas já tomei minha decisão. Preciso de você aqui. Você pode ficar aí... sei lá... mais uns dois ou três meses pra organizar suas coisas. Posso mandar Stan pra te ajudar, se quiser.

— Tudo bem — disse Frank, lutando contra suas emoções. Jamais daria o prazer de desmoronar diante de Peter Timberlake. — Escuta, preciso que me dê sua palavra... de não falar sobre isso com Ellie. Eu... preciso contar a ela no momento certo.

— Sim, tudo bem. Esse é um problema seu.

— Então você me dá sua palavra?

— Sim. Mas é melhor contar logo pra ela, garoto. Dois meses passam depressa.

— Tem certeza de que não posso fazer você mudar de ideia, Pete? — perguntou, odiando-se pelo tom suplicante de sua voz.

— Temo que não, Frank.

— Tudo bem. Depois nos falamos — disse Frank.

Quando desligou o telefone, seu primeiro pensamento foi direcionado a Ramesh. Ir embora da Índia significava deixar Ramesh para trás. Tentou levantar da cadeira, mas não conseguiu. As pernas pareciam feitas de feno, a cabeça parecia cheia de algodão. Que merda, pensou, talvez ele estivesse ficando doente de novo. Porém, no momento em que pensou nisso, já sabia que na verdade sua doença não era física, mas sim uma doença da alma. Isto é, se o amor pudesse ser considerado uma doença.

A intensidade de suas emoções o espantou. Afinal, quando Ramesh tinha se tornado tão importante na sua vida? Como é que a perspectiva de partir da Índia e se reencontrar com Scott, com a mãe, com toda aquela gente que sempre iluminou sua galáxia não proporcionava prazer ou alegria? Sem o sol — sem o filho —, só existia o Pai, perdido e solitário, sem nada para guiar seu caminho.

Pensou em seus rituais com Ramesh — as corridas matinais na praia quase deserta; os cortes de cabelo mensais dele e do garoto no Hotel Shalimar; os jantares de domingo em casa, quando Frank ensinava Ramesh a usar os talheres, quando Edna os servia e sorria com orgulho ao ver o filho cortando o frango com garfo e faca.

E agora Pete queria tirar tudo isso dele. Queria que abandonasse Ramesh como se fosse um lixo recolhido na praia. Lutou contra a vontade de pegar o telefone de novo e conversar com Pete, até mesmo ameaçar se demitir. Mas não podia arriscar um blefe com Pete. Foda-se o Pete. Talvez conseguisse arrumar um emprego em outra multinacional na Índia. Mas e daí?, pensou. Não havia nenhuma outra companhia estrangeira em Girbaug. Se tivesse sorte, muita sorte, poderia arranjar alguma coisa em Bombaim. Mas era um tiro no escuro, e, mesmo que conseguisse, só poderia ver Ramesh uma vez por mês. Quanto tempo levaria para o garoto se atrasar nos estudos, quanto tempo até esquecer seus modos à mesa, antes de seu inglês ir de mal a pior? Seria mais doloroso perder Ramesh lentamente, com o passar do tempo, vendo-o sucumbir sob o peso de sua cultura e das disfunções familiares do que perdê-lo de uma vez.

Perder Ramesh não era uma opção. Não. Ramesh tinha de ir com eles para a América. Era preciso pensar em uma maneira de fazer isso acontecer. Não havia nada para o garoto aqui em Girbaug.

Frank precisava pensar, pensar. Precisava ganhar algum tempo. Uma coisa era certa — Ellie não poderia saber do ultimato de Pete. Precisava se comportar como se tudo estivesse normal. Olhou ao redor do escritório, ainda pregado na cadeira. Esta é a minha vida, e o canalha que se diz meu amigo a está destruindo, pensou. Fazendo com que eu renuncie a ela. E eu... vou ter que abrir mão dos carros com motorista, da ajuda de custo e da casa de graça e de todas as bugigangas que Pete me ofereceu quando queria que eu administrasse a fábrica. Mas nunca abrirei mão do verdadeiro tesouro, da verdadeira joia preciosa. Ramesh.

Capítulo 31

— Então, o que ele anda fazendo que está te deixando tão nervosa? — perguntou Nandita enquanto andava com Ellie pelas ruelas estreitas do Agni Bazaar.

Ignorando os gritos frenéticos dos vendedores, Ellie recordou as inúmeras vezes que tinha entrado num aposento e surpreendido Frank falando sozinho, como que perdido numa furiosa discussão. E o jeito como ele ficava sentado durante horas na varanda, olhando para o mar, às vezes parecendo quase comatoso, às vezes tremendamente animado. E o mais estranho era o tique no olho esquerdo.

— Ele estremece — respondeu Ellie.

— Como assim, estremece? — perguntou Nandita.

— Só isso. Quer dizer, ele anda sobressaltado e ansioso, os olhos sempre inquietos e, bem, tremendo. E ainda tem essa coisa estranha no olho esquerdo dele.

Um jovem magrelo tentou dar um esbarrão em Nandita, mas ela lhe lançou um olhar fatal e se desviou com habilidade.

— Você acha que Frank está deprimido?

— Não sei. Eu adoraria receitar um antidepressivo, fazer com que tomasse Xanax por algumas semanas. Mas ele não quer nem ouvir falar.

— Ele ainda está passando por um bocado de estresse, hein? Mas, pelo menos agora que Ramesh voltou, as coisas vão se acalmar.

— É, talvez. — Ellie fez uma pequena pausa. — É engraçado... pensei que Frank ficaria aliviado quando soubesse por que Prakash levou Ramesh a Goa. Achei um gesto tão carinhoso. Mas parece que ele ficou ainda mais furioso.

— Bem, talvez ele se sinta meio patético, não acha, El? Quer dizer, acionar a polícia e tudo o mais foi um pouco excessivo.

— Nem me fale. Eu lhe implorei para não fazer aquilo, mas ele parecia um louco. Incontrolável. — Ellie estremeceu. — Foi uma semana terrível, Nan, terrível. Fiquei tão assustada naquela manhã, quando o cabelo dele embranqueceu da noite para o dia. — Fez uma expressão triste. — Eu esperava que o cabelo dele voltasse à cor original.

Nandita apertou o braço dela.

— Não tem problema. Eu acho que ele continua parecendo uma broa de milho, mesmo com o cabelo grisalho.

Ellie sorriu.

— Você é uma sem-vergonha. Que bom que veio comigo hoje. Acho que estou precisando desesperadamente de uma terapia de compras. — Deu uma espiada numa loja. — Vamos entrar aqui um minuto?

As duas entraram, tentando ignorar os apelos clamorosos e agressivos das lojas concorrentes. O proprietário correu até elas, todo vênias e acenos.

— Entrem, entrem, madames — disse. Estalou os dedos, e um adolescente apareceu. — *Arre*, não está vendo que temos convidadas? — gritou. — Vá pegar duas Cocas geladas, depressa.

Ellie abriu a boca para recusar, mas pensou melhor e desistiu. A experiência já tinha ensinado que ela não era páreo para a famosa hospitalidade indiana — ou para as agressivas técnicas de venda indianas.

— Posso ver aquele anel de turquesa? — perguntou.

— É claro, madame, é claro. — O proprietário virou-se para Nandita. — E a senhora, madame? Estamos com umas joias de ouro e prata muito, muito bonitas.

As duas saíram do balcão de joias e se dirigiram para a seção de roupas. Dois homens desenrolaram com a maior habilidade rolos e mais rolos de sedas de cores vivas para lhes mostrar.

— Já chega! — protestou Ellie, cercada por um mar de tecidos coloridos. — Por favor, não precisa ter tanto trabalho.

— Trabalho nenhum, madame — disse um dos homens, sorrindo. — Nandita cochichou com Ellie enquanto bebericavam a Coca:

— Esse pessoal é negociante *pucca*.

No fim, Ellie comprou o anel de turquesa para si mesma, insistiu em comprar um anel de prata para Nandita e foi convencida a adquirir uma *kurta* masculina de seda para Frank, apesar de saber que ele jamais usaria.

Os outros vendedores entraram em frenesi quando as duas mulheres saíram com suas sacolas de compras.

— Madame, belos produtos americanos estamos tendo! — gritavam atrás dela, sem entender que seria a última coisa que atrairia o interesse das duas.

— Ignore — instruiu Nandita. — Não olhe para eles, senão você acaba saindo daqui com dez barras de chocolate Hershey's. — Fingiu um estremecimento.

— Ah, você é uma esnobe.

— Assumo minha culpa. — Como a maioria dos indianos de classe alta, Nandita achava os chocolates americanos horríveis.

— Como se Cadbury fosse muito melhor. Ou Lindt, a propósito.

— Cuidado. Você está pisando em solo sagrado. — Nandita fingiu estar ofendida. — Daqui a pouco você vai ofender a rainha — brincou.

Ellie pegou Nandita pela mão.

— Você é maluca. Mas vamos embora. Vamos encontrar um riquixá. Preciso chegar logo em casa.

— Ei, antes que eu me esqueça — disse Nandita quando já estavam no riquixá. — Sabe aquela minha prima, Divya? Aquela que mora na Austrália? Ela vai estar em Nova Déli no dia 21. Você não quer ir comigo e ficar alguns dias com ela? Shashi não está podendo se ausentar. Por isso, pensei em irmos só as meninas.

— Preciso consultar a minha agenda — disse Ellie.

— *Ae*, que se dane a sua agenda. Aceite de uma vez, tá? Faz séculos que estou querendo que ela te conheça.

Ellie deu risada.

— Eu também gostaria de conhecê-la. Quanto tempo leva essa viagem?

— A gente pode pegar o trem noturno. Eu trago você pra casa em seis dias, prometo.

— Bom, é um convite adorável. — Ellie deu um suspiro. — E eu bem que gostaria de ficar fora alguns dias, Nan. O clima lá em casa... Sei lá, às vezes fica pesado demais.

— Ótimo. Então está combinado. Eu vou comprar as passagens.

CAPÍTULO 32

DE ALGUMA FORMA, ele conseguiu se livrar de Ramesh. Disse ao garoto que não podia correr com ele aquela manhã. Resistiu para ignorar a mágoa e a perplexidade que viu na expressão do garoto. É para o bem dele, disse Frank a si mesmo.

E agora ele estava sentado num dos grandes rochedos submersos na água, com as ondas batendo nos pés descalços. Olhando para o sol que se erguia da água. Tentando se convencer a não executar o plano que vinha germinando, mesmo sabendo que procurara aquele local solitário para cuidar dos arremates finais. Elaborar todos os detalhes para que se desenrolasse como uma peça teatral, como um poema, quando o momento chegasse.

Haveria violência. Haveria sangue. Isso, ele tinha de aceitar. Frank fora até ali para se avaliar, para ponderar a respeito do seu amor pelo garoto. Para se perguntar se estava disposto a pagar qualquer preço para ficar com Ramesh. Contrapor a alegria de ficar com Ramesh com a mácula que teria na alma.

Não havia outra maneira. Frank precisava se lembrar disso. Deus, se houvesse outra maneira, ele a escolheria. Se pudesse adotar Ramesh legalmente, por exemplo. Mas eles — Prakash, Edna, Pete, Ellie —, todos eles tinham bloqueado esse caminho. Até não haver outro modo, a não ser esse. E era *isso* que ele precisava elaborar. Elaborar até os últimos detalhes, como se estivesse criando um plano de negócios.

Mas não foi por esse motivo que fora até ali. Ele poderia desenvolver os detalhes do plano em qualquer cenário — enquanto Satish o levava ao trabalho, fazendo o café da manhã, deitado na cama acordado, com Ellie respirando em silêncio ao seu lado. Não, ele precisou ir até aquele local tranquilo para o ajuste de contas. Para segurar seu ganancioso coração humano em uma das mãos e sua alma imortal na outra. Decidir qual dos dois iria favorecer, para que lado penderia a balança. Para marcar esse momento, o local exato onde se encontrava entre o Frank que havia sido e o Frank no qual se tornaria. Para verificar o que ele valorizaria — a religião meiga pela qual tinha sido criado, que mandava oferecer a outra face, ou a teologia amoral e libertadora que vislumbrou quando estava com pneumonia. Perguntar o que o motivava — o ódio espesso e gelatinoso que o acometia ao pensar em Prakash, ou o amor leve e efervescente que o invadia ao pensar em Ramesh. Resolver o fato paradoxal de que seu amor e seu ódio o conduziam ao mesmo lugar sombrio e sangrento.

Acima de tudo, ele tinha vindo para exercitar sua imaginação — para tentar imaginar uma vida na América sem que Ramesh fizesse parte dela.

Frank tentou. Ficou sentado na pedra com os olhos fechados, suor escorrendo pelo rosto. E tudo o que viu foi um vazio. Uma escuridão. Ele e Ellie envelhecendo em Michigan, deixando de ter o que dizer um para o outro, com palavras ocasionais gotejando como pingos de água de uma torneira. Ele e Ellie não acendendo a luz da varanda no Dia das Bruxas para gostosuras ou travessuras, com medo dos bandos de crianças felizes e impetuosas correndo pelas ruas. Ele e Ellie cobiçando os filhos de outras pessoas nos shoppings, em festas, no parquinho, até os pais perceberem aquela cobiça e levarem os filhos embora.

Abriu os olhos. O mundo pareceu enevoado por um momento, mas logo entrou em foco, com tanta nitidez e claridade que Frank teve um sobressalto. Saiu do rochedo e correu para a água, livrando-se das algas marinhas que tinham se enroscado em seus pés. Já perdera tempo demais. E sabia exatamente o que tinha de fazer a seguir.

Capítulo 33

— Obrigado por ter vindo tão em cima da hora — disse Frank ao homem sentado à sua frente. — Agradeço muito.

Por um momento, o homem, que parecia um edifício — alto, largo, impenetrável, o rosto uma fachada sem expressão —, não se mexeu. Pouco depois, Gulab assentiu levemente.

— É claro, senhor. É um prazer.

Frank virou o rosto para escapar dos olhos escuros e reptilianos de Gulab. Seu olhar encontrou e seguiu a queda lenta de uma folha verde que caiu de uma árvore perto da janela.

— Senhor? — disse Gulab. — O senhor estava dizendo...

— Ah, sim. — A voz de Frank tremeu um pouco quando ele falou. — Escuta, Gulab. Eu gostaria de falar com você sobre algo confidencial. Será que posso contar com...

— Senhor. Tudo o que me disser será absolutamente confidencial. Minha formação é de um homem do Exército, senhor. Fui ensinado a manter a boca fechada.

Frank aquiesceu. Olhou para as mãos grandes e fortes de Gulab, lembrando-se do que ele lhe dissera uma vez — *Eu já matei homens com as próprias mãos*. Muito tempo atrás, Frank sentiu-se repugnado pela força bruta que elas representavam. Mas, desde que Gulab o havia ajudado na busca por Prakash, ele vinha procurá-lo em busca de um aliado confiável e capaz.

E, naquele dia, ele via aquelas mãos como uma ajuda para levar Ramesh a salvo para os Estados Unidos.

— Não sei se você se lembra — começou Frank. — Mas alguns meses atrás você estava na minha casa e disse que eu poderia falar com você se precisasse levar Ramesh para a América conosco. O que você quis dizer com aquilo?

A expressão de Gulab era impenetrável.

— Eu disse para só me pedir se estivesse realmente preparado, senhor. — Olhou firme nos olhos de Frank. — O senhor está preparado?

— Estou — respondeu Frank com a voz firme. Mas suas mãos tremiam de forma incontrolável, e ficou contente pela mesa esconder esse fato de Gulab.

— Então será um prazer ajudá-lo.

— Eu quero que Prakash desapareça. — As palavras saíram depressa. — Quero que você... cuide dele. Para mim.

A expressão de Gulab continuou impassível.

— Está feito, senhor.

Frank tinha que deixar bem claro.

— Você entende o que estou dizendo? O que... estou pedindo a você?

Gulab não hesitou nem por um segundo.

— É claro, senhor. Sem problema.

O olho esquerdo de Frank começou a tremelicar, e ele torcia para que Gulab não percebesse. Sentiu o suor se acumulando na testa e lutou contra a vontade de enxugar aquelas gotas. Não era hora de se comportar como um colegial. Lutou para recuperar parte da clareza que sentiu depois de tomar sua decisão à beira-mar dois dias atrás.

— E quanto a Edna? — perguntou Frank.

Gulab deu de ombros.

— Eu vou cuidar dela também.

Frank se permitiu uma pontada de arrependimento. Lembrou-se do rosto ansioso de Edna, do orgulho sincero que sentia pelo interesse que Frank demonstrava em relação ao seu filho. Mas não havia nada a fazer. Se o marido morresse, Edna se agarraria com mais força ainda a Ramesh. Gulab teria que... cuidar dela... também.

— Existe algum outro parente que possa se apresentar para assumir o garoto?

— Quem poderia ser, senhor? O senhor ouviu o que os pais de Edna disseram quando o *chootia* arrastou o garoto até Goa. E Prakash não tem parentes. — Gulab sorriu. — Mesmo que alguém apareça, eu... posso convencê-lo.

Sem ninguém para assumir Ramesh, ele e Ellie poderiam dar início ao processo de adoção. Ellie tinha o coração mole demais para abandonar Ramesh, isso ele sabia. E, sob tais circunstâncias, Frank tinha certeza de que Tom Andrews os ajudaria a vencer as barreiras da imigração. Diabos, ele poderia estar com Ramesh nos Estados Unidos no Dia da Memória.

Frank percebeu que estava prendendo a respiração.

— Se eu considerasse essa ação, onde... como... você agiria?

Gulab pensou por um momento.

— Melhor fazer isso tarde da noite, senhor. Quando estiverem dormindo. É fácil acessar a casa diretamente da rua. Mas será ainda melhor se o senhor e sua senhora estiverem fora da casa principal quando isso acontecer.

Frank aquiesceu.

— Olha só o que estou pensando. Ellie vai fazer uma viagem a Nova Déli com uma amiga no dia 21. E se eu sair da cidade com Ramesh no mesmo fim de semana? Assim fica melhor?

— Assim seria perfeito, senhor. Isso me dará tempo suficiente para os preparativos. Então o senhor vai viajar no sábado de manhã, sim?

Frank concordou com a cabeça, os pensamentos a todo vapor. Já decidira que diria a Prakash que gostaria de levar Ramesh a Bombaim para assistir ao campeonato nacional de futebol da Índia. O maxilar de Frank se retesou de raiva ao pensar que teria de puxar o saco de Prakash. Mas é apenas por mais algumas semanas, lembrou a si mesmo.

Gulab pigarreou.

— Senhor, tem outra coisa. O senhor não precisa se preocupar em voltar para casa e encontrar os... corpos. Depois que terminar o trabalho, vou fazer um telefonema anônimo para a polícia dizendo que ouvi alguns tiros. Eles vão revistar a casa, e aí eu ligo para o senhor. Sua viagem será interrompida. Infelizmente.

É como se estivéssemos planejando um piquenique e não um assassinato, pensou Frank. Imaginou a expressão chocada no rosto de sua mãe se ela entreouvisse essa conversa, imaginou seu assombro com a decadência do filho, aquele coroinha que cantava em St. Anne todos os domingos. Mas não havia outra maneira, lembrou a si mesmo. Entre a obstinação de Prakash e o ultimado de Pete, ele não tinha outra opção. Ademais, precisava pensar no futuro de Ramesh. Deus sabe que ninguém mais estava pensando nisso.

— Há outra coisa, Gulab — continuou Frank. — Você vai ter que fazer isso pessoalmente. Não quero que ninguém mais se envolva, ninguém. E isso... não pode jamais chegar até mim, entendeu? Eu... acredite em mim, se houvesse outra maneira de resolver esse assunto, eu tentaria. Mas em vista das circunstâncias...

— Frank *sahib* — interrompeu Gulab. — Não se preocupe. — Seu tom de voz tinha mudado, parecia mais relaxado, jocoso. — Isso não é nada. — Bateu com o punho na mesa. — É como matar um mosquito.

Frank não gostou daquela petulância, daquela indiferença. Preferia que Gulab entendesse a gravidade da situação, que conferisse ao seu ato o peso que merecia.

— Escuta, Gulab — disse. — Isso... que estou fazendo... vai contra tudo em que eu acredito. Você entende? Eu... nós, americanos, acreditamos na sacralidade da vida. Eu fui criado acreditando em "Não matarás".

Alguma coisa reluziu nos olhos de Gulab. Mas, quando ele falou, o fez com um tom de voz neutro e o rosto inexpressivo.

— Sim, senhor. No mundo todo, os americanos são conhecidos por respeitar a vida.

Será que o sujeito estava caçoando dele? Frank observou mais de perto, mas a expressão de Gulab era inexpugnável como uma muralha.

— De todo modo, quero uma garantia de que você... vai fazer esse trabalho pessoalmente.

— Sem problema, senhor.

— E... mais uma coisa. Quanto... quer dizer, quanto você cobra por esse trabalho?

O sorriso de Gulab foi fino e repuxado.

— Não existe um preço fixo, senhor. Esta não é exatamente a minha profissão, apagar pessoas. Será apenas um favor ao senhor. Por isso, o que o seu coração disser que deve pagar está bom.

Frank sentiu o suor se acumulando na testa de novo. Sentiu-se fraco, nauseado, as mãos adejando no colo.

— Gulab, eu não faço ideia do que seria justo. — Acrescentou: — Será que um *lakh* seria possível, senhor? Com um desconto especial para o senhor.

Um *lakh*. Frank fez uns cálculos rápidos. Eram mais ou menos dois mil e quinhentos dólares. Sentiu uma torção no coração. Agora ele sabia o valor de uma vida humana. De duas vidas.

Gulab estava esperando uma resposta.

— Está ótimo — concordou Frank. — Mas esse dinheiro tem de sair da minha conta pessoal, obviamente. E eu preciso sacar sem levantar suspeitas da minha mulher. Por isso, preciso pensar como...

— Compre um tapete.

— Desculpe?

— Eu tenho um amigo que tem uma loja. Ele vende tapetes feitos à mão. De boa qualidade. Ele pode fazer um recibo de um *lakh*. O senhor só precisa me dar um cheque ao portador na semana seguinte... depois do trabalho.

Então Gulab sabia como fazer lavagem de dinheiro. Não deveria ser surpresa, na verdade, que alguém tão mundano como ele já tivesse tudo estruturado. Afinal, este era um país onde a propina era tão comum que homens de negócios de classe média se gabavam abertamente sobre nunca terem pagado uma multa por infração de trânsito. Ele mesmo já tinha se acostumado a pagar *baksheesh* por qualquer licença ou permissão irritante que precisasse para a HerbalSolutions.

— Só mais uma coisa, senhor — começou a dizer Gulab. — Nós devemos decidir agora a data para o senhor me pagar. É melhor eu vir aqui receber. Depois disso, não pode haver nenhum contato entre nós até... depois. Assim será mais seguro para o senhor.

— Tudo bem — murmurou Frank. — Mas... e se alguma coisa der errado, Gulab?

Gulab endireitou-se na cadeira e jogou os ombros para trás.

— Não sei se o senhor se lembra. Mas algum tempo atrás... durante aquela situação com Anand, o senhor me responsabilizou pelo que aconteceu com o rapaz. Naquela ocasião o senhor disse que eu me tornara seu devedor. — Para a consternação de Frank, Gulab engoliu em seco, e Frank percebeu que suas palavras descuidadas tinham afetado profundamente aquele homem. — Bem, Gulab Singh não gosta de ser devedor de homem nenhum, senhor. Por isso eu lhe dou minha palavra. Se alguma coisa der errado, não vou trair o senhor. Prefiro ser enforcado no cadafalso a fazer isso. Posso dizer que tinha uma velha rixa para acertar com Prakash. Tudo bem?

Frank teve a sensação irreal de que, enquanto Gulab fazia aquela promessa, o mundo tinha se estilhaçado em um milhão de peças de quebra-cabeça e se arranjado novamente. Esse homem, que ele tinha considerado um assassino de sangue-frio, de repente se mostrava sensível como uma borboleta; considerara seu americanismo casual — *você me deve* — como um desafio à sua honra. Voltou a lembrar da revelação que teve quando estava doente. Um velho Deus generoso de barba longa e esvoaçante jamais poderia ter criado um ser tão complicado quanto Gulab; era preciso a aleatoriedade de um universo indiferente para dar origem a um homem tão honrado e tão imoral.

— Tudo bem — disse Frank.

Continuou sentado em sua cadeira por muito tempo depois que Gulab saiu. Múltiplas vozes disputavam a sua atenção — a voz de sua mãe lendo a Bíblia para ele na cama quando era garoto, Scott discutindo Hegel e metafísica com ele quando os dois eram jovens, Ellie lendo em voz alta trechos do último sermão do padre Oscar Romero, Benny recitando a prece que dizia todas as noites antes de dormir:

Obrigado por um mundo tão doce
Obrigado pelo alimento que comemos
Obrigado pelos passarinhos que cantam
Obrigado por tudo, meu Deus

Olhou para as próprias mãos. Pareciam sujas, manchadas, como se a ação que estava contemplando já tivesse ocorrido. E de repente sentiu ânsia.

Puxou o cesto de lixo em sua direção, com medo de sujar o assoalho. Sua boca se encheu com o gosto pungente de vômito, mas Frank não conseguiu regurgitar nada. A imundície continuou alojada no fundo de suas entranhas.

Prakash estava andando por uma rua perto da casa quando Frank chegou naquela noite. Provavelmente o homem estava a caminho do bar da aldeia, imaginou Frank.

— Pode parar — disse a Satish. — Eu vou descer aqui. Pode ir para casa. Vou logo em seguida.

Frank desceu do automóvel.

— Espera um pouco, Prakash — disse do outro lado da rua.

Prakash parou. Uma expressão cansada perpassou seu rosto.

Frank ficou na frente dele, seus olhos azuis fitando os olhos escuros de Prakash.

— Escuta, me desculpe. Eu não deveria ter empurrado você. Eu... queria pedir desculpas.

O ar cansado não abandonou a expressão de Prakash, que continuou em silêncio.

Frank tirou uma nota de cinquenta rupias do bolso e enfiou nas mãos suadas de Prakash. Reprimiu o estremecimento que o percorreu quando seus dedos fizeram contato com as mãos úmidas de Prakash.

— Isto é para você — disse. — Uma maneira de me desculpar. — Virou a cabeça de um jeito conspiratório. — Não diga nada a Edna — acrescentou.

Frank foi recompensado pelo mais desmaiado dos sorrisos.

— *Achcha.* — Prakash levou as mãos à testa. — Obrigado, *seth.*

Frank esperou o agradecimento de Prakash, virou-se e saiu andando. Logo depois falou:

— Ah, Prakash. Outra coisa.

Prakash parou, novamente com a expressão alerta. Frank andou até ele, mantendo o sorriso no rosto.

— Vai ter um grande jogo de futebol daqui a duas semanas. Eu gostaria de levar Ramesh. Ele vai gostar muito, eu sei. — Viu que Prakash o observava atentamente. Fez uma expressão de tristeza. — O problema é que é em Bombaim.

Ficou em silêncio, esperando Prakash dizer alguma coisa. Houve uma longa pausa. Depois Prakash perguntou:

— O senhor está querendo levá-lo?

Frank fez um movimento de ombros.

— Sim. Mas não quero mais tensão com você. Se disser *não*, eu não vou discutir. Eu... você pode dizer ao garoto que não quer que ele vá.

Prakash ficou olhando para o chão. Depois levantou a cabeça. A expressão de resguardo tinha abandonado seu rosto.

— Pode levar — disse simplesmente. — Sem problema.

— Tem certeza? — insistiu Frank, querendo prolongar o momento. — Você não vai mudar de ideia na última hora?

O olhar de Prakash estava límpido.

— Não. Ramu adora futebol.

E, assim, o último tijolo foi colocado no lugar.

CAPÍTULO 34

FRANK SÓ COMEÇOU A SENTIR SAUDADES de Ellie às oito horas da noite de sábado. Ele e Ramesh caminhavam pela margem do Taj quando o garoto tropeçou num buraco na calçada e arranhou o joelho. Para a consternação de Frank, Ramesh rompeu em lágrimas. Segurou a criança soluçando nos braços, chocado com a intensidade do choro de Ramesh em público. Examinou o corte no joelho, enxugou um filete de sangue com o lenço. Já tinha visto Ramesh tomar tombos muito mais graves quando os dois jogavam basquete para valer. O garoto simplesmente levantava, sacudia a poeira e continuava a jogar. Por isso, Frank ficou um pouco constrangido com aquela demonstração pública de emoções. Olhou ao redor sem saber o que fazer, desejando que Ellie estivesse ali. Os transeuntes observavam a cena — um homem branco segurando e consolando uma criança de pele escura — e o olhavam com curiosidade. Uma senhora de cabelos grisalhos parou e disse a Ramesh:

— *Su che, deekra?* Está tudo bem com você? — Ramesh aquiesceu e apontou para o joelho.

— Eu caí — soluçou, e a mulher estalou a língua algumas vezes antes de continuar seu caminho.

— Você deveria levá-lo pra casa e lavar a ferida — disse por cima do ombro.

— Vamos lá, garoto — disse Frank a Ramesh. — Vamos voltar ao hotel para eu limpar essa ferida. — Os dois pararam numa farmácia perto do Taj no caminho, e Frank comprou gaze e uma caixa de Band-Aid. Mas, quando

Ramesh continuou chorando no quarto, Frank começou a perceber que as lágrimas do garoto não tinham nada a ver com o tombo. E, como que para confirmar sua suspeita, Ramesh disse:

— Eu sinto falta da Ellie. — Em seguida: — Sinto falta do meu *papa*.

Frank ficou arrasado. Desde que tinham se despedido de Ellie e dos pais de Ramesh naquela manhã, ele tinha se esforçado para garantir que Ramesh tivesse os melhores momentos de sua vida — deixando o garoto pôr a cabeça para fora da janela enquanto Satish os levava pela costa até Bombaim, aguentando a terrível música de filmes híndi que Ramesh insistia em ouvir no rádio do carro. Na partida de futebol à tarde, deixara o garoto comer quatro *samosas* e tomar duas Cocas, chegando a temer que Ramesh vomitasse. Mas nada daquilo pareceu suficiente para distraí-lo da saudade que sentia de casa. Pela primeira vez desde que tinha elaborado o plano com Gulab, Frank se preocupou com a forma como o garoto enfrentaria a morte dos pais. Estivera tão ocupado se engalfinhando com as próprias emoções conflitantes que não tinha parado para considerar como Ramesh lidaria com o evento que estava prestes a acontecer. Agora, mortificado por sua própria negligência, Frank matutava sobre como pôde ter deixado de levar em conta o sofrimento de Ramesh. Dali a poucas horas, Ramesh seria um órfão. Frank se retraiu por dentro quando seus pensamentos se concentraram naquela última palavra.

— Frank — ia dizendo Ramesh. — Dá pra gente ligar pra Ellie?

— Não dá — respondeu Frank com delicadeza. — Ela está no trem para Nova Déli, lembra? Não tem sinal de celular. — Ao ver a expressão desanimada de Ramesh, ele acrescentou: — Mas ela vai voltar na terça-feira. Aí você vai encontrar com ela. Agora você não quer assistir a um pouco de TV antes de dormir?

— Tudo bem — concordou Ramesh. — Mas eu escolho o programa.

Frank fingiu resmungar ao entregar o controle remoto ao garoto.

— Você vai se tornar um valentão de primeira classe — comentou.

Às dez da noite, eles ainda estavam assistindo a um filme de Jackie Chan. Mas Frank pegou o controle remoto e desligou a TV.

— Agora chega. Você precisa dormir. Vá escovar os dentes.

Ramesh pareceu surpreso.

— Mas eu já escovei os dentes de manhã.

— Você não escova à noite também? — perguntou Frank, e Ramesh fez que não com a cabeça. Mais uma vez, Frank desejou que Ellie estivesse ali. Foi ela quem ficou encarregada dos rituais noturnos do garoto da última vez que viajaram juntos. — Bem, quando estiver comigo, você precisa escovar os dentes duas vezes por dia.

Ramesh fez cara feia, mas rolou da cama e foi até o banheiro.

— Já acabei — disse poucos minutos depois.

— Tudo bem, então já pra cama — disse Frank. Ponderou se havia quaisquer rituais que seus pais cumpriam com o garoto na hora de dormir. Provavelmente não, pensou. Por isso ficou espantado quando Ramesh veio até ele e deu um rápido beijo em sua bochecha.

— Minha mãe sempre me dá um beijo de boa-noite — disse, sorrindo de forma marota.

Frank passou a mão pelos cabelos curtos do garoto.

— Boa noite, doce de abóbora — disse, mas logo lamentou a escolha de palavras quando viu Ramesh se contorcendo, aos risos.

— Doce de abóbora — repetiu o garoto, segurando a barriga. — Você disse doce de abóbora.

— Você é um garoto bobinho — sorriu Frank. — Agora vai logo pra cama. — E apagou a luz.

Ramesh adormeceu em cinco minutos. Mas Frank estava totalmente acordado. Seu coração começou a bater mais forte assim que o quarto ficou às escuras. Olhava para o despertador digital ao lado da cama a cada poucos minutos. O tempo se arrastava. Ligou de novo o aparelho de TV, sem som para não perturbar Ramesh. Nem precisava ter se preocupado. A respiração estável do menino mostrava que estava dormindo profundamente. Em um dos canais estava passando *Love Story*. Frank assistiu a um pedaço. Imaginou onde estaria Gulab neste momento, se seu coração estava disparado como o dele. Por alguma razão, ele duvidava. Fez uns cálculos rápidos. Gulab entraria na casa de Prakash mais ou menos às duas da madrugada. O plano era... cuidar... do casal antes de arrombar e bagunçar um pouco a casa principal. Talvez levar um ou dois itens e largar na entrada de carros, como se o ladrão tivesse se assustado enquanto fugia.

Então, a partir do momento em que Gulab fizesse o telefonema anônimo para a polícia e eles investigassem a cena, Frank só teria alguma notícia lá pelas cinco ou seis da manhã. Teria de fingir estar sonolento e desorientado quando atendesse ao telefone. Como se tivesse sido despertado de um sono profundo. Olhou mais uma vez para o relógio. Ainda era meia-noite. Não conseguiria dormir esta noite. Ficaria acordado na cama, mantendo uma espécie de vigília, vendo Ryan O'Neal e Ali MacGraw fazendo suas travessuras na neve. A sensação gelada em seu estômago aumentou. Pai nosso que estais no céu, de repente estava rezando sem querer. Virou-se de lado e olhou para Ramesh. Amanhã de manhã o sol nasceria, pensou, e haveria duas pessoas a menos no mundo. Uma sensação violenta e lancinante que não conseguiu definir rasgou seu coração. Olhou para o garoto que dormia ao seu lado, confiante.

— Eu vou cuidar de você — prometeu. — Vou proporcionar uma grande vida a você.

Os lábios dele se moviam enquanto dormia. Venha a nós o vosso reino, seja feita a vossa vontade, Frank entoou para si mesmo.

O telefone do hotel tocou às quatro e meia. Frank virou-se na cama, apertou o botão soneca do despertador, resmungando de sono. Nada aconteceu. O toque ficou mais alto. De repente ele sentou na cama. Um espasmo de dor percorreu seu corpo todo. O maxilar doía — ele devia estar com os dentes cerrados. Procurou o telefone.

— Alô? — atendeu.

— Sr. Frank? — disse uma voz masculina.

— Sim — confirmou. — Seu coração batia tão forte que pensou que ia desmaiar.

— Aqui fala o inspetor Sharma. De Girbaug, senhor. Sinto muito, mas devo dizer que houve um acidente, senhor.

— Acidente?

Sharma pigarreou.

— Hã, sim. Quer dizer, aconteceram dois assassinatos em sua casa, senhor.

Frank fechou os olhos. Então Gulab tinha conseguido. Começou a tremer de alívio — e remorso. Sentia-se triunfante — e apavorado.

Ouviu um som de fundo, como se alguma coisa estivesse se agitando. Ouviu Sharma dizer algo em híndi, que se seguiu por um som abafado ao telefone.

— Alô? — disse Frank com cautela.

A voz anasalada soou imediatamente familiar.

— Frank *sahib* — disse a voz entrecortada. — Agora somos irmãos. *Arre bhagawan*. Nós entramos na Era das Trevas, *seth*.

Frank ouviu um zumbido no ouvido. Prakash. Mas Prakash não estava morto?

— Seja mais claro! — ordenou. — Devolva o telefone para o...

Prakash uivou em seu ouvido.

— Nós dois ficamos viúvos, *seth*. Nós dois...

Talvez Prakash tivesse tomado um tiro na cabeça.

— Prakash — disse. — Deixe de dizer asneiras. Passe o telefone para o inspetor.

Fez-se uma pausa, durante a qual Frankie morreu e renasceu cem vezes, e então Sharma voltou ao telefone.

— Sinto muito, senhor. Ele pegou o telefone...

Frank podia ouvir o choro de Prakash.

— Inspetor — disse Frank, com os olhos cheios de lágrimas. — O que aconteceu? Quem... quem morreu?

Houve um estalido na linha.

— A empregada, senhor. E... sua esposa, senhor. Sinto muitíssimo, senhor. Parece ter sido um assalto de rotina.

Frank riu em voz alta, aliviado.

— Isso é impossível. Minha mulher está viajando para Nova Déli esta noite. — Ellie está viva, pensou, Ellie está viva.

— Sinto discordar, senhor. Esse sujeito aqui diz que ela não foi. Sem dúvida é a sua esposa que está morta, senhor. A identificação foi positiva.

Frank desligou na cara de Sharma. Ignorou o toque urgente do telefone do hotel enquanto seus dedos percorriam os números de seu celular. Shashi. Precisava ligar para Shashi. Ele saberia o que estava acontecendo. Olhou para Ramesh. O garoto roncava de boca aberta. Como ele consegue dormir com toda essa comoção?, pensou com desgosto. Olhou para o outro lado.

— Alô? — Era Nandita. Uma Nandita sonolenta, mas era Nandita. O estômago de Frank se contorceu.

— Nan? Por que você está em casa? Por que não está...

— Quem está falando? — Nandita ainda soava sonolenta.

— É Frank! — gritou. — Por que você está em casa? Onde está Ellie?

— Ah, desculpe. Não reconheci sua voz. Ellie está em casa. Nós não fomos hoje. Shashi vai com a gente. Decisão de última hora. Só vamos amanhã.

Frank ouviu aquelas palavras horrorizado, incapaz de assimilar o que ela estava dizendo.

— Frank? — disse Nandita. — O que está acontecendo? Por que está me ligando?

O corpo inteiro de Frank começou a tremer.

— Vocês não foram a Nova Déli? — repetiu. — Ellie estava em casa hoje à noite?

— Sim. Você está tentando falar com ela? — Nandita parecia confusa. — Ellie deve estar em casa. Ligue pra ela.

Por que ela não tinha ligado ontem avisando sobre a mudança de planos? Mas já sabia a resposta no momento em que fez a pergunta — Ellie não queria se intrometer em seus momentos com Ramesh.

O telefone do hotel continuava tocando. Ele ignorou.

— Frank — continuou Nandita. — Você pode ligar para Ellie na sua casa.

— Não posso. Não posso ligar para ela. Acabei de receber um telefonema da polícia. A casa foi assaltada. Ellie morreu, Nandita. Minha mulher morreu.

Frank acordou Satish e disse para vir o mais depressa possível para buscá-los no Taj. Voltariam para Girbaug naquela noite. Depois, entrou no chuveiro e abriu a torneira. Mas se esqueceu de tirar a roupa. O banheiro se encheu de vapor, a água quente escaldou sua pele. Encostou o rosto no azulejo molhado e gritou. Esmurrou as paredes. Caiu no chão; bateu a cabeça no piso. Levou o punho até a boca e mordeu a própria mão. Queria infligir dor em seu corpo penitente; queria sentir uma dor física tão forte que, por um abençoado segundo, o fizesse esquecer a agonia de sua alma.

Ele a matara. Assassinara a coisa mais preciosa de sua vida. O velho Deus cristão, o que mantinha um registro e anotava o placar, o que castigava os maus, tinha vencido. Afinal de contas, era um universo moral. Ele tinha tentado fazer sua jogada, o vencedor fica com tudo. Mas acabou ficando com nada. Nada. Somente com esse vácuo no universo, esvaziado de uma pessoa que o amava, sempre ao seu lado, tão firme quanto a chama de uma vela durante a noite.

Saiu gotejando do chuveiro, tirou as roupas que grudavam nele como uma pele e vestiu um roupão. Foi até o quarto e olhou para o adormecido Ramesh com o mesmo interesse que teria por uma pilha de contas. Tentou sentir pena pelo que havia acontecido àquele garoto inocente, culpa pelo que tinha roubado dele. Mas não sentiu nada. Mais precisamente, sentiu certa raiva de Ramesh. Perdera Ellie e seu interesse por esse garoto. Será que tinha enlouquecido? Esse garoto adormecido, roncando, não parecia nem remotamente à altura daquela troca. O sacrifício tinha sido grande demais.

Foi acordar Ramesh, mas a perspectiva de dizer ao garoto o que tinha acontecido em Girbaug congelou as palavras em sua boca. Preferiu deixá-lo dormindo. Ramesh logo despertaria para um mundo irrevogavelmente transformado.

CAPÍTULO 35

A SRA. ELLIE deveria ter saído para ir à estação ferroviária às seis da tarde, mas às três e meia o telefone tocou.

— Oi, Nandita — Prakash ouviu Ellie dizer. — Eu estou tão animada... o quê? Ah, é mesmo? Sim, acho que tudo bem.

Falou por mais alguns minutos e entrou na cozinha, onde Prakash preparava costeletas de carneiro para ela jantar no trem.

— Desculpe ter dado todo esse trabalho — disse Ellie. — Mas houve uma mudança de planos. Nós só vamos viajar amanhã, não hoje.

Prakash tomou cuidado para esconder a decepção em seu rosto. Naquela manhã, Edna dissera que estava ansiosa para ter alguns dias de descanso enquanto Frank e Ellie estivessem fora. "Um pequeno feriado para nós também, não?", disse Edna. "Sem ter que cozinhar e limpar para eles."

Prakash também estava ansioso por passar a noite com a mulher. Mas agora teria de cuidar da sra. Ellie.

— Devo pôr o *kheema* na frigideira, madame? — perguntou. — Ou fritar as costeletas para hoje à noite?

Ellie soltou um suspiro.

— Nós vamos levar isso no trem amanhã. Mas você vai ter que fazer um pouco mais, Prakash. Shashi vai conosco também. E não se preocupe com o jantar de hoje. Há muitas sobras na geladeira.

— Sim, madame — ele concordou.

— Ela não vai pra Nova Déli hoje à noite — anunciou Prakash ao entrar em casa meia hora depois.

Edna estava agachada num canto da casa, acendendo o fogão de querosene.

— Não diga bobagem — resmungou. — Claro que ela vai. Já está com as malas prontas, até.

— Ela mudou de ideia. Agora só vai amanhã.

— Por quê?

Prakash deu de ombros.

— Por que ela é americana.

Edna torceu os lábios.

— Não comece a me perturbar, seu estúpido — disse. — Eu hoje não estou me sentindo bem. Não tenho tempo pra esses absurdos.

Prakash sorriu.

— Você só está sentindo falta do nosso Ramu. — Frank e Ramesh tinham partido para Bombaim naquela manhã.

Edna olhou para o outro lado.

— Talvez. — Fez uma pausa, acometida por um pensamento. — Então quer dizer que vou ter de fazer a limpeza normal?

Prakash observou a expressão cansada de Edna.

— Fique descansando — disse. — Eu vou lá e faço tudo por hoje.

A expressão de Edna amoleceu.

— Muito obrigada, querido — disse em voz baixa.

Querido. Fazia tempo que ela não o chamava assim. Seu coração cantava quando ele atravessou o quintal e voltou para a casa principal. Lendo no sofá, Ellie levantou a cabeça quando Prakash entrou.

— Sim?

— Eu vou cuidar da limpeza e das roupas hoje no lugar de Edna, madame. Ela está descansando.

— Não se preocupe com isso, Prakash. Eu não tenho roupa nenhuma para lavar hoje.

Prakash continuou diante dela, incerto.

— Então não tem nada para lavar? — perguntou.

— Não. Nem limpeza pra fazer na casa também. Eu já disse que vocês estão com esses dias de folga. Aproveitem.

— Eu faço limpeza antes de Frank *seth* voltar na segunda à noite — disse, com seu senso de limpeza hindu ultrajado pela perspectiva de uma casa suja.

— Como quiser.

— Quer que eu prepare um chá, madame?

— Prakash — replicou Ellie. — Eu não preciso de nada. De verdade. Aliás, só quero um pouco de priva... não quero ser incomodada pelo resto do dia.

Prakash deu um suspiro e saiu da casa. Apesar de tudo, sentia uma relutante afeição por Ellie. Ela era simpática, pensou. Mantinha suas promessas. Lidava com ele e Edna como se os *visse*.

Em vez de voltar para casa, Prakash resolveu dar um passeio pela praia, querendo aproveitar ainda mais o inesperado presente daquele lazer, como se fossem moedas de prata no bolso.

Mas o mar só o fez sentir saudades de Ramesh. Lembrou-se do dia em que trouxe Ramesh àquela praia pela primeira vez, quando tinha apenas seis dias de vida. Apesar dos protestos de Edna quanto ao bebê pegar um resfriado, ele tinha trazido Ramesh ao mesmo local onde estava agora e o segurou nos braços. "Olhe isto", disse ao filho. "Isso é tudo seu. Terras, eu nunca vou ter. As terras de sua mãe em Goa, ela nunca vai herdar. Mas isso... essa areia, esse céu, esse mar... tudo isso é seu. Ninguém pode tirar de você. Lembre-se disso."

Durante os anos de Olaf, os três costumavam vir à praia para jantar à beira-mar, voltando para casa quando o sol se punha. Ou às vezes ele e Ramesh davam um passeio em um barco de pesca aos domingos de manhã. Voltavam para casa fedendo a peixe, e Edna ria e tapava o nariz enquanto esquentava água para eles tomarem banho. Isso era uma coisa boa sobre Olaf *babu* — ele cuidava da própria vida. Se a casa estivesse limpa e as refeições fossem servidas na hora certa, se fosse servido de um uísque exatamente às sete da noite e se Gulab aparecesse com uma mulher uma vez por semana, *bas* — ele estava feliz. Não exigia mais nada deles. Não tentava se intrometer na vida da família.

Prakash chutava montes de areia enquanto andava, com algum ressentimento abrindo pequenos buracos na alegria que sentiu quando saiu da casa. Resolveu mudar o passeio. Andaria até o mercado para comprar uma caixa de *ladoos* para Edna. Afinal, eles estavam numa espécie de férias. Seria bom comemorar.

Edna pareceu comovida, mas pouco interessada quando recebeu o presente. Deixou a caixa de lado e disse:

— Eu vou comer mais tarde. Agora estou com um pouco de dor de estômago.

— Quer tomar um chá? — ele perguntou, mas Edna balançou a cabeça.

— Só quero dormir.

Prakash ficou olhando para Edna por meia hora enquanto ela dormia. Parecia estranho estar de folga e não ter ninguém com quem passar o tempo. Teve um pensamento repentino — poderia ir ao cinema. Levantou-se, pensando se deveria acordar Edna. Mas ela estava dormindo tão placidamente que ele resolveu ir sozinho. A bicicleta estava encostada num canto da casa, e Prakash foi pedalando até o único cinema da cidade. Passou as três horas seguintes no escuro, com o coração flanando pelos números de dança românticos, indignado com as velhacarias do vilão. O homem sentado atrás dele cantava todas as músicas junto com o filme, o que não incomodou Prakash, mas também recitava todo os diálogos do vilão, e isso o incomodou.

— *Chup re* — sussurrou algumas vezes, mas não fez diferença.

Já estava escuro quando ele saiu do cinema. Começou a voltar para casa, mas, ao passar pelo bar, resolveu tomar um trago de *daru* antes de continuar. Lá encontrou Moti, o filho do sapateiro, que lhe pagou um segundo trago. A etiqueta exigia que ele retribuísse. Outros homens se juntaram a eles. Que bom, pensou Prakash, é muito mais divertido do que beber sozinho em casa, à sombra dos olhares reprovadores de Edna. Os homens estavam amistosos com ele hoje, acolhendo-o no grupo, fazendo desaparecer a sensação de solidão que geralmente sentia em relação aos moradores. Esta noite ele era um deles, não o órfão que costumava ficar na periferia das vidas alheias. Era um sentimento forte essa sensação de pertencer, essa camaradagem, e o fez querer beber para comemorar. Quando afinal saiu do bar, meio cambaleando, ficou surpreso ao perceber que eram dez horas. Pedalou para casa o mais depressa que suas pernas bambas permitiram.

Preparou-se para a lufada de irritação de Edna assim que passou pela porta de zinco. Mas estava despreparado para a visão que teve de sua mulher, retorcida e em posição fetal no catre de corda. Seu rosto estava vermelho, e a testa coberta de suor.

— Prakash — arquejou quando o viu. — Onde você estava?

— Fui assistir a um filme. Qual é o problema?

— Não sei. Estou com uma dor de estômago horrível. Acho que foi alguma coisa que eu comi. Mas na verdade não comi quase nada hoje. — A voz dela estava tão baixa que Prakash teve que se ajoelhar para ouvir.

Foi tomado de pânico. Desejou que sua cabeça não estivesse girando tanto para ser capaz de pensar no que poderia fazer.

— Quer que eu chame o doutor *sahib*? — perguntou, lembrando na hora que deviam duzentas rupias ao médico.

Edna levantou a cabeça.

— Não — ofegou. — Nada de médico, por favor. — Edna morria de medo de médicos, ele sabia.

— Espera um pouco — disse. — Eu volto já.

— Prakash, fique comigo, *na*.

— Eu volto logo. No máximo, dois minutos. — Tirou a mão das mãos dela.

As luzes da casa grande estavam apagadas, e por um minuto ele receou que Ellie não estivesse em casa, que tivesse ido encontrar Nandita *memsahib* para jantar, talvez. Ou quem sabe já estivesse dormindo. Bateu fortemente na porta da cozinha e, quando não houve resposta, bateu outra vez. Para seu alívio, a luz foi acesa. Um segundo depois, Ellie abriu a porta, piscando os olhos.

— O que... — Mas logo torceu o nariz: — Você andou bebendo de novo, não foi?

— Ellie, madame, vem depressa, depressa. Minha Edna está muito doente. — As palavras saíram emboladas, apesar de todos os seus esforços.

Prakash viu a testa de Ellie se enrugar de preocupação.

— Qual é o problema? — perguntou, mas desapareceu antes que ele pudesse responder. Quando voltou, tinha vestido um penhoar sobre o pijama. — Vamos — disse, e os dois saíram correndo pelo quintal.

Edna estava gemendo baixinho, com as mãos no estômago.

— Acenda as luzes! — ordenou Ellie, o que ele fez. Ellie sentou na beira da cama de Edna. — Conte o que está acontecendo — falou em voz baixa.

O TAMANHO DO CÉU 355

Edna lambeu o lábio superior.

— Eu já disse, senhora — arquejou. — Estômago está doendo demais.

— Você está com febre? — Antes de Edna responder, ela virou-se para Prakash. — Você tem um termômetro?

Prakash ficou olhando para Ellie, seus pensamentos inebriados tentando conjurar a imagem de um termômetro. Ellie soltou um som aborrecido.

— Deixa pra lá — disse Ellie, levantando e saindo da casa. Voltou logo depois. — Está aqui. — Sorriu para Edna. — Vamos botar isso debaixo da sua língua, certo?

Ela não estava com febre.

— Isso é bom — disse Ellie. — E eu trouxe umas pílulas para dor de estômago. Você consegue sentar para tomar isso? — Olhou para Prakash. — Traga um copo d'água.

Ellie ajudou Edna a sentar na cama.

— Ponha uma chaleira de água para ferver — disse a Prakash. — Eu vou buscar uma bolsa de água quente.

Às quinze para a meia-noite, os espasmos tinham diminuído, mas Edna ainda parecia péssima. Prakash estava recostado num canto, fazendo o possível para permanecer acordado.

— *Ae bhagwan* — rezava. — Se minha Edna ficar bem, vou ficar uma semana inteira sem tocar nesse vil *daru*.

Ellie sentou na beira da cama de Edna.

— Você está dormindo? — murmurou.

— Não, senhora — respondeu Edna de imediato. — A dor está melhor, mas continua doendo.

Ellie olhou ao redor, sem saber o que fazer.

— Acho que devemos chamar o dr. Gupta.

Edna olhou para o teto.

— Não, senhora. Por favor. Nada de médico.

— Mas por quê...?

Edna juntou as mãos.

— Eu imploro. Sem médico.

— Escuta — começou Ellie. — Deixa pelo menos eu ligar para ele, tá? — Começou a andar em direção à porta antes de Edna dizer qualquer coisa.

Prakash levantou do chão e sentou na cama, segurando a mão da mulher. Não saberia dizer quanto tempo demorou até Ellie voltar.

— Tudo bem — disse Ellie em voz alta. — Eu falei com o dr. Gupta. Ele disse que, enquanto você estiver sem febre, não tem problema. Mas ele quer que você tome mais dois destes aqui. — Entregou duas cápsulas cor-de-rosa a Edna.

— Obrigada, madame — disse Edna. — Pode ir pra casa, madame. Já é tarde.

Em resposta, Ellie se virou para Prakash.

— Escuta — disse. — Eu vou passar a noite aqui com Edna. Eu... posso dormir na cama de lona e ficar de olho nela. Você dorme na casa principal. Pegue algumas roupas de cama pra mim e pode dormir na cozinha. Entendeu?

Prakash levantou meio cambaleante e sem protestar. Quando se ergueu, o véu do álcool se dissipou por um segundo e ele viu sua casa com toda a clareza — viu o quanto parecia vazia e surrada em comparação à opulenta casa principal. Viu o lençol imundo com o qual se cobria à noite, a falta de travesseiro no catre de corda.

— Com licença, por favor — murmurou e saiu cambaleando. Lá fora, foi até a traseira da casa, andou um pouco e deu uma mijada numa árvore da rua. Sentiu-se constrangido de usar o minúsculo banheiro de sua casa com Ellie lá dentro, sabendo que a porta que o separava do resto da casa era fina demais para abafar bem os sons ou odores. Em seguida entrou na casa principal e abriu o armário de roupas de cama. Pegou dois lençóis — um para jogar sobre a cama, que sabia que Ellie acharia muito desconfortável para dormir, e outro para que ela se cobrisse. Considerou levar um travesseiro, mas teve medo de mexer na cama dela sem permissão. Voltou correndo para o casebre. Ellie continuava agachada perto de Edna, acariciando seus cabelos. Prakash aproveitou a pausa para fazer a cama.

— Quer que eu fique também? — perguntou baixinho a Ellie. — Eu posso dormir naquele canto — acrescentou depressa.

Ellie olhou para ele.

— É muito quente e apertado aqui — respondeu. Sua expressão assumiu um ar meio aborrecido. — Além do mais, você bebeu demais pra poder ajudar. Melhor dormir e acordar descansado. Com certeza ela vai precisar da sua ajuda amanhã.

— Como a senhora preferir — murmurou. Abaixou-se para beijar a testa de Edna e recebeu um sorriso desmaiado.

— Vá descansar — ela disse. — Já é bem tarde.

Enquanto atravessava o quintal, o ressentimento por ter sido expulso da própria casa lutava contra a gratidão da boa vontade de Ellie de passar a noite com Edna. Poucas patroas fazem isso, disse a si mesmo. Quando estendeu um lençol limpo e cheirando a lavanda no chão frio da cozinha e adormeceu naquela atmosfera imaculada, só restava a gratidão.

Acordou algumas horas depois, sentindo a pressão da bexiga. Estava levantando do chão para urinar quando ouviu: *pou*. Seguido por um grito de mulher. Depois, em rápida sucessão: *pou, pou-pou*. Pausa, e depois outro *pou*. Alguma coisa quebrou. Seguiu-se um silêncio repentino, mais estridente que os sons anteriores. Prakash não fazia ideia do que teriam sido aqueles estrondos, mas seu coração bateu mais forte quando se levantou e correu até a janela da cozinha. Então ele viu: um homem alto como uma árvore saindo da casinha e desaparecendo na escuridão da noite. Prakash piscou algumas vezes, tentando decifrar se aquela presença sombria era um *daku* ou um *bhoot*, um ladrão ou um fantasma. Mas depois, aterrorizado, viu a figura caminhando lentamente na direção da casa principal. As mãos trêmulas de Prakash procuraram instintivamente o interruptor. Acionou-o, inundando o recinto de luz. A figura parou imediatamente e começou a se afastar, andando depressa na direção da entrada de carros. Um fantasma, com certeza, decidiu o cérebro supersticioso e encharcado de álcool de Prakash. Um fantasma assustado pela pureza da luz. Pensou ter visto a figura pular o baixo muro de tijolos e sair da casa, mas estava escuro demais para ter certeza. Ficou na janela por mais alguns minutos. Depois se lembrou do grito. Enquanto corria pelo quintal, ouviu o motor de um carro dando partida a distância. Não prestou muita atenção.

A porta da casa estava aberta. Prakash entrou.

— Edna? — chamou baixinho. Sem resposta. Então ele ouviu — um gemido tão baixo e horrível que arrepiou os pelos de seu corpo. Acendeu a luz. E viu a cena que continuaria vendo até se tornar um homem de setenta anos, acordando de seus pesadelos todas as noites.

Edna estava em posição fetal, segurando o estômago. Mas agora havia um rio de sangue fluindo de seu ventre. No lugar do *bindi* vermelho que sempre usava na testa, havia um buraco de bala do tamanho de uma moeda de uma rupia. Os olhos dela estavam fechados.

Olhou para a direita. Ellie estava sentada no catre, encostada na parede de gesso. A cabeça pendia no peito. A boca estava aberta, com um filete de sangue escorrendo. As pernas estavam estendidas à frente. A parede atrás estava respingada de sangue e com uma mancha amarela — *ae bhagawan* —, o que era aquela coisa viva e amarela parecendo pus escorrendo de sua cabeça?

E uma das duas tinha gemido. Quem tinha gemido? Uma delas ainda estava viva quando ele entrou no quarto.

— Ednaaaaaaaaa! — gritou. — Madaaaaaamee. — Não houve resposta.

Prakash caiu de joelhos em frente à esposa. Pegou a mão dela e a levantou, mas a mão caiu sem vida. Morta. Em sua mente chocada, aquela sensação se registrou como fato, não como dor. Não agora. Ainda ajoelhado, ele se arrastou até Ellie. O assoalho estava quente, liso e escorregadio por causa do sangue.

— Sra. Ellie! — gritou. — Senhora. — Ia levantar o braço dela, mas alguma coisa no ângulo, na forma não natural como ela estava curvada, forneceu a resposta de que precisava.

Polícia. Ele precisava ligar para a polícia. Saiu se arrastando sobre o traseiro até a porta. Sentia-se marinado no sangue fervente e fumegante das duas. Pela primeira vez, percebeu o odor de matadouro que enchia o quartinho. Imediatamente começou a vomitar e engasgar. Sair dali. Precisava sair dali. Chamar a polícia. Aprumou-se. Estava quase na porta quando sua bexiga o traiu. Aquele alívio veio junto com outra sensação: a de sair do casulo de entorpecimento protetor que tinha erigido em torno de si para entrar no sombrio continente da dor.

Prakash ficou na porta, lágrimas escorrendo pelo rosto manchado de sangue, a urina quente correndo pelas pernas trêmulas, olhando para os corpos femininos mutilados que o atormentariam pelo resto de seus dias.

Capítulo 36

Ele correu. Pela escada da varanda que levava ao quintal e pelo gramado até os íngremes degraus de pedra que conduziam à praia. Pela grama amarronzada em direção ao inclemente sol do meio da manhã, que brilhava escaldante sobre ondas revoltosas. Em seguida, depois de uma curva fechada e se afastando da casa, começou a correr na planura da praia escura e lodosa onde as ondas chegavam e cascateavam, tímidas como camundongos.

Ele correu. Sua camisa estava pendurada no balanço da varanda da casa, tremulando como uma bandeira branca na brisa. O sol queimava a pele de suas costas, deixando-a vermelha como um salmão. Amanhã ele estaria queimado de sol, e as queimaduras pareceriam deliciosas, um acréscimo à litania de formas com que tentava se punir desde a morte de Ellie. Agora se concentrava no quanto os tênis estavam apertados, machucando o dedinho do pé e transmitindo ocasionais pontadas de dor que seu cérebro absorvia e registrava. Mais tarde, encontraria uma ferida em carne viva que acariciaria, cutucando seu cerne avermelhado para sentir a sensação adorável e torturante da dor. Como a dor física era pura, descomplicada, livre de ironias. Que ótima distração para a angústia mental com a qual lutava a cada segundo de vida para mantê-la a distância.

Ele correu. Esperava que em algum momento os pulmões estourassem, que filetes de suor escorressem por ele, que a exaustão fizesse seus músculos tremerem e sua mente se entorpecer, um entorpecimento misericordioso, uma folha em branco repleta de nada. Aquele momento mágico em que ele entraria naquela zona, quando deixaria de pensar, de ser um homem torturado, para se tornar simplesmente um animal, um ser mecânico, uma soma de partes móveis corpóreas — um peito arfante, costas queimadas, um músculo da coxa estirado, um par de olhos lacrimejando sob o brilho do sol.

Ellie tinha sido cremada dois dias atrás. Frank ignorara os pedidos de Anne e Delores, que desejavam receber o corpo nos Estados Unidos para um enterro apropriado. De início tentou argumentar com elas, explicar como seria logisticamente difícil, como não estava preparado para lidar com a burocracia indiana num momento como aquele. Mas Anne se oferecera imediatamente para ir a Girbaug a fim de ajudar. A isso, ele refugou. E sacou a arma definitiva de seu arsenal. Ellie adorava a Índia, disse. Dissera recentemente que não queria nunca ir embora. Por isso... o certo era deixá-la aqui. Estou apenas honrando seus desejos. E ele não sabia quanto disso era verdade e quanto era apenas conveniente. Não sabia se acreditava ou não nas palavras dela. Se sua lembrança de Ellie dizendo aquelas palavras era real ou algo com que havia sonhado. E o mais surpreendente era que não fazia diferença. Era tudo evasivo, efêmero, meras palavras e pensamentos que flutuavam longínquos como nuvens. A única verdade que importava era que Ellie estava morta. Poderiam brigar por causa do corpo, poderiam enterrá-la ou queimá-la, poderiam transportar o corpo ou mantê-lo neste solo, nada disso diminuiria o horror. Não mudaria o fato de que a Ellie que ele amava, a Ellie cujo espírito descansava em cada poro de sua pele, a Ellie que conferia forma e significado à sua vida, essa Ellie não existia mais.

E foi esse o motivo pelo qual ele não a reconheceu quando o inspetor Sharma o levou até o necrotério, a cinquenta quilômetros de Girbaug, para identificar o corpo. Sua Ellie tinha o pescoço longo e esguio; o pescoço daquela mulher estava quebrado. Sua Ellie tinha olhos que brilhavam como joias; os olhos daquela mulher eram de vidro sujo. Sua Ellie tinha um peito suave e uniforme; aquela mulher tinha dois furos no esterno, onde as balas haviam penetrado. E, o mais importante de tudo, a Ellie dele tinha uma expressão de paz e satisfação quando dormia; o rosto daquela mulher estava retorcido de indignação e raiva, como se estivesse ultrajada pela feiura do que acontecera com ela. Quando estava a caminho do necrotério, Frank se sentiu doente de medo do que iria ver, esperava olhar o corpo apenas o tempo suficiente para identificar sua esposa. Mas acabou ficando, olhando e olhando para aquele corpo, esperando Ellie emergir, como um escultor aguardando a figura esculpida vir à tona de um bloco de mármore. Explorou aquele corpo com os olhos, procurando por sua Ellie. Mas nada aconteceu. O administrador do necrotério recobriu o corpo com o lençol, e Sharma puxou Frank pelo cotovelo para levá-lo até uma saleta. Só naquele momento ele atentou ao próprio corpo, trêmulo, e percebeu que estava vomitando em si mesmo.

— Nós vamos prender o *badmaash* que fez isso, senhor — ia dizendo Sharma. — Não se preocupe, prometo que vamos pegá-lo.

E Frank entendeu o verdadeiro horror de sua situação. Não poderia sequer gozar da distração normal que acompanhava a maioria dos casos de assassinato — a busca pelo assassino, a organização das pistas, a fúria e a raiva sufocantes dirigidas ao matador desconhecido. Em seu caso, o assassino morava dentro dele, e toda a sua fúria tinha de ser dirigida para si mesmo. O crime e o castigo eram um e o mesmo.

Deepak ficou ao seu lado alguns dias depois, em um campo aberto, assistindo à cremação de Ellie. O fogo chiou e crepitou ao atingir o tecido adiposo; o som dos ossos de Ellie estalando o remeteu ao som da arma de ar comprimido com que trocava tiros com Scott quando garotos. Os ruídos da fogueira o repugnaram, por isso passou a maior parte do tempo lutando contra a ânsia de vômito. Mas havia também alguma coisa pura e bonita na imagem de Ellie sendo devorada pelo fogo, em vez de confiar aquele corpo aos caprichos e apetites de vermes de barriga inchada. Em vez de descer à terra, o corpo tinha subido aos céus, para onde fugia em grandes nuvens de fumaça. Era exatamente o tipo de atitude grandiosa e generosa que Ellie teria adorado.

Ouviu uma mulher soluçando atrás dele e virou a cabeça de leve. Nandita estava arrasada de tristeza, curvada e apoiada no corpo de Shashi. Frank sentiu-se grato. Ele próprio era incapaz de chorar. Nandita e Shashi eram sua família indiana, e os soluços de Nandita apaziguavam parte da culpa que sentia por ter afastado Ellie de sua família. Todos quiseram vir correndo para Girbaug, claro. Mas Frank simplesmente não poderia lidar com isso.

— Frank, você não está pensando em ninguém — repreendeu Scott com delicadeza, e ele tinha razão.

— Totalmente verdade — concordou Frank. — Eu... não consigo. Não consigo pensar em ninguém mais. Eu preciso... isso só tem a ver com Ellie e comigo. Com ninguém mais. Ninguém pode entender.

O vento mudou um pouco, e um odor estranho encheu o ar. Frank engasgou, esforçando-se para se acalmar. A brisa afetou a trajetória das chamas, de forma que, em vez de subirem direto, elas se inclinaram e adernaram um pouco. No espaço criado por aquela alteração, Frank viu a figura alta de um homem olhando diretamente para ele. Seu estômago revirou. Era Gulab. E, através da fumaça e das chamas, Frank viu que Gulab estava ereto, em posição de sentido, como que inspecionando uma parada militar.

Foi a primeira vez que viu Gulab depois dos assassinatos. Alimentara fantasias de avançar no homem e pular direto em sua jugular. Mas agora, enquanto encarava Gulab olhando para ele, Frank sentiu uma bola na garganta. Gulab estava lá para se desculpar. E para honrar a memória de Ellie. Algo no seu porte militar, na sua postura, transmitiu isso a Frank. Mesmo assim, não aguentou olhar para Gulab. Não aqui. Não agora. Baixou a cabeça lentamente para fitar o chão. Quando voltou a erguer os olhos, só viu um espaço vazio. Gulab tinha desaparecido. Frank olhou ao redor, mesmo sabendo que não mais veria seu chefe de segurança.

As chamas crepitaram pela última vez, e estava tudo consumido. Frank rezou o pai-nosso pela alma de Ellie. Notou que o homem que havia alimentado a pira funerária andava na direção deles. Foi até onde estava Shashi e cochichou alguma coisa. Shashi, com os olhos vermelhos, veio falar com Frank.

— Ele quer saber se você gostaria de recolher as cinzas agora. Ou ele pode mandar mais tarde.

Como resposta, Frank foi até a pira e pegou um punhado de cinzas de Ellie. Esfregou as cinzas em seus cabelos grisalhos e espanou as mãos. Agora Ellie estava em sua pele, era parte dele. Inseparável. Para sempre.

Virou-se para Shashi.

— Eu não quero as cinzas dela. Eu... não saberia o que fazer com elas. — Fez uma pausa, ao ter uma ideia. — Na verdade, se vocês não se incomodarem, eu pediria que espalhassem as cinzas pelo campo, depois que eu... for embora. Ela gostaria disso.

Percebeu que os dois se entreolharam. Nandita falou primeiro:

— Nós vamos fazer isso.

Os três se afastaram da pira fumegante em direção ao automóvel de Shashi. E só então Frank os viu, amontoados à esquerda, sob a sombra de uma grande árvore. Um grupo de homens da fábrica e outros aldeões que não reconheceu, de cabeça baixa e as mãos cruzadas. Então eles vieram para prestar suas condolências finais a Ellie. Ficou surpreso com a própria comoção. Deu uma olhada em Nandita e Shashi, dirigindo-se até o grupo.

— Muito obrigado — disse simplesmente. Seus olhos se encheram de lágrimas, sentiu um nó na garganta do tamanho de uma bola de beisebol. — Eu... agradeço sinceramente.

Eles o olharam sem expressão. Frank juntou as mãos e fez uma vênia, e pelos súbitos sorrisos soube que tinha estabelecido uma conexão.

— Ellie, senhora, grande dama — disse um jovem. — Ela me ensinando.

Uma jovem estendeu o braço e mostrou a Frank um bracelete dourado barato.

— Ela me deu. Tirou do braço dela.

Depois todos começaram a falar de uma vez só, e Frank foi sobrepujado pela nítida gratidão e lealdade que sentiam por Ellie, percebendo que estivera cego ao que ela representava para eles. O que via como uma fantasiosa indulgência de sua parte, a dona de casa entediada trabalhando como voluntária, mudara alguma coisa na vida daquelas pessoas. Sentiu uma profunda solidão pelo que havia perdido, um aspecto de sua mulher que essa gente tinha conhecido e ele, não. Foi cercado por aldeões tagarelando, e todos os homens adultos seguraram sua mão com ambas as mãos e a levaram à testa, num gesto que deveria ser de condolências.

Shashi e Nandita o levaram para casa depois do funeral. Estacionaram na frente da casa, e Frank sabia que por educação deveria convidar os dois para entrar, mas não o fez. Não conseguiu. Simplesmente virou-se e disse que lhes faria uma visita para as despedidas finais antes de voltar aos Estados Unidos dali a alguns dias.

— Não vá embora sem nos visitar, tá? — disse Nandita delicadamente, e Frank confirmou com um sorriso.

Girou a chave, entrou na cozinha e de repente viu um envelope azul no chão. Sabia o que era antes mesmo de pegá-lo. Com o coração disparado, abriu o envelope com o indicador. E lá estava o cheque ao portador que havia dado a Gulab quase duas semanas atrás. Seguindo as instruções dele, Frank deixara a data em branco e preenchera o cheque ao portador, o que significava que a pessoa que o tivesse poderia descontá-lo. Mais difícil rastrear dessa forma, Gulab tinha explicado. Então Gulab saiu do funeral e passou por ali para enfiar o cheque por baixo da porta. Era sua forma de se desculpar pela maneira como as coisas tinham saído horrivelmente erradas. E talvez também para encobrir seus rastros. Recusando-se a aceitar o dinheiro sangrento, já que sangue havia sido derramado erroneamente. Frank já tinha ouvido falar de honra entre ladrões. Agora percebia que também havia honra entre assassinos. Segurou o cheque diante dos olhos, contemplando sua assinatura com desgosto. Lembrou-se de como suas mãos tremiam quando assinou esse cheque — não, essa sentença de morte. Mas ele tinha conseguido, não tinha? Afinal, despertara de sua obsessão por Ramesh, do grande sonho de substituir um filho por outro, atendendo aos apelos de sua consciência, pois tais apelos estavam cobertos pelo incessante ruído de sua desesperada carência.

Agora, correndo à beira-mar sob o olhar vigilante do sol, ele se lembrou do cheque. Resistira à tentação de rasgá-lo em centenas de pedacinhos, preferindo deixá-lo em cima da cômoda, em seu quarto, onde poderia atormentá-lo cada vez que entrasse lá. Mais uma forma de autoflagelo, de sentir a ferroada aguda da dor. Nos dias que se seguiram à morte de Ellie, Frank chegou a flertar com a ideia de se entregar às autoridades. Mas a verdade é que a perspectiva de viver numa prisão indiana o aterrorizava. Por isso, disse a si próprio que poderia divisar torturas bem mais sofisticadas para si mesmo. Ademais, o crime era só dele, e não queria que outros pagassem por isso. Tanto a família dele como a de Ellie já estavam suficientemente arrasadas. Até mesmo Gulab — o pecado de Gulab não era nada quando comparado ao dele. Gulab não merecia ser enforcado pelos pecados de Frank. Não, as torturas que o mundo ainda tinha à sua espera eram muitas. Como entrar numa sala e chamar por Ellie. E o desamparo e a decepção que se seguiriam a essa percepção se infiltrando como um veneno negro. Ou rolar na cama no meio da noite e tatear com a mão o local onde Ellie deveria estar. E não estava. Um milhão, um bilhão de alfinetadas de lembranças e esquecimentos, tão mais dolorosas que o corte rápido de uma faca.

Olhou para o relógio. Era uma e meia da tarde. Satish chegaria logo. O plano era parar no Hotel Shalimar para se despedir de Nan e Shashi, antes de seguir para o hotel do aeroporto em Bombaim e descansar por algumas horas até embarcar no voo noturno para os Estados Unidos. Olhando para o relógio, com suor escorrendo pela testa, ele se lembrou do grande relógio masculino de Ellie. Ela estava com o relógio na noite dos assassinatos. O mostrador estava rachado quando a polícia o entregou a ele. Ellie deve ter batido o relógio em algum lugar — ou alguma coisa o teria atingido. O mostrador quebrado transmitia a brutalidade da violência infligida contra sua mulher, mais ainda que seu corpo combalido. Por isso ele o guardara também. Deixando-o em cima da cômoda, ao lado do cheque. Sentia que seu mostrador estilhaçado o observava, acusando-o, como uma mulher com um olho roxo.

A lembrança dos dois objetos em cima da cômoda o fez voltar depressa para casa. Enquanto corria na orla marinha, as ondas faziam cócegas em seus tornozelos. As mais ousadas molhavam suas canelas. Tirou os tênis molhados e os deixou na porta da casa. Não precisaria mais deles. Foi até o banheiro e tomou um banho. Seu último banho em Girbaug. Em seguida vestiu a *kurta* de seda que encontrara embrulhada para presente em seu armário, depois da morte de Ellie. Vestiu um jeans e foi se examinar no espelho do armário. O que mais o chocava era quanto ele parecia o mesmo. Examinou os próprios olhos azuis, tão claros como o céu da Califórnia; a forma como os lábios carnudos se fechavam numa linha que mostrava força e integridade; a testa larga e sem rugas que transmitia lucidez e inocência. Ele ainda tinha pés, não cascos. Os cabelos estavam grisalhos, mas ele ainda tinha uma bela juba, e ainda sem chifres. As mãos estavam bronzeadas, mas sem sangue escorrendo por elas. Esse era o insulto final, sua aparência de normalidade.

O autodesprezo tornava difícil continuar olhando no espelho. Afastou-se, pegou o relógio de Ellie e o enfiou no bolso do jeans. Dobrou o cheque em dois e guardou em outro bolso. Depois abriu o zíper da mala e ajeitou o porta-retratos com a foto de Benny entre algumas camisas. Deu uma última olhada no quarto. Se examinasse a cama com atenção, ainda poderia ver a marca de Ellie. Por isso não se permitiu olhar mais de perto. Todos os dias, o resto de sua vida seria um ato de equilíbrio, sopesando o grau de dor e prazer que poderia suportar. Este seria seu verdadeiro castigo — a cautela. Nunca mais ser capaz de fazer nada espontaneamente ou por impulso. Ele mediria sua vida em colheres de chá.

Satish já estava no quintal quando ele saiu da casa.

— Senhor — disse, correndo para aliviá-lo da mala. O motorista abriu a boca para dizer algo mais, mas engoliu em seco. — Sinto muito, senhor — falou.

Frank pôs o braço ao redor dos ombros do jovem.

— Obrigado — disse. Os dois ficaram no quintal por um momento. Frank olhou para a casinha que se tornara a tumba de Ellie. A casa agora estava vazia. Prakash se recusava a entrar lá desde a noite dos assassinatos. Shashi ofereceu um emprego a Prakash no hotel, e pai e filho ficaram morando lá. Frank virou-se para rever o pequeno bangalô onde ele e Ellie tinham passado dois anos juntos. Espero que ela tenha sido feliz aqui comigo pelo menos durante parte do tempo, disse a si mesmo. Espero tê-la feito feliz algumas vezes.

Satish o levou ao Hotel Shalimar, onde Nandita rompeu em lágrimas quando o abraçou para se despedir.

— Eu não consigo aguentar — soluçou. — Já é difícil sem Ellie. E agora você também está nos deixando, Frank.

— Vocês foram amigos maravilhosos para nós — disse Frank. — Eu nunca vou me esquecer disso. — Virou-se para Shashi. — Gostaria de pedir mais um favor. Há algum lugar reservado onde eu possa falar com Prakash e Ramesh por alguns segundos? Depois disso, sigo meu caminho.

Ficou esperando sozinho num quarto vago do hotel, e poucos minutos depois ouviu uma leve batida na porta que reconheceu imediatamente.

— Entrem — disse, e os dois entraram.

Frank mal tinha falado com Ramesh desde que voltara de Bombaim. Ainda no hotel, apenas dissera a Ramesh que Ellie e a mãe dele estavam doentes, e mesmo aquela mentira foi insuportável. A desolação que viu na expressão de Ramesh ao imaginar Edna doente foi um chamado para acordar. Seu egoísmo maluco, a incapacitante ilusão que o fizera tramar os assassinatos, a névoa de insanidade que o fizera ignorar o fato de que infligiria em Ramesh a mais angustiante injúria que uma criança poderia sofrer, tudo isso emergiu durante a longa viagem de Bombaim a Girbaug. Frank se sentiu mortificado, devastado pela culpa. E por isso evitara Ramesh. Ademais, sua dor pela perda de Ellie era tão ofuscante que ele não suportava reconhecer que Ramesh estava sofrendo tanto quanto ele. Seria capaz de lidar com a culpa ou com a dor. Mas as duas juntas representavam uma carga pesada demais para Frank. Sentiu sua obsessão pelo garoto esmaecer, como uma febre abandonando seu corpo. Agora via a criança de acordo com o que ela era — um garoto extraordinariamente inteligente, mas talvez inadequado para uma universidade; um garoto meigo e brilhante, mas com certeza não alguém que pudesse conter a chave da sua felicidade.

Agora, como que ciente de sua queda em desgraça, Ramesh olhava para ele em silêncio. Frank se obrigou a reconhecer sua presença.

— Como você está, Ramesh? — perguntou com ternura.

O garoto deu de ombros.

— Entendo. Sim... bem...

— Eu sinto falta da *mama*. E de Ellie também — desabafou Ramesh.

Frank desviou o olhar. Seus olhos pousaram no local em que Prakash se encontrava de pé. O cozinheiro parecia ter envelhecido uns dez anos. A imagem do rosto perturbado de Ellie no hospital quando Benny estava doente passou pela cabeça de Frank. As pessoas não envelhecem com o tempo, pensou. Elas definham com a dor.

Frank andou até Prakash.

— Sinto muito pela sua perda — disse. Tirou o cheque do bolso. — Isso... é para você e Ramesh. Para a educação dele. Talvez você possa até comprar uma casinha em algum lugar. De qualquer forma, espero que ajude.

Prakash olhou para o pedaço de papel, e Frank lembrou que o cozinheiro era analfabeto. Mas Ramesh estava ao lado do pai, e Frank viu seus olhos se arregalar.

— *Baap re* — resfolegou o garoto. — *Papa*, esse é um cheque de um *lakh* de rupias.

O TAMANHO DO CÉU 369

Prakash pareceu perplexo.

— Não estou entendendo.

— Isso é para vocês — disse logo Frank. — Um presente meu... e da Ellie.

— Eu sou um milionário? Um *lakhpati*? — disse Prakash.

Frank sorriu.

— Acho que sim. — Esperou que suas palavras assentassem e disse em seguida: — Escuta, Prakash. Deposite esse dinheiro num banco. Não gaste tudo em bebida, entendeu? Essa é sua chance de...

Prakash pôs a mão na cabeça de Ramesh.

— Estou jurando pelo meu filho — disse. — Frank *seth*, eu não bebo uma gota desde... desde aquele dia. Que os vermes comam minha carne se eu voltar a tocar em *daru* outra vez. Aquilo é a poção do diabo.

— Que bom. Olha, esse dinheiro é seu. Mas vou dar um conselho... peça ajuda a Nandita e a Shashi. Eles vão dizer como melhor investir.

Prakash ainda parecia meio zonzo.

— Eu ficarei agradecido para sempre se eles me ajudarem, senhor — disse. — O que sei eu de bancos e dessas coisas?

— Tudo bem — continuou Frank. — Eu vou falar com eles a respeito. — Olhou para Prakash por um momento, conjecturando por que detestara tanto aquele homem.

Ramesh acenou para Frank.

— Eu vou sentir sua falta, Frank.

Por um segundo, Frank sentiu aquela velha ligação mais uma vez, e seu coração respondeu à simplicidade e à inocência de Ramesh. Quanta felicidade aquele garoto tinha lhe proporcionado em um curto período.

— Um dia ainda nos veremos — mentiu.

— Você vai voltar para casa? — perguntou Ramesh.

— Sim — mentiu Frank. Não fazia ideia de onde era sua casa ou para onde estava indo. Sua passagem dizia que estava indo de Bombaim para Nova York, mas agora, para ele, tudo aquilo parecia um sonho. Poderia decidir descer do avião em Londres. Ou poderia dormir até tarde no quarto do hotel em Bombaim e perder o avião, sumindo entre os dezoito milhões de habitantes que moravam naquela ilha estreita. Ou poderia realmente chegar ao JFK e ser recebido por Scott e pela mãe. De certa forma, não importava para onde ele iria, pois estaria sempre sozinho e sem um teto, onde quer que estivesse. Ele só possuía duas casas na vida — Benny e Ellie. E os dois tinham partido.

Há um mês, seria inimaginável virar as costas para Ramesh e ir embora. Agora ele estava fazendo isso. Sem sequer olhar para trás.

Frank abraçou Nandita mais uma vez.

— Você vai manter contato? — ela perguntou, chorosa.

— Sim. Eu mando informações assim que estiver alojado — respondeu. Mas o que veio à sua mente não foi a casa em Ann Arbor ou o apartamento de Scott em Nova York. O que veio à sua mente foi uma perambulação. Era tudo o que queria fazer, perambular, andar e andar até as pernas cederem, com o movimento mecânico dos pés mantendo o ritmo febril de sua mente, até restar apenas o esquecimento, até seus pensamentos deixarem de importuná-lo como pequenos insetos. A imagem de uma mesa de trabalho para organizar reuniões ou mexer com papelada; de morar em sua casa, controlado pela tirania da cafeteira e da máquina de lavar pratos e do aparelho de televisão; onde a perspectiva de estar entre pessoas de pele imaculada e mentes não sobrecarregadas o amedrontava. Ele fora ejetado desse mundo para um mundo mais raro — um mundo ocupado por ascetas, *sadhus* e andarilhos. Ele precisava se manter em movimento, em movimento, para fugir do bestiário da própria mente.

Na América havia pessoas que o amavam — o amavam pelo que ele era e por ser o último vínculo com Ellie. Que gostariam de cuidar dele, consolá-lo, aconchegá-lo no abrigo da companhia humana. Mas ele não merecia aquele amor. Eles não sabiam que estariam abrigando um assassino em seu meio. Os consolos normais do luto não estavam disponíveis para ele. Ele não merecia isso. Mesmo entre ele e Scott, haveria agora um segredo. Ele não se daria — nem poderia — ao luxo de uma confissão. Talvez a única pessoa que o entendesse — não, a única pessoa que ele, Frank, entenderia — fosse seu pai. Que também sabia uma ou duas coisas sobre trair as pessoas que amava.

Talvez eu procure por ele, disse a si mesmo enquanto voltava para o carro. Talvez eu... mas não terminou o pensamento. Como muitos de seus pensamentos naqueles dias, esse também bruxuleou e morreu, como um peixe jogado na praia.

— Pronto, senhor? — perguntou Satish.

— Pronto — respondeu Frank. Olhou para a entrada do hotel, onde estavam Nandita, Shashi, Prakash e Ramesh. Acenou para todos e fechou o vidro da janela. Em um minuto o carro se aproximava dos portões do hotel. Frank olhou para trás, e eles ainda estavam todos lá, distantes como as estrelas. Então Satish fez uma curva à direita, e eles desapareceram.

Repentinamente, Frank se lembrou de algo que sua avó Benton disse uma vez em um de seus momentos inebriados. A velha senhora, com hálito de gim, se debruçou sobre o assustado garoto de onze anos e disse: "Sabe qual é a força mais poderosa do mundo, querido? Não é a bomba atômica. É um homem verdadeiramente livre. É com ele que você tem de tomar cuidado".

Frank recostou no assento, enquanto Girbaug irrompia em clarões de poeira vermelha e um ocasional verde na paisagem. E se sentiu livre e perigoso.

Capítulo 37

O CÉU GOTEJOU OURO NAQUELA TARDE. *E também vermelhos e púrpuras, vívidos como sangue. Quando a noite caiu, as cores vestiram suas peles, respiraram fogo nos cabelos dele e de Benny. A areia assumiu a cor do cobre, e eles passaram dedos avaros por sua superfície. O oceano farfalhava como árvores no outono, suspirando de contentamento. Eles estavam em Captiva Island, na Flórida, e dormiam profundamente todas as noites, respirando em uníssono com a respiração do oceano.*

Era o aniversário de seu casamento. Benny tinha três anos. No momento, estava brincando sozinho, escavando a areia molhada com sua pá amarela e enchendo um baldinho. Estava agachado a poucos metros deles, tagarelando para si mesmo. O sol se pondo tinha conferido à sua pele uma linda nuance de bronze.

Ellie estava à frente de Frank, sentada numa esteira, a brisa do verão passando por seus cabelos. Frank observava a delicada curvatura de seu pescoço, o nariz pontudo que aspirava o ar salgado, a veia escura percorrendo o braço esguio. Sentiu um nó aumentando na garganta, sentiu algo em si doer de saudade. Não parecia possível amá-la ainda mais do que no dia em que tinham se casado. Mas ele a amava.

— No que você está pensando? — ele perguntou em voz baixa.

Ellie sorriu, desviou o olhar do mar e olhou para ele. O sol bruxuleava nos olhos dela.

— *Em uma citação de Shaw que li recentemente. Diz: "Uma família feliz não é mais que um paraíso precoce".*

Involuntariamente, os dois olharam para o filho. Agora ele colhia a areia molhada com as mãos, achatando-a numa tortinha para em seguida atirá-la longe.

— *Você vai ter que dar banho nele hoje à noite — disse Ellie, fazendo uma careta. — Eu não vou encostar nesse moleque.*

Frank deitou na esteira e olhou para o céu. O sol tossia cores que qualquer pintor que se respeitasse teria sentido vergonha de usar numa tela. Ficou observando os traços de creiom se espalhando, fluindo, e disse:

— *Eis aqui um ditame para você: "O céu é um oceano de ponta-cabeça".*

— *Quem disse isso?*

— *Eu. Frank Benton Shaw.*

Os dois deram risada. Benny olhou de longe, e Frank sentou-se imediatamente.

— *Ei, querido — disse. — Não quer vir ficar com a gente uns minutos?*

Eles se aproximaram, os joelhos se tocando, e Benny cambaleava sobre os dois. O garoto sentou-se à frente deles, e ambos tocaram no seu peito.

— *Está com frio, querido? — perguntou Ellie, e Ben fez que não com a cabeça.*

Ficaram naquela posição, sorvendo as últimas e doces gotas do dia. O sol pairava na orla do horizonte, hesitando em descer, como Benny se recusando a ir para a cama.

Ao redor dele, a terra estava cantando. E eles comungavam com aquela milagrosa pulsação.

Agradecimentos

As seguintes pessoas ajudaram este romance a acontecer:

Dr. Blaise Congeni, diretor de doenças infecciosas pediátricas do Hospital Infantil de Akron, por compartilhar seus conhecimentos médicos comigo.

The Baker-Nord Center for the Humanities na Case Western Reserve University, por um coleguismo muito necessário.

Kim Emmons, por longas conversas e longas caminhadas.

Sarah Gridley, conspiradora especialista em malícia e criatividade.

Mary Grimm, que sugeriu transformar um conto em um romance.

Eustathea Kavouras, que nunca deixou de acreditar em mim.

Kulfi e Baklava, gatos super-heróis.

Annerieke Owen, esposa do cônsul-geral dos Estados Unidos em Bombaim, por uma pronta resolução de uma questão específica.

Marly Rusoff, a agente que mais arduamente trabalha no planeta.

Noshir e Homai Umrigar, meu povo para toda a vida.

Claire Wachtel, meu editor irrepreensível.

Sarah Willis, crítica meticulosa, amiga generosa.

Algumas pessoas procuram padres; outras procuram poesias; eu procuro meus amigos.
Virginia Woolf

Eu também.
T. U.

Este livro, composto na fonte Fairfield,
foi impresso em papel Pólen Soft 70 g/m², na gráfica Intergraf.
São Paulo, agosto de 2017.